Mario Vargas Llosa nació en Arequipa, Perú, en 1936. Aunque había estrenado un drama en Piura y publicado un libro de relatos, *Los jefes,* que obtuvo el Premio Leopoldo Alas, su carrera literaria cobró notoriedad con la publicación de *La ciudad y los perros,* Premio Biblioteca Breve (1962) y Premio de la Crítica (1963). En 1965 apareció su segunda novela, *La casa verde,* que obtuvo el Premio de la Crítica y el Premio Internacional Rómulo Gallegos. Posteriormente ha publicado piezas teatrales (*La señorita de Tacna, Kathie y el hipopótamo, La Chunga, El loco de los balcones* y *Ojos bonitos, cuadros feos*), estudios y ensayos (como *La orgía perpetua, La verdad de las mentiras* y *La tentación de lo imposible*), memorias *(El pez en el agua),* relatos *(Los cachorros)* y, sobre todo, novelas: *Conversación en La Catedral, Pantaleón y las visitadoras, La tía Julia y el escribidor, La guerra del fin del mundo, Historia de Mayta, ¿Quién mató a Palomino Molero?, El hablador, Elogio de la madrastra, Lituma en los Andes, Los cuadernos de don Rigoberto, La Fiesta del Chivo, El Paraíso en la otra esquina* y *Travesuras de la niña mala.* Ha obtenido los más importantes galardones literarios, desde los ya mencionados hasta el Premio Cervantes, el Príncipe de Asturias, el PEN/Nabokov y el Grinzane Cavour.

MARIO VARGAS LLOSA

La tía Julia y el escribidor

punto de lectura

Título: La tía Julia y el escribidor
© 1977, Mario Vargas Llosa
© Del prólogo: 1999, Mario Vargas Llosa
© Santillana Ediciones Generales, S.L.
© De esta edición: 2006, Punto de Lectura, S.L.
Torrelaguna, 60. 28043 Madrid (España) www.puntodelectura.com

ISBN: 978-84-663-6852-0
Depósito legal: B-140-2008
Impreso en España – Printed in Spain

Diseño de portada: Pep Carrió y Sonia Sánchez
Realización fotográfica: David Jiménez
Fotografía del autor: © Morgana Vargas Llosa
Diseño de colección: Punto de Lectura

Impreso por Litografía Rosés, S.A.

Primera edición: noviembre 2006
Segunda edición: diciembre 2006
Tercera edición: abril 2007
Cuarta edición: septiembre 2007
Quinta edición: enero 2008

MARIO VARGAS LLOSA

La tía Julia y el escribidor

Prólogo

Comencé esta novela en Lima, a mediados de 1972, y la seguí escribiendo, con múltiples y a veces largas interrupciones, en Barcelona, La Romana (República Dominicana), Nueva York, y de nuevo Lima, donde la terminé cuatro años después. Me la sugirió un autor de radioteatros que conocí de joven, al que sus melodramáticas historias devoraron el seso por un tiempo. Para que la novela no resultara demasiado artificial, intenté añadirle un *collage* autobiográfico: mi primera aventura matrimonial. Este empeño me sirvió para comprobar que el género novelesco no ha nacido para contar verdades, que éstas, al pasar a la ficción, se vuelven siempre mentiras (es decir, unas verdades dudosas e inverificables).

Me costó trabajo dar una forma aceptable a aquellos episodios que, sin serlo, parecieran los guiones de Pedro Camacho, y volcar en ellos los estereotipos, excesos, cursilerías y truculencias característicos del género, tomando la distancia irónica indispensable pero sin que se volvieran caricatura. El melodrama ha sido una de mis debilidades precoces, atizada por las desgarradoras películas mexicanas de los años cincuenta, y el tema de esta novela me permitió asumirlo, sin escrúpulos. Las sonrisas y burlas no llegan a ocultar del todo, en el narrador de este libro, a un sentimental propenso a los boleros, las pasiones desaforadas y las intrigas de folletín.

MARIO VARGAS LLOSA
Londres, 30 de junio de 1999

A Julia Urquidi Illanes, a quien tanto debemos yo y esta novela.

Escribo. Escribo que escribo. Mentalmente me veo escribir que escribo y también puedo verme ver que escribo. Me recuerdo escribiendo ya y también viéndome que escribía. Y me veo recordando que me veo escribir y me recuerdo viéndome recordar que escribía y escribo viéndome escribir que recuerdo haberme visto escribir que me veía escribir que recordaba haberme visto escribir que escribía y que escribía que escribo que escribía. También puedo imaginarme escribiendo que ya había escrito que me imaginaría escribiendo que había escrito que me imaginaba escribiendo que me veo escribir que escribo.

SALVADOR ELIZONDO, *El grafógrafo*

I

En ese tiempo remoto, yo era muy joven y vivía con mis abuelos en una quinta de paredes blancas de la calle Ocharán, en Miraflores. Estudiaba en San Marcos, Derecho, creo, resignado a ganarme más tarde la vida con una profesión liberal, aunque, en el fondo, me hubiera gustado más llegar a ser un escritor. Tenía un trabajo de título pomposo, sueldo modesto, apropiaciones ilícitas y horario elástico: director de Informaciones de Radio Panamericana. Consistía en recortar las noticias interesantes que aparecían en los diarios y maquillarlas un poco para que se leyeran en los boletines. La redacción a mis órdenes era un muchacho de pelos engomados y amante de las catástrofes llamado Pascual. Había boletines cada hora, de un minuto, salvo los de mediodía y de las nueve, que eran de quince, pero nosotros preparábamos varios a la vez, de modo que yo andaba mucho en la calle, tomando cafecitos en la Colmena, alguna vez en clases, o en las oficinas de Radio Central, más animadas que las de mi trabajo.

Las dos estaciones de radio pertenecían al mismo dueño y eran vecinas, en la calle Belén, muy cerca de la plaza San Martín. No se parecían en nada. Más bien,

13

como esas hermanas de tragedia que han nacido, una, llena de gracias y, la otra, de defectos, se distinguían por sus contrastes. Radio Panamericana ocupaba el segundo piso y la azotea de un edificio flamante, y tenía, en su personal, ambiciones y programación, cierto aire extranjerizante y snob, ínfulas de modernidad, de juventud, de aristocracia. Aunque sus locutores no eran argentinos (habría dicho Pedro Camacho) merecían serlo. Se pasaba mucha música, abundante jazz y rock, y una pizca de clásica, sus ondas eran las que primero difundían en Lima los últimos éxitos de Nueva York y de Europa, pero tampoco desdeñaban la música latinoamericana siempre que tuviera un mínimo de sofisticación; la nacional era admitida con cautela y sólo al nivel del vals. Había programas de cierto relente intelectual, Semblanzas del Pasado, Comentarios Internacionales, e incluso en las emisiones frívolas, los Concursos de Preguntas o el Trampolín a la Fama, se notaba un afán de no incurrir en demasiada estupidez o vulgaridad. Una prueba de su inquietud cultural era ese Servicio de Informaciones que Pascual y yo alimentábamos, en un altillo de madera construido en la azotea, desde el cual era posible divisar los basurales y las últimas ventanas teatinas de los techos limeños. Se llegaba hasta él por un ascensor cuyas puertas tenían la inquietante costumbre de abrirse antes de tiempo.

Radio Central, en cambio, se apretaba en una vieja casa llena de patios y de vericuetos, y bastaba oír a sus locutores desenfadados y abusadores de la jerga, para reconocer su vocación multitudinaria, plebeya, criollísima. Allí se propalaban pocas noticias, y allí era reina y señora la música peruana, incluyendo la andina, y no era infrecuente que los cantantes indios de los coliseos participaran en esas emisiones abiertas al público que congregaban muchedumbres, desde horas antes, a las puertas del local. También estremecían sus ondas, con prodigalidad, la música tropical, la mexicana, la porteña, y sus programas eran simples, inimaginativos, eficaces: Pedidos Telefónicos, Serenatas de Cumpleaños, Chismografía del Mundo de la Farándula, el Acetato y el Cine. Pero su plato fuerte, repetido y caudaloso, lo que, según todas las encuestas, le aseguraba su enorme sintonía, eran los radioteatros.

Pasaban media docena al día, por lo menos, y a mí me divertía mucho espiar a los intérpretes cuando estaban radiándolos: actrices y actores declinantes, hambrientos, desastrados, cuyas voces juveniles, acariciadoras, cristalinas, diferían terriblemente de sus caras viejas, sus bocas amargas y sus ojos cansados. «El día que se instale la televisión en el Perú no les quedará otro camino que el suicidio», pronosticaba Genaro hijo, señalándolos a través de los cristales del estudio, donde, como en una gran pecera, los libretos en las manos, se los veía formados en torno al micro, dispuestos a empezar el capítulo veinticuatro de *La familia Alvear*. Y, en efecto, qué decepción se hubieran llevado esas amas de casa que se enternecían con la voz de Luciano Pando si hubieran visto su cuerpo contrahecho y su mirada estrábica, y qué decepción los jubilados a quienes el cadencioso rumor de Josefina Sánchez despertaba recuerdos, si hubieran conocido su papada, sus bigotes, sus orejas aleteantes, sus várices. Pero la llegada de la televisión al Perú era aún remota y el discreto sustento de la fauna radioteatral parecía por el momento asegurado.

Siempre había tenido curiosidad por saber qué plumas manufacturaban esas seriales que entretenían las tardes de mi abuela, esas historias con las que solía darme de oídos donde mi tía Laura, mi tía Olga, mi tía Gaby o en las casas de mis numerosas primas, cuando iba a visitarlas (nuestra familia era bíblica, miraflorina, muy unida). Sospechaba que los radioteatros se importaban, pero me sorprendí al saber que los Genaros no los compraban en México ni en Argentina sino en Cuba. Los producía la CMQ, una suerte de imperio radiotelevisivo gobernado por Goar Mestre, un caballero de pelos plateados al que alguna vez, de paso por Lima, había visto cruzar los pasillos de Radio Panamericana solícitamente escoltado por los dueños y ante la mirada reverencial de todo el mundo. Había oído hablar tanto de la CMQ cubana a locutores, animadores y operadores de la radio —para los que representaba algo mítico, lo que el Hollywood de la época para los cineastas— que Javier y yo, mientras tomábamos café en el Bransa, alguna vez habíamos dedicado un buen rato a fantasear sobre ese ejército de polígrafos que, allá, en la distante Habana de palmeras, playas paradisíacas, pistoleros y turistas, en las oficinas aireacondicionadas de la ciudadela de Goar Mestre, debían de producir, ocho horas al día, en silentes máquinas de escribir, ese torrente de adulterios, suicidios, pasiones, encuentros, herencias, devociones, casualidades y crímenes que, desde la isla antillana, se esparcía por América Latina, para, cristalizado en las voces de los Lucianos Pandos y las Josefinas Sánchez, ilusionar las tardes de las abuelas, las tías, las primas y los jubilados de cada país.

Genaro hijo compraba (o, más bien, la CMQ vendía) los radioteatros al peso y por telegrama. Me lo había contado él mismo, una tarde, después de pasmarse cuando le pregunté si él, sus hermanos o su padre daban el visto bueno a los libretos antes de propalarse. «¿Tú serías capaz de leer setenta kilos de papel?», me repuso, mirándome con esa condescendencia benigna que le merecía la condición de intelectual que me había conferido desde que vio un cuento mío en el Suplemento Dominical de *El Comercio:* «Calcula cuánto tomaría. ¿Un mes, dos? ¿Quién puede dedicar un par de meses a *leerse* un radioteatro? Lo dejamos a la suerte, y, hasta ahora, felizmente, el Señor de los Milagros nos protege». En los mejores casos, a través de agencias de publicidad, o de colegas y amigos, Genaro hijo averiguaba cuántos países y con qué resultados de sintonía habían comprado el radioteatro que le ofrecían; en los peores, decidía por los títulos o, simplemente, a cara o sello. Los radioteatros se vendían al peso porque era una fórmula menos tramposa que la del número de páginas o de palabras, en el sentido de que era la única posible de verificar. «Claro —decía Javier—, si no hay tiempo para leerlas, menos todavía para contar todas esas palabras». Lo excitaba la idea de una novela de sesenta y ocho kilos y treinta gramos, cuyo precio, como el de las vacas, la mantequilla y los huevos, determinaba una balanza.

Pero este sistema creaba problemas a los Genaros. Los textos venían plagados de cubanismos, que, minutos antes de cada emisión, el propio Luciano y la propia Josefina y sus colegas traducían al peruano como podían (siempre mal). De otro lado, a veces, en el trayecto de La

17

Habana a Lima, en las panzas de los barcos o de los aviones, o en las aduanas, las resmas mecanografiadas sufrían deterioros y se perdían capítulos enteros, la humedad los volvía ilegibles, se traspapelaban, los devoraban los ratones del almacén de Radio Central. Como esto se advertía sólo a última hora, cuando Genaro papá repartía los libretos, surgían situaciones angustiosas. Se resolvían saltándose el capítulo perdido y echándose el alma a la espalda, o, en casos graves, enfermando por un día a Luciano Pando o a Josefina Sánchez, de modo que en las veinticuatro horas siguientes se pudieran parchar, resucitar, eliminar sin excesivos traumas, los gramos o kilos desaparecidos. Como, además, los precios de la CMQ eran altos, resultó natural que Genaro hijo se sintiera feliz cuando descubrió la existencia y las dotes prodigiosas de Pedro Camacho.

Recuerdo muy bien el día que me habló del fenómeno radiofónico porque ese mismo día, a la hora del almuerzo, vi a la tía Julia por primera vez. Era hermana de la mujer de mi tío Lucho y había llegado la noche anterior de Bolivia. Recién divorciada, venía a descansar y a recuperarse de su fracaso matrimonial. «En realidad, a buscarse otro marido», había dictaminado, en una reunión de familia, la más lenguaraz de mis parientes, la tía Hortensia. Yo almorzaba todos los jueves donde el tío Lucho y la tía Olga, y ese mediodía encontré a la familia todavía en piyama, cortando la mala noche con choritos picantes y cerveza fría. Se habían quedado hasta el amanecer, chismeando con la recién llegada, y despachado entre los tres una botella de whisky. Les dolía la cabeza, mi tío Lucho se quejaba de que su oficina andaría patas arriba, mi tía Olga decía que era una vergüenza trasnochar fuera de sábados, y la recién llegada, en bata, sin zapatos y con ruleros, vaciaba una maleta. No le incomodó que yo la viera en esa facha en la que nadie la hubiera tomado por una reina de belleza.

—Así que tú eres el hijo de Dorita —me dijo, estampándome un beso en la mejilla—. ¿Ya terminaste el colegio, no?

La odié a muerte. Mis leves choques con la familia, en ese entonces, se debían a que todos se empeñaban en tratarme todavía como un niño y no como lo que era, un hombre completo de dieciocho años. Nada me irritaba tanto como el *Marito*; tenía la sensación de que el diminutivo me regresaba al pantalón corto.

—Ya está en tercero de Derecho y trabaja como periodista —le explicó mi tío Lucho, alcanzándome un vaso de cerveza.

—La verdad —me dio el puntillazo la tía Julia— es que pareces todavía una guagua, Marito.

Durante el almuerzo, con ese aire cariñoso que adoptan los adultos cuando se dirigen a los idiotas y a los niños, me preguntó si tenía enamorada, si iba a fiestas, qué deporte practicaba, y me aconsejó, con una perversidad que no descubría si era deliberada o inocente pero que igual me llegó al alma, que *apenas pudiera* me dejara crecer el bigote. A los morenos les sentaba y eso me facilitaría las cosas con las chicas.

—Él no piensa en faldas ni en jaranas —le explicó mi tío Lucho—. Es un intelectual. Ha publicado un cuento en el Dominical de *El Comercio*.

—Cuidado que el hijo de Dorita nos vaya a salir del otro lado —se rió la tía Julia y yo sentí un arrebato de solidaridad con su ex marido. Pero sonreí y le llevé la cuerda. Durante el almuerzo se dedicó a contar unos horribles chistes bolivianos y a tomarme el pelo. Al despedirme, pareció que quería hacerse perdonar sus maldades, porque me dijo con un gesto amable que alguna noche la acompañara al cine, que le encantaba el cine.

Llegué a Radio Panamericana justo a tiempo para evitar que Pascual dedicara todo el boletín de las tres a la noticia de una batalla campal, en las calles exóticas de Rawalpindi, entre sepultureros y leprosos, publicada por *Última Hora*. Luego de preparar también los boletines de las cuatro y las cinco, salí a tomar un café. En la puerta de Radio Central encontré a Genaro hijo, eufórico. Me arrastró del brazo hasta el Bransa: «Tengo que contarte algo fantástico». Había estado unos días en La Paz, por cuestiones de negocios, y allí había visto en acción a ese hombre plural: Pedro Camacho.

—No es un hombre sino una industria —corrigió, con admiración—. Escribe todas las obras de teatro que se presentan en Bolivia y las interpreta todas. Y escribe todas las radionovelas y las dirige y es el galán de todas.

Pero más que su fecundidad y versatilidad, le había impresionado su popularidad. Para poder verlo, en el Teatro Saavedra de La Paz, había tenido que comprar entradas de reventa al doble de su precio.

—Como en los toros, imagínate —se asombraba—. ¿Quién ha llenado jamás un teatro en Lima?

Me contó que había visto, dos días seguidos, a muchas jovencitas, adultas y viejas arremolinadas a las puertas de Radio Illimani esperando la salida del ídolo para pedirle autógrafos. La McCann Erickson de La Paz, por otra parte, le había asegurado que los radioteatros de Pedro Camacho tenían la mayor audiencia de las ondas bolivianas. Genaro hijo era eso que entonces comenzaba a llamarse un empresario progresista: le interesaban más los negocios que los honores, no era socio del Club Nacional ni un ávido de serlo, se hacía amigo de todo el mundo y su dinamismo fatigaba. Hombre de decisiones rápidas, después de su visita a Radio Illimani convenció a Pedro Camacho que se viniera al Perú, como exclusividad de Radio Central.

—No fue difícil, allá lo tenían al hambre —me explicó—. Se ocupará de las radionovelas y yo podré mandar al diablo a los tiburones de la CMQ.

Traté de envenenar sus ilusiones. Le dije que acababa de comprobar que los bolivianos eran antipatiquísimos y que Pedro Camacho se llevaría pésimo con toda la gente de Radio Central. Su acento caería como pedrada a los oyentes y, por su ignorancia del Perú, metería la pata a cada instante. Pero él sonreía, intocado por mis profecías derrotistas. Aunque nunca había estado aquí, Pedro Camacho le había hablado del alma limeña como un bajopontino y su acento era soberbio, sin eses ni erres pronunciadas, de la categoría terciopelo.

—Entre Luciano Pando y los otros actores lo harán papilla al pobre forastero —soñó Javier—. O la bella Josefina Sánchez lo violará.

Estábamos en el altillo y conversábamos mientras yo pasaba a máquina, cambiando adjetivos y adverbios, noticias de *El Comercio* y *La Prensa* para El Panamericano de las doce. Javier era mi mejor amigo y nos veíamos a diario, aunque fuera sólo un momento, para constatar que existíamos. Era un ser de entusiasmos cambiantes y contradictorios, pero siempre sinceros. Había sido la estrella del Departamento de Literatura de la Católica, donde no se vio antes a un alumno más aprovechado, ni más lúcido lector de poesía, ni más agudo comentarista de textos difíciles. Todos daban por descontado que se graduaría con una tesis brillante, sería un catedrático brillante y un poeta o un crítico igualmente brillante. Pero él, un buen día, sin explicaciones, había decepcionado a todo el mundo, abandonando la tesis en la que trabajaba, renunciando a la literatura y a la Universidad Católica e inscribiéndose en San Marcos como alumno de Economía. Cuando alguien le preguntaba a qué se debía esa deserción, él confesaba (o bromeaba) que la tesis en que había estado trabajando le había abierto los ojos. Se iba a titular *Las paremias en Ricardo Palma*. Había tenido que leer las *Tradiciones peruanas* con lupa, a la caza de refranes, y como era concienzudo y riguroso, había conseguido llenar un cajón de fichas eruditas. Luego, una mañana, quemó el cajón con las fichas en un descampado —él y yo bailamos una danza apache alrededor de las llamas filológicas— y decidió que odiaba la literatura y que hasta la economía resultaba preferible a eso. Javier hacía su práctica en el Banco Central de Reserva y siempre encontraba pretextos para darse un salto cada mañana hasta Radio Panamericana. De su pesadilla paremiológica le había quedado la costumbre de infligirme refranes sin ton ni son.

Me sorprendió mucho que la tía Julia, pese a ser boliviana y vivir en La Paz, no hubiera oído hablar nunca de Pedro Camacho. Pero ella me aclaró que jamás había escuchado una radionovela, ni puesto los pies en un teatro desde que interpretó la *Danza de las horas*, en el papel de Crepúsculo, el año que terminó el colegio donde las monjas irlandesas («No te atrevas a preguntarme cuántos años hace de eso, Marito»). Íbamos caminando desde la casa del tío Lucho, al final de la avenida Armendáriz, hacia el Cine Barranco. Me había impuesto la invitación ella misma, ese mediodía, de la manera más artera. Era el jueves siguiente a su llegada, y, aunque la perspectiva de ser otra vez víctima de los chistes bolivianos no me hacía gracia, no quise faltar al almuerzo semanal. Tenía la esperanza de no encontrarla, porque la víspera —los miércoles en la noche eran de visita a la tía Gaby— había oído a la tía Hortensia comunicar con el tono de quien está en el secreto de los dioses:

—En su primera semana limeña ha salido cuatro veces y con cuatro galanes diferentes, uno de ellos casado. ¡La divorciada se las trae!

Cuando llegué donde el tío Lucho, luego de El Panamericano de las doce, la encontré precisamente con uno de sus galanes. Sentí el dulce placer de la venganza al entrar a la sala y descubrir, sentado junto a ella, mirándola con ojos de conquistador, flamante de ridículo en su traje de otras épocas, su corbata mariposa y su clavel en el ojal, al tío Pancracio, un primo hermano de mi abuela. Había enviudado hacía siglos, caminaba con los pies abiertos marcando las diez y diez, y en la familia se comentaban maliciosamente sus visitas porque no tenía reparo en pellizcar a las sirvientas a la vista de todos. Se pintaba el pelo, usaba reloj de bolsillo con leontina plateada y se lo podía ver a diario, en las esquinas del jirón de la Unión, a las seis de la tarde, piropeando a las oficinistas.

Al inclinarme a besarla, susurré al oído de la boliviana, con toda la ironía del mundo: «Qué buena conquista, Julita». Ella me guiñó un ojo y asintió. Durante el almuerzo, el tío Pancracio, luego de disertar sobre la música criolla, en la que era un experto —en las celebraciones familiares ofrecía siempre un solo de cajón—, se volvió hacia ella y, relamido como un gato, le contó: «A propósito, los jueves en la noche se reúne la Peña Felipe Pinglo, en La Victoria, el corazón del criollismo. ¿Te gustaría oír un poco de verdadera música peruana?». La tía Julia, sin vacilar un segundo y con una cara de desolación que añadía el insulto a la calumnia, contestó señalándome: «Fíjate qué lástima. Marito me ha invitado al cine». «Paso a la juventud», se inclinó el tío Pancracio, con espíritu deportivo. Luego, cuando hubo partido, creí que me salvaba pues la tía Olga preguntó: «¿Eso del cine era sólo para librarte del viejo verde?». Pero la tía Julia la rectificó con ímpetu: «Nada de eso, hermana, me muero por ver la del Barranco, es impropia para señoritas». Se volvió hacia mí, que escuchaba cómo se decidía mi destino nocturno, y, para tranquilizarme añadió esta exquisita flor: «No te preocupes por la plata, Marito. Yo te invito».

Y ahí estábamos, caminando por la oscura quebrada de Armendáriz, por la ancha avenida Grau, al encuentro de una película que, para colmo, era mexicana y se llamaba *Madre y amante*.

—Lo terrible de ser divorciada no es que todos los hombres se crean en la obligación de proponerte cosas —me informaba la tía Julia—. Sino que por ser una divorciada piensan que ya no hay necesidad de romanticismo. No te enamoran, no te dicen galanterías finas, te proponen la cosa de buenas a primeras con la mayor vulgaridad. A mí me lleva la trampa. Para eso, en vez de que me saquen a bailar, prefiero venir al cine contigo.

Le dije que muchas gracias por lo que me tocaba.

—Son tan estúpidos que creen que toda divorciada es una mujer de la calle —siguió, sin darse por enterada—. Y, además, sólo piensan en hacer cosas. Cuando lo bonito no es eso, sino enamorarse, ¿no es cierto?

Yo le expliqué que el amor no existía, que era una invención de un italiano llamado Petrarca y de los trovadores provenzales. Que eso que las gentes creían un cristalino manar de la emoción, una pura efusión del sentimiento, era el deseo instintivo de los gatos en celo disimulado detrás de las palabras bellas y los mitos de la literatura. No creía en nada de eso, pero quería hacerme el interesante. Mi teoría erótico-biológica, por lo demás, dejó a la tía Julia bastante incrédula: ¿creía yo de veras esa idiotez?

—Estoy contra el matrimonio —le dije, con el aire más pedante que pude—. Soy partidario de lo que llaman el amor libre, pero que, si fuéramos honestos, deberíamos llamar, simplemente, la cópula libre.

—¿Cópula quiere decir hacer cosas? —se rió. Pero al instante puso una cara decepcionada—: En mi tiempo, los muchachos escribían acrósticos, mandaban flores a las chicas, necesitaban semanas para atreverse a darles un beso. Qué porquería se ha vuelto el amor entre los mocosos de ahora, Marito.

Tuvimos un amago de disputa en la boletería por ver quién pagaba la entrada, y, luego de soportar hora y media de Dolores del Río, gimiendo, abrazando, gozando, llorando, corriendo por la selva con los cabellos al viento, regresamos a casa del tío Lucho, también a pie, mientras la garúa nos mojaba los pelos y la ropa. Entonces, hablamos de nuevo de Pedro Camacho. ¿Estaba realmente segura que no lo había oído mencionar jamás? Porque, según Genaro hijo, era una celebridad boliviana. No, no lo conocía ni siquiera de nombre. Pensé que a Genaro le habían metido el dedo a la boca, o que, tal vez, la supuesta industria radioteatral boliviana era una invención suya para lanzar publicitariamente a un plumífero aborigen. Tres días después conocí en carne y hueso a Pedro Camacho.

Acababa de tener un incidente con Genaro papá, porque Pascual, con su irreprimible predilección por lo atroz, había dedicado todo el boletín de las once a un terremoto en Ispahán. Lo que irritaba a Genaro papá no era tanto que Pascual hubiera desechado otras noticias para referir, con lujo de detalles, cómo los persas que sobrevivieron a los desmoronamientos eran atacados por serpientes que, al desplomarse sus refugios, afloraban a la superficie coléricas y sibilantes, sino que el terremoto había ocurrido hacía una semana. Debí convenir que a Genaro papá no le faltaba razón y me desfogué llamando a Pascual irresponsable. ¿De dónde había sacado ese refrito? De una revista argentina. ¿Y por qué había hecho una cosa tan absurda? Porque no había ninguna noticia de actualidad importante y ésa, al menos, era entretenida. Cuando yo le explicaba que no nos pagaban para entretener a los oyentes sino para resumirles las noticias del día, Pascual, moviendo una cabeza conciliatoria, me oponía su irrebatible argumento: «Lo que pasa es que tenemos concepciones diferentes del periodismo, don Mario». Iba a responderle que si se empeñaba, cada vez que yo volviera las espaldas, en seguir aplicando su concepción tremendista del periodismo, muy pronto estaríamos los dos en la calle, cuando apareció en la puerta del altillo una silueta inesperada. Era un ser pequeñito y menudo, en el límite mismo del hombre de baja estatura y el enano, con una nariz grande y unos ojos extraordinariamente vivos, en los que bullía algo excesivo. Vestía de negro, un terno que se advertía muy usado, y su camisa y su corbatita de lazo tenían máculas, pero, al mismo tiempo, en su manera de llevar esas prendas había algo en él de atildado y de compuesto, de rígido, como en esos caballeros de las viejas fotografías que parecen presos en sus levitas almidonadas, en sus chisteras tan justas. Podía tener cualquier edad entre treinta y cincuenta años, y lucía una aceitosa cabellera negra que le llegaba a los hombros. Su postura, sus movimientos, su expresión parecían el desmentido mismo de lo espontáneo y natural, hacían pensar inmediatamente en el muñeco articulado, en los hilos del títere. Nos hizo una reverencia cortesana y con una solemnidad tan inusitada como su persona se presentó así:

—Vengo a hurtarles una máquina de escribir, señores. Les agradecería que me ayuden. ¿Cuál de las dos es la mejor?

Su dedo índice apuntaba alternativamente a mi máquina de escribir y a la de Pascual. Pese a estar habituado a los contrastes entre voz y físico por mis escapadas a Radio Central, me asombró que de figurilla tan mínima, de hechura tan desvalida, pudiera brotar una voz tan

27

firme y melodiosa, una dicción tan perfecta. Parecía que en esa voz no sólo desfilara cada letra, sin quedar mutilada ni una sola, sino también las partículas y los átomos de cada una, los sonidos del sonido. Impaciente, sin advertir la sorpresa que su facha, su audacia y su voz provocaban en nosotros, se había puesto a escudriñar y como a olfatear las dos máquinas de escribir. Se decidió por mi veterana y enorme Remington, una carroza funeraria sobre la que no pasaban los años. Pascual fue el primero en reaccionar:

—¿Es usted un ladrón o qué es usted? —lo increpó y yo me di cuenta que me estaba indemnizando por el terremoto de Ispahán—. ¿Se le ocurre que se va a llevar así nomás las máquinas del Servicio de Informaciones?

—El arte es más importante que tu Servicio de Informaciones, trasgo —lo fulminó el personaje, echándole una ojeada parecida a la que merece la alimaña pisoteada, y prosiguió su operación. Ante la mirada estupefacta de Pascual, que, sin duda, trataba de adivinar (como yo mismo) qué quería decir trasgo, el visitante intentó levantar la Remington. Consiguió elevar el armatoste al precio de un esfuerzo descomunal, que hinchó las venitas de su cuello y por poco le dispara los ojos de las órbitas. Su cara se fue cubriendo de color granate, su frentecita de sudor, pero él no desistía. Apretando los dientes, tambaleándose, alcanzó a dar unos pasos hacia la puerta, hasta que tuvo que rendirse: un segundo más y su carga lo iba a arrastrar con ella al suelo. Depositó la Remington sobre la mesita de Pascual y quedó jadeando. Pero apenas recobró el aliento, totalmente ignorante de las sonrisas que el espectáculo nos provocaba a mí y a Pascual (éste se había llevado ya varias veces un dedo a la sien

28

para indicarme que se trataba de un loco), nos reprendió con severidad:

—No sean indolentes, señores, un poco de solidaridad humana. Échenme una mano.

Le dije que lo sentía mucho pero que para llevarse esa Remington tendría que pasar primero sobre el cadáver de Pascual, y, en último caso, sobre el mío. El hombrecillo se acomodaba la corbatita, ligeramente descolocada por el esfuerzo. Ante mi sorpresa, con una mueca de contrariedad y dando muestras de una ineptitud total para el humor, repuso, asintiendo gravemente:

—Un tipo bien nacido nunca desaira un desafío a pelear. El sitio y la hora, caballeros.

La providencial aparición de Genaro hijo en el altillo frustró lo que parecía ser la formalización de un duelo. Entró en el momento en que el hombrecito pertinaz intentaba de nuevo, amoratándose, tomar entre sus brazos a la Remington.

—Deje, Pedro, yo lo ayudo —dijo, y le arrebató la máquina como si fuera una caja de fósforos. Comprendiendo entonces, por mi cara y la de Pascual, que nos debía alguna explicación, nos consoló con aire risueño—: Nadie se ha muerto, no hay de qué ponerse tristes. Mi padre les repondrá la máquina prontito.

—Somos la quinta rueda del coche —protesté yo, para guardar las formas—. Nos tienen en este altillo mugriento, ya me quitaron un escritorio para dárselo al contador, y ahora mi Remington. Y ni siquiera me previenen.

—Creíamos que el señor era un ladrón —me respaldó Pascual—. Entró aquí insultándonos y con prepotencias.

—Entre colegas no debe haber pleitos —dijo, salomónicamente, Genaro hijo. Se había puesto la Remington en el hombro y noté que el hombrecito le llegaba exactamente a las solapas—. ¿No vino mi padre a hacer las presentaciones? Las hago yo, entonces, y todos felices.

Al instante, con un movimiento veloz y automático, el hombrecillo estiró uno de sus bracitos, dio unos pasos hacia mí, me ofreció una manita de niño, y, con su preciosa voz de tenor, haciendo una nueva genuflexión cortesana, se presentó:

—Un amigo: Pedro Camacho, boliviano y artista.

Repitió el gesto, la venia y la frase con Pascual, quien, visiblemente, vivía un instante de supina confusión y era incapaz de decidir si el hombrecillo se burlaba de nosotros o era siempre así. Pedro Camacho, después de estrecharnos ceremoniosamente las manos, se volvió hacia el Servicio de Informaciones en bloque, y, desde el centro del altillo, a la sombra de Genaro hijo que parecía tras él un gigante y que lo observaba muy serio, levantó el labio superior y arrugó la cara en un movimiento que dejó al descubierto unos dientes amarillentos, en una caricatura o espectro de sonrisa. Se tomó unos segundos, antes de gratificarnos con estas palabras musicales, acompañadas de un ademán de prestidigitador que se despide:

—No les guardo rencor, estoy acostumbrado a la incomprensión de la gente. ¡Hasta siempre, señores!

Desapareció en la puerta del altillo, dando unos saltitos de duende para alcanzar al empresario progresista que, con la Remington a cuestas, se alejaba a trancos hacia el ascensor.

II

Era una de esas soleadas mañanas de la primavera limeña en que los geranios amanecen más arrebatados, las rosas más fragantes y las buganvillas más crespas, cuando un famoso galeno de la ciudad, el doctor Alberto de Quinteros —frente ancha, nariz aguileña, mirada penetrante, rectitud y bondad en el espíritu— abrió los ojos y se desperezó en su espaciosa residencia de San Isidro. Vio, a través de los visillos, el sol dorando el césped del cuidado jardín que encarcelaban vallas de crotos, la limpieza del cielo, la alegría de las flores, y sintió esa sensación bienhechora que dan ocho horas de sueño reparador y la conciencia tranquila.

Era sábado y, a menos de alguna complicación de último momento con la señora de los trillizos, no iría a la clínica y podría dedicar la mañana a hacer un poco de ejercicio y a tomar una sauna antes del matrimonio de Elianita. Su esposa y su hija se hallaban en Europa, cultivando su espíritu y renovando su vestuario, y no regresarían antes de un mes. Otro, con sus medios de fortuna y su apostura —sus cabellos nevados en las sienes y su porte distinguido, así como su elegancia de maneras, despertaban miradas de codicia incluso en señoras

31

incorruptibles—, hubiera aprovechado la momentánea soltería para echar algunas canas al aire. Pero Alberto de Quinteros era un hombre al que ni el juego, ni las faldas ni el alcohol atraían más de lo debido, y entre sus conocidos —que eran legión— circulaba este apotegma: «Sus vicios son la ciencia, su familia y la gimnasia».

Ordenó el desayuno y, mientras se lo preparaban, llamó a la clínica. El médico de guardia le informó que la señora de los trillizos había pasado una noche tranquila y que las hemorragias de la operada del fibroma habían cesado. Dio instrucciones, indicó que si ocurría algo grave lo llamaran al Gimnasio Remigius, o, a la hora de almuerzo, donde su hermano Roberto, e hizo saber que al atardecer se daría una vuelta por allá. Cuando el mayordomo le trajo su jugo de papaya, su café negro y su tostada con miel de abeja, Alberto de Quinteros se había afeitado y vestía un pantalón gris de corduroy, unos mocasines sin taco y una chompa verde de cuello alto. Desayunó echando una ojeada distraída a las catástrofes e intrigas matutinas de los periódicos, cogió su maletín deportivo y salió. Se detuvo unos segundos en el jardín a palmear a *Puck*, el engreído foxterrier que lo despidió con afectuosos ladridos.

El Gimnasio Remigius estaba a pocas cuadras, en la calle Miguel Dasso, y al doctor Quinteros le gustaba andarlas. Iba despacio, respondía a los saludos del vecindario, observaba los jardines de las casas que a esa hora eran regados y podados, y solía parar un momento en la Librería Castro Soto a elegir algunos best-sellers. Aunque era temprano, ya estaban frente al Davory los infalibles muchachos de camisas abiertas y cabelleras alborotadas.

Tomaban helados, en sus motos o en los guardabarros de sus autos sport, se hacían bromas y planeaban la fiesta de la noche. Lo saludaron con respeto, pero, apenas los dejó atrás, uno de ellos se atrevió a darle uno de esos consejos que eran su pan cotidiano en el gimnasio, eternos chistes sobre su edad y su profesión, que él soportaba con paciencia y buen humor: «No se canse mucho, doctor, piense en sus nietos». Apenas lo oyó pues estaba imaginando lo linda que se vería Elianita en su vestido de novia diseñado para ella por la casa Christian Dior de París.

No había mucha gente en el gimnasio esa mañana. Sólo Coco, el instructor, y dos fanáticos de las pesas, el Negro Humilla y Perico Sarmiento, tres montañas de músculos equivalentes a los de diez hombres normales. Debían de haber llegado no hacía mucho tiempo, estaban todavía calentando:

—Pero si ahí viene la cigüeña —le estrechó la mano Coco.

—¿Todavía en pie, a pesar de los siglos? —le hizo adiós el Negro Humilla.

Perico se limitó a chasquear la lengua y a levantar dos dedos, en el característico saludo que había importado de Texas. Al doctor Quinteros le agradaba esa informalidad, las confianzas que se tomaban con él sus compañeros de gimnasio, como si el hecho de verse desnudos y de sudar juntos los nivelara en una fraternidad donde desaparecían las diferencias de edad y posición. Les contestó que si necesitaban sus servicios estaba a sus órdenes, que a los primeros mareos o antojos corrieran a su consultorio donde tenía listo el guante de jebe para auscultarles la intimidad.

—Cámbiate y ven a hacer un poco de warm up —le dijo Coco, que ya estaba saltando en el sitio otra vez.

—Si te viene el infarto, no pasas de morirte, veterano —lo alentó Perico, poniéndose al paso de Coco.

—Adentro está el tablista —oyó decir al Negro Humilla, cuando entraba al vestuario.

Y, en efecto, ahí estaba su sobrino Richard, en buzo azul, calzándose las zapatillas. Lo hacía con desgano, como si las manos se le hubieran vuelto de trapo, y tenía la cara agria y ausente. Se quedó mirándolo con unos ojos azules totalmente idos y una indiferencia tan absoluta que el doctor Quinteros se preguntó si no se había vuelto invisible.

—Sólo los enamorados se abstraen así —se acercó a él y le revolvió los cabellos—. Baja de la luna, sobrino.

—Perdona, tío —despertó Richard, enrojeciendo violentamente, como si lo acabaran de sorprender haciendo algo sucio—. Estaba pensando.

—Me gustaría saber en qué maldades —se rió el doctor Quinteros, mientras abría su maletín, elegía un casillero y comenzaba a desvestirse—. Tu casa debe ser un desbarajuste terrible. ¿Está muy nerviosa Elianita?

Richard lo miró con una especie de odio súbito y el doctor pensó qué le ha picado a este muchacho. Pero su sobrino, haciendo un esfuerzo notorio por mostrarse natural, esbozó un amago de sonrisa:

—Sí, un desbarajuste. Por eso me vine a quemar un poco de grasa, hasta que sea hora.

El doctor pensó que iba a añadir: «De subir al patíbulo». Tenía la voz lastrada por la tristeza, y también sus facciones y la torpeza con que anudaba los cordones y los

34

movimientos bruscos de su cuerpo revelaban incomodidad, malestar íntimo, desasosiego. No podía tener los ojos quietos: los abría, los cerraba, fijaba la vista en un punto, la desviaba, la regresaba, volvía a apartarla, como buscando algo imposible de encontrar. Era el muchacho más apuesto de la tierra, un joven dios bruñido por la intemperie —hacía tabla aun en los meses más húmedos del invierno y descollaba también en el básquet, el tenis, la natación y el fulbito—, al que los deportes habían modelado un cuerpo de esos que el Negro Humilla llamaba «locura de maricones»: ni gota de grasa, espaldas anchas que descendían en una tersa línea de músculos hasta la cintura de avispa y unas largas piernas duras y ágiles que habrían hecho palidecer de envidia al mejor boxeador. Alberto de Quinteros había oído con frecuencia a su hija Charo y a sus amigas comparar a Richard con Charlton Heston y sentenciar que todavía era más churro, que lo dejaba botado en pinta. Estaba en primer año de Arquitectura, y, según Roberto y Margarita, sus padres, había sido siempre un modelo: estudioso, obediente, bueno con ellos y con su hermana, sano, simpático. Elianita y él eran sus sobrinos preferidos y por eso, mientras se ponía el suspensor, el buzo, las zapatillas —Richard lo esperaba junto a las duchas, dando unos golpecitos contra los azulejos—, el doctor Alberto de Quinteros se apenó al verlo tan turbado.

—¿Algún problema, sobrino? —le preguntó, como al descuido, con una sonrisa bondadosa—. ¿Algo en que tu tío pueda echarte una mano?

—Ninguno, qué ocurrencia —se apresuró a contestar Richard, encendiéndose de nuevo como un fósforo—. Estoy regio y con unas ganas bárbaras de calentar.

—¿Le llevaron mi regalo a tu hermana? —recordó de pronto el doctor—. En la Casa Murguía me prometieron que lo harían ayer.

—Una pulsera bestial —Richard había comenzado a saltar sobre las losetas blancas del vestuario—. A la flaca le encantó.

—De estas cosas se encarga tu tía, pero como sigue paseando por las Europas, tuve que escogerla yo mismo —el doctor Quinteros hizo un gesto enternecido—: Elianita, vestida de novia, será una aparición.

Porque la hija de su hermano Roberto era en mujer lo que Richard en hombre: una de esas bellezas que dignifican a la especie y hacen que las metáforas sobre las muchachas de dientes de perla, ojos como luceros, cabellos de trigo y cutis de melocotón, luzcan mezquinas. Menuda, de cabellos oscuros y piel muy blanca, graciosa hasta en su manera de respirar, tenía una carita de líneas clásicas, unos rasgos que parecían dibujados por un miniaturista del oriente. Un año más joven que Richard, acababa de terminar el colegio, su único defecto era la timidez —tan excesiva que, para desesperación de los organizadores, no habían podido convencerla de que participara en el Concurso Miss Perú— y nadie, entre ellos el doctor Quinteros, podía explicarse por qué se casaba tan pronto y, sobre todo, con quién. Ya que el Pelirrojo Antúnez tenía algunas virtudes —bueno como el pan, un título de Business Administration por la Universidad de Chicago, la compañía de fertilizantes que heredaría y varias copas en carreras de ciclismo— pero, entre los innumerables muchachos de Miraflores y San Isidro que habían hecho la corte a Elianita y que hubieran llegado al crimen por casarse con ella, era, sin duda, el menos agraciado y (el doctor Quinteros se avergonzó por permitirse este juicio sobre quien, dentro de pocas horas, pasaría a ser su sobrino) el más soso y tontito.

—Eres más lento para cambiarte que mi mamá, tío —se quejó Richard, entre saltos.

Cuando entraron a la sala de ejercicios, Coco, en quien la pedagogía era una vocación más que un oficio, instruía al Negro Humilla, señalándole el estómago, sobre este axioma de su filosofía:

—Cuando comas, cuando trabajes, cuando estés en el cine, cuando paletees a tu hembra, cuando chupes, en todos los momentos de tu vida, y, si puedes, hasta en el féretro: ¡hunde la panza!

—Diez minutos de warm ups para alegrar el esqueleto, Matusalén —ordenó el instructor.

Mientras saltaba a la soga junto a Richard, y sentía que un agradable calor iba apoderándose interiormente de su cuerpo, el doctor Quinteros pensaba que, después de todo, no era tan terrible tener cincuenta años si uno los llevaba así. ¿Quién, entre los amigos de su edad, podía lucir un vientre tan liso y unos músculos tan despiertos? Sin ir muy lejos, su hermano Roberto, pese a ser tres años menor, con su rolliza y abotagada apariencia y la precoz curvatura de espalda, parecía llevarle diez. Pobre Roberto, debía de estar triste con la boda de Elianita, la niña de sus ojos. Porque, claro, era una manera de perderla. También su hija Charo se casaría en cualquier momento —su enamorado, Tato Soldevilla, se recibiría dentro de poco de ingeniero— y también él, entonces, se sentiría apenado y más viejo. El doctor Quinteros saltaba a la soga sin enredarse ni alterar el ritmo, con la facilidad que da la práctica, cambiando de pie y cruzando y descruzando las manos como un gimnasta consumado. Veía, en cambio, por el espejo, que su sobrino saltaba demasiado rápido, con atolondramiento, tropezándose. Tenía los dientes apretados, brillo de sudor en la frente y guardaba los ojos cerrados como para concentrarse mejor. ¿Algún problema de faldas, tal vez?

—Basta de soguita, flojonazos —Coco, aunque estaba levantando pesas con Perico y el Negro Humilla, no los perdía de vista y les llevaba el tiempo—. Tres series de sit ups. Sobre el pucho, fósiles.

Los abdominales eran la prueba de fuerza del doctor Quinteros. Los hacía a mucha velocidad, con las manos en la nuca, en la tabla alzada a la segunda posición, aguantando la espalda a ras del suelo y casi tocando las rodillas con la frente. Entre cada serie de treinta dejaba un minuto de intervalo en que permanecía tendido, respirando hondo. Al terminar los noventa, se sentó y comprobó, satisfecho, que había sacado ventaja a Richard. Ahora sí sudaba de pies a cabeza y sentía el corazón acelerado.

—No acabo de entender por qué se casa Elianita con el Pelirrojo Antúnez —se oyó decir a sí mismo, de pronto—. ¿Qué le ha visto?

Fue un acto fallido y se arrepintió al instante, pero Richard no pareció sorprenderse. Jadeando —acababa de terminar los abdominales— le respondió con una broma:

—Dicen que el amor es ciego, tío.

—Es un excelente muchacho y seguro que la hará muy feliz —compuso las cosas el doctor Quinteros, algo cortado—. Quería decir que, entre los admiradores de tu hermana, estaban los mejores partidos de Lima. Mira que basurearlos a todos para terminar aceptando al Pelirrojo, que es un buen chico, pero tan, en fin...

—¿Tan calzonudo, quieres decir? —lo ayudó Richard.

—Bueno, no lo hubiera dicho con esa crudeza —aspiraba y expulsaba el aire el doctor Quinteros, abriendo y cerrando los brazos—. Pero, la verdad, parece algo caído del nido. Con cualquier otra sería perfecto, pero a Elianita, tan linda, tan viva, el pobre le llora —se sintió incómodo con su propia franqueza—. Oye, no lo tomes a mal, sobrino.

—No te preocupes, tío —le sonrió Richard—. El Pelirrojo es buena gente y si la flaca le ha hecho caso por algo será.

—¡Tres series de treinta side bonds, inválidos! —rugió Coco, con ochenta kilos sobre la cabeza, hinchado como un sapo—. ¡Hundiendo la panza, no botándola!

El doctor Quinteros pensó que, con la gimnasia, Richard olvidaría sus problemas, pero, mientras hacía flexiones laterales, lo vio ejecutar los ejercicios con renovada furia: la cara se le descomponía de nuevo en una expresión de angustia y malhumor. Recordó que en la familia Quinteros había abundantes neuróticos y pensó que a lo mejor al hijo mayor de Roberto le había tocado en suerte mantener esa tradición entre las nuevas generaciones, y, después, se distrajo pensando que, después de todo, tal vez hubiera sido más prudente darse un salto a la clínica antes del gimnasio para echar un vistazo a la señora de los trillizos y a la operada del fibroma. Luego ya no pensó, pues el esfuerzo físico lo absorbió enteramente y, mientras bajaba y subía las piernas (¡Leg rises, cincuenta veces!), flexionaba el tronco (¡Trunk twist con bar, tres series, hasta botar los bofes!), hacía trabajar la espalda, el torso, los antebrazos, el cuello, obediente a las órdenes de Coco (¡Fuerza, tatarabuelo!, ¡Más rápido, cadáver!), fue tan sólo un pulmón que recibía y expelía aire, una piel que escupía sudor y unos músculos que se esforzaban, cansaban y sufrían. Cuando Coco gritó ¡Tres series de quince pull-overs con mancuernas! había alcanzado su tope. Trató, sin embargo, por amor propio, de hacer cuando menos una serie con doce kilos, pero fue incapaz. Estaba exhausto. La pesa se le escapó de las manos al tercer intento y tuvo que soportar las bromas de los pesistas (¡Las momias a la tumba y las cigüeñas al jardín zoológico!, ¡Llamen a la funeraria!, ¡Requiescat in pace, Amen!), y ver, con muda envidia, cómo Richard —siempre apurado, siempre furioso— completaba su rutina sin dificultad. No bastan la disciplina, la constancia, pensó el doctor Quinteros, las dietas equilibradas, la vida metódica. Eso compensaba las diferencias hasta cierto límite; pasado éste, la edad establecía distancias insalvables, muros invencibles. Más tarde, desnudo en la sauna, ciego por el sudor que le chorreaba entre las pestañas, repitió con melancolía una frase que había leído en un libro: ¡Juventud, cuyo recuerdo desespera! Al salir, vio que Richard se había unido a los pesistas y que alternaba con ellos. Coco le hizo un ademán burlón, señalándolo:

—El buen mozo ha decidido suicidarse, doctor.

Richard ni siquiera sonrió. Tenía las pesas en alto y su cara, empapada, roja, con las venas salientes, mostraba una exasperación que parecía a punto de volcarse contra ellos. Al doctor le pasó la idea de que su sobrino, de pronto, iba a aplastarles las cabezas a los cuatro con las pesas que tenía en las manos. Les hizo adiós y murmuró: «Nos vemos en la iglesia, Richard».

De vuelta en su casa, lo tranquilizó saber que la mamá de los trillizos quería jugar al bridge con unas amigas en su cuarto de la clínica y que la operada del fibroma había preguntado si ya hoy podría comer wantanes sopados en salsa de tamarindo. Autorizó el bridge y el wantán, y, con toda calma, se puso terno azul oscuro, camisa de seda blanca y una corbata plateada que sujetó con una perla. Perfumaba su pañuelo cuando llegó carta de su mujer, a la que Charito había añadido una posdata. La habían despachado de Venecia, la ciudad catorce del tour, y le decían: «Cuando recibas ésta habremos hecho por lo menos siete ciudades más, todas lindísimas». Estaban felices y Charito muy entusiasta con los italianos, «unos artistas de cine, papi, y no te imaginas qué piropeadores, pero no le vayas a contar a Tato, mil besos, chau».

Fue andando hasta la Iglesia de Santa María, en el óvalo Gutiérrez. Era todavía temprano y comenzaban a llegar los invitados. Se instaló en las filas de adelante y se entretuvo observando el altar, adornado con lirios y rosas blancas, y los vitrales, que parecían mitras de prelados. Una vez más constató que esa iglesia no le gustaba nada, por su írrita combinación de yeso y ladrillos y sus pretenciosos arcos oblongos. De tanto en tanto saludaba a los conocidos con sonrisas. Claro, no podía ser menos, todo el mundo iba llegando a la iglesia: parientes remotísimos, amigos que resucitaban después de siglos, y, por supuesto, lo más graneado de la ciudad, banqueros, embajadores, industriales, políticos. Este Roberto, esta Margarita, siempre tan frívolos, pensaba el doctor Quinteros, sin acritud, lleno de benevolencia para con las debilidades de su hermano y su cuñada. Seguramente que, en el almuerzo, echarían la casa por la ventana. Se emocionó al ver entrar a la novia, en el momento en que rompían los compases de la marcha nupcial. Estaba realmente bellísima, en su vaporoso vestido blanco, y su carita, perfilada bajo el velo, tenía algo extraordinariamente grácil, leve, espiritual, mientras avanzaba hacia el altar, con los ojos bajos, del brazo de Roberto, quien, corpulento y augusto, disimulaba su emoción adoptando aires de dueño del mundo. El Pelirrojo Antúnez parecía menos feo, enfundado en su flamante chaqué y con la cara resplandeciente de felicidad, y hasta su madre —una inglesa desgarbada que, pese a vivir un cuarto de siglo en el Perú, todavía confundía las preposiciones— parecía, en su largo traje oscuro y su peinado de dos pisos, una señora atractiva. Es cierto, pensó el doctor Quinteros, el que la sigue la consigue. Porque el pobre Pelirrojo Antúnez había perseguido a Elianita desde que eran niños, y la había asediado con delicadezas y atenciones que ella recibía invariablemente con olímpico desdén. Pero él había soportado todos los desplantes y malacrianzas de Elianita, y las terribles bromas con que los chicos del barrio celebraban su resignación. Muchacho tenaz, reflexionaba el doctor Quinteros, lo había logrado, y ahí estaba ahora, pálido de emoción, deslizando el aro en el dedo anular de la muchacha más linda de Lima. La ceremonia había terminado y, en medio de una masa rumorosa, haciendo inclinaciones de cabeza a diestra y siniestra, el doctor Quinteros avanzaba hacia los salones de la iglesia cuando divisó, de pie junto a una columna, como apartándose asqueado de la gente, a Richard.

Mientras hacía cola para llegar hasta los novios, el doctor Quinteros tuvo que festejar una docena de chistes contra el gobierno que le contaron los hermanos Febre, dos mellizos tan idénticos que, se decía, ni sus propias mujeres los diferenciaban. Era tal el gentío que el salón parecía a punto de desplomarse; muchas personas habían permanecido en los jardines, esperando turno para entrar. Un enjambre de mozos circulaba ofreciendo champaña. Se oían risas, bromas, brindis, y todo el mundo decía que la novia estaba lindísima. Cuando el doctor Quinteros pudo al fin llegar hasta ella, vio que Elianita seguía compuesta y lozana pese al calor y la apretura. «Mil años de felicidad, flaquita», le dijo, abrazándola, y ella le contó al oído: «Charito me llamó esta mañana desde Roma para felicitarme, y también hablé con la tía Mercedes. ¡Qué amorosas de llamarme!». El Pelirrojo Antúnez, sudando, colorado como un camarón, chisporroteaba de felicidad: «¿Ahora también tendré que decirle tío, don Alberto?». «Claro, sobrino —lo palmeó el doctor Quinteros—, y tendrás que tutearme».

Salió medio asfixiado del estrado de los novios y, entre flashes de fotógrafos, roces, saludos, pudo llegar al jardín. Allí la condensación humana era menor y se podía respirar. Tomó una copa y se vio envuelto, en una ronda de médicos amigos, en interminables bromas que tenían como tema el viaje de su mujer: Mercedes no volvería, se quedaría con algún franchute, en los extremos de la frente comenzaban ya a brotarle unos cuernitos. El doctor Quinteros, mientras les llevaba la cuerda, pensó

—recordando el gimnasio— que hoy le tocaba estar en la berlina. A ratos veía, por sobre un mar de cabezas, a Richard, al otro extremo del salón; en medio de muchachos y muchachas que reían: serio y fruncido, vaciaba las copas de champaña como agua. «Tal vez le apena que Elianita se case con Antúnez —pensó—; también él hubiera querido alguien más brillante para su hermana». Pero no, lo probable es que estuviera atravesando una de esas crisis de transición. Y el doctor Quinteros recordó cómo él también, a la edad de Richard, había pasado un periodo difícil, dudando entre la medicina y la ingeniería aeronáutica. (Su padre lo había convencido con un argumento de peso: en el Perú, como ingeniero aeronáutico no hubiera tenido otra salida que dedicarse a las cometas o al aeromodelismo.) Tal vez Roberto, siempre tan absorbido en sus negocios, no estaba en condiciones de aconsejar a Richard. Y el doctor Quinteros, en uno de esos arranques que le habían ganado el aprecio general, decidió que, un día de éstos, con toda la delicadeza del caso, invitaría a su sobrino y sutilmente exploraría la manera de ayudarlo.

La casa de Roberto y Margarita estaba en la avenida Santa Cruz, a pocas cuadras de la Iglesia de Santa María, y, al término de la recepción en la parroquia, los invitados al almuerzo desfilaron bajo los árboles y el sol de San Isidro, hacia el caserón de ladrillos rojos y techos de madera, rodeado de césped, de flores, de verjas, y primorosamente decorado para la fiesta. Al doctor Quinteros le bastó llegar a la puerta para comprender que la celebración iba a superar sus propias predicciones y que asistiría a un acontecimiento que los cronistas sociales llamarían «soberbio».

A lo largo y a lo ancho del jardín se habían puesto mesas y sombrillas, y, al fondo, junto a las perreras, un enorme toldo protegía una mesa de níveo mantel, que corría a lo largo de la pared, erizada de fuentes con entremeses multicolores. El bar estaba junto al estanque de agallados peces japoneses y se veían tantas copas, botellas, cocteleras, jarras de refrescos, como para quitar la sed a un ejército. Mozos de chaquetilla blanca y muchachas de cofia y delantal recibían a los invitados abrumándolos desde la misma puerta de calle con pisco sours, algarrobinas, vodkas con maracuyá, vasos de whisky, gin o copas de champaña, y palitos de queso, papitas con ají, guindas rellenas de tocino, camarones arrebozados, volovanes y todos los bocaditos concebidos por la inventiva limeña para abrir el apetito. En el interior, enormes canastas y ramos de rosas, nardos, gladiolos, alelíes, claveles, apoyados contra las paredes, dispuestos a lo largo de las escaleras o sobre los alféizares y los muebles, refrescaban el ambiente. El parquet estaba encerado, las cortinas lavadas, las porcelanas y la platería relucientes y el doctor Quinteros sonrió imaginando que hasta los huacos de las vitrinas habían sido lustrados. En el vestíbulo había también un buffet, y en el comedor se explayaban los dulces —mazapanes, queso helado, suspiros, huevos chimbos, yemas, coquitos, nueces con almíbar— alrededor de la impresionante torta de bodas, una construcción de tules y columnas, cremosa y arrogante, que arrancaba trinos de admiración a las señoras. Pero lo que concitaba la curiosidad femenina, sobre todo, eran los regalos, en el segundo piso; se había formado una cola tan larga para verlos que el doctor Quinteros decidió rápidamente no hacerla, pese a que le hubiera gustado saber cómo lucía en el conjunto su pulsera.

Después de curiosear un poco por todas partes —estrechando manos, recibiendo y prodigando abrazos— retornó al jardín y fue a sentarse bajo una sombrilla, a degustar con calma su segunda copa del día. Todo estaba muy bien, Margarita y Roberto sabían hacer las cosas en grande. Y aunque no le parecía excesivamente fina la idea de la orquesta —habían retirado las alfombras, la mesita y el aparador con los marfiles para que las parejas tuvieran donde bailar— disculpó esa inelegancia como una concesión a las nuevas generaciones, pues, ya se sabía, para la juventud fiesta sin baile no era fiesta. Comenzaban a servir el pavo y el vino y ahora Elianita, de pie en el segundo peldaño de la entrada, estaba arrojando su bouquet de novia que decenas de compañeras de colegio y del barrio esperaban con las manos en alto. El doctor Quinteros divisó en un rincón del jardín a la vieja Venancia, el ama de Elianita desde la cuna: la anciana, conmovida hasta el alma, se limpiaba los ojos con el ruedo de su delantal.

Su paladar no alcanzó a distinguir la marca del vino pero supo inmediatamente que era extranjero, acaso español o chileno y tampoco descartó —dentro de las locuras del día— que fuera francés. El pavo estaba tierno, el puré era una mantequilla, y había una ensalada de coles y pasas que, pese a sus principios en materia de dieta, no pudo dejar de repetir. Saboreaba una segunda copa de vino y empezaba a sentir una agradable somnolencia cuando vio venir a Richard hacia él. Balanceaba una copa de whisky en la mano; tenía los ojos vidriosos y la voz cambiante:

—¿Hay algo más estúpido que una fiesta de matrimonio, tío? —murmuró, haciendo un ademán despectivo hacia todo lo que los rodeaba y dejándose caer en la silla de al lado. La corbata se le había corrido, una manchita fresca afeaba la solapa de su terno gris, y en sus ojos, además de vestigios de licor, había empozada una oceánica rabia.

—Bueno, te confieso que yo no soy un gran entusiasta de las fiestas —dijo con bonhomía el doctor Quinteros—. Pero que no lo seas tú, a tu edad, me llama la atención, sobrino.

—Las odio con toda mi alma —susurró Richard, mirando como si quisiera desaparecer a todo el mundo—. No sé por qué maldita sea estoy aquí.

—Imagínate lo que habría sido para tu hermana que no vinieras a su boda —el doctor Quinteros reflexionaba sobre las cosas necias que hace decir el alcohol: ¿acaso no había visto él a Richard divirtiéndose en las fiestas como el que más? ¿No era un eximio bailarín? ¿Cuántas veces había capitaneado su sobrino a la pandilla de chicas y chicos que venían a improvisar un baile en los cuartos de Charito? Pero no le recordó nada de eso. Vio cómo Richard apuraba su whisky y pedía a un mozo que le sirviera otro.

—De todos modos, anda preparándote —le dijo—. Porque cuando te cases, tus padres te harán una fiesta más grande que ésta.

Richard se llevó el flamante vaso de whisky a los labios y, despacio, entrecerrando los ojos, bebió un trago. Luego, sin alzar la cabeza, con voz sorda y que llegó al doctor como algo muy lento y casi inaudible, musitó:

—Yo no me casaré nunca, tío, te lo juro por Dios.

Antes de que pudiera responderle, una estilizada muchacha de cabellos claros, silueta azul y gesto decidido se plantó ante ellos, cogió a Richard de la mano y, sin darle tiempo a reaccionar, lo obligó a levantarse:

—¿No te da vergüenza estar sentado con los viejos? Ven a bailar, sonso.

El doctor Quinteros los vio desaparecer en el zaguán de la casa y se sintió bruscamente inapetente. Seguía repicando en el pabellón de sus oídos, como un eco perverso, esa palabrita, «viejos», que con tanta naturalidad y voz tan deliciosa había dicho la hijita menor del arquitecto Aramburú. Después de tomar el café, se levantó y fue a echar un vistazo al salón.

La fiesta estaba en su esplendor y el baile se había ido propagando, desde esa matriz que era la chimenea donde habían instalado a la orquesta, a los cuartos vecinos, en los que también había parejas que bailaban, cantando a voz en cuello los chachachás y los merengues, las cumbias y los valses. La onda de alegría, alimentada por la música, el sol y los alcoholes había ido subiendo de los jóvenes a los adultos y de los adultos a los viejos, y el doctor Quinteros vio, con sorpresa, que incluso don Marcelino Huapaya, un octogenario emparentado a la familia, meneaba esforzadamente su crujiente humanidad, siguiendo los compases de *Nube gris*, con su cuñada Margarita en brazos. La atmósfera de humo, ruido, movimiento, luz y felicidad produjo un ligero vértigo al doctor Quinteros; se apoyó en la baranda y cerró un instante los ojos. Luego, risueño, feliz él también, estuvo observando a Elianita, que, todavía vestida de novia pero ya sin velo, presidía la fiesta. No descansaba un segundo; al término de cada pieza, veinte varones la rodeaban, solicitando su favor, y ella, con las mejillas arreboladas y los ojos lucientes, elegía a uno diferente cada vez y retornaba al torbellino. Su hermano Roberto se materializó a su lado. En vez del chaqué, tenía un liviano terno marrón y estaba sudoroso pues acababa de bailar.

—Me parece mentira que se esté casando, Alberto —dijo, señalando a Elianita.

—Está lindísima —le sonrió el doctor Quinteros—. Has echado la casa por la ventana, Roberto.

—Para mi hija lo mejor del mundo —exclamó su hermano, con un retintín de tristeza en la voz.

—¿Dónde van a pasar la luna de miel? —preguntó el doctor.

—En Brasil y Europa. Es el regalo de los papás del Pelirrojo —señaló, divertido, hacia el bar—. Debían partir mañana temprano, pero, a este paso, mi yerno no estará en condiciones.

Un grupo de muchachos tenían cercado al Pelirrojo Antúnez y se turnaban para brindar con él. El novio, más colorado que nunca, riendo algo alarmado, trataba de engañarlos mojando los labios en su copa, pero sus amigos protestaban y le exigían vaciarla. El doctor Quinteros buscó a Richard con la mirada, pero no lo vio en el bar, ni bailando, ni en el sector del jardín que descubrían las ventanas.

Ocurrió en ese momento. Terminaba el vals *Ídolo*, las parejas se disponían a aplaudir, los músicos apartaban los dedos de las guitarras, el Pelirrojo hacía frente al vigésimo brindis, cuando la novia se llevó la mano derecha a los ojos como para espantar a un mosquito, trastabilleó y, antes de que su pareja alcanzara a sostenerla, se desplomó. Su padre y el doctor Quinteros permanecieron inmóviles, creyendo tal vez que había resbalado, que se levantaría al instante muerta de risa, pero el revuelo que se armó en el salón —las exclamaciones, los empujones, los gritos de la mamá: «¡Hijita, Eliana, Elianita!»— los hizo correr también a ayudarla. Ya el Pelirrojo Antúnez había dado un salto, la levantaba en brazos, y, escoltado por un grupo, la subía por la escalera, tras la señora Margarita, que iba diciendo «Por aquí, a su cuarto, despacio, con cuidadito», y pedía «Un médico, llamen a un médico». Algunos familiares —el tío Fernando, la prima Chabuca, don Marcelino— tranquilizaban a los amigos, ordenaban a la orquesta reanudar la música. El doctor Quinteros vio que su hermano Roberto le hacía señas desde lo alto de la escalera. Pero qué estúpido, ¿acaso no era médico?, ¿qué esperaba? Trepó los peldaños a trancos, entre gente que se abría a su paso.

Habían llevado a Elianita a su dormitorio, una habitación decorada de rosa que daba sobre el jardín. Alrededor de la cama, donde la muchacha, todavía muy pálida, comenzaba a recobrar el conocimiento y a pestañear, permanecían Roberto, el Pelirrojo, el ama Venancia, en tanto que su madre, sentada a su lado, le frotaba la frente con un pañuelo empapado en alcohol. El Pelirrojo le había cogido una mano y la miraba con embelesamiento y angustia.

—Por lo pronto, todos ustedes se me van de aquí y me dejan solo con la novia —ordenó el doctor Quinteros, tomando posesión de su papel. Y, mientras los llevaba hacia la puerta—: No se preocupen, no puede ser nada. Salgan, déjenme examinarla.

La única que se resistió fue la vieja Venancia; Margarita tuvo que sacarla casi a rastras. El doctor Quinteros volvió a la cama y se sentó junto a Elianita, quien lo miró, entre sus largas pestañas negras, aturdida y miedosa. Él la besó en la frente y, mientras le tomaba la temperatura, le sonreía: no pasaba nada, no había de qué asustarse. Tenía el pulso algo agitado y respiraba ahogándose. El doctor advirtió que llevaba el pecho demasiado oprimido y la ayudó a desabotonarse:

—Como de todas maneras tienes que cambiarte, así ganas tiempo, sobrina.

Cuando notó la faja tan ceñida, comprendió inmediatamente de qué se trataba, pero no hizo el menor gesto ni pregunta que pudieran revelar a su sobrina que él sabía. Mientras se quitaba el vestido, Elianita había ido enrojeciendo terriblemente y ahora estaba tan turbada que no alzaba la vista ni movía los labios. El doctor Quinteros le dijo que no era necesario que se quitara la ropa interior, sólo la faja, que le impedía respirar. Sonriendo, mientras con aire en apariencia distraído iba asegurándole que era la cosa más natural del mundo que el día de su boda, con la emoción del acontecimiento, las fatigas y trajines precedentes, y, sobre todo, si se era tan loca de bailar horas de horas sin descanso, una novia tuviera un desmayo, le palpó los pechos y el vientre (que, al ser liberado del abrazo poderoso de la faja, había literalmente saltado) y dedujo, con la seguridad de un especialista por cuyas manos han pasado millares de embarazadas, que debía estar ya en el cuarto mes. Le examinó la pupila, le hizo algunas preguntas tontas para despistarla, y le aconsejó que descansara unos minutos antes de volver a la sala. Pero, eso sí, que no siguiera bailando tanto.

—Ya ves, sólo era un poco de cansancio, sobrina. De todas maneras, te voy a dar algo, para contrarrestar las impresiones del día.

Le acarició los cabellos y, para darle tiempo a serenarse antes de que entraran sus papás, le hizo algunas preguntas sobre el viaje de bodas. Ella le respondía con voz lánguida. Hacer un viaje así era una de las mejores cosas que podían ocurrirle a una persona; él, con tanto trabajo, jamás podría darse tiempo para un recorrido tan completo. Y ya iban para tres años que no había estado en Londres, su ciudad preferida. Mientras hablaba, veía a Elianita esconder con disimulo la faja, ponerse una bata, disponer sobre una silla un vestido, una blusa con cuello y puños bordados, unos zapatos, y volver a tenderse en la cama y cubrirse con el edredón. Se preguntó si no habría sido mejor hablar francamente con su sobrina y darle algunos consejos para el viaje. Pero no, la pobre hubiera pasado un mal rato, se hubiera sentido muy incómoda. Además, sin duda habría estado viendo a un médico a escondidas todo este tiempo y estaría perfectamente al tanto de lo que debía hacer. De todas maneras, llevar una faja tan ajustada era un riesgo, hubiera podido pasar un susto de verdad, o, en el futuro, perjudicar a la criatura. Lo emocionó que Elianita, esa sobrina en la que sólo podía pensar como en una niña casta, hubiera concebido. Se llegó a la puerta, la abrió, y tranquilizó a la familia en voz alta para que lo oyera la novia:

—Está más sana que ustedes y yo, pero muerta de fatiga. Mándenle comprar este calmante y déjenla descansar un rato.

Venancia se había precipitado al dormitorio y, por sobre el hombro, el doctor Quinteros vio a la vieja criada haciendo mimos a Elianita. Entraron también sus padres y el Pelirrojo Antúnez se disponía a hacerlo, pero el doctor, discretamente, lo tomó del brazo y lo llevó con él hacia el cuarto de baño. Cerró la puerta:

—Ha sido una imprudencia que en su estado estuviera bailando así toda la tarde, Pelirrojo —le dijo, con el tono más natural del mundo, mientras se jabonaba las manos—. Ha podido tener un aborto. Aconséjale que no use faja, y menos tan apretada. ¿Qué tiempo tiene? ¿Tres, cuatro meses?

Fue en ese momento que, veloz y mortífera como una picadura de cobra, la sospecha cruzó la mente del doctor Quinteros. Con terror, sintiendo que el silencio del cuarto de baño se había electrizado, miró por el espejo. El Pelirrojo tenía los ojos incrédulamente abiertos, la boca torcida en una mueca que daba a su cara una expresión absurda, y estaba lívido como muerto.

—¿Tres, cuatro meses? —lo oyó articular, atorándose—. ¿Un aborto?

Sintió que se le hundía la tierra. Qué bruto, qué animal eres, pensó. Y, ahora sí, con atroz precisión, recordó que todo el noviazgo y la boda de Elianita era una historia de pocas semanas. Había apartado la vista de Antúnez, se secaba las manos demasiado despacio y su mente buscaba ardorosamente alguna mentira, una coartada que sacara a ese muchacho del infierno al que acababa de empujarlo. Sólo atinó a decir algo que le pareció también estúpido:

—Elianita no debe saber que me he dado cuenta. Le he hecho creer que no. Y, sobre todo, no te preocupes. Ella está muy bien.

Salió rápidamente, mirándolo de soslayo al pasar. Lo vio en el mismo sitio, los ojos clavados en el vacío, ahora la boca también abierta y la cara cubierta de sudor. Sintió que echaba llave al cuarto de baño desde adentro. Va a ponerse a llorar, pensó, a darse de cabezazos y a jalarse los pelos, va a maldecirme y a odiarme más todavía que a ella y que a ¿quién? Bajaba las escaleras despacio, con una desoladora sensación de culpa, lleno de dudas, mientras iba repitiendo como un autómata a la gente que Elianita no tenía nada, que bajaría ahora mismo. Salió al jardín y respirar una bocanada de aire le hizo bien. Se acercó al bar, bebió un vaso de whisky puro y decidió irse a su casa sin esperar el desenlace del drama que, por ingenuidad y con las mejores intenciones, había provocado. Tenía ganas de encerrarse en su escritorio y, arrellanado en su sillón de cuero negro, sumergirse en Mozart.

En la puerta de calle, sentado en el pasto, en un estado calamitoso, encontró a Richard. Tenía las piernas cruzadas como un Buda, la espalda apoyada en la verja, el terno arrugado y cubierto de polvo, de manchas, de hierbas. Pero fue su cara la que distrajo al doctor del recuerdo del Pelirrojo y de Elianita y lo hizo detenerse: en sus ojos inyectados el alcohol y el furor parecían haber aumentado en dosis idénticas. Dos hilillos de baba colgaban de sus labios y su expresión era lastimosa y grotesca.

—No es posible, Richard —murmuró, inclinándose y tratando de hacer incorporarse a su sobrino—. Tus padres no pueden verte así. Ven, vamos a la casa hasta que se te pase. Jamás creí que te vería en este estado, sobrino.

Richard lo miraba sin verlo, con la cabeza colgante, y aunque, obediente, trataba de levantarse, las piernas le flaqueaban. El doctor tuvo que tomarlo de los dos brazos y casi alzarlo en peso. Lo hizo andar, sujetándolo de los hombros; Richard se balanceaba como un muñeco de trapo y parecía irse de bruces a cada momento. «Vamos a ver si conseguimos un taxi», murmuró el doctor, parándose al borde de la avenida Santa Cruz y sosteniendo a Richard de un brazo: «Porque andando no llegas ni a la esquina, sobrino». Pasaban algunos taxis, pero ocupados. El doctor tenía la mano levantada. La espera, sumada al recuerdo de Elianita y Antúnez, y la inquietud por el estado de su sobrino, comenzaban a ponerlo nervioso, a él, que nunca había perdido la calma. En ese momento distinguió, en el murmullo incoherente y bajito que escapaba de los labios de Richard, la palabra «revólver». No pudo menos que sonreír, y, poniendo al mal tiempo buena cara, dijo, como para sí mismo, sin esperar que Richard lo escuchara o le respondiera:

—¿Y para qué quieres un revólver, sobrino?

La respuesta de Richard, que miraba el vacío con errabundos ojos homicidas, fue lenta, ronca, clarísima:

—Para matar al Pelirrojo —había pronunciado cada sílaba con un odio glacial. Hizo una pausa, y, con la voz bruscamente rajada, añadió—: O para matarme a mí.

Se le volvió a trabar la lengua y Alberto de Quinteros ya no entendió lo que decía. En eso paró un taxi. El doctor empujó a Richard al interior, dio al chofer la dirección, subió. En el instante en que el auto arrancaba, Richard rompió a llorar. Se volvió a mirarlo y el muchacho se dejó ir contra él, apoyó la cabeza en su pecho y siguió sollozando, con el cuerpo movido por un temblor nervioso. El doctor le pasó una mano por los hombros, le revolvió los cabellos como había hecho un rato antes con su hermana, y tranquilizó con un gesto que quería decir «el chico ha tomado demasiado» al chofer que lo miraba por el espejo retrovisor. Dejó a Richard encogido contra él, llorando y ensuciándole con sus lágrimas, babas y mocos su terno azul y su corbata plateada. No pestañeó siquiera, ni se agitó su corazón, cuando en el incomprensible soliloquio de su sobrino, alcanzó a entender, dos o tres veces repetida, esa frase que, sin dejar de ser atroz, sonaba también hermosa y hasta pura: «Porque yo la quiero como hombre y no me importa nada de nada, tío». En el jardín de la casa, Richard vomitó, con recias arcadas que asustaron al foxterrier y provocaron miradas censoras en el mayordomo y las sirvientas. El doctor Quinteros llevó a Richard del brazo hasta el cuarto de huéspedes, lo hizo enjuagarse la boca, lo desnudó, lo metió en la cama, le hizo tragar un fuerte somnífero, y permaneció a su lado, calmándolo con palabras y gestos afectuosos —que sabía que el muchacho no podía oír ni ver— hasta que lo sintió dormir el sueño profundo de la juventud.

Entonces, llamó a la clínica y dijo al médico de guardia que no iría hasta el día siguiente a menos de alguna catástrofe, instruyó al mayordomo que no estaría para nadie que llamara o viniera, se sirvió un whisky doble

y fue a encerrarse en el cuarto de música. Puso en el to-
cadiscos un alto de piezas de Albinoni, Vivaldi y Scarlatti,
pues había decidido que unas horas venecianas, barrocas
y superficiales, serían un buen remedio para las graves
sombras de su espíritu, y, hundido en la cálida blandura
de su sillón de cuero, la pipa escocesa de espuma de mar
humeando entre los labios, cerró los ojos y esperó que la
música operara su inevitable milagro. Pensó que ésta era
una ocasión privilegiada para poner a prueba esa norma
moral que había hecho suya desde joven y según la cual
era preferible comprender que juzgar a los hombres. No
se sentía horrorizado ni indignado ni demasiado sorprendido. Más bien advertía una recóndita emoción, una
benevolencia invencible, mezclada de ternura y de piedad, cuando se decía que ahora sí estaba clarísimo por
qué una muchacha tan linda había decidido casarse de
pronto con un bobo y por qué al rey de la tabla hawaiana,
al buen mozo del barrio, no se le conoció nunca enamorada y por qué siempre había cumplido sin protestar, con
diligencia tan encomiable, las funciones de chaperón de
su hermana menor. Mientras saboreaba el perfume del ta-
baco y degustaba el placentero fuego de la bebida, se decía
que no había que preocuparse demasiado por Richard. Él
encontraría la manera de convencer a Roberto que lo en-
viara a estudiar al extranjero, a Londres por ejemplo,
una ciudad donde encontraría novedades e incitaciones
suficientes para olvidar el pasado. Lo inquietaba, en
cambio, lo comía de curiosidad lo que pasaría con los
otros dos personajes de la historia. Mientras la música lo
iba embriagando, cada vez más débiles y espaciadas, un
remolino de preguntas sin respuesta giraba en su mente:

¿abandonaría el Pelirrojo esa misma tarde a su temeraria esposa? ¿Lo habría hecho ya? ¿O callaría y, dando una indiscernible prueba de nobleza o estupidez, seguiría con esa niña fraudulenta que tanto había perseguido? ¿Estallaría el escándalo o un pudoroso velo de disimulación y orgullo pisoteado ocultaría para siempre esa tragedia de San Isidro?

III

Volví a ver a Pedro Camacho pocos días después del incidente. Eran las siete y media de la mañana, y, luego de preparar el primer boletín, estaba yendo a tomar un café con leche al Bransa, cuando, al pasar por la ventanilla de la portería de Radio Central, divisé mi Remington. La sentí funcionando, oí el sonido de sus gordas teclas contra el rodillo, pero no vi a nadie detrás de ella. Metí la cabeza por la ventana y el mecanógrafo era Pedro Camacho. Le habían instalado una oficina en el cubículo del portero. En el cuarto, de techo bajo y paredes devastadas por la humedad, la vejez y los graffiti, había ahora un escritorio en ruinas pero tan aparatoso como la máquina que tronaba sobre sus tablas. Las dimensiones del mueble y de la Remington se tragaban literalmente la figurilla de Pedro Camacho. Había añadido al asiento un par de almohadas, pero aun así su cara sólo llegaba a la altura del teclado, de modo que escribía con las manos al nivel de los ojos y daba la impresión de estar boxeando. Su concentración era absoluta, no advertía mi presencia pese a estar a su lado. Tenía los desorbitados ojos fijos en el papel, tecleaba con dos dedos, se mordía la lengua. Llevaba el terno negro del primer día, no se había quitado el saco ni la corbatita de lazo y, al verlo así, absorto y atareado, con su cabellera y su atuendo de poeta decimonónico, rígido y grave, sentado frente a ese escritorio y esa máquina que le quedaban tan grandes y en esa cueva que les quedaba a los tres tan chica, tuve una sensación de algo entre lastimoso y cómico.

—Qué madrugador, señor Camacho —lo saludé, metiendo la mitad del cuerpo en la habitación.

Sin apartar los ojos del papel, se limitó a indicarme, con un movimiento autoritario de la cabeza, que me callara o esperase, o ambas cosas. Opté por lo último, y, mientras él terminaba su frase, observé que tenía la mesa cubierta de papeles mecanografiados, y que en el suelo había algunas hojas arrugadas, enviadas allí a falta de basurero. Poco después apartó las manos del teclado, me miró, se puso de pie, me estiró su diestra ceremoniosa y respondió a mi saludo con una sentencia:

—Para el arte no hay horario. Muy buenos días, mi amigo.

No averigüé si sentía claustrofobia en ese cubil porque, estaba seguro, me hubiera contestado que al arte le convenía la incomodidad. Más bien, lo invité a tomar un café. Consultó un artefacto prehistórico que bailoteaba en su muñeca delgadita y murmuró: «Después de hora y media de producción, me merezco un refrigerio». Camino del Bransa, le pregunté si siempre empezaba a trabajar tan temprano y me repuso que, en su caso, a diferencia de otros *creadores*, la inspiración era proporcional a la luz del día.

—Amanece con el sol y con él va calentando —me explicó, musicalmente, mientras, a nuestro alrededor, un muchacho soñoliento barría el aserrín lleno de puchos y suciedades del Bransa—. Comienzo a escribir con la primera luz. Al mediodía mi cerebro es una antorcha. Luego, va perdiendo fuego y a eso de la tardecita paro porque sólo quedan brasas. Pero no importa, ya que en las tardes y en las noches es cuando más rinde el actor. Tengo mi sistema bien distribuido.

Hablaba demasiado en serio y me di cuenta que apenas parecía notar que yo seguía allí; era de esos hombres que no admiten interlocutores sino oyentes. Como la primera vez, me sorprendió la absoluta falta de humor que había en él, pese a las sonrisas de muñeco —labios que se levantan, frente que se arruga, dientes que asoman— con que aderezaba su monólogo. Todo lo decía con una solemnidad extrema, lo que, sumado a su perfecta dicción, a su físico, a su ropaje extravagante y a sus ademanes teatrales, le daba un aire terriblemente insólito. Era evidente que creía al pie de la letra todo lo que decía: se lo notaba, a la vez, el hombre más afectado y el más sincero del mundo. Traté de descenderlo de las alturas artísticas en las que peroraba al terreno mediocre de los asuntos prácticos y le pregunté si ya se había instalado, si tenía amigos aquí, cómo se sentía en Lima. Esos temas terrenales le importaban un comino. Con un dejo impaciente me contestó que había conseguido un atelier no lejos de Radio Central, en el jirón Quilca, y que se sentía a sus anchas en cualquier parte, porque ¿acaso la patria del artista no era el mundo? En vez de café pidió una infusión de yerbaluisa y menta, que, me instruyó, además de grata al paladar, «entonaba la mente». La apuró a sorbos cortos y simétricos, como si contara el tiempo exacto para llevarse la taza a la boca, y, apenas terminó, se puso de pie, insistió en repartir la cuenta, y me pidió que lo acompañara a comprar un plano con los barrios y calles de Lima. Encontramos lo que quería en un puesto ambulante del jirón de la Unión. Estudió el plano desplegándolo contra el cielo y aprobó con satisfacción los colorines que diferenciaban a los distritos. Exigió un recibo por los veinte soles que costaba.

—Es un instrumento de trabajo y deben abonarlo los mercaderes —decretó, mientras regresábamos a nuestros trabajos. También su andar era original: rápido y nervioso, como si temiera perder el tren. En la puerta de Radio Central, al despedirnos, me señaló su apretada oficina como quien exhibe un palacio:

—Está prácticamente en la calle —dijo, contento consigo mismo y con las cosas—. Es como si trabajara en la vereda.

—¿No lo distrae tanto ruido de gente y de autos? —me atreví a insinuar.

—Al contrario —me tranquilizó, feliz de gratificarme con una última fórmula—: Yo escribo sobre la vida y mis obras exigen el impacto de la realidad.

Ya me iba, cuando volvió a llamarme con el dedo índice. Mostrándome el plano de Lima, me pidió de manera misteriosa que, más tarde o mañana, le proporcionara algunos datos. Le dije que encantado.

En mi altillo de Panamericana, encontré a Pascual con el boletín de las nueve listo. Comenzaba con una de esas noticias que le gustaban tanto. La había copiado de *La Crónica*, enriqueciéndola con adjetivos de su propio acervo: «En el proceloso mar de las Antillas, se hundió anoche el carguero panameño *Shark*, pereciendo sus ocho tripulantes, ahogados y masticados por los tiburones que infestan el susodicho mar». Cambié «masticados» por «devorados» y suprimí «proceloso» y «susodicho» antes de darle el visto bueno. No se enojó, porque Pascual no se enojaba nunca, pero dejó sentada su protesta:

—Este don Mario, siempre jodiéndome el estilo.

Toda esa semana había estado tratando de escribir un cuento, basado en una historia que conocía por mi tío Pedro, quien era médico en una hacienda de Ancash. Un campesino asustó a otro, una noche, disfrazándose de *pishtaco* (diablo) y saliéndole al encuentro en medio del cañaveral. La víctima de la broma se había asustado tanto que descargó su machete sobre el pishtaco y lo mandó al otro mundo con el cráneo partido en dos. Luego, huyó al monte. Algún tiempo después, un grupo de campesinos, al salir de una fiesta, habían sorprendido a un pishtaco merodeando por el poblado y lo mataron a palos. El muerto resultó ser el asesino del primer pishtaco, que usaba disfraz de diablo para visitar de noche a su familia. Los asesinos, a su vez, se habían echado al monte, y, disfrazados de pishtacos, venían en las noches a la comunidad, donde dos de ellos habían sido ya exterminados a machetazos por aterrorizados campesinos, quienes, a su vez, etcétera. Lo que yo quería contar no era tanto lo ocurrido en la hacienda de mi tío Pedro, como el final que se me ocurrió: que en un momento dado, entre tanto pishtaco de mentiras, se deslizaba el diablo vivito y coleando. Iba a titular mi cuento *El salto cualitativo* y quería que fuese frío, intelectual, condensado e irónico como un cuento de Borges, a quien acababa de descubrir por esos días. Dedicaba al relato todos los resquicios de tiempo que me dejaban los boletines de Panamericana, la universidad y los cafés del Bransa, y también escribía en casa de mis abuelos, a mediodía y en las noches. Esa semana no almorcé donde ninguno de mis tíos, ni hice las visitas acostumbradas a las primas, ni fui al cine. Escribía y rompía, o, mejor dicho, apenas había escrito una frase me parecía horrible y recomenzaba. Tenía la certeza de que una falta de caligrafía o de ortografía nunca era casual, sino una llamada de atención, una advertencia (del subconsciente, Dios o alguna otra persona) de que la frase no servía y era preciso rehacerla. Pascual se quejaba: «Caracho, si los Genaros descubren ese desperdicio de papel, lo pagaremos del sueldo». Por fin, un jueves creí tener el cuento acabado. Era un monólogo de cinco páginas; al final se descubría en el narrador al propio diablo. Le leí *El salto cualitativo* a Javier en mi altillo, después de El Panamericano de las doce.

—Excelente, hermano —sentenció, aplaudiendo—. ¿Pero todavía es posible escribir sobre el diablo? ¿Por qué no un cuento realista? ¿Por qué no suprimir al diablo y dejar que todo pase entre los pishtacos de mentiras? O, si no, un cuento fantástico, con todos los fantasmas que se te antojen. Pero sin diablos, sin diablos, porque eso huele a religión, a beatería, a cosas pasadas de moda.

Cuando se fue, hice añicos *El salto cualitativo*, lo eché a la papelera, decidí olvidarme de los pishtacos y me fui a almorzar donde el tío Lucho. Allí me enteré que había brotado algo que parecía un romance entre la boliviana y alguien que yo conocía de oídas: el hacendado y senador arequipeño Adolfo Salcedo, emparentado de algún modo con la tribu familiar.

—Lo bueno del pretendiente es que tiene plata y posición y que sus intenciones con Julia son serias —comentaba mi tía Olga—. Le ha propuesto matrimonio.

—Lo malo es que don Adolfo tiene cincuenta años y todavía no ha desmentido esa acusación terrible —replicaba el tío Lucho—. Si tu hermana se casa con él tendrá que ser casta o adúltera.

—Esa historia con Carlota es una de las típicas calumnias de Arequipa —discutía la tía Olga—. Adolfo tiene todo el aire de ser un hombre completo.

La *historia* del senador y de doña Carlota la conocía yo muy bien porque había sido tema de otro cuento que los elogios de Javier mandaron al basurero. Su matrimonio conmovió al sur de la república pues don Adolfo y doña Carlota poseían ambos tierras en Puno y su alianza tenía resonancias latifundísticas. Habían hecho las cosas en grande, casándose en la bella Iglesia de Yanahuara, con invitados venidos de todo el Perú y un banquete pantagruélico. A las dos semanas de luna de miel, la novia había plantado al marido en algún lugar del mundo y regresado escandalosamente sola a Arequipa y anunciado, ante la estupefacción general, que pediría la anulación del matrimonio a Roma. La madre de Adolfo Salcedo encontró a doña Carlota un domingo, a la salida de misa de once, y en el mismo atrio de la catedral la increpó con furia:

—¿Por qué abandonaste así a mi pobre hijo, bandida?

Con un gesto magnífico, la latifundista puneña había respondido en alta voz, para que oyera todo el mundo:

—Porque, a su hijo, eso que tienen los caballeros sólo le sirve para hacer pipí, señora.

Había conseguido anular el matrimonio religioso y Adolfo Salcedo era una fuente inagotable de chistes en las reuniones familiares. Desde que había conocido a la tía Julia, la asediaba con invitaciones al Grill Bolívar y al 91, le regalaba perfumes y la bombardeaba con canastas de rosas. Yo estaba feliz con la noticia del romance y esperaba que la tía Julia apareciera para lanzarle algún dardo sobre su nuevo candidato. Pero me dejó con los crespos hechos porque fue ella la que, al presentarse en el comedor, a la hora del café —llegaba con un alto de paquetes— anunció con una carcajada:

—Los chismes eran ciertos. El senador Salcedo no resopla.

—Julia, por Dios, no seas malcriada —protestó la tía Olga—. Cualquiera creería que...

—Me lo ha contado él mismo, esta mañana —aclaró la tía Julia, feliz con la tragedia del latifundista.

Había sido muy normal hasta que cumplió veinticinco años. Entonces, durante unas infortunadas vacaciones en Estados Unidos, sobrevino el percance. En Chicago, San Francisco o Miami —la tía Julia no se acordaba— el joven Adolfo había conquistado (creía él) a una señora en un cabaret, y ella se lo llevó a un hotel, y estaba en plena acción cuando sintió en la espalda la punta de un cuchillo. Se volvió y era un tuerto que medía dos metros. No lo hirieron, no le pegaron, sólo le robaron el reloj, una medalla, sus dólares. Así comenzó. Nunca más. Desde entonces, vez que estaba con una dama e iba a entrar en acción sentía el frío del metal en la columna, veía la cara

66

averiada del tuerto, se ponía a transpirar y se le bajaban los ánimos. Había consultado montones de médicos, de psicólogos, y hasta a un curandero de Arequipa, que lo hacía enterrarse vivo, las noches de luna, al pie de los volcanes.

—No seas mala, no te burles, pobrecito —temblaba de risa la tía Olga.

—Si estuviera segura que se va a quedar siempre así, me casaría con él, por su plata —decía inescrupulosamente la tía Julia—. ¿Pero, y si yo lo curo? ¿Te imaginas a ese vejestorio tratando de recuperar el tiempo perdido conmigo?

Pensé en la felicidad que habría causado a Pascual la aventura del senador arequipeño, el entusiasmo con que le hubiera consagrado un boletín entero. El tío Lucho le advertía a la tía Julia que si se mostraba tan exigente no encontraría un marido peruano. Ella se quejaba de que, aquí también, como en Bolivia, los buenos mozos fueran pobres y los ricos feos, y de que cuando aparecía un buen mozo rico siempre estuviera casado. De pronto, se encaró conmigo y me preguntó si no había asomado toda esa semana por miedo a que me arrastrara otra vez al cine. Le dije que no, inventé exámenes, le propuse que fuéramos esa noche.

—Regio, a la del Leuro —decidió, dictatorialmente—. Es una película en la que se llora a mares.

En el colectivo, de regreso a Radio Panamericana, le estuve dando vueltas a la idea de intentar otra vez un cuento con la historia de Adolfo Salcedo; algo ligero y risueño, a la manera de Somerset Maugham, o de un erotismo malicioso, como en Maupassant. En la radio, la secretaria de Genaro hijo, Nelly, estaba riéndose sola en su escritorio. ¿Cuál era el chiste?

—Ha habido un lío en Radio Central entre Pedro Camacho y Genaro papá —me contó—. El boliviano no quiere ningún actor argentino en los radioteatros o dice que se va. Consiguió que Luciano Pando y Josefina Sánchez lo apoyen y se ha salido con su gusto. Van a cancelarles los contratos, ¿qué bueno, no?

Había una feroz rivalidad entre los locutores, animadores y actores nativos y los argentinos —llegaban al Perú por oleadas, muchos de ellos expulsados por razones políticas— y me imaginé que el escriba boliviano había hecho esa operación para ganarse la simpatía de sus compañeros de trabajo aborígenes. Pero no, pronto descubrí que era incapaz de esa clase de cálculos. Su odio a los argentinos en general, y a los actores y actrices argentinos en particular, parecía desinteresado. Fui a verlo después del boletín de las siete, para decirle que tenía un rato libre y podía ayudarlo con los datos que necesitaba. Me hizo pasar a su cubil y, con un gesto munificente, me ofreció el único asiento posible, fuera de su silla: una esquina de la mesa que le servía de escritorio. Seguía con su saco y su corbatita de lazo, rodeado de papeles mecanografiados, que apiló cuidadosamente junto a la Remington. El plano de Lima, clavado con tachuelas, cubría parte de la pared. Tenía más colorines, unas extrañas figuras con lápiz rojo y unas iniciales distintas en cada barrio. Le pregunté qué eran esas marcas y letras.

Asintió, con una de esas sonrisitas mecánicas, en las que había siempre una íntima satisfacción y una especie de benevolencia. Acomodándose en la silla, peroró:

—Yo trabajo sobre la vida, mis obras se aferran a la realidad como la cepa a la vid. Para eso lo necesito. Quiero saber si ese mundo es o no es así.

Estaba señalándome el plano y yo acerqué la cabeza para tratar de descifrar lo que quería decirme. Las iniciales eran herméticas, no aludían a ninguna institución ni persona reconocible. Lo único claro era que había aislado en círculos rojos los barrios disímiles de Miraflores y San Isidro, de La Victoria y del Callao. Le dije que no entendía nada, que me explicara.

—Es muy fácil —me repuso, con impaciencia y voz de cura—. Lo más importante es la verdad, que siempre es arte, y, en cambio, la mentira no, o sólo rara vez. Debo saber si Lima es como lo he marcado en el plano. Por ejemplo, ¿corresponden a San Isidro las dos Aes? ¿Es un barrio de Alto Abolengo, de Aristocracia Afortunada?

Hizo énfasis en las Aes iniciales, con una entonación que quería decir «Sólo los ciegos no ven la luz del sol». Había clasificado los barrios de Lima según su importancia social. Pero lo curioso era el tipo de calificativos, la naturaleza de la nomenclatura. En algunos casos había acertado, en otros la arbitrariedad era absoluta. Por ejemplo, admití que las iniciales MPA (Mesocracia Profesionales Amas de casa) convenía a Jesús María, pero le advertí que resultaba bastante injusto estampar en La Victoria y El Porvenir la atroz divisa VMMH (Vagos Maricones Maleantes Hetairas) y sumamente discutible reducir el Callao a MPZ (Marineros Pescadores Zambos) o el Cercado y El Agustino a FOLI (Fámulas Operarios Labradores Indios).

—No se trata de una clasificación científica sino artística —me informó, haciendo pases mágicos con sus manitas pigmeas—. No me interesa *toda* la gente que compone cada barrio, sino la más llamativa, la que da a cada sitio su perfume y su color. Si un personaje es ginecólogo debe vivir donde le corresponde y lo mismo si es sargento de la policía.

Me sometió a un interrogatorio prolijo y divertido (para mí, pues él mantenía su seriedad funeral) sobre la topografía humana de la ciudad, y advertí que las cosas que le interesaban más se referían a los extremos: millonarios y mendigos, blancos y negros, santos y criminales. Según mis respuestas, añadía, cambiaba o suprimía iniciales en el plano con un gesto veloz y sin vacilar un segundo, lo que me hizo pensar que había inventado y usaba ese sistema de catalogación hacía tiempo. ¿Por qué había marcado sólo Miraflores, San Isidro, La Victoria y el Callao?

—Porque, indudablemente, serán los escenarios principales —dijo, paseando sus ojos saltones con suficiencia napoleónica sobre los cuatro distritos—. Soy hombre que odia las medias tintas, el agua turbia, el café flojo. Me gustan el sí o el no, los hombres masculinos y las mujeres femeninas, la noche o el día. En mis obras siempre hay aristócratas o plebe, prostitutas o madonas. La mesocracia no me inspira y tampoco a mi público.

—Se parece usted a los escritores románticos —se me ocurrió decirle, en mala hora.

—En todo caso, ellos se parecen a mí —saltó en su silla, con la voz resentida—. Nunca he plagiado a nadie. Se me puede reprochar todo, menos esa infamia. En cambio, a mí me han robado de la manera más inicua.

Quise explicarle que lo del parecido a los románticos no había sido dicho con ánimo de ofenderlo, que era una broma, pero no me oía porque, de pronto, se había enfurecido extraordinariamente, y, gesticulando como si se hallara ante un auditorio expectante, despotricaba con su magnífica voz:

—Toda Argentina está inundada de obras mías, envilecidas por plumíferos rioplatenses. ¿Se ha topado usted en la vida con argentinos? Cuando vea uno, cámbiese de vereda, porque la argentinidad, como el sarampión, es contagiosa.

Había palidecido y le vibraba la nariz. Apretó los dientes e hizo una mueca de asco. Me sentí confuso ante esa nueva expresión de su personalidad y balbuceé algo vago y general, era lamentable que en América Latina no hubiera una ley de derechos de autor, que no se protegiera la propiedad intelectual. Había vuelto a meter la pata.

—No se trata de eso, a mí no me importa ser plagiado —replicó, más furioso aún—. Los artistas no trabajamos por la gloria, sino por amor al hombre. Qué más quisiera yo que mi obra se difundiera por el mundo, aunque sea bajo otras rúbricas. Lo que no se les puede perdonar a los cacógrafos del Plata es que alteren mis libretos, que los encanallen. ¿Sabe usted lo que les hacen? Además de cambiarles los títulos y los nombres a los personajes, por supuesto. Los condimentan siempre con esas esencias argentinas...

—La arrogancia —lo interrumpí, seguro de dar esta vez en el clavo—, la cursilería.

Negó con la cabeza, despectivamente, y pronunció, con una solemnidad trágica y una voz lenta y cavernosa que retumbó en el cubil, las únicas dos palabrotas que le oí decir nunca:

—La cojudez y la mariconería.

Sentí deseos de jalarle la lengua, de saber por qué su odio a los argentinos era más vehemente que el de las gentes normales, pero, al verlo tan descompuesto, no me atreví. Hizo un gesto de amargura y se pasó una mano ante los ojos, como para borrar ciertos fantasmas. Luego, con expresión dolida, cerró las ventanas de su cubil, cuadró el rodillo de la Remington y le colocó su funda, se acomodó la corbatita de lazo, sacó de su escritorio un grueso libro que se puso bajo el sobaco y me indicó con un gesto que saliéramos. Apagó la luz y, de afuera, echó llave a su cueva. Le pregunté qué libro era ése. Le pasó afectuosamente la mano por el lomo, en una caricia idéntica a la que podría haber hecho a un gato.

—Un viejo compañero de aventuras —murmuró, con emoción, alcanzándomelo—. Un amigo fiel y un buen ayudante de trabajo.

El libro, publicado en tiempos prehistóricos por Espasa Calpe —sus gruesas tapas tenían todas las manchas y rasguños del mundo y sus hojas estaban amarillentas— era de un autor desconocido y de prontuario pomposo (Adalberto Castejón de la Reguera, Licenciado por la Universidad de Murcia en Letras Clásicas, Gramática y Retórica), y el título era extenso: *Diez Mil Citas Literarias de los Cien Mejores Escritores del Mundo*. Tenía un subtítulo: «Lo que dijeron Cervantes, Shakespeare, Molière, etcétera, sobre Dios, la Vida, la Muerte, el Amor, el Sufrimiento, etcétera...».

Estábamos ya en la calle Belén. Al darle la mano se me ocurrió mirar el reloj. Sentí pánico: eran las diez de la noche. Tenía la sensación de haber estado media hora con el artista y en realidad el análisis sociológico-chismográfico de la ciudad y la abominación de los argentinos había demorado tres. Corrí a Panamericana, convencido de que Pascual habría dedicado los quince minutos del boletín de las nueve a algún pirómano de Turquía o a algún infanticidio en El Porvenir. Pero las cosas no debían de haber ido tan mal, pues me encontré a los Genaros en el ascensor y no parecían furiosos. Me contaron que esa tarde habían firmado contrato con Lucho Gatica para que viniera una semana a Lima como exclusividad de Panamericana. En mi altillo, revisé los boletines y eran pasables. Sin apurarme, fui a tomar el colectivo a Miraflores en la plaza San Martín.

Llegué a la casa de los abuelos a las once de la noche; ya estaban durmiendo. Me dejaban siempre la comida en el horno, pero esta vez, además del plato de apanado con arroz y huevo frito —mi invariable menú— había un mensaje escrito con letra temblona: «Llamó tu tío Lucho. Que dejaste plantada a Julita, que tenían que ir al cine. Que eres un salvaje, que la llames para disculparte: el Abuelo».

Pensé que olvidarse de los boletines y de una cita con una dama por el escriba boliviano era demasiado. Me acosté incómodo y malhumorado por mi involuntaria malacrianza. Estuve dando vueltas antes de pescar el sueño, tratando de convencerme que era culpa de ella, por imponerme esas idas al cine, a esas horribles truculencias, y buscando alguna excusa para cuando la llamara al día siguiente. No se me ocurrió ninguna plausible y no me atreví a decirle la verdad. Hice más bien un gesto heroico. Después del boletín de las ocho, fui a una florería del centro y le envié un ramo de rosas que me costó cien soles con una tarjeta en la que, después de mucho dudar, escribí lo que me pareció un prodigio de laconismo y elegancia: «Rendidas excusas».

En la tarde hice algunos bocetos, entre boletín y boletín, de mi cuento erótico-picaresco sobre la tragedia del senador arequipeño. Me proponía trabajar fuerte en él esa noche, pero Javier vino a buscarme después de El Panamericano y me llevó a una sesión de espiritismo, en los Barrios Altos. El médium era un escribano, a quien había conocido en las oficinas del Banco de Reserva. Me había hablado mucho de él, pues siempre le contaba sus percances con las almas, que acudían a comunicarse con él no sólo cuando las convocaba en sesiones oficiales, sino espontáneamente, en las circunstancias más inesperadas. Solían gastarle bromas, como hacer sonar el teléfono al amanecer: al descolgar el aparato escuchaba al otro lado de la línea la inconfundible risa de su bisabuela, muerta hacía medio siglo y domiciliada desde entonces (se lo había dicho ella misma) en el purgatorio. Se le aparecían en los ómnibus, en los colectivos, caminando por la calle. Le hablaban al oído y él tenía que permanecer mudo e impasible («desairarlas» parece que decía) a fin de que la gente no lo creyera loco. Yo, fascinado, le había pedido a Javier que organizara alguna sesión con el escribano médium. Éste había aceptado, pero venía dando largas varias semanas, con pretextos climatológicos. Era indispensable esperar ciertas fases de la luna, el cambio de mareas y aun factores más especializados pues, al parecer, las ánimas eran sensibles a la humedad, las constelaciones, los vientos. Por fin había llegado el día.

Nos costó un triunfo dar con la casa del escribano médium, un departamentito sórdido, apretado en el fondo de una quinta del jirón Cangallo. El personaje, en la realidad, era mucho menos interesante que en los cuentos de Javier. Sesentón, solterón, calvito, oloroso a linimento, tenía una mirada bovina y una conversación tan empecinadamente banal que nadie hubiera sospechado su promiscuidad con los espíritus. Nos recibió en una salita desvencijada y grasienta; nos convidó unas galletas de agua con trocitos de queso fresco y una parca mulita de pisco. Hasta que dieron las doce nos estuvo contando, con un aire convencional, sus experiencias del más allá. Habían comenzado al enviudar, veinte años atrás. La muerte de su mujer lo había sumido en una tristeza inconsolable, hasta que un día un amigo lo salvó, mostrándole el camino del espiritismo. Era lo más importante que le había pasado en la vida:

—No sólo porque uno tiene la oportunidad de seguir viendo y oyendo a los seres queridos —nos decía, con el tono que se comenta una fiesta de bautizo—, sino porque distrae mucho, las horas se van sin darse cuenta.

Escuchándolo, se tenía la impresión de que hablar con los muertos era algo comparable, en esencia, a ver una película o un partido de fútbol (y, sin duda, menos divertido). Su versión de la otra vida era terriblemente cotidiana, desmoralizadora. No había diferencia alguna de *cualidad* entre allá y aquí, a juzgar por las cosas que le contaban: los espíritus se enfermaban, se enamoraban, se casaban, se reproducían, viajaban, y la única diferencia era que nunca se morían. Yo le lanzaba miradas homicidas a Javier, cuando dieron las doce. El escribano nos hizo sentar alrededor de la mesa (no redonda sino cuadrangular), apagó la luz, nos ordenó unir las manos. Hubo unos segundos de silencio y yo, nervioso con la espera, tuve la ilusión de que la cosa iba a ponerse interesante. Pero comenzaron a presentarse los espíritus y el escribano, con la misma voz doméstica, empezó a preguntarles las cosas más aburridas del mundo: «¿Y cómo estás, pues, Zoilita? Encantado de oírte; aquí me tienes, pues, con estos amigos, muy buenas personas, interesados en conectarse con el mundo tuyo, Zoilita. ¿Cómo, qué cosa? ¿Que los salude? Cómo no, Zoilita, de tu parte. Dice que los salude con todo cariño y que si pueden recen por ella de vez en cuando para que salga más pronto del purgatorio». Después de Zoilita se presentaron una serie de parientes y amigos con los que el escribano mantuvo diálogos semejantes. Todos estaban en el purgatorio, todos nos enviaron saludos, todos pedían rezos. Javier se empeñó en llamar a alguien que estuviera en el infierno, para que nos sacara de dudas, pero el médium, sin vacilar un segundo, nos explicó que era imposible: los de *allí* sólo podían ser *citados* los tres primeros días de mes impar y apenas se les oía la voz. Javier pidió entonces al ama que había criado a su madre y a él y a sus hermanos. Doña Gumercinda compareció, mandó saludos, dijo que recordaba a Javier con mucho cariño y que ya estaba haciendo sus aditos para salir del purgatorio e ir al encuentro del Señor. Yo pedí al escribano que llamara a mi hermano Juan, y, sorprendentemente (porque nunca había tenido hermanos), vino y me hizo decir, por la benigna voz del médium, que no debía preocuparme por él pues estaba con Dios y que siempre rezaba por mí. Tranquilizado con esta noticia, me despreocupé de la sesión y me dediqué a escribir mentalmente mi cuento sobre el senador. Se me ocurrió un título enigmático: *La cara incompleta*. Decidí, mientras Javier, incansable, exigía al escribano que convocara algún ángel, o, al menos, algún personaje histórico como Manco Cápac, que el senador terminaría resolviendo su problema mediante una fantasía freudiana: pondría a su esposa, en el momento del amor, un parche de pirata en el ojo.

La sesión terminó cerca de las dos de la madrugada. Mientras caminábamos por las calles de los Barrios Altos, en busca de un taxi que nos llevara hasta la plaza San Martín para tomar el colectivo, yo enloquecía a Javier diciéndole que por su culpa el más allá había perdido para mí poesía y misterio, que por su culpa había tenido la evidencia de que todos los muertos se volvían imbéciles, que por su culpa ya no podría ser agnóstico y tendría que vivir con la certidumbre de que, en la otra vida, *que existía*, me esperaba una eternidad de cretinismo y aburrimiento. Encontramos un taxi y en castigo lo pagó Javier.

En casa, junto al apanado, huevo y arroz, encontré otro mensaje: «Te llamó Julita. Que recibió tus rosas, que están muy lindas, que le gustaron mucho. Que no creas que por las rosas te librarás de llevarla al cine cualquiera de estos días: el Abuelo».

Al día siguiente era cumpleaños del tío Lucho. Le compré una corbata de regalo y me disponía a ir a su casa al mediodía, pero Genaro hijo se me presentó intempestivamente en el altillo y me obligó a ir a almorzar con él en el Raimondi. Quería que lo ayudara a redactar los avisos que publicaría ese domingo en los diarios, anunciando los radioteatros de Pedro Camacho, que arrancaban el lunes. ¿No hubiera sido más lógico que el propio artista interviniera en la redacción de esos avisos?

—La vaina es que se ha negado —me explicó Genaro hijo, fumando como una chimenea—. Sus libretos no necesitan publicidad mercenaria, se imponen solos y no sé qué otras tonterías. El tipo está resultando complicado, muchas manías. ¿Supiste lo de los argentinos, no? Nos ha obligado a rescindir contratos, a pagar indemnizaciones. Espero que sus programas justifiquen estos engreimientos.

Mientras redactábamos los avisos, despachábamos dos corvinas, bebíamos cerveza helada y veíamos, de tanto en tanto, desfilar por las vigas del Raimondi esos grises ratoncitos que parecen puestos allí como prueba de antigüedad del local, Genaro hijo me contó otro conflicto que había tenido con Pedro Camacho. La razón: los protagonistas de los cuatro radioteatros con que debutaba en Lima. En los cuatro, el galán era un cincuentón «que conservaba maravillosamente la juventud».

—Le hemos explicado que todos los surveys han demostrado que el público quiere galanes de entre treinta y treinta y cinco años, pero es una mula —se afligía Genaro hijo, echando humo por la boca y la nariz—. ¿Y si he metido la pata y el boliviano es un fracaso descomunal?

Recordé que, en un momento de nuestra conversación de la víspera en su cubil de Radio Central, el artista había dogmatizado, con fuego, sobre los cincuenta años del hombre. La edad del apogeo cerebral y de la fuerza sensual, decía, de la experiencia digerida. La edad en que se era más deseado por las mujeres y más temido por los hombres. Y había insistido, sospechosamente, en que la vejez era algo *optativo*. Deduje que el escriba boliviano tenía cincuenta años y que lo aterraba la vejez: un rayito de debilidad humana en ese espíritu marmóreo.

Cuando terminamos de redactar los avisos era tarde para dar un salto a Miraflores, de modo que telefoneé al tío Lucho para decirle que iría a abrazarlo a la noche. Supuse que encontraría una aglomeración de familiares festejándolo, pero no había nadie, aparte de la tía Olga y la tía Julia. Los parientes habían desfilado por la casa durante el día. Estaban tomando whiskys y me sirvieron una copa. La tía Julia me agradeció otra vez las rosas —las vi sobre el aparador de la sala y eran poquísimas— y se puso a bromear, como siempre, pidiéndome que confesara qué clase de *programa* me había salido la noche que la dejé plantada: ¿alguna *piba* de la universidad, alguna huachafita de la radio? Llevaba un vestido azul, zapatos blancos, maquillaje y peinado de peluquería; se reía con una risa fuerte y directa y tenía voz ronca y ojos insolentes. Descubrí, algo tardíamente, que era una mujer atractiva. El tío Lucho, en un arrebato de entusiasmo, dijo que cincuenta años se cumplían sólo una vez en la vida y que nos fuéramos al Grill Bolívar. Pensé que, por segundo día consecutivo, tendría que dejar de lado la redacción de mi cuento sobre el senador eunuco y pervertido (¿y si le ponía ese título?). Pero no lo lamenté, me sentí muy contento de verme embarcado en esa fiesta. La tía Olga, después de examinarme, dictaminó que mi facha no era la más adecuada para el Grill Bolívar e hizo que el tío Lucho me prestara una camisa limpia y una corbata llamativa que compensaran un poco lo viejo y arrugado del terno. La camisa me quedó grande, y yo sentía angustia por mi cuello bailando en el aire (lo que dio lugar a que la tía Julia comenzara a llamarme Popeye).

Nunca había ido al Grill Bolívar y me pareció el lugar más refinado y elegante del mundo, y la comida la más exquisita que había probado jamás. Una orquesta tocaba boleros, pasodobles, blues, y la estrella del show era una francesa, blanca como la leche, que recitaba acariciadoramente sus canciones mientras daba la impresión de masturbar el micro con las manos, y a la que el tío Lucho, de un buen humor que crecía con las copas, vitoreaba en una jerigonza que él llamaba francés: «¡Vravoooo! ¡Vravoooo mamuasel cherí!». El primero en lanzarse a bailar fui yo, que arrastré a la tía Olga a la pista, ante mi propia sorpresa, pues no sabía bailar (estaba entonces firmemente convencido de que una vocación literaria era incompatible con el baile y los deportes), pero, felizmente, había mucha gente, y, en la apretura y penumbra, nadie pudo advertirlo. La tía Julia, a su vez, hacía pasar un mal rato al tío Lucho obligándolo a bailar separado de ella y haciendo figuras. Ella bailaba bien y las miradas de muchos señores la seguían.

La pieza siguiente saqué a la tía Julia y la previne que no sabía bailar, pero, como tocaban un lentísimo blues, desempeñé mi función con decoro. Bailamos un par de piezas y nos fuimos alejando insensiblemente de la mesa del tío Lucho y la tía Olga. En el instante en que, terminada la música, la tía Julia hacía un movimiento para apartarse de mí, la retuve y la besé en la mejilla, muy cerca de los labios. Me miró con asombro, como si presenciara un prodigio. Había cambio de orquesta y debimos regresar a la mesa. Allí, la tía Julia se puso a hacer bromas al tío Lucho sobre los cincuenta años, edad a partir de la cual los hombres se volvían viejos verdes. A ratos me lanzaba una rápida ojeada, como para verificar si yo estaba realmente ahí, y en sus ojos se podía leer clarísimo que todavía no le cabía en la cabeza que la hubiera besado. La tía Olga estaba ya cansada y quería que nos fuéramos, pero yo insistí en bailar una pieza más. «El intelectual se corrompe», constató el tío Lucho y arrastró a la tía Olga a bailar la pieza del estribo. Yo saqué a la tía Julia y, mientras bailábamos, ella permanecía (por primera vez) muda. Cuando, entre la masa de parejas, el tío Lucho y la tía Olga quedaron distanciados, la estreché un poco contra mí y le junté la mejilla. La oí murmurar, confusa: «Oye, Marito...», pero la interrumpí diciéndole al oído: «Te prohíbo que me vuelvas a llamar Marito». Ella separó un poco la cara para mirarme e intentó sonreír, y entonces, en una acción casi mecánica, me incliné y la besé en los labios. Fue un contacto muy rápido pero no lo esperaba y la sorpresa hizo que esta vez dejara un momento de bailar. Ahora su estupefacción era total: abría los ojos y estaba con la boca abierta. Cuando terminó la pieza, el tío Lucho pagó la cuenta y nos fuimos. En el trayecto a Miraflores —íbamos los dos en el asiento de atrás— cogí la mano de la tía Julia, la apreté con ternura y la mantuve entre las mías. No la retiró, pero se la notaba aún sorprendida y no abría la boca. Al bajar, en casa de los abuelos, me pregunté cuántos años mayor que yo sería.

IV

En la noche chalaca, húmeda y oscura como boca de lobo, el sargento Lituma se subió las solapas del capote, se frotó las manos y se dispuso a cumplir con su deber. Era un hombre en la flor de la edad, la cincuentena, al que la Guardia Civil entera respetaba; había servido en las comisarías más sacrificadas sin quejarse y su cuerpo conservaba algunas cicatrices de sus batallas contra el crimen. Las cárceles del Perú hervían de malhechores a los que había calzado las esposas. Había sido citado como ejemplo en órdenes del día, alabado en discursos oficiales, y, por dos veces, condecorado: pero esas glorias no habían alterado su modestia, tan grande como su valentía y su honradez. Hacía un año que servía en la Cuarta Comisaría del Callao y llevaba ya tres meses encargado de la más dura obligación que el destino puede deparar a un sargento en el puerto: la ronda nocturna.

Las remotas campanas de la Iglesia de Nuestra Señora del Carmen de la Legua dieron la medianoche, y, siempre puntual, el sargento Lituma —frente ancha, nariz aguileña, mirada penetrante, rectitud y bondad en el espíritu— empezó a caminar. A su espalda, una fogata en las tinieblas, quedaba la vieja casona de madera de la

83

Cuarta Comisaría. Imaginó: el teniente Jaime Concha estaría leyendo el Pato Donald, los guardias Mocos Camacho y Manzanita Arévalo estarían azucarándose un café recién colado y el único preso del día —un carterista sorprendido in fraganti en el ómnibus Chucuito-La Parada y traído a la comisaría, con abundantes contusiones, por media docena de furibundos pasajeros— dormiría hecho un garabato en el suelo del ergástulo.

Inició su recorrido por la barriada de Puerto Nuevo, donde estaba de servicio el Chato Soldevilla, un tumbesino que cantaba tonderos con inspirada voz. Puerto Nuevo era el terror de los guardias y detectives del Callao porque en su laberinto de casuchas de tablones, latas, calaminas y adobes, sólo una ínfima parte de sus pobladores se ganaban el pan como portuarios o pescadores. La mayoría eran vagos, ladrones, borrachos, pichicateros, macrós y maricas (para no mencionar a las innumerables prostitutas) que, con cualquier pretexto, se agarraban a chavetazos y, a veces, tiros. Esa barriada sin agua ni desagüe, sin luz y sin pavimentar, se había teñido no pocas veces con sangre de agentes de la ley. Pero esa noche estaba excepcionalmente pacífica. Mientras, tropezando con piedras invisibles, la cara fruncida por el vaho de excrementos y materias descompuestas que subía a sus narices, recorría los meandros del barrio en busca del Chato, el sargento Lituma pensó: «El frío acostó temprano a los noctámbulos». Porque era mediados de agosto, el corazón del invierno, y una neblina espesa que todo lo borraba y deformaba, y una garúa tenaz que aguaba el aire, habían convertido esa noche en algo triste e inhóspito. ¿Dónde se había metido el Chato Soldevilla? Este tumbesino mariconazo, asustado del frío o de los hampones, era capaz de haber ido a buscar calorcito y trago a las cantinas de la avenida Huáscar. «No, no se atrevería —pensó el sargento Lituma—. Sabe que yo hago la ronda y que si abandona su puesto, se amuela».

Encontró al Chato bajo un poste de luz, en la esquina que mira al Frigorífico Nacional. Se frotaba las manos con furia, su cara había desaparecido tras una chalina fantasmal que sólo le dejaba los ojos libres. Al verlo, dio un respingo y se llevó la mano a la cartuchera. Luego, reconociéndolo, chocó los tacos.

—Me asustó, mi sargento —dijo riéndose—. Así, de lejitos, saliendo de la oscuridad, me figuré un espíritu.

—Qué espíritu ni qué ocho cuartos —le dio la mano Lituma—. Creíste que era un hampón.

—Con este frío no hay hampones sueltos, qué esperanza —volvió a frotarse las manos el Chato—. Los únicos locos a los que en esta noche se les ocurre andar a la intemperie somos usted y yo. Y éstos.

Señaló el techo del Frigorífico y el sargento, esforzando los ojos, alcanzó a ver media docena de gallinazos apiñados y con el pico entre las alas, formando una línea recta en la cumbre de la calamina. «Qué hambre tendrán —pensó—. Aunque se hielen, allí se quedan oliendo lo muerto». El Chato Soldevilla le firmó el parte a la rancia luz del farol, con un lapicito masticado que se le perdía en los dedos. No había novedad: ni accidentes, ni delitos, ni borracheras.

—Una noche tranquila, mi sargento —le dijo, mientras lo acompañaba unas cuadras, hacia la avenida

Manco Cápac—. Espero que siga así, hasta que llegue mi relevo. Después, que se caiga el mundo, qué diablos.

Se rió, como si hubiera dicho algo muy chistoso, y el sargento Lituma pensó: «Hay que ver la mentalidad que se gastan ciertos guardias». Como si hubiera adivinado, el Chato Soldevilla añadió, serio:

—Porque yo no soy como usted, mi sargento. A mí esto no me gusta. Llevo el uniforme sólo por la comida.

—Si dependiera de mí, no lo llevarías —murmuró el sargento—. Yo sólo dejaría en el cuerpo a los que creen en la vaina.

—Se quedaría bastante vacía la Guardia Civil —repuso el Chato.

—Más vale solos que mal acompañados —se rió el sargento.

El Chato también se rió. Caminaban a oscuras, por el descampado que rodea a la Factoría Guadalupe, donde los mataperros se volaban siempre a pedradas los focos de los postes. Se oía el rumor del mar a lo lejos, y, de cuando en cuando, el motor de algún taxi que cruzaba la avenida Argentina.

—A usted le gustaría que todos fuéramos héroes —dijo de pronto el Chato—. Que nos sacáramos el alma para defender a estas basuras —señaló hacia el Callao, hacia Lima, hacia el mundo—. ¿Acaso nos lo agradecen? ¿No ha oído lo que nos gritan en la calle? ¿Acaso alguien nos respeta? La gente nos desprecia, mi sargento.

—Aquí nos despedimos —dijo Lituma, al borde de la avenida Manco Cápac—. No te salgas de tu área. Y no te hagas mala sangre. No ves la hora de dejar el cuerpo, pero el día que te den de baja vas a sufrir como un perro.

Así le pasó a Pechito Antezana. Venía a la comisaría a mirarnos y se le llenaban los ojos de lágrimas. «He perdido a mi familia», decía.

Oyó que, a su espalda, el Chato gruñía: «Una familia sin mujeres, qué clase de familia es».

Tal vez el Chato tenía razón, pensaba el sargento Lituma, mientras avanzaba por la desierta avenida, en medio de la noche. Era verdad, la gente no quería a los policías, se acordaba de ellos cuando tenía miedo de algo. ¿Y eso qué? Él no se sacaba la mugre para que la gente lo respetara o lo quisiera. «A mí la gente me importa un pito», pensó. ¿Y entonces por qué no tomaba la Guardia Civil como los compañeros, sin matarse, tratando de pasarla lo mejor posible, aprovechando para descansar o para ganarse unos soles sucios si la superioridad no estaba cerca? ¿Por qué, Lituma? Pensó: «Porque a ti te gusta. Porque, como a otros les gusta el fútbol o las carreras, a ti te gusta tu trabajo». Se le ocurrió que la próxima vez que algún loco del fútbol le preguntara «¿Eres hincha del Sport Boys o del Chalaco, Lituma?», le respondería: «Soy hincha de la Guardia Civil». Se reía, en la neblina, en la garúa, en la noche, contento de su ocurrencia, y en eso oyó el ruido. Dio un respingo, se llevó la mano a la cartuchera, se paró. Lo había tomado tan de sorpresa que casi se había asustado. «Sólo casi —pensó—, porque tú no has sentido miedo ni sentirás, tú no sabes cómo se come eso, Lituma». Tenía a su izquierda el descampado y a la derecha la mole del primero de los depósitos del Terminal Marítimo. De allí había venido: muy fuerte, un estruendo de cajones y latas que se derrumban arrastrando en su caída a otros cajones y latas. Pero ahora todo estaba tranquilo de nuevo y sólo oía el chasquido lejano del mar y el silbido del viento al golpear las calaminas y al enroscarse en las alambradas del puerto. «Un gato que perseguía a una rata y que se trajo abajo un cajón y ése a otro y fue el huayco», pensó. Pensó en el pobre gato, despanzurrado junto con la rata, bajo una montaña de fardos y barriles. Ya estaba en el área del Choclo Román. Pero claro que el Choclo no estaba por aquí; Lituma sabía muy bien que estaba en el otro extremo de su área, en el Happy Land, o en el Blue Star, o en cualquiera de los barcitos y prostíbulos de marineros que se codeaban al fondo de la avenida, en esa callecita que los chalacos lengualargas llamaban la calle del chancro. Ahí estaría, en uno de esos astillados mostradores, gorreando una cervecita. Y, mientras caminaba hacia esos antros, Lituma pensó en la cara de susto que pondría Román si él se le aparecía por detrás, de repente: «Así que tomando bebidas espirituosas durante el servicio. Te amolaste, Choclo».

Había avanzado unos doscientos metros y se paró en seco. Volvió la cabeza: allá, en la sombra, una de sus paredes apenas iluminada por el resplandor de un farol milagrosamente indemne de las hondas de los mataperros, mudo ahora, estaba el depósito. «No es un gato —pensó—, no es una rata». Era un ladrón. Su pecho comenzó a latir con fuerza y sintió que la frente y las manos se le mojaban. Era un ladrón, un ladrón. Permaneció inmóvil unos segundos, pero ya sabía que iba a regresar. Estaba seguro: había tenido otras veces esos pálpitos. Desenfundó su pistola y le sacó el seguro, y empuñó la linterna con la mano zurda. Regresó a trancos, sintiendo que el corazón se le salía por la boca. Sí, segurísimo, era un ladrón. A la altura del depósito se paró de nuevo, jadeando. ¿Y si no era uno sino unos? ¿No sería mejor buscar al Chato, al Choclo? Movió la cabeza: no necesitaba a nadie, se bastaba y sobraba. Si eran varios, peor para ellos y mejor para él. Escuchó, pegando la cara a la madera: silencio total. Sólo oía, a lo lejos, el mar y alguno que otro carro. «Qué ladrón ni qué ocho cuartos, Lituma —pensó—. Estás soñando. Era un gato, una rata». Se le había quitado el frío, sentía calor y cansancio. Contorneó el depósito, buscando la puerta. Cuando la encontró, a la luz de la linterna verificó que la cerradura no había sido violentada. Ya se iba, diciéndose «qué tal chasco, Lituma, tu olfato no es el de antes», cuando, en un movimiento maquinal de su mano, el disco amarillento de la linterna le retrató la abertura. Estaba a pocos metros de la puerta; la habían hecho a lo bruto, rompiendo la madera a hachazos o a patadas. El boquete era lo bastante grande para un hombre a gatas.

Sintió su corazón agitadísimo, loco. Apagó la linterna, comprobó que su pistola estaba sin seguro, miró en torno: sólo sombras y, a lo lejos, como luces de fósforos, los faroles de la avenida Huáscar. Llenó de aire los pulmones y, con toda la fuerza de que era capaz, rugió:

—Rodéeme este almacén con sus hombres, cabo. Si alguno trata de escapar, fuego a discreción. ¡Rápido, muchachos!

Y, para que fuera más creíble, dio unas carreritas de un lado a otro, zapateando fuerte. Luego, pegó la cara al tabique del depósito y gritó, a voz en cuello:

—Se amolaron, les salió mal. Están rodeados. Vayan saliendo por donde entraron, uno tras otro. ¡Treinta segundos para que lo hagan por las buenas!

Escuchó el eco de sus gritos perdiéndose en la noche, y, luego, el mar y unos ladridos. Contó no treinta sino sesenta segundos. Pensó: «Estás hecho un payaso, Lituma». Sintió un acceso de cólera. Gritó:

—Abran los ojos, muchachos. ¡A la primera, me los queman, cabo!

Y, resueltamente, se puso a cuatro patas y gateando, ágil a pesar de sus años y del abrigado uniforme, atravesó el boquete. Adentro, se incorporó de prisa, en puntas de pie corrió hacia un lado y pegó la espalda a la pared. No veía nada y no quería prender la linterna. No oía ningún ruido pero otra vez tenía una seguridad total. Había alguien ahí, agazapado en la oscuridad, igual que él, escuchando y tratando de ver. Le pareció sentir una respiración, un jadeo. Tenía el dedo en el gatillo y la pistola a la altura del pecho. Contó tres y encendió. El grito lo tomó tan desprevenido que, con el susto, la linterna se le escapó de las manos y rodó por el suelo, revelando bultos, fardos que parecían de algodón, barriles, vigas, y (fugaz, intempestiva, inverosímil) la figura del negro calato y encogido, con las manos tratando de taparse la cara, y, sin embargo, mirando por entre los dedos, los ojazos espantados, fijos en la linterna, como si el peligro le pudiera venir sólo de la luz.

—¡Quieto o te quemo! ¡Quieto o estás muerto, zambo! —rugió Lituma, tan fuerte que le dolió la garganta, mientras, agachado, manoteaba buscando la linterna. Y luego, con satisfacción salvaje—: ¡Te amolaste, zambo! ¡Te salió mal, zambo!

Gritaba tanto que se sentía aturdido. Había recuperado la linterna y el halo de luz revoloteó, en busca del negro. No había huido, ahí estaba, y Lituma abría mucho los ojos, incrédulo, dudando de lo que veía. No había sido una imaginación, un sueño. Estaba calato, sí, tal como lo habían parido: ni zapatos, ni calzoncillo, ni camiseta, ni nada. Y no parecía tener vergüenza ni darse cuenta siquiera que estaba calato, porque no se tapaba sus cochinadas, que le baileteaban alegremente, a la luz de la linterna. Seguía encogido, la cara medio oculta tras los dedos, y no se movía, hipnotizado por la redondela de luz.

—Las manos sobre la cabeza, zambo —ordenó el sargento, sin avanzar hacia él—. Tranquilo si no quieres un plomazo. Vas preso por invadir la propiedad privada y por andar con los mellicitos al aire.

Y, al mismo tiempo —los oídos alertas por si el menor ruido delataba a algún cómplice en las sombras del depósito—, el sargento se decía: «No es un ladrón. Es un loco». No sólo porque estaba desnudo en pleno invierno, sino por el grito que había lanzado al ser descubierto. No era de hombre normal, pensó el sargento. Había sido un ruido extrañísimo, algo entre el aullido, el rebuzno, la carcajada y el ladrido. Un ruido que no parecía únicamente de la garganta sino también de la barriga, el corazón, el alma.

—He dicho manos a la cabeza, miéchica —gritó el sargento, dando un paso hacia el hombre. Éste no obedeció, no se movió. Era muy oscuro, tan flaco que en la penumbra Lituma distinguía las costillas hinchando el pellejo y esos canutos que eran sus piernas, pero tenía un vientre grandote, que se le rebalsaba sobre el pubis, y Lituma se acordó inmediatamente de las esqueléticas criaturas de las barriadas, con panzas infladas por los parásitos.

El zambo seguía tapándose la cara, quieto, y el sargento dio otros dos pasos hacia él, midiéndolo, seguro de que en cualquier momento se echaría a correr. «Los locos no respetan los revólveres», pensó, y dio dos pasos más. Estaba apenas a un par de metros del zambo y sólo ahora alcanzó a percibir las cicatrices que le veteaban los hombros, los brazos, la espalda. «Pa su macho, pa su diablo», pensó Lituma. ¿Eran de enfermedad? ¿Heridas o quemaduras? Habló bajito para no espantarlo:

—Quieto y tranquilo, zambo. Las manos en la cabeza y caminando hacia el hueco por donde entraste. Si te portas bien, en la comisaría te daré un café. Debes estar muerto de frío, así calato, con este tiempo.

Iba a dar un paso más hacia el negro, cuando éste, súbitamente, se quitó las manos de la cara —Lituma se quedó estupefacto al descubrir, bajo la mata de pelo pasa apelmazado, esos ojos sobrecogidos, esas cicatrices horribles, esa enorme jeta de la que sobresalía un único, largo y afilado diente—, volvió a lanzar ese híbrido, incomprensible, inhumano alarido, miró a un lado y a otro, desasosegado, indócil, nervioso, como un animal que busca un camino para huir, y, por fin, estúpidamente, eligió el que no debía, el que bloqueaba el sargento con su cuerpo. Porque no se abalanzó contra él sino intentó escapar a través de él. Corrió y fue tan inesperado que Lituma no alcanzó a atajarlo y lo sintió que se estrellaba contra él. El sargento tenía sus nervios bien puestos: no se le fue el dedo, no se le escapó un tiro. El zambo, al chocar, bufó y entonces Lituma le dio un empujón y vio que se venía al suelo como si fuera de trapo. Para que se estuviese tranquilo, lo pateó.

—Párate —le ordenó—. Además de loco eres tonto. Y cómo apestas.

Tenía un olor indefinible, a alquitrán, acetona, pis y gato. Se había dado vuelta y, las espaldas contra el suelo, lo miraba con pánico.

—Pero de dónde has podido salir tú —murmuró Lituma. Acercó un poco la linterna y examinó un rato, confuso, esa increíble cara cruzada y descruzada por incisiones rectilíneas, pequeñas nervaduras que recorrían sus mejillas, su nariz, su frente, su mentón y se perdían por su cuello. Cómo había podido andar por las calles del Callao un tipo con una pinta así, y con los mellizos al aire, sin que alguien diera parte.

—Levántate de una vez o te doy tu sopapo —dijo Lituma—. Loco o no loco ya me cansaste.

El tipo no se movió. Había comenzado a hacer unos ruidos con la boca, un murmullo indescifrable, un ronroneo, un bisbiseo, algo que parecía tener que ver más con pájaros, insectos o fieras que con hombres. Y seguía mirando la linterna con un terror infinito.

—Párate, no tengas miedo —dijo el sargento y, estirando una mano, cogió al zambo del brazo. No se resistió pero tampoco hizo esfuerzo alguno para ponerse de pie. «Qué flaco eres», pensó Lituma, casi divertido con el maullido, gorgoteo, silabeo incesante del hombre: «Y qué miedo me tienes». Lo obligó a levantarse y no podía creer que pesara tan poco; apenas le dio un empujoncito en dirección a la abertura del tabique, lo sintió que trastabillaba y se caía. Pero esta vez se levantó solito, con gran esfuerzo, apoyándose en un barril de aceite.

—¿Estás enfermo? —dijo el sargento—. Casi no puedes caminar, zambo. Pero de dónde maldita sea ha podido salir un fantoche como tú.

Lo arrastró hacia la abertura, lo hizo agacharse y lo obligó a ganar la calle, delante de él. El zambo seguía emitiendo ruidos, sin pausa, como si llevara un fierro en la boca y tratara de escupirlo. «Sí —pensó el sargento—, es un loco». La garúa había cesado pero ahora un viento fuerte y silbante barría las calles y ululaba a su alrededor, mientras Lituma, dando empujoncitos al zambo para apresurarlo, enfilaba hacia la comisaría. Bajo su grueso capote, sintió frío.

—Debes estar helado, compadre —dijo Lituma—. Calato con este tiempo, a estas horas. Si no te da una pulmonía será un milagro.

Al negro le castañeteaban los dientes y caminaba con los brazos cruzados sobre el pecho, frotándose los flancos con sus manazas largas y huesudas, como si el frío lo atacara sobre todo en las costillas. Seguía roncando, rugiendo o graznando, pero ahora para sí mismo, y torcía dócilmente donde le señalaba el sargento. No encontraron en las calles ni automóviles, ni perros, ni borrachos. Cuando llegaron a la comisaría —las luces de sus ventanas, con su resplandor aceitoso, alegraron a Lituma como a un náufrago que ve la playa— el bronco campanario de la Iglesia de Nuestra Señora del Carmen de la Legua daba las dos.

Al ver aparecer al sargento con el negro desnudo, al joven y apuesto teniente Jaime Concha no se le cayó el Pato Donald de las manos —era el cuarto que llevaba leído en la noche, aparte de tres Supermanes y dos

94

Mandrakes—, pero se le abrió tanto la boca que por poco se desmandibula. Los guardias Camacho y Arévalo, que estaban jugando una partidita de damas chinas, también abrieron mucho los ojos.

—¿De dónde sacaste este espantapájaros? —dijo por fin el teniente.

—¿Es hombre, animal o cosa? —preguntó Manzanita Arévalo, poniéndose de pie y olfateando al negro. Éste, desde que había pisado la comisaría, estaba mudo y movía la cabeza en todas direcciones, con una mueca de terror, como si por primera vez en su vida viera luz eléctrica, máquinas de escribir, guardias civiles. Pero, al ver acercarse a Manzanita, lanzó otra vez su espeluznante alarido —Lituma vio que el teniente Concha casi se venía al suelo con silla y todo de la impresión y que Mocos Camacho desbarataba las damas chinas— e intentó regresar a la calle. El sargento lo contuvo con una mano y lo sacudió un poco: «Quieto, zambo, no te me asustes».

—Lo encontré en el almacén nuevo del Terminal, mi teniente —dijo—. Se metió fracturando el tabique. ¿Hago el parte por robo, por invasión de propiedad, por conducta inmoral o por las tres cosas?

El zambo se había quedado otra vez encogido, mientras el teniente, Camacho y Arévalo lo escudriñaban de pies a cabeza.

—Esas cicatrices no son de viruela, mi teniente —dijo Manzanita, señalando las incisiones de la cara y el cuerpo—. Se las hicieron a navaja, aunque parezca mentira.

—Es el hombre más flaco que he visto en mi vida —dijo Mocos, mirando los huesos del calato—. Y el más feo. Dios mío, qué crespos tiene. Y qué patas.

—Sácanos de la curiosidad —dijo el teniente—. Cuéntanos tu vida, negrito.

El sargento Lituma se había quitado el quepí y desabotonado el capote. Sentado en la máquina de escribir, comenzaba a redactar el parte. Desde ahí, gritó:

—No sabe hablar, mi teniente. Hace unos ruidos que no se entienden.

—¿Eres de los que se hacen los locos? —se interesó el teniente—. Estamos viejos para que nos metan el dedo a la boca. Cuéntanos quién eres, de dónde sales, quién era tu mamá.

—O te devolvemos el habla a soplamocos —añadió Manzanita—. A cantar como un canario, zambito.

—Sólo que si esas rayas fueran de chaveta, tendrían que haberle dado mil chavetazos —se admiró Mocos, mirando una y otra vez las incisiones que cuadriculaban al negro—. ¿Pero cómo es posible que un hombre esté marcado así?

—Se muere de frío —dijo Manzanita—. Le chocan los dientes como maracas.

—Las muelas —lo corrigió Mocos, examinándolo como una hormiga, muy de cerca—. ¿No ves que no tiene sino un diente, este colmillo de elefante? Pucha, qué tipo: parece una pesadilla.

—Creo que es un chiflado —dijo Lituma, sin dejar de escribir—. Andar así, en este frío, no es cosa de cuerdos, ¿no, mi teniente?

Y, en este instante, el desbarajuste lo hizo mirar: el zambo, de pronto, electrizado por algo, había dado un empujón al teniente y pasaba como una flecha entre Camacho y Arévalo. Pero no hacia la calle sino hacia la mesa de las damas chinas; Lituma vio que se precipitaba sobre un sándwich a medio comer y que se lo embutía y tragaba en un solo, afanoso y bestial movimiento. Cuando Arévalo y Camacho llegaron hasta él y le aventaron un par de sopapos, el negro estaba englutiendo, con la misma avidez, las sobras del otro sándwich.

—No le peguen, muchachos —dijo el sargento—. Más bien convídenle un café, sean caritativos.

—Ésta no es la Beneficencia —dijo el teniente—. No sé qué cuernos me voy a hacer con este sujeto aquí —se quedó mirando al zambo, que, luego de tragarse los sándwiches, había recibido los coscorrones de Mocos y Manzanita sin inmutarse y permanecía ahora tumbado en el suelo, tranquilo, jadeando suavemente. Terminó por compadecerse y gruñó—: Está bien. Denle un poco de café y métanlo al calabozo.

El Mocos le alcanzó media taza de café del termo. El zambo bebió despacio, cerrando los ojos, y, cuando hubo terminado, lamió el aluminio en busca de las últimas gotitas hasta dejarlo brillante. Se dejó llevar al calabozo pacíficamente.

Lituma releyó el parte: intento de robo, invasión de propiedad, conducta inmoral. El teniente Jaime Concha se había vuelto a sentar en el escritorio y su mirada vagabundeaba:

—Ya sé, ya sé a quién se parece —sonrió feliz, mostrando a Lituma el alto de revistas multicolores—. A los negros de las historias de Tarzán, a los del África.

Camacho y Arévalo habían reanudado la partida de damas chinas y Lituma se calzó el quepí y abotonó el capote. Cuando salía, sintió los chillidos del carterista, que se acababa de despertar y protestaba por su compañero de calabozo:

—¡Socorro, sálvenme! ¡Me va a violar!

—Cállate, o te vamos a violar nosotros —lo amonestaba el teniente—. Déjame leer mis chistes en paz.

Desde la calle, Lituma alcanzó a ver que el negro se había tendido en el suelo, indiferente a los gritos del carterista, un chino delgadito que no salía del susto. «Despertarse y encontrarse con semejante cuco», se reía Lituma, rompiendo otra vez con su maciza figura la niebla, el viento, las sombras. Con las manos en el bolsillo, las solapas del capote levantadas, cabizbajo, sin darse prisa, continuó su ronda. Estuvo primero en la calle del chancro, donde encontró a Choclo Román acodado en el mostrador del Happy Land, festejando los chistes de Paloma del Llanto, el viejo marica de pelo pintado y dientes postizos que hacía de barman. Consignó en el parte que el guardia Román «tenía trazas de haber ingerido bebidas espirituosas en horas de servicio», aunque sabía de sobra que el teniente Concha, hombre lleno de comprensión para las debilidades propias y ajenas, haría la vista gorda. Se alejó luego del mar y remontó la avenida Sáenz Peña, más muerta a esa hora que un cementerio, y le costó un triunfo dar con Humberto Quispe, que tenía el área del Mercado. Los puestos estaban cerrados y había menos vagabundos que otras veces, durmiendo acurrucados sobre costales o periódicos, bajo las escaleras y los camiones. Después de varias vueltas inútiles y muchos toques de silbato con la señal de reconocimiento, encontró a Quispe en la esquina de Colón y Cochrane, ayudando a un taxista al que un par de forajidos acababan de romperle el cráneo para robarle. Lo llevaron a la Asistencia Pública, para que lo cosieran. Luego, se tomaron un caldito de cabezas en el primer puesto que abrió, el de la señora Gualberta, vendedora de pescado fresco. Un patrullero recogió a Lituma en Sáenz Peña y le dio un aventón hasta la Fortaleza del Real Felipe, al pie de cuyas murallas hacía guardia Manitas Rodríguez, el benjamín de la comisaría. Le sorprendió jugando a la rayuela, solito, en la oscuridad. Saltaba muy serio de cajón a cajón, en un pie, en dos, y al ver al sargento se cuadró:

—El ejercicio ayuda a entrar en calor —le dijo, señalando el dibujo hecho con tiza en la vereda—: ¿Usted no jugaba de chico a la rayuela, mi sargento?

—Más bien al trompo y era buenazo haciendo volar cometas —le respondió Lituma.

Manitas Rodríguez le refirió un incidente que, decía, le había alegrado la guardia. Estaba recorriendo la calle Paz Soldán, a eso de la medianoche, cuando había visto a un sujeto trepando por una ventana. Le había dado el alto revólver en mano pero el tipo se puso a llorar jurando que no era ratero sino esposo y que su señora le pedía que entrara así, a oscuritas y por la ventana. ¿Y por qué no por la puerta, como todo el mundo? «Porque está medio chiflada —lloriqueaba el hombre—. Fíjese que verme entrar como ladrón la pone más cariñosa. Otras veces hace que la asuste con un cuchillo y hasta que me disfrace de diablo. Y si no le doy gusto no me liga ni un beso, mi agente».

—Te vio cara de mocoso y se burló de ti de lo lindo —se sonreía Lituma.

—Es la pura y santa verdad —insistió Manitas—. Toqué la puerta, entramos y la señora, una zambita de rompe y raja, dijo que era cierto y que si no tenían derecho ella y su marido a jugar a los ladrones. Lo que se ve en este oficio, ¿no, mi sargento?

—Así es, muchacho —asintió Lituma, pensando en el negro.

—Ahora que con una mujer así uno no se aburriría nunca, mi sargento —se chupaba los labios Manitas.

Acompañó a Lituma hasta la avenida Buenos Aires y se despidieron. Mientras avanzaba hasta la frontera con Bellavista —la calle Vigil, la plaza de la Guardia Chalaca—, largo trayecto donde habitualmente comenzaba a sentir fatiga y sueño, el sargento recordaba al negro. ¿Se habría escapado del manicomio? Pero el Larco Herrera estaba tan lejos que algún guardia o patrullero lo habría visto y arrestado. ¿Y esas cicatrices? ¿Se las habrían hecho a cuchillo? Miéchica, eso sí que dolería, como quemarse a fuego lento. Que a uno le vayan haciendo heridita tras heridita hasta embadurnarle la cara de rayas, carambolas. ¿Y si había nacido así? Todavía era noche cerrada pero ya se percibían síntomas del amanecer: autos, uno que otro camión, siluetas madrugadoras. El sargento se preguntaba: «¿Y tú que has visto tanto tipo raro por qué te preocupa el calato?». Se encogió de hombros: simple curiosidad, una manera de ocupar la mente mientras duraba la ronda.

No tuvo dificultad en dar con Zárate, un guardia que había servido con él en Ayacucho. Se lo encontró con el parte firmado: sólo un choque sin heridos, nada importante. Lituma le contó la historia del negro y a Zárate lo único que le hizo gracia fue el episodio de los sándwiches. Tenía la manía de la filatelia, y, mientras

100

acompañaba unas cuadras al sargento, empezó a contarle que esa mañana había conseguido unas estampillas triangulares de Etiopía, con leones y víboras, en verde, rojo y azul, que eran rarísimas, y que las había cambiado por cinco argentinas que no valían nada.

—Pero que, sin duda, se creerán que valen mucho —lo interrumpió Lituma.

La manía de Zárate, que otras veces toleraba con buen humor, ahora lo impacientó y se alegró de que se despidieran. Un resplandor azuloso se insinuaba en el cielo y de la negrura surgían, espectrales, grisáceos, aherrumbrados, populosos, los edificios del Callao. Casi al trote, el sargento iba contando las cuadras que faltaban para llegar a la comisaría. Pero esta vez, se confesó a sí mismo, su premura no se debía tanto al cansancio de la noche y la caminata como a las ganas de ver otra vez al negro. «Parece que creyeras que todo ha sido un sueño y que el cutato no existe, Lituma».

Pero existía: ahí estaba, durmiendo retorcido como un nudo en el suelo del calabozo. El carterista había caído dormido en el otro extremo, y aún llevaba en la cara una expresión de susto. También los demás dormían: el teniente Concha de bruces contra un alto de chistes y Camacho y Arévalo hombro contra hombro, en la banqueta de la entrada. Lituma estuvo un largo rato contemplando al negro: sus huesos salientes, su pelo ensortijado, su gran jeta, su diente huérfano, sus mil cicatrices, los estremecimientos que lo recorrían. Pensaba: «Pero de dónde has salido, zambo». Por fin, entregó el parte al teniente, que abrió unos ojos hinchados y enrojecidos:

—Ya se termina esta vaina —le dijo, con boca pastosa—. Un día menos de servicio, Lituma.

«Y un día menos de vida, también», pensó el sargento. Se despidió haciendo sonar los tacos muy fuerte. Eran las seis de la mañana y estaba libre. Como siempre, se fue al Mercado, donde doña Gualberta, a tomar una sopa hirviendo, unas empanadas, unos frejoles con arroz y un dulce de leche, y, después, al cuartito donde vivía, en la calle Colón. Se demoró en pescar el sueño, y, cuando lo pescó, empezó inmediatamente a soñar con el negro. Lo veía cercado de leones y víboras rojas, verdes y azules, en el corazón de Abisinia, con chistera, botas y una varita de domador. Las fieras hacían gracias al compás de su varita y una muchedumbre apostada entre las lianas, los troncos y el ramaje alegrado de cantos de pájaros y chillidos de monos, lo aplaudía a rabiar. Pero, en vez de hacer una reverencia al público, el negro se ponía de rodillas, alargaba las manos en ademán suplicante, los ojos se le aguaban y su gran jeta se abría y, angustioso, raudo, tumultuoso, comenzaba a brotar el trabalenguas, su absurda música.

Lituma se despertó a eso de las tres de la tarde, de mal humor y muy cansado, pese a haber dormido siete horas. «Ya se lo habrán llevado a Lima», pensó. Mientras se lavaba la cara como gato y se vestía, iba imaginando la trayectoria del negro: lo habría recogido el patrullero de las nueve, le habrían dado un trapo para que se cubriera, lo habrían entregado en la Prefectura, le habrían abierto un expediente, lo habrían mandado al calabozo de los sin juicio, y ahí estaría ahora, en esa cueva oscura, entre los vagabundos, rateros, agresores y escandalosos de las últimas veinticuatro horas, temblando de frío y muerto de hambre, rascándose los piojos.

Era un día gris y húmedo; entre la neblina las gentes se movían como peces en aguas sucias y Lituma, pasito a paso, pensando, se fue a tomar lonche donde la señora Gualberta: dos panes con queso fresco y un café.

—Te noto raro, Lituma —le dijo la señora Gualberta, una viejecita que conocía la vida—: ¿Problemas de dinero o de amor?

—Estoy pensando en un cutato que encontré anoche —dijo el sargento, probando el café con la puntita de la lengua—. Se había metido a un depósito del Terminal.

—¿Y qué tiene de raro eso? —preguntó doña Gualberta.

—Estaba calato, lleno de cicatrices, el pelo como una selva y no sabe hablar —le explicó Lituma—. ¿De dónde puede venir un tipo así?

—Del infierno —se rió la viejecita, recibiéndole el billete.

Lituma se fue a la plaza Grau a encontrarse con Pedralbes, un cabo de la Marina. Se habían conocido años atrás, cuando el sargento era sólo guardia y Pedralbes marinero raso, y servían ambos en Pisco. Luego, sus respectivos destinos se habían separado cerca de diez años, pero, desde hacía dos, se habían juntado de nuevo. Pasaban sus días de salida juntos y Lituma se sentía donde los Pedralbes en casa. Se fueron a La Punta, al Club de Cabos y Marineros, a tomarse una cerveza y a jugar al sapo. Lo primero que hizo el sargento fue contarle la historia del negro. Pedralbes encontró inmediatamente una explicación:

—Es un salvaje del África que se vino de polizonte en un barco. Hizo el viaje escondido y, al llegar al Callao, se descolgó de nochecita al agua y se metió al Perú de contrabando.

A Lituma le pareció que salía el sol: todo se volvió de pronto clarísimo.

—Tienes razón, eso es —dijo, chasqueando la lengua, aplaudiendo—. Se vino del África. Claro, eso es. Y, aquí en el Callao, lo desembarcaron por alguna razón. Para no pagarle, porque lo descubrieron en la bodega, para librarse de él.

—No lo entregaron a las autoridades porque sabían que no lo iban a recibir —iba completando la historia Pedralbes—. Lo desembarcaron a la fuerza: arréglatelas solo, salvaje.

—O sea que el cutato ni siquiera sabe dónde está —dijo Lituma—. O sea que esos ruidos no son de loco sino de salvaje, o sea que esos ruidos son su idioma.

—Es como si te metieras en un avión y desembarcaras en Marte, hermano —lo ayudaba Pedralbes.

—Qué inteligentes somos —dijo Lituma—. Le descubrimos toda la vida al cutato.

—Qué inteligente soy yo, dirás —protestó Pedralbes—. ¿Y ahora qué harán con el negro?

Lituma pensó: «Quién sabe». Jugaron seis partiditas de sapo y ganó cuatro el sargento, de modo que Pedralbes pagó la cerveza. Fueron luego a la calle Chanchamayo, donde vivía Pedralbes, en una casita de ventanas con barrotes. Domitila, la mujer de Pedralbes, estaba terminando de dar de comer a las tres criaturas, y, apenas los vio aparecer, metió en la cama al menorcito y ordenó a los otros dos que no se asomaran ni a la puerta. Se arregló un poco el pelo, les dio el brazo a cada uno, y salieron. Entraron al Cine Porteño, en Sáenz Peña, a ver una italiana. A Lituma y Pedralbes no les gustó, pero ella dijo que incluso la repetiría. Caminaron hasta la calle Chanchamayo —las criaturas se habían quedado dormidas— y Domitila les sirvió de comer unos olluquitos con charqui recalentados. Cuando Lituma se despidió, eran las diez y media. Llegó a la Cuarta Comisaría a la hora que comenzaba su servicio: las once en punto.

El teniente Jaime Concha no le dio el menor respiro; lo llamó aparte y le soltó las instrucciones de golpe, en un par de frases espartanas que dejaron a Lituma mareado y con las orejas zumbándole.

—La superioridad sabe lo que hace —le levantó la moral el teniente, dándole una palmadita—. Y tiene sus razones que hay que entender. La superioridad no se equivoca nunca, ¿no es así, Lituma?

—Claro que no —balbuceó el sargento.

Manzanita y el Mocos se hacían los ocupados. Con el rabillo del ojo, Lituma veía, a uno, revisando las papeletas de tránsito como si fueran fotos de calatas, y, al otro, arreglando, desarreglando y volviendo a arreglar su escritorio.

—¿Puedo preguntar algo, mi teniente? —dijo Lituma.

—Puedes —dijo el teniente—. Lo que no sé es si yo podré contestarte.

—¿Por qué la superioridad me ha elegido a mí para este trabajito?

—Eso sí te lo puedo decir —dijo el teniente—. Por dos razones. Porque tú lo capturaste y es justo que termine la broma el que la empezó. Y segundo: porque eres el mejor guardia de esta comisaría y tal vez del Callao.

—Honor que me hacen —murmuró Lituma, sin alegrarse lo más mínimo.

—La superioridad sabe muy bien que se trata de un trabajo difícil y por eso te lo confía —dijo el teniente—. Deberías sentirte orgulloso de que te hayan elegido entre los centenares de guardias que hay en Lima.

—Vaya, ahora resulta que encima tendría que dar las gracias —movió la cabeza Lituma, estupefacto. Reflexionó un momento, y, en voz muy baja, añadió—: ¿Tiene que ser ahora mismo?

—Sobre el pucho —dijo el teniente, tratando de parecer jovial—. No dejes para mañana lo que puedes hacer hoy.

Lituma pensó: «Ahora ya sabes por qué no se te iba de la tutuma la cara del negro».

—¿Quieres llevarte a uno de éstos, para que te eche una mano? —oyó la voz del teniente.

Lituma sintió que Camacho y Arévalo quedaban petrificados. Un silencio polar se instaló en la comisaría mientras el sargento observaba a los dos guardias, y, deliberadamente, para hacerlos pasar un mal rato, se demoraba en elegir. Manzanita se había quedado con el alto de papeletas baileoteando entre los dedos y el Mocos con la cara hundida en el escritorio.

—A éste —dijo Lituma, señalando a Arévalo. Sintió que Camacho respiraba hondo y vio brotar en los ojos de Manzanita todo el odio del mundo contra él y comprendió que le estaba mentando la madre.

—Estoy agripado y le iba a pedir que me exonerara de salir esta noche, mi teniente —tartamudeó Arévalo, poniendo cara de imbécil.

—Déjate de mariconerías y enchúfate el capote —se adelantó Lituma, pasando junto a él sin mirarlo—. Nos vamos de una vez.

Fue hasta el calabozo y lo abrió. Por primera vez en el día, observó al negro. Le habían puesto un pantalón andrajoso, que apenas le llegaba a las rodillas, y cubría su pecho y su espalda un costal de cargador, con un agujero para la cabeza. Estaba descalzo y tranquilo; miró a Lituma a los ojos, sin alegría ni miedo. Sentado en el suelo, masticaba algo; en vez de esposas, tenía en las muñecas una cuerda, lo suficientemente larga para que pudiese rascarse o comer. El sargento le hizo señas de que se pusiera de pie, pero el negro no pareció entender. Lituma se le acercó, lo cogió del brazo, y el hombre se paró dócilmente. Caminó delante de él, con la misma indiferencia con que lo había recibido. Manzanita Arévalo estaba ya con el capote puesto y la chalina enroscada en el cuello. El teniente Concha no se volvió a mirarlos partir: tenía la cara enterrada en un Pato Donald («pero no se da cuenta que está al revés», pensó Lituma). Camacho, en cambio, les hizo una sonrisa de pésame.

Ya en la calle, el sargento se colocó a la orilla de la pista y dejó la pared a Arévalo. El negro caminaba entre los dos, a su mismo paso, largo y desinteresado de todo, masticando.

—Hace como dos horas que masca ese pedazo de pan —dijo Arévalo—. Esta noche, cuando lo trajeron de vuelta de Lima, le dimos todos los panes duros de la despensa, esos que se han vuelto piedras. Y se los ha comido todos. Masticando como una moledora. Qué hambre terrible, ¿no?

«El deber primero y los sentimientos después», estaba pensando Lituma. Se fijó el itinerario: subir por la calle Carlos Concha hasta Contralmirante Mora y, luego, bajar la avenida hasta el cauce del Rímac y seguir con el río hasta el mar. Calculó: tres cuartos de hora para ir y volver, una hora a lo más.

—Usted tiene la culpa, mi sargento —gruñía Arévalo—. Quién lo mandó capturarlo. Al darse cuenta que no era ladrón, debió dejarlo irse. Vea en qué lío nos metió. Y ahora dígame, ¿usted se cree eso que piensa la superioridad? ¿Que éste se vino escondido en un barco?

—Eso es también lo que se le ocurrió a Pedralbes —dijo Lituma—. Puede que sí. Porque, si no, cómo miéchica te explicas que un tipo con esta pinta, con estos pelos, con estas marcas y calato y que habla esa chamuchina se aparezca de buenas a primeras en el puerto del Callao. Debe ser lo que dicen.

En la calle oscura resonaban los dos pares de botas de los guardias; los pies descalzos del zambo no hacían ningún ruido.

—Si de mí fuera, yo lo hubiera dejado en la cárcel —volvió a hablar Arévalo—. Porque, mi sargento, un salvaje del África no tiene la culpa de ser un salvaje del África.

—Por eso mismo no puede quedarse en la cárcel —murmuró Lituma—. Ya lo oíste al teniente: la cárcel es para los ladrones, asesinos y forajidos. ¿A cuento de qué lo va a mantener el Estado en la cárcel?

—Entonces, debían mandarlo de vuelta a su país —refunfuñó Arévalo.

—¿Y cómo miéchica averiguas cuál es su país? —alzó la voz Lituma—. Ya lo has oído al teniente. La superioridad trató de hablar con él en todos los idiomas: el inglés, el francés, hasta el italiano. No habla idiomas: es salvaje.

—O sea que a usted le parece bien que por ser salvaje tengamos que pegarle un tiro —volvió a gruñir Manzanita Arévalo.

—No estoy diciendo que me parezca bien —murmuró Lituma—. Sino repitiendo lo que el teniente dijo que dice la superioridad. No seas idiota.

Entraron a la avenida Contralmirante Mora cuando las campanas de Nuestra Señora del Carmen de la Legua daban las doce y el sonido le pareció a Lituma tétrico. Iba mirando adelante, empeñosamente, pero, a ratos, a pesar suyo, la cara se le volvía hacia la izquierda y echaba una ojeada al negro. Lo veía, un segundo, cruzando el macilento cono de luz de algún farol y siempre estaba igual: moviendo las mandíbulas con seriedad y caminando al ritmo de ellos, sin el menor indicio de angustia. «Lo único que parece importarle en el mundo es masticar», pensó Lituma. Y, un momento después: «Es un condenado a muerte que no sabe que lo es». Y, casi inmediatamente: «No hay duda que es un salvaje». En eso oyó a Manzanita:

—Y, por último, por qué la superioridad no deja que se vaya por ahí y se las arregle como pueda —rezongaba, malhumorado—. Que sea otro vagabundo, de los muchos que hay en Lima. Uno más, uno menos, qué más da.

—Ya lo oíste al teniente —replicó Lituma—. La Guardia Civil no puede auspiciar el delito. Y si a éste lo dejas suelto en plaza no tendría más remedio que robar. O se moriría como un perro. En realidad, le estamos haciendo un favor. Un tiro es un segundo. Eso es preferible a irse muriendo de a poquitos, de hambre, de frío, de soledad, de tristeza.

Pero Lituma sentía que su voz no era muy persuasiva y tenía la sensación, al oírse, de estar oyendo a otra persona.

—Sea como sea, déjeme decirle una cosa —oyó protestar a Manzanita—. Esta vaina no me gusta y me hizo usted un flaco favor escogiéndome.

—¿Y a mí crees que me gusta? —murmuró Lituma—. ¿Y no me hizo un flaco favor a mí la superioridad escogiéndome?

Pasaron frente al Arsenal Naval, donde sonaba una sirena, y, al cruzar el descampado, a la altura del dique seco, un perro salió de las sombras a ladrarlos. Caminaron en silencio, oyendo el golpear de las botas contra la vereda, el rumor vecino del mar, sintiendo en las narices el aire húmedo y salado.

—En este terreno vinieron a refugiarse unos gitanos el año pasado —dijo Manzanita, de pronto, con la voz quebrada—. Levantaron unas carpas y dieron una función de circo. Leían la suerte y hacían magia. Pero el alcalde hizo que los corriéramos porque no tenían licencia municipal.

Lituma no contestó. Sintió pena, de repente, no sólo por el negro sino también por Manzanita y por los gitanos.

—¿Y lo vamos a dejar tirado ahí en la playa, para que lo picoteen los alcatraces? —casi sollozó Manzanita.

—Vamos a dejarlo en el basural, para que lo encuentren los camiones municipales, se lo lleven a la morgue y lo regalen a la Facultad de Medicina para que los estudiantes lo autopsien —se enojó Lituma—. Oíste muy bien las instrucciones, Arévalo, no me las hagas repetírtelas.

—Las oí, pero no me pasa la idea de que tenemos que matarlo, así, en frío —dijo Manzanita unos minutos después—. Y a usted tampoco, aunque trate. Por su voz me doy cuenta que tampoco está de acuerdo con esta orden.

—Nuestra obligación no es estar de acuerdo con la orden, sino ejecutarla —dijo débilmente el sargento. Y, luego de una pausa, todavía más despacio—: Ahora que tienes razón. Yo tampoco estoy de acuerdo. Obedezco porque hay que obedecer.

En ese momento terminaron el asfalto, la avenida, los faroles, y comenzaron a andar en tinieblas sobre la tierra blanda. Una hediondez espesa, casi sólida, los envolvió. Estaban en los basurales de las orillas del Rímac, muy cerca del mar, en ese cuadrilátero entre la playa, el lecho del río y la avenida, donde los camiones de la Baja Policía venían, a partir de las seis de la mañana, a depositar los desperdicios de Bellavista, La Perla y el Callao y donde, aproximadamente desde la misma hora, una muchedumbre de niños, hombres, viejos y mujeres comenzaba a escarbar las inmundicias en busca de objetos de valor, y a disputar a las aves marinas, a los gallinazos, a los perros vagabundos los restos comestibles perdidos entre las basuras. Estaban muy cerca de ese desierto, camino a Ventanilla, a Ancón, donde se alinean las fábricas de harina de pescado del Callao.

—Éste es el mejor sitio —dijo Lituma—. Los camiones de la basura pasan todos por aquí.

El mar sonaba muy fuerte. Manzanita se detuvo y el negro se detuvo también. Los guardias habían prendido sus linternas y examinaban, en la temblona luz, la cara cuarteada de rayas, masticando inmutable.

—Lo peor es que no tiene reflejos ni adivina las cosas —murmuró Lituma—. Cualquiera se daría cuenta y se asustaría, trataría de escapar. Lo que me friega es su tranquilidad, la confianza que nos tiene.

—Se me ocurre una cosa, mi sargento —a Arévalo le chocaban los dientes como si estuviera helándose—. Dejémoslo que se escape. Diremos que lo matamos y, en fin, cualquier cuento para explicar la desaparición del cadáver...

Lituma había sacado su pistola y estaba quitándole el seguro.

—¿Te atreves a proponerme que desobedezca las órdenes de los superiores y que encima les mienta? —resonó, trémula, la voz del sargento. Su mano derecha apuntaba el caño del arma hacia la sien del negro.

Pero pasaron dos, tres, varios segundos y no disparaba. ¿Lo haría? ¿Obedecería? ¿Estallaría el disparo? ¿Rodaría sobre las basuras indescifrables el misterioso inmigrante? ¿O le sería perdonada la vida y huiría, ciego, salvaje, por las playas de las afueras, mientras un sargento irreprochable quedaba allí, en medio de pútridos olores y del vaivén de las olas, confuso y adolorido por haber faltado a su deber? ¿Cómo terminaría esa tragedia chalaca?

V

El paso de Lucho Gatica por Lima fue adjetivado por Pascual en nuestros boletines como «soberbio acontecimiento artístico y gran hit de la radiotelefonía nacional». A mí la broma me costó un cuento, una corbata y una camisa casi nuevas, y dejar plantada a la tía Julia por segunda vez. Antes de la llegada del cantante de boleros chileno, había visto en los periódicos una proliferación de fotos y de artículos laudatorios («publicidad no pagada, la que vale más», decía Genaro hijo), pero sólo me di cuenta cabal de su fama cuando noté las colas de mujeres, en la calle Belén, esperando pases para la audición. Como el auditorio era pequeño —un centenar de butacas— sólo unas pocas pudieron asistir a los programas. La noche del estreno la aglomeración en las puertas de Panamericana fue tal que Pascual y yo tuvimos que subir al altillo por un edificio vecino que compartía la azotea con el nuestro. Hicimos el boletín de las siete y no hubo manera de bajarlo al segundo piso:

—Hay un chuchonal de mujeres tapando la escalera, la puerta y el ascensor —me dijo Pascual—. Traté de pedir permiso pero me creyeron un zampón.

Llamé por teléfono a Genaro hijo y chisporroteaba de felicidad:

—Todavía falta una hora para la audición de Lucho y la gente ya ha parado el tráfico en Belén. Todo el Perú sintoniza en este momento Radio Panamericana.

Le pregunté si en vista de lo que ocurría sacrificábamos los boletines de las siete y de las ocho, pero él tenía recursos para todo e inventó que dictáramos las noticias por teléfono a los locutores. Así lo hicimos y, en los intervalos, Pascual escuchaba, embelesado, la voz de Lucho Gatica en la radio, y yo releía la cuarta versión de mi cuento sobre el senador eunuco, al que había acabado por poner un título de novela de horror: *La cara averiada*. A las nueve en punto escuchamos el fin del programa, la voz de Martínez Morosini despidiendo a Lucho Gatica y la ovación del público que, esta vez, no era de disco sino real. Diez segundos más tarde sonó el teléfono y oí la voz alarmada de Genaro hijo:

—Bajen como sea, esto se está poniendo color de hormiga.

Nos costó un triunfo perforar el muro de mujeres apiñadas en la escalera, a las que contenía, en la puerta del auditorio, el corpulento portero Jesusito. Pascual gritaba: «¡Ambulancia! ¡Ambulancia! ¡Buscamos a un herido!». Las mujeres, la mayoría jóvenes, nos miraban con indiferencia o sonreían, pero no se apartaban y había que empujarlas. Adentro, nos recibió un espectáculo desconcertante: el celebrado artista reclamaba protección policial. Era bajito y estaba lívido y lleno de odio hacia sus admiradoras. El empresario progresista procuraba calmarlo, le decía que llamar a la policía causaría pésima impresión, esa nube de muchachas era un homenaje a su talento. Pero la celebridad no se dejaba convencer:

—Yo las conozco a ésas —decía, entre aterrado y furibundo—. Comienzan pidiendo un autógrafo y acaban arañando, mordiendo.

Nosotros nos reíamos, pero la realidad confirmó sus predicciones. Genaro hijo decidió que esperáramos media hora, creyendo que las admiradoras, aburridas, se irían. A las diez y cuarto (yo tenía compromiso con la tía Julia para ir al cine) nos habíamos cansado de esperar que ellas se cansaran y acordamos salir. Genaro hijo, Pascual, Jesusito, Martínez Morosini y yo formamos un círculo, cogidos de los brazos, y pusimos en el centro a la celebridad, cuya palidez se acentuó hasta la blancura apenas abrimos la puerta. Pudimos bajar las primeras gradas sin grandes daños, dando codazos, rodillazos, cabezazos y pechazos contra el mar femenino, que por el momento se contentaba con aplaudir, suspirar y estirar las manos para tocar al ídolo —quien, níveo, sonreía, e iba murmurando entre dientes: «Cuidadito con soltar los brazos, compañeros»—, pero pronto tuvimos que hacer frente a una agresión en regla. Nos cogían de la ropa y jaloneaban, y dando aullidos alargaban las uñas para arrancar pedazos de la camisa y el terno del ídolo. Cuando, luego de diez minutos de asfixia y empujones, llegamos al pasillo de la entrada, creí que nos íbamos a soltar y tuve una visión: el pequeño cantante de boleros nos era arrebatado y sus admiradoras lo desmenuzaban ante nuestros ojos. No sucedió, pero cuando lo metimos al auto de Genaro papá, quien esperaba al volante desde hacía hora y media, Lucho Gatica y su guardia de hierro

115

estábamos convertidos en los sobrevivientes de una catástrofe. A mí me habían arranchado la corbata y hecho jirones la camisa, a Jesusito le habían roto el uniforme y robado la gorra y Genaro hijo tenía amoratada la frente de un carterazo. El astro estaba indemne, pero de su ropa sólo conservaba íntegros los zapatos y los calzoncillos. Al día siguiente, mientras tomábamos nuestro cafecito de las diez en el Bransa, le conté a Pedro Camacho las hazañas de las admiradoras. No le sorprendieron en absoluto:

—Mi joven amigo —me dijo, filosóficamente, mirándome desde muy lejos—, *también* la música llega al alma de la multitud.

Mientras yo luchaba por defender la integridad física de Lucho Gatica, la señora Agradecida había hecho la limpieza del altillo y echado a la basura la cuarta versión de mi cuento sobre el senador. En vez de amargarme, me sentí liberado de un peso y deduje que había en esto una advertencia de los dioses. Cuando le comuniqué a Javier que no lo reescribiría más, él, en vez de tratar de disuadirme, me felicitó por mi decisión.

La tía Julia se divirtió mucho con mi experiencia de guardaespaldas. Nos veíamos casi a diario, desde la noche de los besos furtivos en el Grill Bolívar. Al día siguiente del cumpleaños del tío Lucho yo me había presentado intempestivamente en la casa de Armendáriz y, buena suerte, la tía Julia estaba sola.

—Se fueron a visitar a tu tía Hortensia —me dijo, haciéndome pasar a la sala—. No fui, porque ya sé que esa chismosa se pasa la vida inventándome historias.

La tomé de la cintura, la atraje hacia mí e intenté besarla. No me rechazó pero tampoco me besó: sentí su boca fría contra la mía. Al apartarnos, vi que me miraba sin sonreír. No sorprendida como la víspera, más bien con cierta curiosidad y algo de burla.

—Mira, Marito —su voz era afectuosa, tranquila—. He hecho todas las locuras del mundo en mi vida. Pero *ésta* no la voy a hacer —lanzó una carcajada—: ¿Yo, corruptora de menores? ¡Eso sí que no!

Nos sentamos y estuvimos conversando cerca de dos horas. Le conté toda mi vida, no la pasada sino la que tendría en el futuro, cuando viviera en París y fuera escritor. Le dije que quería escribir desde que había leído por primera vez a Alejandro Dumas, y que, desde entonces, soñaba con viajar a Francia y vivir en una buhardilla, en el barrio de los artistas, entregado totalmente a la literatura, la cosa más formidable del mundo. Le conté que estudiaba Derecho para darle gusto a la familia, pero que la abogacía me parecía la más espesa y boba de las profesiones y que no la practicaría jamás. Me di cuenta, en un momento, que estaba hablando de manera muy fogosa y le dije que por primera vez le confesaba esas cosas íntimas no a un amigo sino a una mujer.

—Te parezco tu mamá y por eso te provoca hacerme confidencias —me psicoanalizó la tía Julia—. Así que el hijo de Dorita resultó bohemio, vaya, vaya. Lo malo es que te vas a morir de hambre, hijito.

Me contó que la noche anterior se había quedado desvelada, pensando en los besos furtivos del Grill Bolívar. Que el hijo de Dorita, el chiquito al que sólo ayer ella había acompañado a su mamá a llevar al Colegio La Salle, en Cochabamba, el mocosito al que ella todavía creía de pantalón corto, la guagua con quien se hacía escoltar al cine para no ir sola, de buenas a primeras la besara en la boca como si fuera un hombre hecho y derecho, no le cabía en la cabeza.

—Soy un hombre hecho y derecho —le aseguré, cogiéndole la mano, besándosela—. Tengo dieciocho años. Y ya hace cinco que perdí la virginidad.

—¿Y qué soy yo entonces, que tengo treinta y dos y que la perdí hace quince? —se rió ella—. ¡Una vieja decrépita!

Tenía una risa ronca y fuerte, directa y alegre, que abría de par en par su boca grande, de labios gruesos, y que le arrugaba los ojos. Me miraba con ironía y malicia, todavía no como a un hombre hecho y derecho, pero ya no como a un mocoso. Se levantó para servirme un whisky:

—Después de tus atrevimientos de anoche, ya no puedo convidarte Coca-Colas —me dijo, haciéndose la apenada—. Tengo que atenderte como a uno de mis pretendientes.

Le dije que la diferencia de edad tampoco era tan terrible.

—Tan terrible no —me repuso—. Pero, casi casi, lo justo para que pudieras ser mi hijo.

Me contó la historia de su matrimonio. Los primeros años todo había ido muy bien. Su marido tenía una hacienda en el altiplano y ella se había acostumbrado tanto a la vida de campo que rara vez iba a La Paz. La casa hacienda era muy cómoda y a ella le encantaba la tranquilidad del lugar, la vida sana y simple: montar a caballo, hacer excursiones, asistir a las fiestas de los indios. Las nubes grises habían comenzado porque no podía concebir; su marido sufría con la idea de no tener descendencia. Luego, él había comenzado a beber y desde entonces el matrimonio se había deslizado por una pendiente de riñas, separaciones y reconciliaciones, hasta la disputa final. Luego del divorcio habían quedado buenos amigos.

—Si alguna vez me caso, yo nunca tendría hijos —le advertí—. Los hijos y la literatura son incompatibles.

—¿Quiere decir que puedo presentar mi solicitud y ponerme a la cola? —me coqueteó la tía Julia.

Tenía chispa y rapidez para las réplicas, contaba cuentos colorados con gracia y era (como todas las mujeres que había conocido hasta entonces) terriblemente aliteraria. Daba la impresión de que en las largas horas vacías de la hacienda boliviana sólo había leído revistas argentinas, alguno que otro engendro de Delly, y apenas un par de novelas que consideraba memorables: *El árabe* y *El hijo del árabe*, de un tal H. M. Hull. Al despedirme esa noche le pregunté si podíamos ir al cine y me dijo que «eso sí». Habíamos ido a función de noche, desde entonces, casi a diario, y, además de soportar una buena cantidad de melodramas mexicanos y argentinos, nos habíamos dado una considerable cantidad de besos. El cine se fue convirtiendo en pretexto; elegíamos los más alejados de la casa de Armendáriz (el Montecarlo, el Colina, el Marsano) para estar juntos más tiempo. Dábamos largas caminatas después de la función, haciendo empanaditas (me había enseñado que cogerse de las manos se decía en Bolivia «hacer empanaditas»), zigzagueando por las calles vacías de Miraflores (nos soltábamos cada vez que aparecía un peatón o un auto), conversando sobre todas las cosas, mientras que —era esa estación mediocre que en Lima llaman invierno— la garúa nos iba humedeciendo. La tía Julia salía siempre, a almorzar o a tomar té, con sus numerosos pretendientes, pero me reservaba las noches. Íbamos al cine, en efecto, a sentarnos en las filas de atrás de la platea, donde (sobre todo si la película era muy mala) podíamos besarnos sin estorbar a otros espectadores y sin que alguien nos reconociera. Nuestra relación se había estabilizado rápidamente en lo amorfo, se situaba en algún punto indefinible entre las categorías opuestas de enamorados y amantes. Éste era un tema recurrente de nuestras conversaciones. Teníamos de amantes la clandestinidad, el temor a ser descubiertos, la sensación de riesgo, pero lo éramos espiritual, no materialmente, pues no hacíamos el amor (y, como se escandalizaría más tarde Javier, ni siquiera «nos tocábamos»). Teníamos de enamorados el respeto de ciertos ritos clásicos de la adolescente pareja miraflorina de ese tiempo (ir al cine, besarse durante la película, caminar por la calle de la mano) y la conducta casta (en esa Edad de Piedra las chicas de Miraflores solían llegar vírgenes al matrimonio y sólo se dejaban tocar los senos y el sexo cuando el enamorado ascendía al estatuto formal de novio), pero ¿cómo hubiéramos podido serlo dada la diferencia de edad y el parentesco? En vista de lo ambiguo y extravagante de nuestro romance, jugábamos a bautizarlo: «Noviazgo inglés», «romance sueco», «drama turco».

—Los amores de un bebe y una anciana que, además, es algo así como su tía —me dijo una noche la tía Julia, mientras cruzábamos el parque Central—. Cabalito para un radioteatro de Pedro Camacho.

120

Le recordé que sólo era mi tía política y ella me contó que, en el radioteatro de las tres, un muchacho de San Isidro, buenmosísimo y gran corredor de tabla hawaiana, tenía relaciones nada menos que con su hermana, a la que, horror de horrores, había dejado embarazada.

—¿Desde cuándo oyes radioteatros? —le pregunté.

—Me he contagiado de mi hermana —me repuso—. La verdad es que ésos de Radio Central son fantásticos, unos dramones que parten el alma.

Y me confesó que, a veces, a ella y a la tía Olga se les llenaban los ojos de lágrimas. Fue el primer indicio que tuve del impacto que causaba en los hogares limeños la pluma de Pedro Camacho. Recogí otros, los días siguientes, en las casas de la familia. Caía donde la tía Laura y ella, apenas me veía en el umbral de la sala, me ordenaba silencio con un dedo en los labios, mientras permanecía inclinada hacia el aparato de radio como para poder no sólo oír sino también oler, tocar, la (trémula o ríspida o ardiente o cristalina) voz del artista boliviano. Aparecía donde la tía Gaby y las encontraba a ella y a la tía Hortensia deshaciendo un ovillo con dedos absortos, mientras seguían un diálogo lleno de esdrújulas y gerundios de Luciano Pando y Josefina Sánchez. Y en mi propia casa, mis abuelos, que siempre habían tenido «afición a las novelitas», como decía la abuela Carmen, ahora habían contraído una auténtica pasión radioteatral. Me despertaba en la mañana oyendo los compases del indicativo de la radio —se preparaban con una anticipación enfermiza para el primer radioteatro, el de las diez—, almorzaba oyendo el de las dos de la tarde, y a cualquier hora del día que volviera, encontraba a los dos viejitos y a la cocinera, arrinconados en la salita de recibo, profundamente concentrados en la radio, que era grande y pesada como un aparador y que, para mal de males, siempre ponían a todo volumen.

—¿Por qué te gustan tanto los radioteatros? —le pregunté un día a la abuelita—. ¿Qué tienen que no tengan los libros, por ejemplo?

—Es una cosa más viva, oír hablar a los personajes es más real —me explicó, después de reflexionar—. Y, además, a mis años, se portan mejor los oídos que la vista.

Intenté una averiguación parecida en otras casas de parientes y los resultados fueron vagos. A las tías Gaby, Laura, Olga y Hortensia los radioteatros les gustaban porque eran entretenidos, tristes o fuertes, porque las distraían y hacían soñar, vivir cosas imposibles en la vida real, porque enseñaban algunas verdades o porque una tenía siempre su poquito de espíritu romántico. Cuando les pregunté por qué les gustaban más que los libros, protestaron: qué tontería, cómo se iba a comparar, los libros eran la cultura, los radioteatros simples adefesios para pasar el tiempo. Pero lo cierto es que vivían pegadas a la radio y que jamás había visto a ninguna de ellas abrir un libro. En nuestras andanzas nocturnas, la tía Julia me resumía a veces algunos episodios que la habían impresionado y yo le contaba mis conversaciones con el escriba, de modo que, insensiblemente, Pedro Camacho pasó a ser un componente de nuestro romance.

El propio Genaro hijo me confirmó el éxito de los nuevos radioteatros el día en que por fin conseguí, después de mil protestas, que me repusieran la máquina de escribir. Se presentó en el altillo con una carpeta en la mano y la cara radiante:

—Supera los cálculos más optimistas —nos dijo—. En dos semanas ha aumentado en veinte por ciento la sintonía de los radioteatros. ¿Saben lo que esto significa? ¡Aumentar en veinte por ciento la factura a los auspiciadores!

—¿Y que nos aumentarán en veinte por ciento el sueldo, don Genaro? —saltó en su silla Pascual.

—Ustedes no trabajan en Radio Central sino en Panamericana —nos recordó Genaro hijo—. Nosotros somos una estación de buen gusto y no pasamos radioteatros.

Los diarios, en las páginas especializadas, pronto se hicieron eco de la audiencia conquistada por los nuevos radioteatros y empezaron a elogiar a Pedro Camacho. Fue Guido Monteverde quien lo consagró, en su columna de *Última Hora*, llamándolo «experimentado libretista de imaginación tropical y palabra romántica, intrépido director sinfónico de radioteatros y versátil actor él mismo de acaramelada voz». Pero el beneficiario de estos adjetivos no se daba por enterado de las olas de entusiasmo que iba levantando a su alrededor. Una de esas mañanas en que yo lo recogía, de paso al Bransa, para tomar un café juntos, encontré pegado en la ventana de su cubículo un cartel con esta inscripción escrita en letras toscas: «No se reciben periodistas ni se conceden autógrafos. ¡El artista trabaja! ¡Respetadlo!».

—¿Eso va en serio o en broma? —le pregunté, mientras yo saboreaba mi café cortado y él su compuesto cerebral de yerbaluisa y menta.

—Muy en serio —me contestó—. La poligrafía local ha comenzado a atosigarme, y si no les pongo un paralé, pronto habrá colas de oyentes por ahí —señaló como quien no quiere la cosa hacia la plaza San Martín—, pidiendo fotografías y firmas. Mi tiempo vale oro y no puedo perderlo en necedades.

No había un átomo de vanidad en lo que decía, sólo sincera inquietud. Vestía su terno negro habitual, su corbatita de lazo y fumaba unos cigarrillos pestilentes llamados Aviación. Como siempre, estaba sumamente serio. Creí halagarlo contándole que todas mis tías habían pasado a ser fanáticas oyentes suyas y que Genaro hijo rebotaba de alegría con los resultados de los surveys sobre la sintonía de sus radioteatros. Pero me hizo callar, aburrido, como si todas esas cosas fueran inevitables y él las hubiera sabido desde siempre, y, más bien, me comunicó que estaba indignado por la falta de sensibilidad de *los mercaderes* (expresión con la que, a partir de entonces, se referiría siempre a los Genaros).

—Algo está flaqueando en los radioteatros y mi obligación es remediarlo y la de ellos ayudarme —afirmó, frunciendo el ceño—. Pero está visto que el arte y la bolsa son enemigos mortales, como los chanchos y las margaritas.

—¿Flaqueando? —me asombré—. ¡Pero si son todo un éxito!

—Los mercaderes no quieren despedir a Pablito, pese a que yo lo he exigido —me explicó—. Por consideraciones sentimentales, que lleva no sé cuántos años en Radio Central y tonterías así. Como si el arte tuviera que ver algo con la caridad. ¡La incompetencia de ese enfermo es un verdadero sabotaje a mi trabajo!

El Gran Pablito era uno de esos personajes pintorescos e indefinibles que atrae o fabrica el ambiente de la radio. El diminutivo sugería que se trataba de un chiquillo, pero era un cholo cincuentón, que arrastraba los pies y tenía unos ataques de asma que levantaban miasmas a su alrededor. Merodeaba mañana y tarde por Radio Central y Panamericana, haciendo de todo, desde echar una mano a los barrenderos e ir a comprar entradas al cine y a los toros a los Genaros, hasta repartir pases para las audiciones. Su trabajo más permanente eran los radioteatros, donde se encargaba de los efectos especiales.

—Éstos creen que los efectos especiales son una mariconada que cualquier mendigo puede hacer —despotricaba, aristocrático y helado, Pedro Camacho—. En realidad también son arte, ¿y qué sabe de arte el braquicéfalo medio moribundo de Pablito?

Me aseguró que, «llegado el caso», no vacilaría en suprimir con sus propias manos cualquier obstáculo a la «perfección de su trabajo» (y lo dijo de tal modo que le creí). Compungido, añadió que no tenía tiempo para formar un técnico en efectos especiales, enseñándole desde la a hasta la z, pero que, luego de una rápida exploración del *dial nativo*, había encontrado lo que buscaba. Bajó la voz, echó un vistazo en torno y concluyó, mefistofélicamente:

—El elemento que nos conviene está en Radio Victoria.

Analizamos con Javier las posibilidades que tenía Pedro Camacho de materializar sus propósitos homicidas con el Gran Pablito y coincidimos en que la suerte de éste dependía exclusivamente de los surveys: si la progresión de los radioteatros se mantenía, sería sacrificado sin misericordia. En efecto, no había pasado una semana cuando Genaro hijo se presentó en el altillo, sorprendiéndome en plena redacción de un nuevo cuento —debió notar mi confusión, la velocidad con que arranqué la página de la máquina de escribir y la entreveré con los boletines, pero tuvo la delicadeza de no decir nada—, y se dirigió conjuntamente a Pascual y a mí con un gesto de gran mecenas:

—Tanto quejarse ya consiguieron el redactor nuevo que querían, par de flojos. El Gran Pablito trabajará con ustedes. ¡No se duerman sobre sus laureles!

El refuerzo que recibió el Servicio de Informaciones fue más moral que material, porque a la mañana siguiente, cuando, puntualísimo, el Gran Pablito se presentó a las siete en la oficina, y me preguntó qué debía hacer y le encargué dar la vuelta a una reseña parlamentaria, puso cara de espanto, tuvo un acceso de tos que lo dejó amoratado, y tartamudeó que era imposible:

—Si yo no sé leer ni escribir, señor.

Aprecié como fina muestra del espíritu risueño de Genaro hijo el que nos hubiera elegido para nuevo redactor a un analfabeto. Pascual, a quien el saber que la redacción se bifurcaría entre él y el Gran Pablito había puesto nervioso, recibió la noticia del analfabetismo con franca alegría. En mi delante riñó a su flamante colega por su espíritu apático, por no haber sido capaz de educarse, como había hecho él, ya adulto, yendo a los cursos gratuitos de la nocturna. El Gran Pablito, muy asustado, asentía, repitiendo como un autómata «es verdad, no había pensado en eso, así es, tiene usted toda la razón», y mirándome con cara de inminente despedido. Lo tranquilicé, diciéndole que se encargaría de bajar los boletines a los locutores. En realidad, se convirtió en un esclavo de Pascual, quien lo tenía todo el día trotando del altillo a la calle y viceversa, para que le trajera cigarrillos, o unas papas rellenas que vendía un ambulante de la calle Carabaya y hasta yendo a ver si llovía. El Gran Pablito soportaba su servidumbre con excelente espíritu de sacrificio e incluso demostraba más respeto y amistad hacia su torturador que hacia mí. Cuando no estaba haciendo mandados de Pascual, se encogía en un rincón de la oficina, y, apoyando la cabeza en la pared, se dormía instantáneamente. Roncaba con unos ronquidos sincrónicos y sibilantes, de ventilador enmohecido.

Era un espíritu generoso. No le guardaba el más mínimo rencor a Pedro Camacho por haberlo sustituido por un advenedizo de Radio Victoria. Se expresaba siempre en los términos más elogiosos del escriba boliviano, por quien sentía la más genuina admiración. Con frecuencia, me pedía permiso para ir a los ensayos de los radioteatros. Cada vez volvía más entusiasmado:

—Este tipo es un genio —decía, ahogándose—. Se le ocurren cosas milagrosas.

Traía siempre anécdotas muy divertidas sobre las proezas artísticas de Pedro Camacho. Un día nos juró que éste había aconsejado a Luciano Pando que se masturbara antes de interpretar un diálogo de amor con el argumento de que eso debilitaba la voz y provocaba un jadeo muy romántico. Luciano Pando se había resistido.

—Ahora se entiende por qué cada vez que hay una escena sentimental se mete al bañito del patio, don Mario —hacía cruces y se besaba los dedos el Gran Pablito—.

Para corrérsela, para qué va a ser. Por eso le sale la voz tan suavecita.

Discutimos largamente con Javier sobre si sería cierto o una invención del nuevo redactor y llegamos a la conclusión de que, en todo caso, había bases suficientes para no considerarlo absolutamente imposible.

—Sobre esas cosas deberías escribir un cuento y no sobre Doroteo Martí —me amonestaba Javier—. Radio Central es una mina para la literatura.

El cuento que estaba empeñado en escribir, en esos días, se basaba en una anécdota que me había contado la tía Julia, algo que ella misma había presenciado en el Teatro Saavedra de La Paz. Doroteo Martí era un actor español que recorría América haciendo llorar lágrimas de inflamada emoción a las multitudes con *La Malquerida* y *Todo un hombre* o calamidades más truculentas todavía. Hasta en Lima, donde el teatro era una curiosidad extinta desde el siglo pasado, la Compañía de Doroteo Martí había repletado el Municipal con una representación que, según la leyenda, era el non plus ultra de su repertorio: *La vida, pasión y muerte de Nuestro Señor*. El artista tenía un acerado sentido práctico y las malas lenguas decían que, alguna vez, el Cristo interrumpía su sollozante noche de dolor en el Bosque de los Olivos para anunciar, con voz amable, al distinguido público asistente que el día de mañana la compañía ofrecería una función de gancho en la que cada caballero podría llevar a su pareja gratis (y continuaba el Calvario). Fue precisamente una representación de *La vida, pasión y muerte* lo que había visto la tía Julia en el Teatro Saavedra. Era el instante supremo,

Jesucristo agonizaba en lo alto del Gólgota, cuando el público advirtió que el madero en el que permanecía amarrado, entre nubes de incienso, Jesucristo-Martí, comenzaba a cimbrearse. ¿Era un accidente o un efecto previsto? Prudentes, cambiando sigilosas miradas, la Virgen, los apóstoles, los legionarios, el pueblo en general, comenzaban a retroceder, a apartarse de la cruz oscilante, en la que, todavía con la cabeza reclinada sobre el pecho, Doroteo-Jesús había empezado a murmurar, bajito, pero audible en las primeras filas de la platea: «Me caigo, me caigo». Paralizados sin duda por el horror al sacrilegio, nadie, entre los invisibles ocupantes de las bambalinas, acudía a sujetar la cruz, que ahora bailaba desafiando numerosas leyes físicas en medio de un rumor de alarma que había reemplazado a los rezos. Segundos después, los espectadores paceños pudieron ver a Martí de Galilea viniéndose de bruces sobre el escenario de sus glorias, bajo el peso del sagrado madero, y escuchar el estruendo que remeció el teatro. La tía Julia me juraba que Cristo había alcanzado a rugir salvajemente, antes de hacerse una mazamorra contra las tablas: «Me caí, carajo». Era sobre todo ese final el que yo quería recrear; el cuento iba a terminar así, de manera efectista, con el rugido y la palabrota de Jesús. Quería que fuera un cuento cómico y, para aprender las técnicas del humor, leía en los colectivos, Expresos y en la cama antes de caer dormido a todos los escritores risueños que se ponían a mi alcance, desde Mark Twain y Bernard Shaw hasta Jardiel Poncela y Fernández Flórez. Pero, como siempre, no me salía y Pascual y el Gran Pablito iban contando las cuartillas que yo mandaba al canasto. Menos mal que, en lo que se refería al papel, los Genaros eran manirrotos con el Servicio de Informaciones.

Pasaron dos o tres semanas antes de que conociera al hombre de Radio Victoria que había reemplazado al Gran Pablito. A diferencia de lo que ocurría antes de su llegada, en que uno podía asistir libremente a la grabación de los radioteatros, Pedro Camacho había prohibido que nadie, fuera de actores y técnicos, entrara al estudio, y, para impedirlo, cerraba las puertas e instalaba ante ellas la desarmante mole de Jesusito. Ni el propio Genaro hijo había sido exonerado. Recuerdo la tarde en que, como siempre que tenía problemas y necesitaba un paño de lágrimas, se presentó en el altillo con las narices vibrándole de indignación y me dio sus quejas:

—Traté de entrar al estudio y paró el programa en seco y se negó a grabarlo hasta que me largara —me dijo, con voz descompuesta—. Me ha prometido que la próxima vez que interrumpa un ensayo me tirará el micro a la cabeza. ¿Qué hago? ¿Lo despido con cajas destempladas o me trago el sapo?

Le dije lo que quería que le dijera: que, en vista del éxito de los radioteatros («en aras de la radiotelefonía nacional, etcétera») se tragara el sapo y no volviera a meter las narices en los dominios del artista. Así lo hizo y yo quedé enfermo de curiosidad por asistir a la grabación de alguno de los programas del escriba.

Una mañana, a la hora de nuestro consabido café, después de un cauteloso rodeo me atreví a sondear a Pedro Camacho. Le dije que tenía ganas de ver en acción al nuevo encargado de los efectos especiales, de comprobar si era tan bueno como él me había dicho:

—No dije bueno sino mediano —me corrigió, inmediatamente—. Pero lo estoy educando y podría llegar a ser bueno.

Bebió un trago de su infusión y se quedó observándome con sus ojitos fríos y ceremoniosos, presa de dudas interiores. Por fin, resignándose, asintió:

—Muy bien. Venga mañana, al de las tres. Pero esto no se podrá repetir, lo siento mucho. No me gusta que los actores se distraigan, cualquier presencia los turba, se me escurren y adiós trabajos con la catarsis. La grabación de un episodio es una misa, mi amigo.

En realidad, era algo más solemne. Entre todas las misas que recordaba (hacía años que no iba a la iglesia) nunca vi una ceremonia tan sentida, un rito tan vivido, como esa grabación del capítulo décimo séptimo de *Las venturas y desventuras de don Alberto de Quinteros*, a la que fui admitido. El espectáculo no debió de durar más de treinta minutos —diez de ensayo y veinte de grabación—pero me pareció que duraba horas. Me impresionó, de entrada, la atmósfera de recogimiento religioso que reinaba en el cuartucho encristalado, de polvorienta alfombra verde, que respondía al nombre de Estudio de Grabación Número Uno de Radio Central. Sólo el Gran Pablito y yo estábamos allí de espectadores; los otros eran participantes activos. Pedro Camacho, al entrar, con una mirada castrense nos había hecho saber que debíamos permanecer como estatuas de sal. El libretista director parecía transformado: más alto, más fuerte, un general que instruye a tropas disciplinadas. ¿Disciplinadas? Más bien embelesadas, hechizadas, fanatizadas. Me costó trabajo reconocer a la bigotuda y varicosa Josefina

Sánchez, a quien había visto ya tantas veces grabar sus parlamentos masticando chicle, tejiendo, totalmente despreocupada y con aire de no saber lo que decía, en esa personita tan seria que, cuando no revisaba, como quien reza, el libreto, sólo tenía ojos para mirar, respetuosa y dócil, al artista, con el temblor primerizo con que la niñita mira el altar el día de su primera comunión. Y lo mismo ocurría con Luciano Pando y con los otros tres actores (dos mujeres y un muchacho muy joven). No cambiaban palabra, no se miraban entre ellos: sus ojos iban, imantados, de los libretos a Pedro Camacho, y hasta el técnico de sonido, el huatatiro Ochoa, al otro lado del cristal, compartía el arrobo: muy serio, probaba los controles, apretando botones y encendiendo luces, y seguía con ceño grave y atento lo que pasaba en el estudio.

Los cinco actores estaban parados en círculo en torno a Pedro Camacho, quien —siempre uniformado de traje negro y corbata de lazo y la cabellera revoloteante— los aleccionaba sobre el capítulo que iban a grabar. No eran instrucciones lo que les impartía, al menos en el sentido prosaico de indicaciones concretas sobre cómo decir sus parlamentos —con mesura o exageración, despacio o rápido—, sino, según era costumbre en él, pontificando, noble y olímpico, sobre profundidades estéticas y filosóficas. Eran, por supuesto, las palabras «arte» y «artístico» las que más iban y venían por ese discurso afiebrado, como un santo y seña mágico que todo lo abría y explicaba. Pero más insólito que las palabras del escriba boliviano era el fervor con que las profería, y, quizá aún más, el efecto que causaban. Hablaba gesticulando y empinándose, con la voz fanática del hombre que está en posesión de una verdad urgente y tiene que propagarla, compartirla, imponerla. Lo conseguía totalmente: los cinco actores lo escuchaban alelados, suspensos, abriendo mucho los ojos como para absorber mejor esas sentencias sobre su trabajo («su misión», decía el libretista director). Lamenté que la tía Julia no estuviera allí, porque no me creería cuando le contara que había visto transfigurarse, embellecerse, espiritualizarse, durante una eterna media hora, a ese puñado de exponentes de la más miserable profesión de Lima, bajo la retórica efervescente de Pedro Camacho. El Gran Pablito y yo estábamos sentados en el suelo en un rincón del estudio; frente a nosotros, rodeado de una parafernalia extraña, se hallaba el tránsfuga de Radio Victoria, la novísima adquisición. También había escuchado en actitud mística la arenga del artista; apenas comenzó la grabación del capítulo, él se convirtió para mí en el centro del espectáculo.

Era un hombrecito fortachón y cobrizo, de pelos tiesos, vestido casi como un mendigo: un overol raído, una camisa con parches, unos zapatones sin pasador. (Más tarde supe que se lo conocía por el misterioso apodo de Batán.) Sus instrumentos de trabajo eran: un tablón, una puerta, un lavador lleno de agua, un silbato, un pliego de papel platino, un ventilador y otras cosas de esa misma apariencia doméstica. Batán constituía él solo un espectáculo de ventriloquia, de acrobacia, de multiplicación de la personalidad, de imaginación física. Apenas el director actor hacía la señal indicada —una vibración magisterial del índice en el aire cargado de diálogos, de ayes y suspiros—, Batán, caminando sobre el tablón a un ritmo sabiamente decreciente, hacía que los pasos de los personajes se acercaran o alejaran, y, a otra señal, orientando el ventilador a distintas velocidades sobre el platino, hacía brotar el rumor de la lluvia o el rugido del viento, y, a otra, metiéndose tres dedos en la boca y silbando, inundaba el estudio con los trinos que, en un amanecer de primavera, despertaban a la heroína en su casa de campo. Era especialmente notable cuando sonorizaba la calle. En un momento dado, dos personajes recorrían la plaza de Armas conversando. El huatatiro Ochoa enviaba, de cinta grabada, ruido de motores y bocinas, pero todos los demás efectos los producía Batán, chasqueando la lengua, cloqueando, bisbiseando, susurrando (parecía hacer todas estas cosas a la vez) y bastaba cerrar los ojos para sentir, reconstituidas en el pequeño estudio de Radio Central, las voces, palabras sueltas, risas, interjecciones que uno va distraídamente oyendo por una calle concurrida. Pero, como si esto fuera poco, Batán, al mismo tiempo que producía decenas de voces humanas, caminaba o brincaba sobre el tablón, manufacturando los pasos de los peatones sobre las veredas y los roces de sus cuerpos. *Caminaba* a la vez con pies y manos (a las que había enguantado con un par de zapatos), de cuclillas, los brazos colgantes como un simio, golpeándose los muslos con codos y antebrazos. Después de haber sido (acústicamente) la plaza de Armas a mediodía, resultaba, en cierto modo, una proeza insignificante musicalizar —haciendo tintinear dos fierritos, rascando un vidrio, y, para imitar el desliz de sillas y personas sobre mullidas alfombras, restregando unas tablillas contra su fundillo— la mansión de una empingorotada dama limeña que ofrece té —en tazas de porcelana china— a un grupo de amigas, o, rugiendo, graznando, hozando, aullando, encarnar fonéticamente (enriqueciéndolo de muchos ejemplares) al Zoológico de Barranco. Al terminar la grabación, parecía haber corrido la maratón olímpica: jadeaba, tenía ojeras y sudaba como un caballo.

Pedro Camacho había contagiado a sus colaboradores su seriedad sepulcral. Era un cambio enorme, los radioteatros de la CMQ cubana se grababan muchas veces en una atmósfera de jolgorio, y los actores, mientras interpretaban el libreto, se hacían morisquetas o gestos obscenos, burlándose de sí mismos y de lo que decían. Ahora daba la impresión de que si alguien hubiera hecho una broma los otros se hubieran abalanzado sobre él para castigarlo por sacrílego. Pensé un momento que tal vez simulaban por servilismo hacia el jefe, para no ser purgados como los argentinos, que en el fondo no estaban tan seguros, como aquél, de ser *los sacerdotes del arte*, pero me equivocaba. De regreso a Panamericana, di unos pasos por la calle Belén junto a Josefina Sánchez, quien, entre radioteatro y radioteatro, se iba a preparar un tecito a su casa, y le pregunté si en todas las grabaciones pronunciaba el escriba boliviano esas arengas preliminares o si había sido algo excepcional. Me miró con un desprecio que hacía temblar su papada:

—Hoy habló poco y no estuvo inspirado. Hay veces que parte el alma ver cómo esas ideas no se conservan para la posteridad.

Le pregunté si ella, «que tenía tanta experiencia», pensaba realmente que Pedro Camacho era una persona de mucho talento. Tardó unos segundos en encontrar las palabras adecuadas para formular su pensamiento:

—Ese hombre santifica la profesión del artista.

VI

Una resplandeciente mañana de verano, atildado y puntual como era su costumbre, entró el doctor don Pedro Barreda y Zaldívar a su despacho de juez instructor de la Primera Sala (en lo Penal) de la Corte Superior de Lima. Era un hombre que había llegado a la flor de la edad, la cincuentena, y en su persona —frente ancha, nariz aguileña, mirada penetrante, rectitud y bondad en el espíritu—, la pulcritud ética se transparentaba en una apostura que le merecía al instante el respeto de las gentes. Vestía con la modestia que corresponde a un magistrado de magro salario que es constitutivamente inapto para el cohecho, pero con una corrección tal que producía una impresión de elegancia. El Palacio de Justicia comenzaba a desperezarse de su descanso nocherniego y su mole se iba inundando de una afanosa muchedumbre de abogados, tinterillos, conserjes, demandantes, notarios, albaceas, bachilleres y curiosos. En el corazón de esa colmena, el doctor don Barreda y Zaldívar abrió su maletín, sacó dos expedientes, se sentó en su escritorio y se dispuso a comenzar la jornada. Segundos después se materializó en su despacho, raudo y silente como un aerolito en el espacio, el secretario, doctor Zelaya, hombrecillo con anteojos, de bigotito mosca que movía rítmicamente al hablar.

—Muy buenos días, mi señor doctor —saludó al magistrado, haciendo una reverencia de bisagra.

—Lo mismo le deseo, Zelaya —le sonrió afablemente el doctor don Barreda y Zaldívar—. ¿Qué nos depara la mañana?

—Estupro de menor con agravante de violencia mental —depositó en el escritorio un expediente de buen cuerpo el secretario—. El responsable, un vecino de La Victoria de catadura lombrosiana, niega los hechos. Los principales testigos están en el pasillo.

—Antes de escucharlos, necesito releer el parte policial y la demanda de la parte civil —le recordó el magistrado.

—Esperarán lo que haga falta —repuso el secretario. Y salió del despacho.

El doctor don Barreda y Zaldívar tenía, bajo su sólida coraza jurídica, alma de poeta. Una lectura de los helados documentos judiciales le bastaba para, separando la costra retórica de cláusulas y latinajos, llegar con la imaginación a los hechos. Así, leyendo el parte asentado en La Victoria, reconstituyó con viveza de detalles la denuncia. Vio entrar el lunes pasado, a la comisaría del abigarrado y variopinto distrito, a la niña de trece años y alumna de la Unidad Escolar Mercedes Cabello de Carbonera llamada Sarita Huanca Salaverría. Venía llorosa y con moretones en la cara, brazos y piernas, entre sus padres don Casimiro Huanca Padrón y doña Catalina Salaverría Melgar. La menor había sido mancillada la víspera, en la casa de vecindad de la avenida Luna Pizarro N. 12, cuarto H, por el sujeto Gumercindo Tello, inquilino de la misma casa de vecindad (cuarto J). Sarita, venciendo su confusión y quebranto, había revelado a los custodios del orden que el estupro no era sino el saldo trágico de un largo y secreto asedio a que se había visto sometida por el violador. Éste, en efecto, hacía ya ocho meses —es decir desde el día en que había venido a instalarse, como extravagante pájaro de mal agüero, en la casa de vecindad N. 12—, perseguía a Sarita Huanca, sin que los padres de ésta o los otros vecinos pudieran advertirlo, con piropos de mal gusto e insinuaciones intrépidas (como decirle: «Me gustaría exprimir los limones de tu huerta» o «un día de éstos te ordeñaré»). De las profecías, Gumercindo Tello había pasado a las obras, realizando varios intentos de manoseo y beso de la púber, en el patio de la casa de vecindad N. 12 o en calles adyacentes, cuando la niña venía del colegio o cuando salía a hacer mandados. Por natural pudor, la víctima no había prevenido a los padres sobre el acoso.

La noche del domingo, diez minutos después que sus padres salieron en dirección al Cine Metropolitan, Sarita Huanca, que hacía las tareas del colegio, oyó unos golpecillos en la puerta. Fue a abrir y se encontró con Gumercindo Tello. «¿Qué desea?», le preguntó cortésmente. El violador, aparentando el aire más inofensivo del mundo, alegó que su primus se había quedado sin combustible: ya era tarde para ir a comprarlo y venía a que le prestaran un conchito de kerosene para preparar su comida (prometía devolverlo mañana). Dadivosa e ingenua, la niña Huanca Salaverría hizo entrar al individuo y le indicó que la lata de kerosene estaba entre la hornilla y el balde que hacía las veces de retrete.

(El doctor don Barreda y Zaldívar sonrió ante ese desliz del custodio del orden que había asentado la denuncia y que, sin quererlo, delataba en los Huanca Salaverría esa costumbre bonaerense de hacer sus necesidades en un balde en el mismo recinto donde se come y se duerme.)

Apenas hubo conseguido, mediante dicha estratagema, introducirse en el cuarto H, el acusado trancó la puerta. Se puso luego de rodillas y, juntando las manos, comenzó a musitar palabras de amor a Sarita Huanca Salaverría, quien sólo en este momento sintió alarma por su suerte. En un lenguaje que la niña describía como romántico, Gumercindo Tello le aconsejaba que accediera a sus deseos. ¿Cuáles eran éstos? Que se despojara de sus prendas de vestir y se dejara tocar, besar y arrebatar el himen. Sarita Huanca, sobreponiéndose, rechazó con energía las propuestas, increpó a Gumercindo Tello y lo amenazó con llamar a los vecinos. Fue al oír esto que el acusado, renunciando a su actitud suplicante, extrajo de sus ropas un cuchillo y amenazó a la niña con darle de puñaladas al menor grito. Poniéndose de pie, avanzó hacia Sarita diciendo: «Vamos, vamos, ya te estás calateando, mi amor», y, como ella, pese a todo, no le obedeciera, le regaló una andanada de puñetazos y patadas, hasta hacerla caer al suelo. Allí, presa de un nerviosismo que, según la víctima, le hacía chocar los dientes, el violador le arrancó las ropas a jalones, procedió también a desabotonar las suyas, y se derrumbó sobre ella, hasta perpetrar, allí en el suelo, el acto carnal, el mismo que, debido a la resistencia que ofrecía la muchacha, estuvo yapado de nuevos golpes, de los cuales quedaban huellas en forma de hematomas y chichones. Satisfechas sus ansias, Gumercindo Tello abandonó el cuarto H no sin antes recomendar a Sarita Huanca Salaverría que no dijera una palabra de lo sucedido si pretendía llegar a vieja (y agitó el cuchillo para mostrar que hablaba en serio). Los padres, al volver del Metropolitan, encontraron a su hija bañada en llanto y con el cuerpo depredado. Luego de curar sus heridas, la exhortaron a decir qué había ocurrido, pero ella, por vergüenza, se negaba. Y así pasó la noche entera. A la mañana siguiente, sin embargo, algo repuesta del impacto emocional que le significó la pérdida del himen, la niña contó todo a sus progenitores, quienes, de inmediato, se apersonaron a la comisaría de La Victoria para denunciar el suceso.

El doctor don Barreda y Zaldívar cerró un instante los ojos. Sentía (pese a su roce diario con el delito no se había encallecido) lástima por lo ocurrido a la niña, pero se dijo a sí mismo que, a simple vista, se trataba de un delito sin misterio, prototípico, milimétricamente encuadrado en el Código Penal, en las figuras de violación y abuso de menor, con sus más caracterizados agravantes de premeditación, violencias de hecho y de dicho, y crueldad mental.

El siguiente documento que releyó era el parte de los custodios del orden que habían efectuado la detención de Gumercindo Tello.

Conforme intrucciones de su superior, capitán G C Enrique Soto, los guardias Alberto Cusicanqui Apéstegui y Huasi Tito Parinacocha se apersonaron con una orden de arresto a la casa de vecindad N. 12 de la avenida Luna Pizarro, pero el individuo no se encontraba en su hogar. Mediante los vecinos, se informaron que era de profesión mecánico y trabajaba en el taller de reparación de motores y soldadura autógena El Inti, sito al otro extremo del distrito, casi en las faldas del cerro El Pino. Los guardias procedieron a trasladarse de inmediato hasta allí. En el taller, se dieron con la sorpresa de que Gumercindo Tello acababa de partir, informándoles además el dueño del taller, señor Carlos Príncipe, que había pedido licencia con motivo de un bautizo. Cuando los guardias inquirieron, entre los operarios, en qué iglesia podía encontrarse, éstos se miraron con malicia y cambiaron sonrisas. El señor Príncipe explicó que Gumercindo Tello no era católico sino Testigo de Jehová, y que para esa religión el bautizo no se celebraba en iglesia y con cura sino al aire libre y a zambullidas.

Maliciando que (como se ha dado ya el caso) la tal congregación fuera una cofradía de invertidos, Cusicanqui Apéstegui y Tito Parinacocha exigieron que se los condujera al sitio donde se hallaba el acusado. Luego de un buen rato de vacilaciones y cambio de palabras, el propietario de El Inti en persona los guió al lugar donde, dijo, era posible que estuviera Tello, pues una vez, hacía ya tiempo, cuando trataba de catequizarlos a él y a los compañeros del taller, lo había invitado a presenciar allí una ceremonia (experiencia de la cual el susodicho no había quedado nada convencido).

El señor Príncipe llevó en su automóvil a los custodios del orden a los confines de la calle Maynas y el parque Martinetti, descampado donde los vecinos de los alrededores queman basuras y donde hay una entradita del río Rímac. En efecto, allí estaban los Testigos de Jehová. Cusicanqui Apéstegui y Tito Parinacocha descubrieron una docena de personas de distintas edades y sexos metidas hasta la cintura en las aguas fangosas, no en ropa de baño sino muy vestidas, algunos hombres con corbata y uno de ellos incluso con sombrero. Indiferentes a las bromas, pullas, tiros de cáscaras y otras criollas picardías de los vecinos que se habían amontonado a la orilla para verlos, proseguían muy serios una ceremonia que a los custodios del orden les pareció, en el primer momento, poco menos que un intento colectivo de homicidio por inmersión. Esto es lo que vieron: a la vez que entonaban, en voz muy convencida, extraños cánticos, los Testigos tenían cogido de los brazos a un anciano de poncho y chullo, al que sepultaban en las inmundas aguas ¿con el propósito de sacrificarlo a su Dios? Pero cuando los guardias, revólver en mano y embarrándose las polainas, les ordenaron interrumpir su criminal acto, el anciano fue el primero en enojarse, exigiendo a los guardias que se retiraran y llamándolos cosas raras (como «romanos» y «papistas»). Los custodios del orden debieron resignarse a esperar que terminara el bautizo para detener a Gumercindo Tello, a quien habían identificado gracias al señor Príncipe. La ceremonia duró unos minutos más, en el curso de los cuales continuaron los rezos y los remojones del bautizado hasta que éste comenzó a voltear los ojos, a tragar agua y atorarse, momento en que los Testigos optaron por sacarlo en peso hasta la orilla, donde principiaron a felicitarlo por la nueva vida que, decían, comenzaba a partir de ese instante.

Fue en ese momento que los guardias capturaron a Gumercindo Tello. El mecánico no ofreció la menor resistencia, ni pretendió huir, ni mostró sorpresa por el hecho de ser detenido, limitándose a decir a los otros al recibir las esposas: «Hermanos, nunca los olvidaré». Los Testigos prorrumpieron de inmediato en nuevos cánticos, mirando al cielo y poniendo los ojos en blanco, y así los acompañaron hasta el auto del señor Príncipe, quien trasladó a los guardias y al detenido a la comisaría de La Victoria, donde se le despidió agradeciéndole los servicios prestados.

En la comisaría, el capitán G C Enrique Soto preguntó al acusado si quería secar sus zapatos y pantalones en el patio, a lo cual Gumercindo Tello repuso que se hallaba acostumbrado a andar mojado por el gran incremento de conversiones a la verdadera fe que se registraba últimamente en Lima. De inmediato, el capitán Soto procedió a interrogarlo, a lo cual el acusado se prestó con ánimo cooperativo. Preguntado por sus generales de ley, repuso llamarse Gumercindo Tello y ser hijo de doña Gumercinda Tello, natural de Moquegua y ya difunta, y de padre desconocido, y haber nacido él mismo, también, probablemente en Moquegua hace unos veinticinco o veintiocho años. Respecto a esta duda explicó que su madre lo había entregado, a poco de nacido, a un orfelinato de varones regentado en esa ciudad por la secta papista, en cuyas aberraciones, dijo, había sido educado y de las que felizmente se había liberado a los quince o dieciocho años. Indicó que hasta esa edad había permanecido en el orfelinato, fecha en que éste desapareció en un gran incendio, quemándose también todos los archivos, motivo por el cual él se había quedado en el misterio sobre su exacta edad. Explicó que el siniestro fue providencial en su vida, pues en esa ocasión conoció a una pareja de sabios que viajaban de Chile a Lima, por tierra, abriendo los ojos de los ciegos y destapando los oídos de los sordos sobre las verdades de la filosofía. Puntualizó que se había venido a Lima con esa pareja de sabios, cuyo nombre se excusó de revelar porque dijo que era bastante saber que existían para tener también que etiquetarlos, y que aquí había vivido desde entonces repartiendo su tiempo entre la mecánica (oficio que aprendió en el orfelinato) y la propagación de la ciencia de la verdad. Dijo haber vivido en Breña, en Vitarte, en los Barrios Altos, y haberse instalado en La Victoria hacía ocho meses, por haber obtenido empleo en el taller de reparación de motores y soldadura autógena El Inti, que quedaba demasiado lejos de su domicilio anterior.

El acusado admitió residir desde entonces en la casa de vecindad N. 12 de la avenida Luna Pizarro, en calidad de inquilino. Reconoció asimismo a la familia Huanca Salaverría, a la que, dijo, había ofrecido varias veces pláticas iluminativas y buenas lecturas, sin haber tenido éxito por hallarse ellos, al igual que los otros inquilinos, muy intoxicados por las herejías romanas. Enfrentado al nombre de su presunta víctima, la niña Sarita Huanca Salaverría, dijo recordarla e insinuó que, por tratarse de una persona todavía en su tierna edad, no perdía las esperanzas de que enrumbara algún día por el buen camino. Puesto entonces en antecedentes de la acusación, Gumercindo Tello manifestó viva sorpresa, negando los cargos, para, un momento después (¿simulando una perturbación con miras a su futura defensa?) romper a reír muy contento diciendo que ésta era la prueba que le reservaba Dios para barometrar su fe y su espíritu de sacrificio.

Añadiendo que ahora entendía por qué no había salido sorteado en el servicio militar, ocasión que él esperaba con impaciencia para, predicando con el ejemplo, negarse a vestir el uniforme y a jurar fidelidad a la bandera, atributos de Satán. El capitán G C Enrique Soto le preguntó si estaba hablando en contra del Perú, a lo cual respondió el acusado que de ningún modo y que sólo se refería a asuntos de la religión. Y procedió entonces, de manera fogosa, a explicar al capitán Soto y a los guardias que Cristo no era Dios sino Su Testigo y que era falso, como mentían los papistas, que lo hubieran crucificado siendo así que lo habían clavado en un árbol y que la Biblia lo probaba. A este respecto les aconsejó leer *Despierta*, quincenario que, por el precio de dos soles, sacaba de dudas sobre éste y otros temas de cultura y proporcionaba sano entretenimiento. El capitán Soto lo hizo callar, advirtiéndole que en el recinto de la comisaría estaba prohibido hacer propaganda comercial. Y lo conminó a que dijera dónde se hallaba y qué hacía la víspera, a las horas en que Sarita Huanca Salaverría aseguraba haber sido violada y golpeada por él. Gumercindo Tello afirmó que esa noche, como todas las noches, había permanecido en su cuarto, solo, entregado a la meditación sobre el Tronco y sobre cómo, contra lo que hacía creer cierta gente, no era verdad que todos los hombres fueran a resucitar el día del Juicio Final, siendo así que muchos nunca resucitarían, lo que probaba la mortalidad del alma. Llamado al orden una vez más, el acusado pidió excusas y dijo que no lo hacía adrede, pero que no podía eximirse, a cada momento, de estar arrojando un poco de luz a los demás, ya que lo desesperaba ver en qué tinieblas vivía la gente. Y concretó que no recordaba haber visto a Sarita Huanca Salaverría esa noche ni tampoco la víspera, y rogó que en el parte se hiciera constar que, pese a haber sido calumniado, no guardaba rencor a esa muchacha y que incluso le estaba agradecido porque tenía sospechas de que a través de ella Dios quería probar la musculatura de su fe. Viendo que no sería posible obtener de Gumercindo Tello otras precisiones sobre los cargos formulados, el capitán G C Enrique Soto puso fin al interrogatorio y transfirió al acusado a la carceleta del Palacio de Justicia, a fin de que el juez instructor dé al caso el desarrollo que corresponda.

El doctor don Barreda y Zaldívar cerró el expediente, y, en la mañana aquejada de ruidos judiciales, reflexionó. ¿Los Testigos de Jehová? Los conocía. No hacía muchos años, un hombre que se movilizaba por el mundo en bicicleta había venido a tocar la puerta de su casa y a ofrecerle el periódico *Despierta*, que él, en un momento de debilidad, había adquirido. Desde entonces, con una puntualidad astral, el Testigo había rondado su hogar, a distintas horas del día y de la noche, insistiendo en iluminarlo, abrumándolo con folletos, libros, revistas, de distinto espesor y temática, hasta que, incapaz de alejar de su morada al Testigo por los civilizados métodos de la persuasión, la súplica, la arenga, el magistrado había recurrido a la fuerza policial. De modo que era uno de estos impetuosos catequizadores, el violador. El doctor don Barreda y Zaldívar se dijo que el caso se ponía interesante.

Era todavía media mañana y el magistrado, acariciando distraídamente el acerado y largo cortapapeles de empuñadura Tiahuanaco, que tenía en su escritorio como prenda del afecto de sus superiores, colegas y subordinados (se lo habían regalado al cumplir sus bodas de plata de abogado), llamó al secretario y le indicó que hiciera pasar a los declarantes.

Entraron primero los guardias Cusicanqui Apéstegui y Tito Parinacocha, quienes, con habla respetuosa, confirmaron las circunstancias del arresto de Gumercindo Tello y dejaron constancia de que éste, salvo negar los cargos, se había mostrado servicial, aunque un poco empalagoso con su manía religiosa. El doctor Zelaya, los anteojos columpiándose sobre su nariz, iba redactando el acta mientras los guardias hablaban.

Pasaron después los padres de la menor, una pareja cuya avanzada edad sorprendió al magistrado: ¿cómo habían podido procrear hacía sólo trece años ese par de vejestorios? Sin dientes, con los ojos medio recubiertos por legañas, el padre, don Isaías Huanca, refrendó rápidamente el parte policial en lo que lo concernía y quiso saber después, con mucha urgencia, si Sarita contraería matrimonio con el señor Tello. Apenas hecha su pregunta, la señora Salaverría de Huanca, una mujer menuda y arrugada, avanzó hacia el magistrado y le besó la mano, a la vez que, con voz implorante, le pedía que fuera bueno y obligara al señor Tello a llevar a Sarita al altar. Costó trabajo al doctor don Barreda y Zaldívar explicar a los ancianos que, entre las altas funciones que le habían sido confiadas, no figuraba la de casamentero. La pareja, por lo visto, parecía más interesada en desposar a la niña que en castigar el abuso, hecho que apenas mencionaban y sólo cuando eran urgidos a ello, y perdían mucho tiempo en enumerar las virtudes de Sarita, como si la tuvieran en venta.

Sonriendo para sus adentros, el magistrado pensó que estos humildes labradores —no había duda que procedían del Ande y que habían vivido en contacto con la gleba— lo hacían sentirse un padre acrimonioso que se niega a autorizar la boda de su hijo. Intentó hacerlos recapacitar: ¿cómo podían desear para marido de su hija a un hombre capaz de cometer estupro contra una niña inerme? Pero ellos se arrebataban la palabra, insistían, Sarita sería una esposa modelo, a sus cortos años sabía cocinar, coser y de todo, ellos eran ya viejos y no querían dejarla huerfanita, el señor Tello parecía serio y trabajador, aparte de haberse propasado con Sarita la otra noche nunca se lo había visto borracho, era muy respetuoso, salía muy temprano al trabajo con su maletín de herramientas y su paquete de esos periodiquitos que vendía de casa en casa. ¿Un muchacho que luchaba así por la vida no era acaso un buen partido para Sarita? Y ambos ancianos elevaban las manos hacia el magistrado: «Compadézcase y ayúdenos, señor juez».

Por la mente del doctor don Barreda y Zaldívar flotó, nubecilla negra preñada de lluvia, una hipótesis: ¿y si todo fuera un ardid tramado por esta pareja para desposar a su vástaga? Pero el parte médico era terminante: la niña había sido violada. No sin dificultad, despidió a los testigos. Pasó entonces la víctima.

El ingreso de Sarita Huanca Salaverría iluminó el adusto despacho del juez instructor. Hombre que todo lo había visto, ante el cual, como victimarios o víctimas, habían desfilado todas las rarezas y psicologías humanas, el doctor don Barreda y Zaldívar se dijo, sin embargo, que se hallaba ante un espécimen auténticamente original.

¿Sarita Huanca Salaverría era una niña? Sin duda, a juzgar por su edad cronológica, y por su cuerpecito en el que tímidamente se insinuaban las turgencias de la femineidad, y por las trenzas que recogían sus cabellos y por la falda y la blusa escolares que vestía. Pero, en cambio, en su manera de moverse, tan gatuna, y de pararse, apartando las piernas, quebrando la cadera, echando atrás los hombros y colocando las manitas con desenvoltura invitadora en la cintura, y, sobre todo, en su manera de mirar; con esos ojos profanos y aterciopelados, y de morderse el labio inferior con unos dientecillos de ratón, Sarita Huanca Salaverría parecía tener una experiencia dilatada, una sabiduría de siglos.

El doctor don Barreda y Zaldívar tenía un tacto extremado para interrogar a los menores. Sabía inspirarles confianza, dar rodeos para no herir sus sentimientos, y le era fácil, con suavidad y paciencia, inducirlos a trajinar escabrosos asuntos. Pero su experiencia esta vez no le sirvió. Apenas preguntó, eufemísticamente, a la menor si era cierto que Gumercindo Tello la molestaba desde hacía tiempo con frases maleducadas, Sarita Huanca se lanzó a hablar. Sí, desde que vino a vivir a La Victoria, a todas horas, en todos los sitios. Iba a esperarla al paradero del ómnibus y la acompañaba hasta la casa diciéndole: «Me gustaría chuparte la miel», «tú tienes dos naranjitos y yo un platanito» y «por ti me estoy chorreando de amor». Pero no fueron estas alegorías, tan inconvenientes en boca de una niña, lo que caldeó las mejillas del magistrado y atoró la mecanografía del doctor Zelaya, sino las acciones con que Sarita comenzó a ilustrar las acechanzas de que fuera objeto. El mecánico siempre estaba tratando de tocarla, aquí: y las dos manitas, elevándose, se ahuecaron sobre los tiernos pechos y dedicaron a calentarlos amorosamente. Y también aquí: y las manitas caían sobre las rodillas y las repasaban, y subían, subían, arrugando la falda, por los (hasta hacía poco impúberes) muslitos. Pestañeando, tosiendo, cambiando una veloz mirada con el secretario, el doctor don Barreda y Zaldívar explicó paternalmente a la niña que no era necesario ser tan concreta, que podía quedarse en las generalidades. Y también la pellizcaba aquí, lo interrumpió Sarita, tornándose de medio lado y alargando hacia él una grupa que, súbitamente, pareció crecer, inflarse como un globo de espuma. El magistrado tuvo el presentimiento vertiginoso de que su oficina podía convertirse en cualquier momento en un templo de strip-tease.

Haciendo un esfuerzo para dominar el nerviosismo, el magistrado, con voz calma, incitó a la menor a olvidar los prolegómenos y a concentrarse en el hecho mismo de la violación. Le explicó que, aunque debía relatar con objetividad lo sucedido, no era imprescindible que se demorara en los detalles, y la exoneró de aquellos que —y el doctor don Barreda y Zaldívar carraspeó, con una pizca de embarazo— hirieran su pudor. El magistrado quería, de un lado, acortar la entrevista, y, de otro, adecentarla, y pensaba que, al referir la agresión erótica, la niña, lógicamente conturbada, sería expeditiva y sinóptica, cauta y superficial.

Pero Sarita Huanca Salaverría, al oír la sugestión del juez, como un gallito de pelea al olisquear la sangre, se enardeció, excedió, vertió íntegra en un soliloquio salaz y en una representación mímico-seminal que cortó la respiración del doctor don Barreda y Zaldívar y sumió al doctor Zelaya en un desasosiego corporal francamente indecoroso (¿y tal vez masturbatorio?). El mecánico había tocado la puerta así, y, al ella abrir, la había mirado así y hablado así, y luego se había arrodillado así, tocándose el corazón así, y se le había declarado así, jurándole que la amaba así. Aturdidos, hipnotizados, el juez y el secretario veían a la niña mujer aletear como un ave, empinarse como una danzarina, agacharse y alzarse, sonreír y enojarse, modificar la voz y duplicarla, imitarse a sí misma y a Gumercindo Tello, y, por fin, caer de hinojos y declarar (se, le) su amor. El doctor don Barreda y Zaldívar estiró una mano, balbuceó que bastaba, pero ya la víctima locuaz iba explicando que el mecánico la había amenazado con un cuchillo así, y se le había abalanzado así, haciéndola resbalar así y tirándose sobre ella así y cogiéndole la falda así, y en ese momento el juez —pálido, noble, mayestático, iracundo profeta bíblico— se incorporó en el asiento y rugió: «¡Basta! ¡Basta! ¡Suficiente!». Era la primera vez en su vida que levantaba la voz.

Desde el suelo, donde se había tendido al llegar al punto neurálgico de su gráfica deposición, Sarita Huanca Salaverría miraba asustada al índice que parecía fulminarla.

—No necesito saber más —repitió, más suavemente, el magistrado—. Ponte de pie, alísate la falda, vuelve donde tus padres.

La víctima se incorporó, asintiendo, con una carita descargada de todo histrionismo e impudor, niña de nuevo, visiblemente compungida. Haciendo venias humildes fue retrocediendo hasta la puerta y salió. El juez se volvió entonces al secretario y, con tono medido, nada irónico, le sugirió que dejara de teclear pues ¿no se daba cuenta acaso que el papel se había deslizado al suelo y que estaba escribiendo sobre el rodillo vacío? Granate, el doctor Zelaya tartamudeó que lo ocurrido lo había perturbado. El doctor don Barreda y Zaldívar le sonrió:

—Nos ha sido dado presenciar un espectáculo fuera de lo común —filosofó el magistrado—. Esa niña tiene el demonio en la sangre y, lo peor, es que probablemente no lo sabe.

—¿Es eso lo que los norteamericanos llaman una Lolita, doctor? —intentó acrecentar sus conocimientos el secretario.

—Sin duda, una Lolita típica —sentenció el juez. Y, poniendo al mal tiempo buena cara, lobo de mar irredimible que aun de los ciclones saca lecciones optimistas, añadió—: Por lo menos, alegrémonos de saber que, en este campo, el coloso del norte no tiene la exclusiva. Esta aborigen puede pararle el macho a cualquier Lolita gringa.

—Se comprende que haya sacado de sus casillas al asalariado y que éste la violara —divagó el secretario—. Después de verla y oírla uno juraría que fue ella quien lo desvirgó.

—Alto ahí, le prohíbo esa clase de presunciones —lo reconvino el juez y el secretario palideció—. Nada de adivinanzas suspicaces. Que comparezca Gumercindo Tello.

Diez minutos después, cuando lo vio entrar al despacho, escoltado por dos guardias, el doctor don Barreda y Zaldívar comprendió inmediatamente que la catalogación del secretario era abusiva. No se trataba de un lombrosiano sino de algo, en cierto sentido, muchísimo más grave: de un creyente. Con un escalofrío mnemotécnico que le erizó los vellos del pescuezo, el juez, al ver la cara de Gumercindo Tello, recordó la inmutable mirada del hombre de la bicicleta y la revista *Despierta* con el que había tenido pesadillas, esa mirada tranquilamente testaruda del que sabe, del que no tiene dudas, del que ha resuelto los problemas. Era un muchacho que, sin duda, no había cumplido aún los treinta años, y cuyo físico enteco, puro hueso y pellejo, pregonaba a los vientos el desprecio que le merecían la comida y la materia, con los cabellos cortados casi al rape, moreno y más bien bajo. Vestía un gris neblina, no dandy ni mendigo, sino medio pelo, seco ya pero muy arrugado por culpa de las bautismales zambullidas, una camisa blanca y unos botines con herrajes. Bastó un vistazo al juez —hombre de olfato antropológico— para saber que sus señas anímicas eran: discreción, sobriedad, ideas fijas, imperturbabilidad y vocación de espíritu. Con mucha crianza, apenas cruzó el umbral, deseó al juez y al secretario unos cordiales buenos días.

El doctor don Barreda y Zaldívar ordenó a los guardias que le quitaran las esposas y salieran. Era una costumbre que había nacido con su carrera judicial: aun a los más crapulosos criminales los había interrogado a solas, sin coacción, paternalmente, y en esos tête-à-tête, éstos solían abrirle su corazón como penitente a confesor. Nunca había tenido que lamentar esta arriesgada práctica. Gumercindo Tello se frotó las muñecas y agradeció la prueba de confianza. El juez le señaló un asiento y el mecánico se sentó, al borde mismo, en actitud erecta, como un hombre al que la noción misma de comodidad incomodaba. El juez compuso mentalmente la divisa que, sin duda, regía la vida del Testigo: levantarse de la cama con sueño, de la mesa con hambre y (si alguna vez iba) salirse del cine antes del final. Intentó imaginarlo banderillado, incendiado por la infantil vampiresa de La Victoria, pero en el acto canceló esa operación imaginaria como lesiva a los derechos de la defensa. Gumercindo Tello se había puesto a hablar:

—Es verdad que no prestamos servidumbre a gobiernos, partidos, ejércitos y demás instituciones visibles, que son todas hijastras de Satán —decía con dulzura—, que no juramos fidelidad a ningún trapo con colorines, ni vestimos uniformes, porque no nos engatusan los oropeles ni los disfraces, y que no aceptamos los injertos de piel o de sangre, porque lo que Dios hizo la ciencia no lo deshará. Pero nada de eso quiere decir que no cumplamos nuestras obligaciones. Señor juez, estoy a sus órdenes para lo que se le ofrezca y sepa que ni aun con motivos le faltaría el respeto.

Hablaba de manera pausada, como para facilitar la tarea del secretario, que iba acompañando con música mecanográfica su perorata. El juez le agradeció sus amables propósitos, le hizo saber que respetaba todas las ideas y creencias, muy en especial las religiosas, y se permitió recordarle que no estaba detenido por las que profesaba sino bajo acusación de haber golpeado y violentado a una menor.

Una sonrisa abstracta cruzó el rostro del muchacho de Moquegua.

—Testigo es el que testimonia, el que testifica, el que atestigua —reveló su versación en el saber semántico, mirando fijamente al juez—, el que sabiendo que Dios existe lo hace saber, el que conociendo la verdad la hace conocer. Yo soy Testigo y ustedes dos también podrían serlo con un poco de voluntad.

—Gracias, para otra ocasión —lo interrumpió el juez, levantando el grueso expediente y pasándoselo por los ojos como si fuera un manjar—. El tiempo apremia y esto es lo que importa. Vamos al grano. Y, para principiar, un consejo: lo recomendable, lo que le conviene, es la verdad, la limpia verdad.

El acusado, conmovido por alguna rememoración secreta, suspiró hondo.

—La verdad, la verdad —murmuró con tristeza—. ¿Cuál, señor juez? ¿No se tratará, más bien, de esas calumnias, de esos contrabandos, de esas supercherías vaticanas que, aprovechando la ingenuidad del vulgo, nos quieren hacer pasar por la verdad? Modestia aparte, yo creo que conozco la verdad, pero, y se lo pregunto sin ofensa, ¿la conoce usted?

—Me propongo conocerla —dijo el juez, astutamente, palmoteando el cartapacio.

—¿La verdad en torno a la fantasía de la cruz, a la broma de Pedro y la piedra, a las mitras, tal vez a la tomadura de pelo papal de la inmortalidad del alma? —se preguntaba sarcásticamente Gumercindo Tello.

—La verdad en torno al delito cometido por usted al abusar de la menor Sarita Huanca Salaverría —contraatacó el magistrado—. La verdad en torno a ese atropello a una inocente de trece años. La verdad en torno a los golpes que le propinó, a las amenazas con que la aterrorizó, al estupro con que la humilló y tal vez preñó.

156

La voz del magistrado se había ido elevando, acusatoria y olímpica. Gumercindo Tello lo miraba muy serio, rígido como la silla que ocupaba, sin indicios de confusión ni arrepentimiento. Por fin, meneó la cabeza con suavidad de res:

—Estoy preparado para cualquier prueba a que quiera someterme Jehová —aseguró.

—No se trata de Dios sino de usted —lo regresó a la tierra el magistrado—. De sus apetitos, de su lujuria, de su libido.

—Se trata siempre de Dios, señor juez —se empecinó Gumercindo Tello—. Nunca de usted, ni de mí, ni de nadie. De Él, sólo de Él.

—Sea usted responsable —lo exhortó el juez—. Aténgase a los hechos. Admita su falta y la Justicia tal vez lo considere. Proceda como el hombre religioso que trata de hacerme creer que es.

—Me arrepiento de todas mis culpas, que son infinitas —dijo, lúgubremente, Gumercindo Tello—. Sé muy bien que soy un pecador, señor juez.

—Bien, los hechos concretos —lo apremió el doctor don Barreda y Zaldívar—. Puntualíceme, sin regodeos morbosos ni jeremiadas, cómo fue que la violó.

Pero el Testigo ya había prorrumpido en sollozos, cubriéndose la cara con las manos. El magistrado no se inmutó. Estaba habituado a las bruscas alternancias ciclotímicas de los acusados y sabía aprovecharlas para la averiguación de los hechos. Viendo a Gumercindo Tello así, cabizbajo, su cuerpo agitado, sus manos húmedas de lágrimas, el doctor don Barreda y Zaldívar se dijo, sobrio orgullo de profesional que comprueba la eficacia de su técnica, que el acusado había llegado a ese climático estado emotivo en el que, inapto ya para disimular, proferiría ansiosa, espontánea, caudalosamente la verdad.

—Datos, datos —insistió—. Hechos, lugares, posiciones, palabras dichas, actos actuados. ¡Vamos, valor!

—Es que no sé mentir, señor juez —balbuceó Gumercindo Tello, entre hipos—. Estoy dispuesto a sufrir lo que sea, insulto, cárcel, deshonor. ¡Pero no puedo mentir! ¡Nunca aprendí, no soy capaz!

—Bien, bien, esa incapacidad lo honra —exclamó, con gesto alentador, el juez—. Demuéstremela. Vamos, ¿cómo fue que la violó?

—Ahí está el problema —se desesperó, tragando babas, el Testigo—. ¡Es que yo no la violé!

—Voy a decirle algo, señor Tello —silabeó, suavidad de serpiente que es todavía más despectiva, el magistrado—: ¡Es usted un falso Testigo de Jehová! ¡Un impostor!

—No la he tocado, jamás le hablé a solas, ayer ni siquiera la vi —decía, corderillo que bala, Gumercindo Tello.

—Un cínico, un farsante, un prevaricador espiritual —sentenciaba, témpano de hielo, el juez—. Si la justicia y la moral no le importan, respete al menos a ese Dios que tanto nombra. Piense en que ahora mismo lo ve, en lo asqueado que debe estar al oírlo mentir.

—Ni con la mirada ni con el pensamiento he ofendido a esa niña —repitió, con acento desgarrador, Gumercindo Tello.

—La ha amenazado, golpeado y violado —se destempló la voz del magistrado—. ¡Con su sucia lujuria, señor Tello!

—¿Con-mi-su-cia-lu-ju-ria? —repitió, hombre que acaba de recibir un martillazo, el Testigo.

—Con su sucia lujuria, sí señor —refrendó el magistrado, y, luego de una pausa creativa—: ¡Con su pene pecador!

—¿Con-mi-pe-ne-pe-ca-dor? —tartamudeó, voz desfalleciente y expresión de pasmo, el acusado—. ¿Mi-pe-ne-pe-ca-dor-ha-di-cho-us-ted?

Estrambóticos y estrábicos, saltamontes atónitos, sus ojos pasearon del secretario al juez, del suelo al techo, de la silla al escritorio y allí permanecieron, recorriendo papeles, expedientes, secantes. Hasta que se iluminaron sobre el cortapapeles Tiahuanaco que descollaba entre todos los objetos con artístico centelleo prehispánico. Entonces, movimiento tan rápido que no dio tiempo al juez ni al secretario a intentar un gesto para impedirlo, Gumercindo Tello estiró la mano y se apoderó del puñal. No hizo ningún ademán amenazador, todo lo contrario, estrechó, madre que abriga a su pequeño, el plateado cuchillo contra su pecho, y dirigió una tranquilizadora, bondadosa, triste mirada a los dos hombres petrificados de sorpresa.

—Me ofenden creyendo que podría lastimarlos —dijo con voz de penitente.

—No podrá huir jamás, insensato —le advirtió, reponiéndose, el magistrado—. El Palacio de Justicia está lleno de guardias, lo matarán.

—¿Huir yo? —preguntó con ironía el mecánico—. Qué poco me conoce, señor juez.

—¿No ve que se está delatando? —insistió el magistrado—. Devuélvame el cortapapeles.

—Lo he cogido prestado para probar mi inocencia —explicó serenamente Gumercindo Tello.

El juez y el secretario se miraron. El acusado se había puesto de pie. Tenía una expresión nazarena, en su mano derecha el cuchillo despedía un brillo premonitorio y terrible. Su mano izquierda se deslizó sin prisa hacia la ranura del pantalón que ocultaba el cierre relámpago y, mientras, iba diciendo con voz adolorida:

—Yo soy puro, señor juez, yo no he conocido mujer. A mí, eso que otros usan para pecar, sólo me sirve para hacer pipí...

—Alto ahí —lo interrumpió, con una sospecha atroz, el doctor don Barreda y Zaldívar—. ¿Qué va usted a hacer?

—Cortarlo y botarlo a la basura para probarle lo poco que me importa —replicó el acusado, mostrando con el mentón el cesto de papeles.

Hablaba sin soberbia, con tranquila determinación. El juez y el secretario, boquiabiertos, no atinaban a gritar. Gumercindo Tello tenía ya en la mano izquierda el cuerpo del delito y elevaba el cuchillo para, verdugo que blande el hacha y mide la trayectoria hacia el cuello del condenado, dejarlo caer y consumar la inconcebible prueba.

¿Lo haría? ¿Se privaría así, de un tajo, de su integridad? ¿Sacrificaría su cuerpo, su juventud, su honor, en pos de una demostración ético-abstracta? ¿Convertiría Gumercindo Tello el más respetable despacho judicial de Lima en ara de sacrificios? ¿Cómo terminaría ese drama forense?

VII

Los amores con la tía Julia continuaban viento en popa, pero las cosas se iban complicando porque resultaba difícil mantener la clandestinidad. De común acuerdo, para no provocar sospechas en la familia, había reducido drásticamente mis visitas a casa del tío Lucho. Sólo seguía yendo con puntualidad al almuerzo de los jueves. Para el cine de las noches inventábamos diversas tretas. La tía Julia salía temprano, llamaba a la tía Olga para decirle que comería con una amiga y me esperaba en algún lugar acordado. Pero esta operación tenía el inconveniente de que la tía Julia debía pasarse horas en las calles, hasta que yo saliera del trabajo, y de que la mayor parte de las veces ayunaba. Otros días yo iba a buscarla en un taxi, sin bajarme; ella estaba alerta y apenas veía detenerse el automóvil salía corriendo. Pero era una estratagema riesgosa: si me descubrían, inmediatamente sabrían que había algo entre ella y yo; y, de todos modos, ese misterioso invitador, emboscado en el fondo de un taxi, terminaría por despertar curiosidad, malicia, muchas preguntas...

Habíamos optado, por eso, en vernos menos de noche y más de día, aprovechando los huecos de la radio. La tía Julia tomaba un colectivo al centro y a eso de las once de la mañana, o de las cinco de la tarde, me esperaba en una cafetería de Camaná, o en el Cream Rica del jirón de la Unión. Yo dejaba revisados un par de boletines y podíamos pasar dos horas juntos. Habíamos descartado el Bransa de la Colmena porque allí acudía toda la gente de Panamericana y de Radio Central. De vez en cuando (más exactamente, los días de pago) la invitaba a almorzar y entonces estábamos hasta tres horas juntos. Pero mi magro salario no permitía esos excesos. Había conseguido, luego de un elaborado discurso, una mañana en que lo encontré eufórico por los éxitos de Pedro Camacho, que Genaro hijo me aumentara el sueldo, con lo que llegué a redondear cinco mil soles. Daba dos mil a mis abuelos para ayudarlos en la casa. Los tres mil restantes me alcanzaban antes de sobra para mis vicios: el cigarrillo, el cine y los libros. Pero, desde mis amores con la tía Julia, se volatizaban velozmente y andaba siempre apurado, recurriendo con frecuencia a préstamos e, incluso, a la Caja Nacional de Pignoración, en la plaza de Armas. Como, por otra parte, tenía firmes prejuicios hispánicos respecto a las relaciones entre hombres y mujeres y no permitía que la tía Julia pagara ninguna cuenta, mi situación económica llegaba a ser dramática. Para aliviarla, comencé a hacer algo que Javier severamente llamó «prostituir mi pluma». Es decir, a escribir reseñas de libros y reportajes en suplementos culturales y revistas de Lima. Los publicaba con seudónimo, para avergonzarme menos de lo malos que eran. Pero los doscientos o trescientos soles más al mes constituían un tónico para mi presupuesto.

Esas citas en los cafetines del centro de Lima eran poco pecaminosas, largas conversaciones muy románticas, haciendo empanaditas, mirándonos a los ojos, y, si la topografía del local lo permitía, rozándonos las rodillas. Sólo nos besábamos cuando nadie podía vernos, lo que ocurría rara vez, porque a esas horas los cafés estaban siempre repletos de oficinistas lisurientos. Hablábamos de nosotros, por supuesto, de los peligros que corríamos de ser sorprendidos por algún miembro de la familia, de la manera de conjurar esos peligros, nos contábamos con lujo de detalles todo lo que habíamos hecho desde la última vez (es decir, algunas horas atrás o el día anterior), pero, en cambio, jamás hacíamos ningún plan para el futuro. El porvenir era un asunto tácitamente abolido en nuestros diálogos, sin duda porque, tanto ella como yo, estábamos convencidos que nuestra relación no tendría ninguno. Sin embargo, pienso que eso que había comenzado como un juego, se fue volviendo serio en los castos encuentros de los cafés humosos del centro de Lima. Fue ahí donde, sin darnos cuenta, nos fuimos enamorando.

Hablábamos también mucho de literatura; o, mejor dicho, la tía Julia escuchaba y yo le hablaba de la buhardilla de París (ingrediente inseparable de mi vocación) y de todas las novelas, los dramas, los ensayos que escribiría cuando fuera escritor. La tarde que nos descubrió Javier, en el Cream Rica del jirón de la Unión, yo estaba leyéndole a la tía Julia mi cuento sobre Doroteo Martí. Se titulaba, medievalescamente, *La humillación de la cruz* y tenía cinco páginas. Era el primer cuento que le leía, y lo hice muy despacio, para disimular mi inquietud por su veredicto. La experiencia fue catastrófica para la susceptibilidad del futuro escritor. A medida que progresaba en la lectura, la tía Julia me iba interrumpiendo:

—Pero si no fue así, pero si lo has puesto todo patas arriba —me decía, sorprendida y hasta enojada—, pero si no fue eso lo que dijo, pero si...

Yo, angustiadísimo, hacía un alto para informarle que lo que escuchaba no era la relación fiel de la anécdota que me había contado, sino *un cuento, un cuento*, y que todas las cosas añadidas o suprimidas eran recursos para conseguir ciertos efectos:

—Efectos *cómicos* —subrayé, a ver si entendía y, aunque fuera por conmiseración, sonreía.

—Pero, al contrario —protestó la tía Julia, impertérrita y feroz—, con las cosas que has cambiado le quitaste toda la gracia. Quién se va a creer que pasa tanto rato desde que la cruz comienza a moverse hasta que se cae. ¿Dónde está el chiste ahora?

Yo, aunque había ya decidido, en mi humillada intimidad, enviar el cuento sobre Doroteo Martí al canasto de la basura, estaba enfrascado en una defensa ardorosa, adolorida, de los derechos de la imaginación literaria a transgredir la realidad, cuando sentí que me tocaban el hombro.

—Si interrumpo, me lo dicen y me voy porque odio tocar violín —dijo Javier, jalando una silla, sentándose y pidiendo un café al mozo. Sonrió a la tía Julia—: Encantado, yo soy Javier, el mejor amigo de este prosista. Qué bien guardada te la tenías, compadre.

—Es Julita, la hermana de mi tía Olga —le expliqué.

—¿Cómo? ¿La famosa boliviana? —se le fueron apagando los bríos a Javier. Nos había encontrado de la mano, no nos habíamos soltado, y ahora miraba fijo, sin la seguridad mundana de antes, nuestros dedos entrelazados—. Vaya, vaya, Varguitas.

—¿Yo soy la famosa boliviana? —preguntó la tía Julia—. ¿Famosa por qué?

—Por antipática, por esos chistes tan pasados, cuando llegaste —la puse al día—. Javier sólo conoce la primera parte de la historia.

—La mejor me la habías ocultado, mal narrador y peor amigo —dijo Javier, recuperando la soltura y señalando las empanaditas—. Qué me cuentan, qué me cuentan.

Estuvo realmente simpático, hablando hasta por los codos y haciendo toda clase de bromas, y la tía Julia quedó encantada con él. Me alegré de que nos hubiera descubierto; no había planeado contarle mis amores, porque era reacio a confidencias sentimentales (y más todavía en este caso, tan enredado) pero ya que el azar lo había hecho partícipe del secreto, me dio gusto poder comentar con él las peripecias de esta aventura. Esa mañana se despidió besando a la tía Julia en la mejilla y haciendo una reverencia:

—Soy un celestino de primera, cuenten conmigo para cualquier cosa.

—¿Por qué no dijiste también que nos tenderías la cama? —lo reñí esa tarde, apenas se presentó en mi gallinero de Radio Panamericana, ávido de detalles.

—¿Es algo así como tu tía, no? —dijo, palmoteándome—. Está bien, me has impresionado. Una amante vieja, rica y divorciada: ¡veinte puntos!

—No es mi tía, sino la hermana de la mujer de mi tío —le expliqué lo que ya sabía, mientras daba vuelta a una noticia de *La Prensa* sobre la guerra de Corea—. No es mi amante, no es vieja y no tiene medio. Sólo lo de divorciada es verdad.

—Vieja quería decir mayor que tú, y lo de rica no era crítica sino felicitación, yo soy partidario de los braguetazos —se rió Javier—. ¿Así que no es tu amante? ¿Qué, entonces? ¿Tu enamorada?

—Una cosa entre las dos —le dije, sabiendo que lo irritaría.

—Ah, quieres hacerte el misterioso, pues te vas a la mierda ipso facto —me advirtió—. Y, además, eres un miserable: yo te cuento todos mis amores con la flaca Nancy y lo del braguetazo tú me lo habías ocultado.

Le conté la historia desde el principio, las complicaciones que teníamos para vernos y entendió por qué en las últimas semanas le había pedido dos o tres veces plata prestada. Se interesó, me comió a preguntas y acabó jurándome que se convertiría en mi hada madrina. Pero, al despedirse, se puso grave:

—Supongo que esto es un juego —me sermoneó, mirándome a los ojos como un padre solícito—. No se olvide que, a pesar de todo, usted y yo somos todavía dos mocosos.

—Si quedo encinta, te juro que me haré abortar —lo tranquilicé.

Una vez que se fue, y mientras Pascual entretenía al Gran Pablito con un choque serial, en Alemania, en el que una veintena de automóviles se habían incrustado uno en el otro por culpa de un distraído turista belga que estacionó su auto en plena carretera para auxiliar a un perrito, me quedé pensando. ¿Era cierto que esta historia no iba en serio? Sí, cierto. Se trataba de una experiencia distinta, algo más madura y atrevida que todas las que había vivido, pero, para que el recuerdo fuera bueno, no debería durar mucho. Estaba en estas reflexiones cuando entró Genaro hijo a invitarme a almorzar. Me llevó a Magdalena, a un jardín criollo, me impuso un arroz con pato y unos picarones con miel, y a la hora del café me pasó la factura:

—Eres su único amigo, háblale, nos está metiendo en un lío de los diablos. Yo no puedo, a mí me dice inculto, ignaro, ayer a mi padre lo llamó mesócrata. Quiero evitarme más líos con él. Tendría que botarlo y eso sería una catástrofe para la empresa.

El problema era una carta del embajador argentino dirigida a Radio Central, en lenguaje mefítico, protestando por las alusiones «calumniosas, perversas y psicóticas» contra la patria de Sarmiento y San Martín que aparecían por doquier en las radionovelas (que el diplomático llamaba «historias dramáticas serializadas»). El embajador ofrecía algunos ejemplos que, aseguraba, no habían sido buscados ex profeso sino recogidos al azar por el personal de la legación «afecto a ese género de emisiones». En una se sugería, nada menos, que la proverbial hombría de los porteños era un mito, pues casi todos practicaban la homosexualidad (y, de preferencia, la pasiva); en otra, que en las familias bonaerenses, tan gregarias, se sacrificaba por hambre a las bocas inútiles —ancianos y enfermos— para aligerar el presupuesto; en otra, que lo de las vacas era para la exportación porque allá, en casita, el manjar verdaderamente codiciado era el caballo; en otra, que la extendida práctica del fútbol, por culpa sobre todo del cabezazo a la pelota, había lesionado los genes nacionales, lo que explicaba la abundancia proliferante, en las orillas del río de color leonado, de oligofrénicos, acromegálicos, y otras subvariedades de cretinos; que en los hogares de Buenos Aires —«semejante cosmópolis», puntualizaba la carta— era corriente hacer las necesidades biológicas, en el mismo recinto donde se comía y dormía, en un simple balde...

—Tú te ríes y nosotros también nos reíamos —dijo Genaro hijo, comiéndose las uñas—, pero hoy se nos presentó un abogado y nos quitó la risa. Si la embajada protesta ante el gobierno nos pueden cancelar los radioteatros, multar, clausurar la radio. Ruégale, amenázalo, que se olvide de los argentinos.

Le prometí hacer lo posible, pero sin muchas esperanzas porque el escriba era un hombre de convicciones inflexibles. Yo había llegado a sentirme amigo de él; además de la curiosidad entomológica que me inspiraba, le tenía aprecio. Pero ¿era recíproco? Pedro Camacho no parecía capaz de perder su tiempo, su energía, en la amistad ni en nada que lo distrajera de *su arte*, es decir su trabajo o vicio, esa urgencia que barría hombres, cosas, apetitos. Aunque es verdad que a mí me toleraba más que a otros. Tomábamos café (él menta y yerbaluisa) y yo iba a su cubículo y le servía de pausa entre dos páginas. Lo escuchaba con suma atención y tal vez eso lo halagaba; quizá me tenía por un discípulo, o, simplemente, era para él lo que el perrito faldero de la solterona y el crucigrama del jubilado: alguien, algo con que llenar los vacíos.

Tres cosas me fascinaban en Pedro Camacho: lo que decía, la austeridad de su vida enteramente consagrada a una obsesión, y su capacidad de trabajo. Esto último, sobre todo. En la biografía de Emil Ludwig había leído la resistencia de Napoleón, cómo sus secretarios se derrumbaban y él seguía dictando, y solía imaginarme al emperador de los franceses con la cara nariguda del escribidor y a éste, durante algún tiempo, Javier y yo lo llamamos el Napoleón del Altiplano (nombre que alternábamos con el de Balzac criollo). Por curiosidad, llegué a establecer su horario de trabajo y, pese a que lo verifiqué muchas veces, siempre me pareció imposible.

Empezó con cuatro radioteatros al día, pero, en vista del éxito, fueron aumentando hasta diez, que se radiaban de lunes a sábado, con una duración de media hora cada capítulo (en realidad, veintitrés minutos, pues la publicidad acaparaba siete). Como los dirigía e interpretaba todos, debía permanecer en el estudio unas siete horas diarias, calculando que el ensayo y grabación de cada programa durasen cuarenta minutos (entre diez y quince para su arenga y las repeticiones). Escribía los radioteatros a medida que se iban radiando; comprobé que cada capítulo le tomaba apenas el doble de tiempo que su interpretación, una hora. Lo cual significaba, de todos modos, unas diez horas en la máquina de escribir. Esto disminuía algo gracias a los domingos, su día libre, que él, por supuesto, pasaba en su cubículo, adelantando el trabajo de la semana. Su horario era, pues, entre quince y dieciséis horas de lunes a sábado y de ocho a diez los domingos. Todas ellas prácticamente productivas, de rendimiento *artístico* sonante.

Llegaba a Radio Central a las ocho de la mañana y partía cerca de medianoche; sus únicas salidas a la calle las hacía conmigo, al Bransa, para tomar las infusiones cerebrales. Almorzaba en su cubículo, un sándwich y un refresco que le iban a comprar devotamente Jesusito, el

Gran Pablito o alguno de sus colaboradores. Jamás aceptaba una invitación, jamás le oí decir que había estado en un cine, un teatro, un partido de fútbol o en una fiesta. Jamás lo vi leer un libro, una revista o un periódico, fuera del mamotreto de citas y de esos planos que eran sus *instrumentos de trabajo.* Aunque miento: un día le descubrí un boletín de socios del Club Nacional.

—Corrompí al portero con unos cobres —me explicó, cuando le pregunté por el libraco—. ¿De dónde podría sacar los nombres de mis aristócratas? Para los otros, me bastan las orejas: los plebeyos los recojo del arroyo.

La fabricación del radioteatro, la hora que le tomaba producir, sin atorarse, cada libreto, me dejaba siempre incrédulo. Muchas veces lo vi redactar esos capítulos. A diferencia de lo que ocurría con las grabaciones, cuyo secreto defendía celosamente, no le importaba que lo vieran escribir. Mientras estaba tecleando su (mi) Remington, entraban a interrumpirlo sus actores, Batán o el técnico de sonido. Alzaba la vista, absolvía las preguntas, daba una indicación churrigueresca, despedía al visitante con su sonrisita epidérmica, lo más opuesto a la risa que he conocido, y continuaba escribiendo. Yo solía meterme al cubículo con el pretexto de estudiar, de que en mi gallinero había mucho ruido y gente (estudiaba los cursos de Derecho para exámenes y olvidaba todo después de rendirlos: que jamás me suspendieran no hablaba bien de mí sino mal de la universidad). Pedro Camacho no ponía objeción y hasta parecía que no le desagradaba esa presencia humana que lo sentía *crear.*

Me sentaba en el alféizar de la ventana y hundía la nariz en algún código. En realidad, lo espiaba. Escribía con dos dedos, muy rápido. Lo veía y no lo creía: jamás se paraba a buscar alguna palabra o contemplar una idea, nunca aparecía en esos ojitos fanáticos y saltones la sombra de una duda. Daba la impresión de estar pasando a limpio un texto que sabía de memoria, mecanografiando algo que le dictaban. ¿Cómo era posible que, a esa velocidad con que caían sus deditos sobre las teclas, estuviera nueve, diez horas al día, *inventando* las situaciones, las anécdotas, los diálogos, de varias historias distintas? Y, sin embargo, era posible: los libretos salían de esa cabecita tenaz y de esas manos infatigables, uno tras otro, a la medida adecuada, como sartas de salchichas de una máquina. Una vez terminado el capítulo, no lo corregía ni siquiera leía; lo entregaba a la secretaria para que sacara copias y procedía, sin solución de continuidad, a fabricar el siguiente. Una vez le dije que verlo trabajar me recordaba la teoría de los surrealistas franceses sobre la escritura automática, aquella que mana directamente del subconsciente, esquivando las censuras de la razón. Obtuve una respuesta nacionalista:

—Los cerebros de nuestra América mestiza pueden parir mejores cosas que los franchutes. Nada de complejos, mi amigo.

¿Por qué no utilizaba, como base para sus historias limeñas, las que había escrito en Bolivia? Se lo pregunté y me repuso con esas generalidades de las que era imposible extraer nada concreto. Las historias, para llegar al público, debían ser frescas, como las frutas y los vegetales, pues el arte no toleraba las conservas y menos los

171

alimentos que el tiempo había podrido. De otra parte, necesitaban ser «historias comprovincianas de los oyentes». ¿Cómo, siendo éstos limeños, se podían interesar en episodios ocurridos en La Paz? Pero daba estas razones porque en él la necesidad de teorizar, de convertir todo en verdad impersonal, axioma eterno, era tan compulsiva como la de escribir. Sin duda, la razón por la cual no utilizaba sus viejos radioteatros era más simple: porque no tenía el menor interés en ahorrarse trabajo. Vivir era, para él, escribir. No le importaba en absoluto que sus obras durasen. Una vez radiados, se olvidaba de los libretos. Me aseguró que no conservaba copia de ninguno de sus radioteatros. Éstos habían sido compuestos con el tácito convencimiento de que debían volatilizarse al ser digeridos por el público. Una vez le pregunté si nunca había pensado publicar:

—Mis escritos se conservan en un lugar más indeleble que los libros —me instruyó, en el acto—: La memoria de los radioescuchas.

Hablé con él sobre la protesta argentina el mismo día del almuerzo con Genaro hijo. A eso de las seis caí por su cubículo y lo invité al Bransa. Temeroso de su reacción, le solté la noticia a pocos: había gente muy susceptible, incapaz de tolerar ironías, y, de otro lado, en el Perú, la legislación en materia de libelo era severísima, una radio podía ser clausurada por una insignificancia. La embajada argentina, dando pruebas de poco mundo, se había sentido herida por algunas alusiones y amenazaba con una queja oficial ante la cancillería...

—En Bolivia llegó a haber amenaza de rompimiento de relaciones —me interrumpió—. Un pasquín incluso rumoreó algo sobre concentración de tropas en las fronteras.

Lo decía resignado, como pensando: la obligación del sol es echar rayos, qué remedio si eso provoca algún incendio.

—Los Genaros le piden que, en lo posible, evite hablar mal de los argentinos en los radioteatros —le confesé y encontré un argumento que, supuse, le haría mella—: Total, mejor ni se ocupe de ellos, ¿acaso valen la pena?

—La valen, porque *ellos* me inspiran —me explicó, dando por cancelado el asunto.

De regreso a la radio me hizo saber, con una inflexión traviesa en la voz, que el escándalo de La Paz «les sacó roncha» y que fue motivado por una obra de teatro sobre «las costumbres bestiales de los gauchos». En Panamericana, le dije a Genaro hijo que no debía hacerse ilusiones respecto a mi eficacia como mediador.

Dos o tres días después, conocí la pensión de Pedro Camacho. La tía Julia había venido a encontrarse conmigo a la hora del último boletín, porque quería ver una película que daban en el Metro, con una de las grandes parejas románticas: Greer Garson y Walter Pidgeon. Cerca de medianoche, estábamos cruzando la plaza San Martín, para tomar el colectivo, cuando vi a Pedro Camacho saliendo de Radio Central. Apenas se lo señalé, la tía Julia quiso que se lo presentara. Nos acercamos y él, al decirle que se trataba de una compatriota suya, se mostró muy amable.

—Soy una gran admiradora suya —le dijo la tía Julia, y para caerle más en gracia le mintió—: Desde Bolivia, no me pierdo sus radioteatros.

Fuimos caminando con él, casi sin darnos cuenta, hacia el jirón Quilca, y en el trayecto Pedro Camacho y la tía Julia mantuvieron una conversación patriótica de la que quedé excluido, en la que desfilaron las minas de Potosí y la cerveza Taquiña, esa sopa de choclo que llaman lagua, el mote con queso fresco, el clima de Cochabamba, la belleza de las cruceñas y otros orgullos bolivianos. El escriba parecía muy satisfecho hablando maravillas de su tierra. Al llegar al portón de una casa con balcones y celosías se detuvo. Pero no nos despidió:

—Suban —nos propuso—. Aunque mi cena es sencilla, podemos compartirla.

La Pensión La Tapada era una de esas viejas casas de dos pisos del centro de Lima, construidas el siglo pasado, que alguna vez fueron amplias, confortables y acaso suntuosas, y que luego, a medida que la gente acomodada iba desertando el centro hacia los balnearios y la vieja Lima iba perdiendo clase, se han ido deshaciendo y atestando, subdividiéndose hasta ser verdaderas colmenas, gracias a tabiques que duplican o cuadruplican las habitaciones y a nuevos reductos erigidos de cualquier manera en los zaguanes, las azoteas e, incluso, los balcones y las escaleras. La Pensión La Tapada daba la impresión de estar a punto de descalabrarse; las gradas en que subimos al cuarto de Pedro Camacho se mecían bajo nuestro peso, y se levantaban unas nubecillas que hacían estornudar a la tía Julia. Una costra de polvo lo recubría todo, paredes y suelos, y era evidente que la casa no había sido barrida ni trapeada jamás. El cuarto de Pedro Camacho parecía una celda. Era muy pequeño y estaba casi vacío. Había un catre sin espaldar, cubierto con una colcha descolorida y una almohada sin funda, una mesita con hule y una silla de paja, una maleta y un cordel tendido entre dos paredes donde se columpiaban unos calzoncillos y unas medias. Que el escriba se lavara él mismo la ropa no me sorprendió, pero sí que se hiciera la comida. Había un primus en el alféizar de la ventana, una botella de kerosene, unos platos y cubiertos de lata, unos vasos. Ofreció la silla a la tía Julia y a mí la cama con un gesto magnífico:

—Asiento. La morada es pobre pero el corazón es grande.

Preparó la cena en dos minutos. Tenía los ingredientes en una bolsa de plástico, oreándose en la ventana. El menú consistió en unas salchichas hervidas con huevo frito, pan con mantequilla y queso, y un yogur con miel. Lo vimos prepararlo diestramente, como alguien acostumbrado a hacerlo a diario, y tuve la certidumbre que ésa debía ser siempre su dieta.

Mientras comíamos, estuvo conversador y galante, y condescendió a tratar temas como la receta de la crema volteada (que le pidió la tía Julia) y el sapolio más económico para la ropa blanca. No terminó su plato; al apartarlo, señalando las sobras, se permitió una broma:

—Para el artista la comida es vicio, mis amigos.

Al ver su buen humor, me atreví a hacerle preguntas sobre su trabajo. Le dije que envidiaba su resistencia, que, pese a su horario de galeote, nunca pareciera cansado.

—Tengo mis estrategias para que la jornada resulte variopinta —nos confesó.

Bajando la voz, como para que no fueran a descubrir su secreto fantasmales competidores, nos dijo que nunca escribía más de sesenta minutos una misma historia y que pasar de un tema a otro era refrescante, pues cada hora tenía la sensación de estar principiando a trabajar.

—En la variación se encuentra el gusto, señores —repetía, con ojos excitados y muecas de gnomo maléfico.

Para eso era importante que las historias estuvieran ordenadas no por afinidad sino por contraste: el cambio total de clima, lugar, asunto y personajes reforzaba la sensación renovadora. De otro lado, los matecitos de yerbaluisa y menta eran útiles, desatoraban los conductos cerebrales y la imaginación lo agradecía. Y eso de, cada cierto tiempo, dejar la máquina para ir al estudio, ese pasar de escribir a dirigir e interpretar era también descanso, una transición que entonaba. Pero, además, él, en el curso de los años, había descubierto algo, algo que a los ignaros y a los insensibles les podía parecer tal vez una chiquillada. Aunque ¿importaba lo que pensara la ralea? Lo vimos vacilar, callarse, y su carita caricatural se entristeció:

—Aquí, desgraciadamente, no puedo ponerlo en práctica —dijo con melancolía—. Sólo los domingos, que estoy solo. Los días de semana hay demasiados curiosos y no lo entenderían.

¿De cuándo acá esos escrúpulos, en él, que miraba olímpicamente a los mortales? Vi a la tía Julia tan anhelante como yo:

—No puede usted dejarnos con la miel en los labios —le rogó—. ¿Cuál es ese secreto, señor Camacho?

Se nos quedó observando, en silencio, como el ilusionista que contempla, satisfecho, la atención que ha conseguido despertar. Luego, con lentitud sacerdotal, se

176

levantó (estaba sentado en la ventana, junto al primus), fue hasta la maleta, la abrió, y empezó a sacar de sus entrañas, como el prestidigitador saca palomas o banderas del sombrero de copa, una inesperada colección de objetos: una peluca de magistrado inglés, bigotes postizos de distintos tamaños, un casco de bombero, una insignia de militar, caretas de mujer gorda, de anciano, de niño estúpido, la varita del policía de tránsito, la gorra y la pipa del lobo de mar, el mandil blanco del médico, narices falsas, orejas postizas, barbas de algodón... Como una figurita eléctrica, mostraba los artefactados y, ¿para que los apreciáramos mejor, por una necesidad íntima?, se los iba enfundando, acomodando, quitando, con una agilidad que delataba una persistente costumbre, un asiduo manejo. De este modo, ante la tía Julia y yo, que lo mirábamos embobados, Pedro Camacho, mediante cambios de atuendo, se transformaba en un médico, en un marino, en un juez, en una anciana, en un mendigo, en una beata, en un cardenal... Al mismo tiempo que operaba estas mudanzas, iba hablando, lleno de ardor:

—¿Por qué no voy a tener derecho, para consubstanciarme con personajes de mi propiedad, a parecerme a ellos? ¿Quién me prohíbe tener, mientras los escribo, sus narices, sus pelos y sus levitas? —decía, trocando un capelo por una cachimba, la cachimba por un guardapolvo y el guardapolvo por una muleta—. ¿A quién le importa que aceite la imaginación con unos trapos? ¿Qué cosa es el realismo, señores, el tan mentado realismo qué cosa es? ¿Qué mejor manera de hacer arte realista que identificándose materialmente con la realidad? ¿Y no resulta así la jornada más llevadera, más amena, más movida?

Pero, claro —y su voz pasó a ser primero furiosa, luego desconsolada—, la incomprensión y la estulticia de la gente todo lo malinterpretaban. Si lo veían en Radio Central escribiendo disfrazado, brotarían las murmuraciones, correría la voz de que era travestido, su oficina se convertiría en un imán para la morbosidad del vulgo. Terminó de guardar las caretas y demás objetos, cerró la maleta y volvió a la ventana. Ahora estaba triste. Murmuró que en Bolivia, donde siempre trabajaba en su propio atelier, nunca había tenido problema «con los trapos». Aquí, en cambio, sólo los domingos podía escribir de acuerdo a su costumbre.

—¿Esos disfraces se los consigue en función de los personajes o inventa los personajes a partir de disfraces que ya tiene? —le pregunté, por decir algo, todavía sin salir del asombro.

Me miró como a un recién nacido:

—Se nota que es usted muy joven —me reprendió con suavidad—. ¿No sabe acaso que lo primero es siempre el verbo?

Cuando, después de agradecerle efusivamente la invitación, volvimos a la calle, le dije a la tía Julia que Pedro Camacho nos había dado una prueba de confianza excepcional haciéndonos partícipes de su secreto, y que me había conmovido. Ella estaba contenta: nunca se había imaginado que los intelectuales pudieran ser tipos tan entretenidos.

—Bueno, no todos son así —me burlé—. Pedro Camacho es un intelectual entre comillas. ¿Te fijaste que no hay un solo libro en su cuarto? Me ha explicado que no lee para que no le influyan el estilo.

Regresábamos, por las calles taciturnas del centro, cogidos de la mano, hacia el paradero de los colectivos y yo le decía que algún domingo vendría a Radio Central sólo para ver al escriba transubstanciado mediante antifaces con sus creaturas.

—Vive como un pordiosero, no hay derecho —protestaba la tía Julia—. Siendo sus radioteatros tan famosos, creí que ganaría montones de plata.

Le preocupaba que en la Pensión La Tapada no se viera ni una bañera ni una ducha, apenas un excusado y un lavador enmohecidos en el primer rellano de la escalera. ¿Creía yo que Pedro Camacho no se bañaba nunca? Le dije que al escriba esas banalidades le importaban un pito. Me confesó que al ver la suciedad de la pensión le había dado asco, que había hecho un esfuerzo sobrehumano para pasar la salchicha y el huevo. Ya en el colectivo, una vieja carcocha que iba parando en cada esquina de la avenida Arequipa, mientras yo la besaba despacito en la oreja, en el cuello, la oí decir alarmada:

—O sea que los escritores son unos muertos de hambre. Quiere decir que toda la vida vivirás fregado, Varguitas.

Desde que se lo había oído a Javier, ella también me llamaba Varguitas.

VIII

Don Federico Téllez Unzátegui consultó su reloj, comprobó que eran las doce, dijo a la media docena de empleados de Antirroedores S. A. que podían partir a almorzar, y no les recordó que estuvieran de vuelta a las tres en punto, ni un minuto más tarde, porque todos ellos sabían de sobra que, en esa empresa, la impuntualidad era sacrílega: se pagaba con multa e incluso despido. Una vez partidos, don Federico, según su costumbre, cerró él mismo la oficina con doble llave, enfundó su sombrero gris pericote, y se dirigió, por las atestadas aceras del jirón Huancavelica, hacia la playa de estacionamiento donde guardaba su automóvil (un sedán marca Dodge).

Era un hombre que inspiraba temor e ideas lúgubres, alguien a quien bastaba cruzar en la calle para advertir que era distinto a sus conciudadanos. Estaba en la flor de la edad, la cincuentena, y sus señas particulares —frente ancha, nariz aguileña, mirada penetrante, rectitud en el espíritu— podían haber hecho de él un donjuán si se hubiera interesado en las mujeres. Pero don Federico Téllez Unzátegui había consagrado su existencia a una cruzada y no permitía que nada ni nadie —a no ser las indispensables horas de sueño, alimentación y trato de la familia— lo distrajera de ella. Esa guerra la libraba hacía cuarenta años y tenía como meta el exterminio de todos los roedores del territorio nacional.

La razón de esta quimera la ignoraban sus conocidos e incluso su esposa y sus cuatro hijos. Don Federico Téllez Unzátegui la ocultaba pero no la olvidaba: día y noche ella volvía a su memoria, pesadilla persistente de la que extraía nuevas fuerzas, odio fresco para perseverar en ese combate que algunos consideraban estrambótico, otros repelente y, los más, comercial. Ahora mismo, mientras entraba a la playa de estacionamiento, verificaba de un vistazo de cóndor que el Dodge había sido lavado, lo ponía en marcha y esperaba dos minutos (tomados por reloj) que se calentara el motor, sus pensamientos, una vez más, mariposas revoloteando hacia llamas donde arderán sus alas, remontaban el tiempo, el espacio, hacia la población selvática de su niñez y hacia el espanto que fraguó su destino.

Había sucedido en la primera década del siglo, cuando Tingo María era apenas una cruz en el mapa, un claro de cabañas rodeado por la jungla abrupta. Hasta allí venían, a veces, después de infinitas penalidades, aventureros que abandonaban la molicie de la capital con la ilusión de conquistar la selva. Así llegó a la región el ingeniero Hildebrando Téllez, con una esposa joven (por cuyas venas, como su nombre Mayte y su apellido Unzátegui voceaban, corría la azulina sangre vasca) y un hijo pequeño: Federico. Alentaba el ingeniero proyectos grandiosos: talar árboles, exportar maderas preciosas para la vivienda y el mueble de los pudientes, cultivar la piña, la palta, la sandía, la guanábana y la lúcuma para los paladares exóticos del mundo, y, con el tiempo, un servicio de vaporcitos por los ríos amazónicos. Pero los dioses y los hombres hicieron ceniza de esos fuegos. Las catástrofes naturales —lluvias, plagas, desbordes— y las limitaciones humanas —falta de mano de obra, pereza y estulticia de la existente, alcohol, escaso crédito— liquidaron uno tras otro los ideales del pionero, quien, a los dos años de su llegada a Tingo María, debía ganarse el sustento, modestamente, con una chacrita de camotes, aguas arriba del río Pendencia. Fue allí, en una cabaña de troncos y palmas, donde una noche cálida las ratas se comieron viva, en su cuna sin mosquitero, a la recién nacida María Téllez Unzátegui.

Lo ocurrido ocurrió de manera simple y atroz. El padre y la madre eran padrinos de un bautizo y pasaban la noche, en los festejos consabidos, en la otra margen del río. Había quedado a cargo de la chacra el capataz, quien, con los dos peones restantes, tenía una enramada lejos de la cabaña del patrón. En ésta dormían Federico y su hermana. Pero el niño acostumbraba, en épocas de calor, sacar su camastro a orillas del Pendencia, donde dormía arrullado por el agua. Es lo que había hecho esa noche (se lo reprocharía mientras tuviera vida). Se bañó a la luz de la luna, se acostó y durmió. Entre sueños, le pareció que oía un llanto de niña. No fue suficientemente fuerte o largo para despertarlo. Al amanecer, sintió unos acerados dientecillos en el pie. Abrió los ojos y creyó morir, o, más bien, haber muerto y estar en el infierno: decenas de ratas lo rodeaban, tropezando, empujándose, contoneándose y, sobre todo, masticando lo que se ponía a su alcance. Brincó del camastro, cogió un palo, a gritos consiguió alertar al capataz y a los peones. Entre todos, con antorchas, garrotes, patadas, alejaron a la colonia de invasoras. Pero cuando entraron a la cabaña (plato fuerte del festín de las hambrientas) de la niña quedaba sólo un montoncito de huesos.

Habían pasado los dos minutos y don Federico Téllez Unzátegui partió. Avanzó, en una serpiente de automóviles, por la avenida Tacna, para tomar Wilson y Arequipa, hacia el distrito del Barranco, donde lo esperaba el almuerzo. Al frenar en los semáforos, cerraba los ojos y sentía, como siempre que recordaba aquel amanecer de trementina, una sensación ácida y efervescente. Porque, como dice la sabiduría, «bien vengas mal si vienes solo». Su madre, la joven de estirpe vasca, por efecto de la tragedia contrajo un hipo crónico, que le causaba arcadas, le impedía comer y despertaba la hilaridad de la gente. No volvió a pronunciar palabra: sólo gorgoritos y ronqueras. Andaba así, con los ojos espantados, hipando, consumiéndose, hasta que unos meses después murió, de extenuación. El padre se descivilizó, perdió la ambición, las energías, la costumbre de asearse. Cuando, por desidia, le remataron la chacrita, se ganó un tiempo la vida como balsero, pasando humanos, productos y animales de una banda a otra del Huallaga. Pero un día las aguas de la creciente deshicieron la balsa contra los árboles y él no tuvo ánimos para fabricar otra. Se internó en las laderas sicalípticas de esa montaña de ubres maternales y caderas ávidas que llaman La Bella Durmiente, se construyó un refugio de hojas y tallos, se dejó crecer los pelos y las barbas y allí se quedó años, comiendo hierbas y fumando unas hojas que producían mareos. Cuando Federico, adolescente, abandonó la selva, el ex ingeniero era llamado El Brujo en Tingo María y vivía cerca de la cueva de las Pavas, amancebado con tres indígenas huanuqueñas, en las que había procreado algunas criaturas montubias, de vientres esféricos.

Sólo Federico supo hacer frente a la catástrofe con creatividad. Esa misma mañana, después de haber sido azotado por dejar sola a su hermana en la cabaña, el niño (hecho hombre en unas horas), arrodillándose junto al montículo que era la tumba de María, juró que, hasta el último instante, se consagraría a la aniquilación de la especie asesina. Para dar fuerza a su juramento, regó sangre de azotes sobre la tierra que cubría a la niña.

Cuarenta años más tarde, constancia de los probos que remueve montañas, don Federico Téllez Unzátegui podía decirse, mientras su sedán rodaba por las avenidas hacia el frugal almuerzo cotidiano, que había mostrado ser hombre de palabra. Porque en todo ese tiempo era probable que, por sus obras e inspiración, hubieran perecido más roedores que peruanos nacido. Trabajo difícil, abnegado, sin premio, que hizo de él un ser estricto y sin amigos, de costumbres aparte. Al principio, de niño, lo más arduo fue vencer el asco a los parduzcos. Su técnica inicial había sido primitiva: la trampa. Compró con sus propinas, en la colchonería y bodega El Profundo Sueño de la avenida Raimondi, una que le sirvió de modelo para fabricar muchas otras. Cortaba las maderas, los alambres, los retorcía y, dos veces al día, las sembraba dentro de los linderos de la chacra. A veces, algunos animalitos atrapados estaban aún vivos. Emocionado, los ultimaba a fuego lento, o hacía sufrir punzándolos, mutilándolos, reventándoles los ojos.

Pero, aunque niño, su inteligencia le hizo comprender que si se abandonaba a esas inclinaciones se frustraría: su obligación era cuantitativa, no cualitativa. No se trataba de inferir el máximo sufrimiento por unidad de enemigo sino de destruir el mayor número de unidades en el mínimo tiempo. Con lucidez y voluntad notables para sus años, extirpó de sí todo sentimentalismo, y procedió en adelante, en su tarea genocida, con criterio glacial, estadístico, científico. Robándole horas al colegio de los hermanos canadienses, y al sueño (mas no al recreo, porque desde la tragedia no jugó más), perfeccionó las trampas, añadiéndoles una cuchilla que cercenaba el cuerpo de la víctima de modo que no fueran jamás a quedar vivas (no para ahorrarles dolor sino para no perder tiempo en rematarlas). Construyó luego trampas multifamiliares, de base ancha, en las que un trinche con arabescos podía apachurrar simultáneamente al padre, la madre y cuatro crías. Este quehacer fue pronto conocido en la comarca, e, insensiblemente, pasó de venganza, penitencia personal, a ser un servicio a la comunidad, mínimamente (pero mal que mal) retribuido. Al niño lo llamaban de chacras vecinas y alejadas, apenas había indicios de invasión, y él, diligencia de hormiga que todo lo puede, las limpiaba en pocos días. También de Tingo María empezaron a solicitar sus servicios, cabañas, casas, oficinas, y el niño tuvo su momento de gloria cuando el capitán de la Guardia Civil le encomendó despejar la comisaría, que había sido ocupada. Todo el dinero que recibía se lo gastaba fabricando nuevas trampas para extender lo que los ingenuos creían su perversión o su negocio. Cuando el ex ingeniero se internó en la sexualoide maraña de La Bella Durmiente, Federico, que había abandonado el colegio, empezaba a complementar el arma blanca de la trampa con otra, más sutil: los venenos.

El trabajo le permitió ganarse la vida a una edad en que otros niños hacen bailar trompos. Pero también lo convirtió en un apestado. Lo llamaban para que les matase a los veloces, pero jamás lo sentaban a sus mesas ni le decían palabras afectuosas. Si esto lo hizo sufrir, no permitió que se notara, y, más bien, se hubiera dicho que la repugnancia de sus conciudadanos lo halagaba. Era un adolescente huraño, lacónico, al que nadie pudo ufanarse de haber hecho ni visto reír, y cuya única pasión parecía ser la de matar a los inmundos. Cobraba moderadamente por los trabajos, pero también hacía campañas ad honórem, en casas de gente pobre, a las que se presentaba con su costal de trampas y sus pomos de venenos, apenas se enteraba de que el enemigo había sentado allí sus reales. A la muerte de los plomizos, técnica que el joven refinaba sin descanso, se sumó el problema de la eliminación de los cadáveres. Era lo que más disgustaba a las familias, amas de casa o sirvientas. Federico ensanchó su empresa, entrenando al idiota del pueblo, un jorobado de ojos estrábicos que vivía donde las Siervas de San José, para que, a cambio del sustento, recogiera en un crudo los restos de los supliciados y fuera a quemarlos detrás del Coliseo Abad o a ofrecerlos como festín a los perros, gatos, chanchos y buitres de Tingo María.

¡Cuánto había pasado desde entonces! En el semáforo de Javier Prado, don Federico Téllez Unzátegui se dijo que, indudablemente, había progresado desde que, adolescente, de sol a sol recorría las calles fangosas de

Tingo María, seguido por el idiota, librando artesanalmente la guerra contra los homicidas de María. Era entonces un joven que sólo tenía la ropa que llevaba puesta y apenas un ayudante. Treinta y cinco años más tarde, capitaneaba un complejo técnico-comercial, que extendía sus brazos por todas las ciudades del Perú, al que pertenecían quince camionetas y setenta y ocho expertos en fumigación de escondites, mezcla de venenos y siembra de trampas. Éstos operaban en el frente de batalla —las calles, casas y campos del país— dedicados al cateo, cerco y exterminio, y recibían órdenes, asesoramiento y apoyo logístico del estado mayor que él presidía (los seis tecnócratas que acababan de partir a almorzar). Pero, además de esa constelación, intervenían en la cruzada dos laboratorios, con los cuales don Federico tenía firmado contratos (que eran prácticamente subvenciones) a fin de que, de manera continua, experimentaran nuevos venenos, ya que el enemigo tenía una prodigiosa capacidad de inmunización: luego de dos o tres campañas, los tóxicos resultaban obsoletos, manjares para aquéllos a quienes tenían la obligación de matar. Además, don Federico —que, en este instante, al aparecer la luz verde, ponía primera y proseguía viaje hacia los barrios del mar— había instituido una beca por la que Antirroedores S. A. enviaba cada año, a un químico recién graduado, a la Universidad de Baton Rouge, a especializarse en raticidas.

Había sido precisamente ese asunto —la ciencia al servicio de su religión— lo que impulsó, veinte años atrás, a don Federico Téllez Unzátegui a casarse. Humano al fin y al cabo, un día había comenzado a germinar en su cerebro la idea de una apretada falange de varones, de su misma sangre y espíritu, a quienes desde la teta inculcaría la furia contra los asquerosos, y quienes, excepcionalmente educados, continuarían, acaso allende las fronteras patrias, su misión. La imagen de seis, siete Téllez doctorados, en encumbradas academias, que repetirían y eternizarían su juramento lo llevó, a él, que era la inapetencia marital encarnada, a recurrir a una agencia de matrimonios, la que, mediante una retribución algo excesiva, le suministró una esposa de veinticinco años, tal vez no de hermosura radiante —le faltaban dientes y, como a esas damitas de la región que irriga el llamado (hiperbólicamente) Río de la Plata, le sobraban rollos de carnes en la cintura y en las pantorrillas—, pero con las tres cualidades que había exigido: salud irreprochable, himen intacto y capacidad reproductora.

Doña Zoila Saravia Durán era una huanuqueña cuya familia, reveses de la vida que se entretiene jugando al subibaja, había sido degradada de la aristocracia provinciana al subproletariado capitalino. Se educó en la escuela gratuita que las madres salesianas mantenían —¿razones de conciencia o de publicidad?— junto a la escuela pagante, y había crecido, como todas sus compañeras, con un argentino complejo que, en su caso, se traducía en docilidad, mutismo y apetito. Se había pasado la vida trabajando como celadora donde las madres salesianas y el estatuto vago, indeterminado de su función —¿sirvienta, obrera, empleada?— agravó esa inseguridad servil que la hacía asentir y mover ganaderamente la cabeza ante todo. Al quedar huérfana, a los veinticuatro años, se atrevió a visitar, después de ardientes dudas, la agencia matrimonial que la puso en contacto con el que sería su amo. La inexperiencia erótica de los cónyuges determinó que la consumación del matrimonio fuera lentísima, una serial en la que, entre amagos y fiascos por precocidad, falta de puntería y extravío, los capítulos se sucedían, crecía el suspenso, y el terco himen continuaba sin perforar. Paradójicamente, tratándose de una pareja de virtuosos, doña Zoila perdió primero la virginidad (no por vicio sino por estúpido azar y falta de entrenamiento de los novios), heterodoxa, vale decir sodomíticamente.

Aparte de esta abominación casual, la vida de la pareja había sido muy correcta. Doña Zoila era una esposa diligente, ahorrativa y empeñosamente dispuesta a acatar los principios (que algunos llamarían excentricidades) de su marido. Jamás había objetado, por ejemplo, la prohibición impuesta por don Federico de usar agua caliente (porque, según él, enervaba la voluntad y causaba resfríos) aunque aun ahora, después de veinte años, seguía poniéndose morada al entrar a la ducha. Nunca había contrariado la cláusula del (no escrito pero sabido de memoria) código familiar estableciendo que nadie durmiera en el hogar más de cinco horas, para no prohijar molicie, aunque cada amanecer, cuando, a las cinco, sonaba el despertador, sus bostezos de cocodrilo estremecían los cristales. Con resignación había aceptado que de las distracciones familiares quedaran excluidos, por inmorales para el espíritu, el cine, el baile, el teatro, la radio, y, por onerosos para el presupuesto, los restaurantes, los viajes y cualquier fantasía en el atuendo corporal y en la decoración inmueble. Sólo en lo que se refería a su pecado, la gula, había sido incapaz de obedecer al señor de la casa. Muchas veces habían aparecido en el menú la carne, el pescado y los postres cremosos. Era el único renglón de la vida en el que don Federico Téllez Unzátegui no había podido imponer su voluntad: un rígido vegetarianismo.

Pero doña Zoila no había tratado jamás de practicar su vicio aviesamente, a espaldas de su marido, quien, en estos instantes, entraba en su sedán al pizpireto barrio de Miraflores, diciéndose que esa sinceridad, si no expiaba, por lo menos venializaba el pecado de su esposa. Cuando sus urgencias eran más fuertes que su espíritu de obediencia, devoraba su bistec encebollado, o corvina a lo macho, o pastel de manzana con crema chantilly, a ojos y vista de él, granate de vergüenza y resignada de antemano al castigo correspondiente. Nunca había protestado contra las sanciones. Si don Federico (por un churrasco o una barra de chocolate) le suspendía la facultad de hablar tres días, ella misma se amordazaba para no delinquir ni en sueños, y si la pena era veinte nalgadas, se apuraba a desabrocharse la faja y preparar el árnica.

No, don Federico Téllez Unzátegui, mientras echaba una distraída mirada al gris (color que odiaba) océano Pacífico, por encima del malecón de Miraflores, que su sedán acababa de hollar, se dijo que, después de todo, doña Zoila no lo había defraudado. El gran fracaso de su vida eran los hijos. Qué diferencia entre la aguerrida vanguardia de príncipes del exterminio con que había soñado y esos cuatro herederos que le habían infligido Dios y la golosa.

Por lo pronto, sólo habían nacido dos varones. Rudo, imprevisto golpe. Nunca se le pasó por la cabeza que doña Zoila pudiera parir hembras. La primera constituyó una decepción, algo que podía atribuirse a la casualidad. Pero como el cuarto embarazo desembocó también en un ser sin falo ni testículos visibles, don Federico, aterrado ante la perspectiva de seguir produciendo seres incompletos, cortó drásticamente toda veleidad de descendencia (para lo cual reemplazó la cama de matrimonio por dos cujas individuales). No odiaba a las mujeres; simplemente, como no era un erotómano ni un voraz ¿de qué podían servirle personas cuyas mejores aptitudes eran la fornicación y la cocina? Reproducirse no había tenido otra razón, para él, que perpetuar su cruzada. Esta esperanza se hizo humo con la venida de Teresa y Laura, pues don Federico no era de esos modernistas que predican que la mujer, además de clítoris, tiene también sesos y puede trabajar de igual a igual con el varón. De otro lado, lo angustiaba la posibilidad de que su nombre rodara por el barro. ¿No repetían las estadísticas hasta la náusea que el noventa y cinco por ciento de las mujeres han sido, son o serán meretrices? Para lograr que sus hijas lograran domiciliarse en el cinco por ciento de virtuosas, don Federico les había organizado la vida mediante un sistema puntilloso: nunca escotes, invierno y verano medias oscuras y blusas y chompas de manga larga, jamás pintarse las uñas, los labios, los ojos ni las mejillas o peinarse con cerquillo, trenzas, cola de caballo y todo ese gremio de anzuelos para pescar al macho; no practicar deportes ni diversiones que implicaran cercanía de hombre, como ir a la playa o asistir a fiestas de cumpleaños. Las contravenciones eran castigadas siempre corporalmente.

Pero no sólo la intromisión de hembras entre sus descendientes había sido desalentadora. Los varones

—Ricardo y Federico hijo— no habían heredado las virtudes del padre. Eran blandos, perezosos, amantes de actividades estériles (como el chicle y el fútbol) y no habían manifestado el menor entusiasmo al explicarles don Federico el futuro que les reservaba. En las vacaciones, cuando, para irlos entrenando, los hacía trabajar con los combatientes de la primera línea, se mostraban remisos, acudían con notoria repugnancia al campo de batalla. Y una vez los sorprendió murmurando obscenidades contra la obra de su vida, confesando que se avergonzaban de su padre. Los había rapado como a convictos, por supuesto, pero eso no lo había librado del sentimiento de traición que le causó esa charla conspiratoria. Don Federico, ahora, no se hacía ilusiones. Sabía que, una vez muerto o invalidado por los años, Ricardo y Federico hijo se apartarían de la senda que les había trazado, cambiarían de profesión (eligiendo alguna otra por atractivos crematísticos) y que su obra quedaría —como cierta sinfonía célebre— inconclusa.

Fue en este preciso segundo en que don Federico Téllez Unzátegui, para su desgracia psíquica y física, vio la revista que un canillita metía por la ventana del sedán, la carátula de colores que brillaban pecadoramente en el sol de la mañana. En su cara cuajó una mueca de disgusto al advertir que lucía, como portada, la foto de una playa, con un par de bañistas en esos simulacros de trajes de baño que se atrevían a usar ciertas hetairas, cuando, con una especie de desgarramiento angustioso del nervio óptico y abriendo la boca como un lobo que aúlla a la luna, don Federico reconoció a las dos bañistas semidesnudas y obscenamente risueñas. Sintió un horror que podía competir con el que había sentido, en esa madrugada amazónica, a orillas del Pendencia, al divisar, sobre una cuna ennegrecida de caquitas de ratón, el desorganizado esqueleto de su hermana. El semáforo estaba en verde, los automóviles de atrás lo bocineaban.

Con dedos torpes, sacó su cartera, pagó el producto licencioso, arrancó, y, sintiendo que iba a chocar —el volante se le escapaba de las manos, el auto daba bandazos—, frenó y se pegó a la vereda.

Allí, temblando de ofuscación, observó muchos minutos la terrible evidencia. No había duda posible: eran sus hijas. Fotografiadas por sorpresa, sin duda, por un fotógrafo zafio, escondido entre los bañistas, las muchachas no miraban a la cámara, parecían conversar, tumbadas sobre unas arenas voluptuosas que podían ser las de Agua Dulce o La Herradura. Don Federico fue recuperando la respiración; dentro de su anonadamiento, alcanzó a pensar en la increíble serie de casualidades. Que un ambulante apresara en imagen a Laura y Teresa, que una revista innoble las expusiera al podrido mundo, que él las descubriera... Y toda la espantosa verdad venía a resplandecer así, por estrategia del azar, ante sus ojos. De modo que sus hijas le obedecían sólo cuando estaba presente; de modo que, apenas volvía la espalda, coludidas, sin duda, con sus hermanos y con, ay —don Federico sintió un dardo en el corazón—, su propia esposa, hacían escarnio de los mandamientos y bajaban a la playa, se desnudaban y exhibían. Las lágrimas le mojaron la cara. Examinó las ropas de baño: dos piezas tan reducidas cuya función no era esconder nada sino exclusivamente catapultar la imaginación hacia extremos viciosos. Ahí estaban,

194

al alcance de cualquiera: piernas, brazos, vientres, hombros, cuellos de Laura y Teresa. Sentía un ridículo inexpresable recordando que él jamás había visto esas extremidades y miembros que ahora se prodigaban ante el universo.

Se secó los ojos y volvió a encender el motor. Se había serenado superficialmente, pero, en sus entrañas, crepitaba una hoguera. Mientras, muy despacio, el sedán proseguía hacia su casita de la avenida Pedro de Osma, se iba diciendo que, así como iban a la playa desnudas era natural que, en su ausencia, fueran también a fiestas, usaran pantalones, frecuentaran hombres, que se vendieran, ¿recibían tal vez a sus galanes en su propio hogar?, ¿sería doña Zoila la encargada de fijar las tarifas y cobrarlas? Ricardo y Federico hijo tendrían probablemente a su cargo la inmunda tarea de reclutar a los clientes. Ahogándose, don Federico Téllez Unzátegui vio armarse este estremecedor reparto: tus hijas, las rameras; tus hijos, los cafiches, y tu esposa, la alcahueta.

El cotidiano trato con la violencia —después de todo, había dado muerte a miles de millares de seres vivos— había hecho de don Federico un hombre al que no se podía provocar sin riesgo grave. Una vez, un ingeniero agrónomo con pretensiones de dietista había osado decir en su delante que, dada la falta de ganadería en el Perú, era necesario intensificar la cría del cuy con miras a la alimentación nacional. Educadamente, don Federico Téllez Unzátegui recordó al atrevido que el cuy era primo hermano de la rata. Éste, reincidiendo, citó estadísticas, habló de virtudes nutritivas y carne gustosa al paladar. Don Federico procedió entonces a abofetearlo

195

y, cuando el dietista rodó por los suelos sobándose la cara, lo llamó lo que era: desfachatado y publicista de homicidas. Ahora, al bajar del automóvil, cerrarlo, avanzar sin premura, cejijunto, muy pálido, hacia la puerta de su casa, el hombre de Tingo María sentía ascender por su interior, como el día que escarmentó al dietista, una lava volcánica. Llevaba en su mano derecha, como barra candente, la revista infernal, y sentía una fuerte comezón en los ojos.

Estaba tan turbado que no conseguía imaginar un castigo capaz de parangonarse con la falta. Sentía la mente brumosa, la ira disolvía las ideas, y eso aumentaba su amargura, pues don Federico era un hombre en quien la razón decidía siempre la conducta, y que despreciaba a esa raza de primarios que actuaban, como las bestias, por instinto y pálpito antes que por convicción. Pero esta vez, mientras sacaba la llave y, con dificultad, porque la rabia le entorpecía los dedos, abría y empujaba la puerta de su casa, comprendió que no podía actuar serena, calculadamente, sino bajo el dictado de la cólera, siguiendo la inspiración del instante. Luego de cerrar la puerta, respiró hondo, tratando de calmarse. Le daba vergüenza que esos ingratos fueran a advertir la magnitud de su humillación.

Su casa tenía, abajo, un pequeño vestíbulo, una salita, el comedor y la cocina, y los dormitorios en la planta alta. Don Federico divisó a su mujer desde el quicio de la sala. Estaba junto al aparador, masticando con arrobo alguna repugnante golosina —caramelo, chocolate, pensó don Federico, fruna, toffee— cuyos restos conservaba en los dedos. Al verlo, le sonrió con ojos intimidados, señalando lo que comía con un gesto de resignación dulzona.

Don Federico avanzó sin apresurarse, desplegando la revista con las dos manos, para que su esposa pudiera contemplar la carátula en toda su indignidad. La puso bajo sus ojos, sin decir palabra, y gozó viéndola palidecer violentamente, desorbitarse y abrir la boca de la que comenzó a correr un hilillo de saliva contaminado de galleta. El hombre de Tingo María levantó la mano derecha y abofeteó a la trémula mujer con toda su fuerza. Ella dio un quejido, tropezó y cayó de rodillas; seguía mirando la carátula con una expresión de beatería, de iluminación mística. Alto, erecto, justiciero, don Federico la contemplaba acusadoramente. Luego, llamó con sequedad a las culpables:

—¡Laura! ¡Teresa!

Un rumor le hizo volver la cabeza. Ahí estaban, al pie de la escalera. No las había sentido bajar. Teresa, la mayor, llevaba un guardapolvo, como si hubiera estado haciendo la limpieza, y Laura vestía el uniforme de colegio. Las muchachas miraban, confusas, a la madre arrodillada, al padre que avanzaba, lento, hierático, sumo sacerdote yendo al encuentro de la piedra de los sacrificios donde esperan el cuchillo y la vestal, y, por fin, a la revista, que don Federico, llegado junto a ellas, les ponía judicialmente ante los ojos. La reacción de sus hijas no fue la que esperaba. En vez de tornarse lívidas, caer de hinojos balbuceando explicaciones, las precoces, ruborizándose, cambiaron una veloz mirada que sólo podía ser de complicidad, y don Federico, en el fondo de su desolación e ira, se dijo que todavía no había bebido toda la hiel de esa mañana; Laura y Teresa *sabían* que habían sido fotografiadas, que la fotografía se iba a publicar, e, incluso —¿qué otra cosa podía decir esa chispa en las pupilas?—, el hecho las alegraba. La revelación de que en su hogar, que él creía prístino, hubiera incubado, no sólo el vicio municipal del nudismo playero, sino el exhibicionismo (y, por qué no, la ninfomanía) le aflojó los músculos, le dio un gusto a cal en la boca y lo llevó a considerar si la vida se justificaba. También —todo ello no tomó más de un segundo— a preguntarse si la única penitencia legítima para semejante horror no era la muerte. La idea de convertirse en filicida lo atormentaba menos que saber que miles de humanos habían merodeado (¿sólo con los ojos?) por las intimidades físicas de sus varonas.

Pasó entonces a la acción. Dejó caer la revista para tener más libertad, cogió con la mano izquierda a Laura de la casaquilla del uniforme, la atrajo unos centímetros para ponerla más a tiro de impacto, levantó la mano derecha lo bastante alto para que la potencia del golpe fuera máxima, y la descargó con todo su rencor. Se llevó, entonces —oh día extraordinario— la segunda sorpresa descomunal, quizá más cegadora que la de la sicalíptica carátula. En vez de la suave mejilla de Laurita, su mano encontró el vacío y, ridícula, frustrada, sufrió un estirón. No fue todo: lo grave vino después. Porque la chiquilla no se contentó con esquivar la bofetada —algo que, en su inmensa desazón, don Federico recordó no había hecho jamás ningún miembro de su familia—, sino que, luego de retroceder, la carita de catorce años descompuesta en una mueca de odio se lanzó contra él —él, él—, y comenzó a golpearlo con sus puños, a rasguñarlo, a empujarlo y a patearlo.

Tuvo la sensación de que su misma sangre, de puro estupefacta, dejaba de correr. Era como si, de pronto, los astros escaparan de sus órbitas, se precipitaran unos contra otros, chocaran, se rompieran, rodaran histéricos por los espacios. No atinaba a reaccionar, retrocedía, los ojos desmedidamente abiertos, acosado por la chiquilla que, envalentonándose, exasperándose, además de golpear ahora también gritaba: «Maldito, abusivo, te odio, muérete, acábate de una vez». Creyó enloquecer cuando —y todo ocurría tan rápido que, apenas tomaba conciencia de la situación, ésta cambiaba— advirtió que Teresa corría hacia él, pero, en vez de sujetar a su hermana, la ayudaba. Ahora también su hija mayor lo agredía, rugiendo los más abominables insultos —«tacaño, estúpido, maniático, asqueroso, tirano, loco, ratonero»— y entre ambas furias adolescentes lo iban arrinconando contra la pared. Había comenzado a defenderse, saliendo al fin de su paralizante asombro, y trataba de cubrirse la cara, cuando sintió un aguijón en la espalda. Se volvió: doña Zoila se había incorporado y lo mordía.

Aún pudo maravillarse al notar que su esposa, más todavía que sus hijas, había sufrido una transfiguración.

¿Era doña Zoila, la mujer que jamás había musitado una queja, alzado la voz, tenido un malhumor, el mismo ser de ojos indómitos y manos bravas que descargaba contra él puñetes, coscorrones, lo escupía, le rasgaba la camisa y vociferaba enloquecida: «Matémoslo, venguémonos, que se trague sus manías, sáquenle los ojos»? Las tres aullaban y don Federico pensó que el griterío le había reventado los tímpanos. Se defendía con todas sus fuerzas, procuraba devolver los golpes, pero no lo conseguía, porque ellas, ¿poniendo en práctica una técnica vilmente ensayada?, se turnaban de dos en dos para cogerle los brazos mientras la tercera lo destrozaba. Sentía ardores, hinchazones, punzadas, veía estrellas, y, de pronto, unas manchitas en las manos de las agresoras le revelaron que sangraba.

No se hizo ilusiones cuando vio asomar en el hueco de la escalera a Ricardo y a Federico hijo. Convertido al escepticismo en pocos segundos, supo que venían a sumarse al cargamontón, a asestarle el puntillazo. Aterrado, sin dignidad ni honor, sólo pensó en alcanzar la puerta de calle, en huir. Pero no era fácil. Pudo dar dos o tres saltos antes de que una zancadilla lo hiciera rodar aparatosamente por el suelo. Allí, encogido para proteger su hombría, vio cómo sus herederos la emprendían a feroces puntapiés contra su humanidad mientras su esposa e hijas se armaban de escobas, plumeros, de la barra de la chimenea para seguir aporreándolo. Antes de decirse que no comprendía nada, salvo que el mundo se había vuelto absurdo, alcanzó a oír que también sus hijos, al compás de las patadas, le decían maniático, tacaño, inmundo y ratonero. Mientras se hacía la tiniebla en él, gris, pequeño, intruso, súbito, de un invisible huequecillo en una esquina del comedor, brotó un pericote de caninos blancos y contempló al caído con una luz de burla en los vivaces ojos...

¿Había muerto don Federico Téllez Unzátegui, el indesmayable verdugo de los roedores del Perú? ¿Había sido consumado un parricidio, un epitalamicidio? ¿O sólo estaba aturdido ese esposo y padre que yacía, en medio de un desorden sin igual, bajo la mesa del comedor, mientras sus familiares, sus pertenencias rápidamente enmaletadas, abandonaban exultantes el hogar? ¿Cómo terminaría esta desventura barranquina?

IX

El fracaso del cuento sobre Doroteo Martí me tuvo desalentado unos días. Pero la mañana que oí a Pascual referirle al Gran Pablito su descubrimiento del aero puerto, sentí que mi vocación resucitaba y comencé a planear una nueva historia. Pascual había sorprendido a unos muchachitos vagabundos practicando un deporte riesgoso y excitante. Se tendían, al oscurecer, en el extremo de la pista de despegue del aeropuerto de Limatambo y Pascual juraba que, cada vez que un avión partía, por la presión del aire desplazado, los muchachitos tendidos se elevaban unos centímetros y levitaban, como en un espectáculo de magia, hasta que unos segundos después, desaparecido el efecto, regresaban al suelo de golpe. Yo había visto en esos días una película mexicana (sólo años después sabría que era de Buñuel y quién era Buñuel) que me entusiasmó: *Los olvidados*. Decidí hacer un cuento con el mismo espíritu: un relato de niños hombres, jóvenes lobeznos endurecidos por las ásperas condiciones de la vida en los suburbios. Javier se mostró escéptico y me aseguró que la anécdota era falsa, que la presión del aire provocada por los aviones no levantaba a un recién nacido. Discutimos, yo acabé diciéndole que en mi cuento los personajes levitarían y que, sin embargo, sería un cuento realista («no, fantástico», gritaba él) y por último quedamos en ir, una noche, con Pascual a los descampados de la Córpac para verificar qué había de verdad y de mentira en esos juegos peligrosos (era el título que había elegido para el cuento).

No había visto a la tía Julia ese día pero esperaba verla el siguiente, jueves, donde el tío Lucho. Sin embargo, al llegar a la casa de Armendáriz ese mediodía, para el almuerzo acostumbrado, me encontré con que no estaba. La tía Olga me contó que la había invitado a almorzar *un buen partido:* el doctor Guillermo Osores. Era un médico vagamente relacionado con la familia, un cincuentón muy presentable, con algo de fortuna, enviudado no hacía mucho.

—Un buen partido —repitió la tía Olga, guiñándome el ojo—. Serio, rico, buen mozo, y con sólo dos hijos que ya son mayorcitos. ¿No es el marido que necesita mi hermana?

—Las últimas semanas estaba perdiendo el tiempo de mala manera —comentó el tío Lucho, también muy satisfecho—. No quería salir con nadie, hacía vida de solterona. Pero el endocrinólogo le ha caído en gracia.

Sentí unos celos que me quitaron el apetito, un malhumor salmuera. Me parecía que, por mi turbación, mis tíos iban a adivinar lo que me pasaba. No necesité tratar de sonsacarles más detalles sobre la tía Julia y el doctor Osores porque no hablaban de otra cosa. Lo había conocido hacía unos diez días, en un coctel de la embajada boliviana, y, al saber dónde estaba alojada, el doctor Osores había venido a visitarla. Le había mandado flores, llamado por teléfono, invitado a tomar té al Bolívar y ahora a almorzar al Club de la Unión. El endocrinólogo le había bromeado al tío Lucho: «Tu cuñada es de primera, Luis, ¿no será la candidata que ando buscando para matrisuicidarme por segunda vez?».

Yo trataba de demostrar desinterés, pero lo hacía pésimo y el tío Lucho, en un momento en que estuvimos solos, me preguntó qué me pasaba: ¿no había metido la nariz donde no debía y me habían pegado una purgación? Por suerte la tía Olga comenzó a hablar de los radioteatros y eso me dio un respiro. Mientras ella decía que, a veces, a Pedro Camacho se le pasaba la mano y que a todas sus amigas la historia del pastor que se *hería* con un cortapapeles delante del juez para probar que no violó a una chica les parecía demasiado, yo silenciosamente iba de la rabia a la decepción y de la decepción a la rabia. ¿Por qué no me había dicho la tía Julia ni una palabra sobre el médico? En esos diez últimos días nos habíamos visto varias veces y jamás lo había mencionado. ¿Sería cierto, como decía la tía Olga, que por fin se había *interesado* en alguien?

En el colectivo, mientras regresaba a Radio Panamericana, salté de la humillación a la soberbia. Nuestros amoríos habían durado mucho, en cualquier momento iban a sorprendernos y eso provocaría burlas y escándalo en la familia. Por lo demás, ¿qué hacía perdiendo el tiempo con una señora que, como ella misma decía, casi casi podía ser mi madre? Como experiencia, ya bastaba. La aparición de Osores era providencial, me eximía de tener que sacarme de encima a la boliviana. Sentía desasosiego, impulsos inusitados como querer emborracharme o pegarle a alguien, y en la radio tuve un encontrón con Pascual, que, fiel a su naturaleza, había dedicado la mitad del boletín de las tres a un incendio en Hamburgo que carbonizó a una docena de inmigrantes turcos. Le dije que en el futuro quedaba prohibido incluir alguna noticia con muertos sin mi visto bueno y traté sin amistad a un compañero de San Marcos que me llamó para recordarme que la facultad todavía existía y advertirme que al día siguiente me esperaba un examen de derecho procesal. Apenas había cortado, sonó el teléfono otra vez. Era la tía Julia:

—Te dejé plantado por un endocrinólogo, Varguitas, supongo que me extrañaste —me dijo, fresca como una lechuga—. ¿No te has enojado?

—¿Enojado por qué? —le contesté—. ¿No eres libre de hacer lo que quieras?

—Ah, entonces te has enojado —la oí decir, ya más seria—. No seas sonso. ¿Cuándo nos vemos, para que te explique?

—Hoy no puedo —le repuse secamente—. Ya te llamaré.

Colgué, más furioso conmigo que con ella y sintiéndome ridículo. Pascual y el Gran Pablito me miraban divertidos, y el amante de las catástrofes se vengó delicadamente de mi reprimenda:

—Vaya, qué castigador había sido este don Mario con las mujeres.

—Hace bien en tratarlas así —me apoyó el Gran Pablito—. Nada les gusta tanto como que las metan en cintura.

Mandé a mis dos redactores a la mierda, hice el boletín de las cuatro, y me fui a ver a Pedro Camacho. Estaba grabando un libreto y lo esperé en su cubículo, curioseando sus papeles, sin entender lo que leía porque no hacía otra cosa que preguntarme si esa conversación telefónica con la tía Julia equivalía a una ruptura. En cuestión de segundos pasaba a odiarla a muerte y a extrañarla con toda mi alma.

—Acompáñeme a comprar venenos —me dijo tétricamente Pedro Camacho, desde la puerta, agitando su melena de león—. Nos quedará tiempo para el bebedizo.

Mientras recorríamos las transversales del jirón de la Unión buscando un veneno, el artista me contó que los ratones de la Pensión La Tapada habían llegado a extremos intolerables.

—Si se contentaran con correr bajo mi cama, no me importaría, no son niños, a los animales no les tengo fobia —me explicó, mientras olfateaba con su nariz protuberante unos polvos amarillos que, según el bodeguero, podían matar a una vaca—. Pero estos bigotudos se comen mi sustento, cada noche mordisquean las provisiones que dejo tomando el fresco en la ventana. No hay más, debo exterminarlos.

Regateó el precio, con argumentos que dejaban al bodeguero alelado, pagó, hizo que le envolvieran las bolsitas de veneno y fuimos a sentarnos a un café de la Colmena. Pidió su compuesto vegetal y yo un café.

—Tengo una pena de amor, amigo Camacho —le confesé a boca de jarro, sorprendiéndome de mí mismo por la fórmula radioteatral; pero sentí que, hablándole así, me distanciaba de mi propia historia y al mismo tiempo conseguía desahogarme—. La mujer que quiero me engaña con otro hombre.

Me escrutó profundamente, con sus ojitos saltones más fríos y deshumorados que nunca. Su traje negro había sido lavado, planchado y usado tanto que era brillante como una hoja de cebolla.

—El duelo, en estos países aplebeyados, se paga con cárcel —sentenció, muy grave, haciendo unos movimientos convulsivos con las manos—. En cuanto al suicidio, ya nadie aprecia el gesto. Uno se mata y en vez de remordimientos, escalofríos, admiración, provoca burlas. Lo mejor son las recetas prácticas, mi amigo.

Me alegré de haberle hecho confidencias. Sabía que, como para Pedro Camacho no existía nadie fuera de él mismo, mi problema ya ni lo recordaba, había sido un mero dispositivo para poner en acción su sistema teorizante. Oírlo me consolaría más (y con menos consecuencias) que una borrachera. Pedro Camacho, luego de un amago de sonrisa, me pormenorizaba su receta:

—Una carta dura, hiriente, lapidaria a la adúltera —me decía, adjetivando con seguridad—, una carta que la haga sentirse una lagartija sin entrañas, una hiena inmunda. Probándole que uno no es tonto, que conoce su traición, una carta que rezume desprecio, que le dé conciencia de adúltera —calló, meditó un instante y, cambiando ligeramente de tono, me dio la mayor prueba de amistad que podía esperarse de él—: Si quiere, yo se la escribo.

Le agradecí efusivamente, pero le dije que, conociendo sus horarios de galeote, jamás podría aceptar sobrecargarlo de trabajo con mis asuntos privados. (Después lamenté esos escrúpulos, que me privaron de un texto ológrafo del escribidor.)

—En cuanto al seductor —prosiguió inmediatamente Pedro Camacho, con un brillo malvado en los ojos—, lo mejor es el anónimo, con todas las calumnias necesarias. ¿Por qué habría de quedarse aletargada la víctima mientras le crecen cuernos? ¿Por qué permitiría que los adúlteros se solacen fornicando? Hay que estropearles el amor, golpearlos donde les duela, envenenarlos de dudas. Que brote la desconfianza, que comiencen a mirarse con malos ojos, a odiarse. ¿Acaso no es dulce la venganza?

Le insinué que, tal vez, valerse de anónimos no fuera cosa de caballeros, pero él me tranquilizó rápidamente: uno debía portarse con los caballeros como caballero y con los canallas como canalla. Ése era el «honor bien entendido»: lo demás era ser idiota.

—Con la carta a ella y los anónimos a él quedan castigados los amantes —le dije—. Pero ¿y mi problema? ¿Quién me va a quitar el despecho, la frustración, la pena?

—Para todo eso no hay como la leche de magnesia —me repuso, dejándome sin ánimos siquiera de reírme—. Ya sé, le parecerá un materialismo exagerado. Pero, hágame caso, tengo experiencia de la vida. La mayor parte de las veces, las llamadas penas de corazón, etcétera, son malas digestiones, frejoles tercos que no se deshacen, pescado pasado de tiempo, estreñimiento. Un buen purgante fulmina la locura de amor.

Esta vez no había duda, era un humorista sutil, se burlaba de mí y de sus oyentes, no creía palabra de lo que decía, practicaba el aristocrático deporte de probarse a sí mismo que los humanos éramos unos irremisibles imbéciles.

—¿Ha tenido usted muchos amores, una vida sentimental muy rica? —le pregunté.

—Muy rica, sí —asintió, mirándome a los ojos por sobre la taza de menta y yerbaluisa que se había llevado a la boca—. Pero yo no he amado nunca a una mujer de carne y hueso.

Hizo una pausa efectista, como midiendo el tamaño de mi inocencia o estupidez.

—¿Cree usted que sería posible hacer lo que hago si las mujeres se tragaran mi energía? —me amonestó, con asco en la voz—. ¿Cree que se pueden producir hijos e historias al mismo tiempo? ¿Que uno puede inventar, imaginar, si se vive bajo la amenaza de la sífilis? La mujer y el arte son excluyentes, mi amigo. En cada vagina está enterrado un artista. Reproducirse, ¿qué gracia tiene? ¿No lo hacen los perros, las arañas, los gatos? Hay que ser originales, mi amigo.

Sin solución de continuidad se puso de pie de un salto, advirtiéndome que tenía el tiempo justo para el radioteatro de las cinco. Sentí desilusión, me hubiera pasado la tarde escuchándolo, tenía la impresión de, sin quererlo, haber tocado un punto neurálgico de su personalidad.

En mi oficina de Panamericana, estaba esperándome la tía Julia. Sentada en mi escritorio como una reina, recibía los homenajes de Pascual y del Gran Pablito, que, solícitos, movedizos, le mostraban los boletines y le explicaban cómo funcionaba el servicio. Se la veía risueña y tranquila; al entrar yo, se puso seria y palideció ligeramente.

—Vaya, qué sorpresa —dije, por decir algo.

Pero la tía Julia no estaba para eufemismos.

—He venido a decirte que a mí nadie me cuelga el teléfono —me dijo, con voz resuelta—. Y mucho menos un mocoso como tú. ¿Quieres decirme qué mosca te ha picado?

Pascual y el Gran Pablito quedaron estáticos y movían las cabezas de ella a mí y viceversa, interesadísimos en ese comienzo de drama. Cuando les pedí que se fueran un momento, pusieron unas caras enfurecidas, pero no se atrevieron a rebelarse. Partieron lanzando a la tía Julia unas miradas llenas de malos pensamientos.

—Te colgué el teléfono pero en realidad tenía ganas de apretarte el pescuezo —le dije, cuando nos quedamos solos.

—No te conocía esos arranques —dijo ella, mirándome a los ojos—. ¿Se puede saber qué te pasa?

—Sabes muy bien lo que me pasa, así que no te hagas la tonta —dije yo.

—¿Estás celoso porque salí a almorzar con el doctor Osores? —me preguntó, con un tonito burlón—. Cómo se nota que eres un mocoso, Marito.

—Te he prohibido que me llames Marito —le recordé. Sentía que la irritación me iba dominando, que me temblaba la voz y ya no sabía lo que le decía—. Y ahora te prohíbo que me llames mocoso.

Me senté en la esquina del escritorio y, como haciendo contrapunto, la tía Julia se puso de pie y dio unos pasos hacia la ventana. Con los brazos cruzados sobre el pecho, se quedó mirando la mañana gris, húmeda, discretamente fantasmal. Pero no la veía, buscaba las palabras para decirme algo. Vestía un traje azul y unos zapatos blancos y, repentinamente, tuve ganas de besarla.

—Vamos a poner las cosas en su sitio —me dijo al fin, dándome siempre la espalda—. Tú no puedes prohibirme nada, ni siquiera en broma, por la sencilla razón de que no eres nada mío. No eres mi marido, no eres mi novio, no eres mi amante. Este jueguecito de cogernos de la mano, de besarnos en el cine, no es serio, y, sobre todo, no te da derechos sobre mí. Tienes que meterte eso en la cabeza, hijito.

—La verdad es que estás hablando como si fueras mi mamá —le dije yo.

—Es que *podría* ser tu mamá —dijo la tía Julia, y se le entristeció la cara. Fue como si se le hubiera pasado la furia y, en su lugar, quedara sólo una vieja contrariedad, una profunda desazón. Se volvió, dio unos pasos hacia el escritorio, se paró muy cerca de mí. Me miraba apenada—: Tú me haces sentir vieja, sin serlo, Varguitas. Y eso no me gusta. Lo nuestro no tiene razón de ser y mucho menos futuro.

La cogí de la cintura y ella se dejó ir contra mí, pero, mientras la besaba, con mucha ternura, en la mejilla, en el cuello, en la oreja —su piel tibia latía bajo mis labios y sentir la secreta vida de sus venas me producía una alegría enorme—, siguió hablando con el mismo tono de voz:

—He estado pensando mucho y la cosa ya no me gusta, Varguitas. ¿No te das cuenta que es absurdo? Tengo treinta y dos años, soy divorciada, ¿quieres decirme qué hago con un mocoso de dieciocho? Ésas son perversiones de las cincuentonas, yo todavía no estoy para ésas.

Me sentía tan conmovido y enamorado mientras le besaba el cuello, las manos, le mordía despacito la oreja, le pasaba los labios por la nariz, los ojos o enredaba mis dedos en sus cabellos, que a ratos se me perdía lo que iba diciéndome. También su voz sufría altibajos, a veces se debilitaba hasta ser un susurro.

—Al principio era gracioso, por lo de los escondites —decía, dejándose besar, pero sin hacer ningún gesto recíproco—, y, sobre todo, porque me hacía sentirme otra vez jovencita.

—En qué quedamos —murmuré, en su oído—. ¿Te hago sentir una cincuentona viciosa o una jovencita?

—Eso de estar con un mocoso muerto de hambre, de sólo cogerse la mano, de sólo ir al cine, de sólo besarse con tanta delicadeza, me hacía volver a mis quince años —seguía diciendo la tía Julia—. Claro que es bonito enamorarse con un muchachito tímido, que te respeta, que no te manosea, que no se atreve a acostarse contigo, que te trata como a una niñita de primera comunión. Pero es un juego peligroso, Varguitas, se basa en una mentira...

—A propósito, estoy escribiendo un cuento que se va a llamar *Los juegos peligrosos* —le susurré—. Sobre unos palomillas que levitan en el aeropuerto, gracias a los aviones que despegan.

Sentí que se reía. Un momento después me echó los brazos al cuello y me juntó la cara.

—Bueno, se me pasó la cólera —dijo—. Porque vine decidida a sacarte los ojos. Ay de ti que me vuelvas a colgar el teléfono.

—Ay de ti que vuelvas a salir con el endocrinólogo —le dije, buscándole la boca—. Prométeme que nunca más saldrás con él.

Se apartó y me miró con un brillo pendenciero en los ojos.

—No te olvides que he venido a Lima a buscarme un marido —bromeó a medias—. Y creo que esta vez he encontrado lo que me conviene. Buen mozo, culto, con buena situación y con canas en las sienes.

—¿Estás segura que esa maravilla se va a casar contigo? —le dije, sintiendo otra vez furia y celos.

Cogiéndose las caderas, en una pose provocativa, me repuso:

—Yo puedo hacer que se case conmigo.

Pero al ver mi cara, se rió, me volvió a echar los brazos al cuello, y así estábamos, besándonos con amor-pasión, cuando oímos la voz de Javier:

—Los van a meter presos por escandalosos y pornográficos —estaba feliz y, abrazándonos a los dos, nos anunció—: La flaca Nancy me ha aceptado una invitación a los toros y hay que celebrarlo.

—Acabamos de tener nuestra primera gran pelea y nos pescaste en plena reconciliación —le conté.

—Cómo se nota que no me conoces —me previno la tía Julia—. En las grandes peleas yo rompo platos, araño, mato.

—Lo bueno de pelearse son las amistadas —dijo Javier, que era un experto en la materia—. Pero, maldita sea, yo vengo hecho unas pascuas con lo de la flaca Nancy y ustedes como si lloviera, qué clase de amigos son. Vamos a festejar el acontecimiento con un lonche.

Me esperaron mientras redactaba un par de boletines y bajamos a un cafecito de la calle Belén, que le encantaba a Javier, porque, pese a ser estrecho y mugriento, allí preparaban los mejores chicharrones de Lima. Encontré a Pascual y al Gran Pablito, en la puerta de Panamericana, piropeando a las transeúntes, y los regresé a la redacción. Pese a ser de día y estar en pleno centro, al alcance de los ojos incontables de parientes y amigos de la familia, la tía Julia y yo íbamos de la mano, y yo la besaba todo el tiempo. Ella tenía unas chapas de serrana y se la veía contenta.

—Basta de pornografía, egoístas, piensen en mí —protestaba Javier—. Hablemos un poco de la flaca Nancy.

La flaca Nancy era una prima mía, bonita y muy coqueta, de la que Javier estaba enamorado desde que tenía uso de razón y a la que perseguía con una constancia de sabueso. Ella nunca había llegado a hacerle caso del todo, pero siempre se las arreglaba para hacerle creer que tal vez, que pronto, que la próxima. Ese prerromance duraba desde que estábamos en el colegio y yo, como confidente, amigo íntimo y celestino de Javier, había seguido todos sus pormenores. Eran incontables los plantones que la flaca Nancy le había dado, infinitas las matinés de domingo que lo había dejado esperándola a las puertas del Leuro mientras ella se iba al Colina o al Metro, infinitas las veces que se le había aparecido con otro galán en la fiesta del sábado. La primera borrachera de mi vida la tuve acompañando a Javier, a ahogar sus penas con capitanes y cerveza, en un barcito de Surquillo, el día que se enteró que la flaca Nancy le había dicho sí al estudiante de Agronomía Eduardo Tiravanti (muy popular en Miraflores porque sabía meterse prendido el cigarrillo a la boca y luego sacarlo y seguir fumando como si tal cosa). Javier lloriqueaba y yo, además de ser su paño de lágrimas, tenía la misión de ir a acostarlo a su pensión cuando hubiera llegado a un estado comatoso («Me voy a mamar hasta las cachas», me había prevenido, imitando a Jorge Negrete). Pero fui yo el que sucumbió, con ruidosos vómitos y un ataque de diablos azules en el curso del cual —era la versión canallesca de Javier— me había encaramado al mostrador y arengado a los borrachitos, noctámbulos y rufianes que constituían la clientela de El Triunfo:

—Bájense los pantalones que están ante un poeta.

Siempre me reprochaba que, en vez de cuidarlo y consolarlo en esa noche triste, lo hubiera obligado a arrastrarme por las calles de Miraflores hasta la quinta de Ocharán, en un estado tal de descomposición que entregó mis restos a mi asustada abuela con este comentario desatinado:

—Señora Carmencita, creo que el Varguitas se nos muere.

Desde entonces, la flaca Nancy había aceptado y despedido a media docena de miraflorinos, y Javier había tenido también enamoradas, pero ellas no cancelaban sino robustecían su gran amor por mi prima, a la que seguía llamando, visitando, invitando, declarándose, indiferente ante las negativas, malacrianzas, desaires y plantones. Javier era uno de esos hombres que pueden anteponer la pasión a la vanidad y le importaban realmente un comino las burlas de todos los amigos de Miraflores, entre quienes su persecución de mi prima era un surtidor de chistes. (En el barrio un muchacho juraba que lo había visto acercarse a la flaca Nancy, un domingo, a la salida de misa de once, con la siguiente propuesta: «Hola Nancita, linda mañana, ¿nos tomamos algo?, ¿una Coca-Cola, un champancito?».) La flaca Nancy salía algunas veces con él, generalmente entre dos enamorados, al cine o a una fiesta, y Javier concebía entonces grandes esperanzas y entraba en estado de euforia. Así estaba ahora, hablando hasta por los codos, mientras nos tomábamos unos cafés con leche y unos sándwiches de chicharrón, en ese café de la calle Belén que se llamaba El Palmero. La tía Julia y yo nos tocábamos las rodillas bajo la mesa, teníamos entrelazados los dedos, nos mirábamos a los ojos, y, mientras, como una música de fondo, oíamos a Javier hablando de la flaca Nancy.

—La invitación la ha dejado impresionada —nos contó—. Porque, ¿quieres decirme qué pelagatos de Miraflores invita a una chica a los toros?

—¿Cómo has hecho? —le pregunté—. ¿Te sacaste la lotería?

—He vendido la radio de la pensión —nos dijo, sin el menor remordimiento—. Creen que ha sido la cocinera y la han despedido por ladrona.

Nos explicó que tenía preparado un plan infalible. En media corrida, sorprendería a la flaca Nancy con un regalo persuasivo: una mantilla española. Javier era un gran admirador de la Madre Patria y de todo lo que se relacionaba con ella: los toros, la música flamenca, Sarita Montiel. Soñaba con ir a España (como yo con ir a Francia) y lo de la mantilla se le había ocurrido al ver un aviso del periódico. Le había costado su sueldo de un mes en el Banco de Reserva pero estaba seguro que la inversión tendría frutos. Nos explicó cómo iban a ocurrir las cosas. Llevaría la mantilla a los toros discretamente envuelta y esperaría un momento de gran emoción para abrir el paquete, desplegar la prenda y colocarla sobre los hombros delicados de mi prima. ¿Qué pensábamos? ¿Cuál sería la reacción de la flaquita? Yo le aconsejé que redondeara las cosas, regalándole también una peineta sevillana y unas castañuelas y que le cantara un fandango, pero la tía Julia lo apoyó con entusiasmo y le dijo que todo lo que había planeado era lindo y que la Nancy, si tenía corazón, se emocionaría hasta los huesos. Ella, si un muchacho le hacía esas demostraciones, quedaría conquistada.

—¿No ves lo que te digo siempre? —me dijo, igual que si estuviera riñéndome—. Javier sí que es un romántico, enamora como se debería enamorar.

Javier, encantado, nos propuso que saliéramos los cuatro juntos, cualquier día de la próxima semana, al cine, a tomar té, a bailar.

—¿Y qué diría la flaca Nancy si nos ve de pareja? —le puse los pies en la tierra.

Pero él nos echó un baldazo de agua fría:

—No seas tonto, sabe todo y le parece muy bien, se lo conté el otro día —y al ver nuestra sorpresa, añadió, con cara de travieso—: Pero si con tu prima yo no tengo secretos, si ella, haga lo que haga, terminará casándose conmigo.

Me quedé preocupado al saber que Javier le había contado nuestro romance. Éramos muy unidos y estaba seguro que no iría a delatarnos, pero se le podía escapar algo, y la noticia correría como un incendio por el bosque familiar. La tía Julia se había quedado muda, pero ahora disimulaba dando bríos a Javier en su proyecto taurino-sentimental. Nos despedimos en la puerta del

Edificio Panamericano y quedamos con la tía Julia en que nos veríamos esa noche, con el pretexto del cine. Al besarla, le dije al oído: «Gracias al endocrinólogo, me he dado cuenta que estoy enamorado de ti». Ella asintió: «Así estoy viendo, Varguitas».

Me la quedé viendo alejarse, con Javier, hacia el paradero de los colectivos, y sólo entonces advertí la gente aglomerada a las puertas de Radio Central. Eran sobre todo mujeres jóvenes, aunque había también algunos hombres. Estaban en filas de a dos, pero, a medida que llegaba más gente, la formación se descomponía, entre codazos y empujones. Me acerqué a curiosear porque supuse que la razón tenía que ser Pedro Camacho. En efecto, eran coleccionistas de autógrafos. Por la ventana del cubículo, vi al escriba, escoltado por Jesusito y por Genaro papá, rasguñando una firma con arabescos en cuadernos, libretas, hojitas sueltas, periódicos, y despidiendo a sus admiradores con un gesto olímpico. Ellos lo miraban con embelesamiento y se le acercaban en actitud tímida, balbuceando palabras de aprecio.

—Nos da dolores de cabeza, pero, no hay duda, es el rey de la radiotelefonía nacional —me dijo Genaro hijo, poniéndome una mano en el hombro y señalando el gentío—: ¿Qué te parece esto?

Le pregunté desde cuándo funcionaba lo de los autógrafos.

—Desde hace una semana, media hora al día, de seis a seis y media, hombre poco observador —me dijo el empresario progresista—. ¿No lees los avisos que publicamos, no oyes la radio en la que trabajas? Yo era escéptico, pero mira cómo me equivoqué. Creí que sólo habría gente para dos días y ahora veo que esto puede funcionar un mes.

Me invitó a tomar un trago al bar del Bolívar. Yo pedí una Coca-Cola, pero él insistió en que lo acompañara con un whisky.

—¿Te das cuenta lo que significan estas colas? —me explicó—. Son una demostración pública de que los radioteatros de Pedro calan en el pueblo.

Le dije que no me cabía duda y él me hizo poner colorado recomendándome que, como yo tenía *aficiones literarias*, siguiera el ejemplo del boliviano, aprendiera sus recursos para conquistar a las muchedumbres. «No debes encerrarte en tu torre de marfil», me aconsejó. Había mandado imprimir cinco mil fotos de Pedro Camacho y, a partir del lunes, los cazadores de autógrafos las recibirían como obsequio. Le pregunté si el escriba había amortiguado sus descargas contra los argentinos.

—Ya no importa, ahora puede hablar pestes contra quienquiera —me dijo, con aire misterioso—. ¿No sabes la gran noticia? El General no se pierde los radioteatros de Pedro.

Me dio precisiones, para convencerme. El General, como las cuestiones de gobierno no le daban tiempo para oírlos durante el día, se los hacía grabar y los escuchaba cada noche, uno tras otro, antes de dormir. La Presidenta en persona se lo había contado a muchas señoras de Lima.

—Parece que el General es un hombre sensible, a pesar de lo que dicen —concluyó Genaro hijo—. De modo que si la cumbre está con nosotros, qué más da que Pedro se dé gusto contra los ches. ¿No se lo merecen?

La conversación con Genaro hijo, la reconciliación con la tía Julia, algo, me había estimulado mucho y regresé al altillo a escribir con ímpetu mi cuento de los levitadores, mientras Pascual despachaba los boletines. Ya tenía el final: en uno de esos juegos, un palomilla levitaba más alto que los otros, caía con fuerza, se rompía la nuca y moría. La última frase mostraría las caras sorprendidas, asustadas de sus compañeros, contemplándolo, bajo un tronar de aviones. Sería un relato espartano, preciso como un cronómetro, al estilo de Hemingway.

Unos días después, fui a visitar a mi prima Nancy, para saber cómo había tomado la historia de la tía Julia. La encontré todavía bajo los efectos de la Operación Mantilla:

—¿Te das cuenta el papelón que pasé por ese idiota? —decía, mientras correteaba por toda la casa, buscando a *Lasky*—. De repente, en plena plaza de Acho, abrió un paquete, sacó una capa de torero y me la puso encima. Todo el mundo se quedó mirándome, hasta el toro se moría de risa. Me hizo tenerla puesta toda la corrida. Y quería que saliera a la calle con esa cosa, figúrate. ¡Nunca he pasado tanta vergüenza en mi vida!

Encontramos a *Lasky* bajo la cama del mayordomo —además de ser pelado y feo, era un perro que siempre quería morderme—, lo llevamos a su jaula y la flaca Nancy me arrastró a su dormitorio a ver el cuerpo del delito. Era una prenda modernista y hacía pensar en jardines exóticos, en carpas de gitanas, en burdeles de lujo: tornasolada, anidaban en sus pliegues todos los matices del rojo, desde el bermellón sangre hasta el rosáceo arrebol, tenía nudosos y largos flecos negros y sus pedrerías y oropeles brillaban tanto que producían mareos. Mi prima hacía pases taurinos o se envolvía en ella, riéndose a carcajadas. Le dije que no le permitía burlarse de mi amigo y le pregunté si por fin le iba a hacer caso.

—Lo estoy pensando —me repuso, igual que siempre—. Pero como amigo me encanta.

Le dije que era una coqueta sin corazón, que Javier había llegado al robo para hacerle ese regalo.

—¿Y tú? —me dijo, doblando y guardando la mantilla en el ropero—. ¿Es cierto que estás con la Julita? ¿No te da vergüenza? ¿Con la hermana de la tía Olga?

Le dije que era cierto, que no me daba vergüenza y sentí que me ardía la cara. Ella también se confundió un poco, pero su curiosidad miraflorina fue más fuerte y disparó hacia el blanco:

—Si te casas con ella, dentro de veinte años serás todavía joven y ella una abuelita —me tomó del brazo y me despeñó por las escaleras hacia la sala—. Ven, vamos a oír música y allá me cuentas tu enamoramiento de pe a pa.

Seleccionó un alto de discos —Nat King Cole, Harry Belafonte, Frank Sinatra, Xavier Cugat—, mientras me confesaba que, desde que Javier le contó, se le ponían los pelos de punta pensando en lo que pasaría si se enteraba la familia. ¿Acaso nuestros parientes no eran tan metetes que el día que ella salía con un muchacho distinto diez tíos, ocho tías y cinco primas llamaban a su mamá a contárselo? ¡Yo enamorado con la tía Julia! ¡Qué tal escándalo, Marito! Y me recordó que la familia se hacía ilusiones, que yo era la esperanza de la tribu. Era verdad: mi cancerosa parentela esperaba de mí que fuera algún día millonario, o, en el peor de los casos, Presidente de la República. (Nunca comprendí por qué se había formado una opinión tan alta de mí. En todo caso, no por mis notas de colegio, que nunca fueron brillantes. Tal vez porque, desde chico, les escribía poemas a todas mis tías o porque fui, al parecer, un niño revejido que opinaba de todo.) Le hice jurar a la flaca Nancy que sería una tumba. Ella se moría por saber detalles del romance:

—¿La Julita sólo te gusta o estás templado de ella?

Alguna vez le había hecho confidencias sentimentales y ahora, puesto que ya sabía, se las hice también. La historia había comenzado como un juego, pero, de repente, exactamente el día en que sentí celos por un endocrinólogo, me di cuenta que me había enamorado. Sin embargo, mientras más vueltas le daba, más me convencía que el romance era un rompecabezas. No sólo por la diferencia de edad. Me faltaban tres años para terminar abogacía y sospechaba que nunca ejercería esa profesión, porque lo único que me gustaba era escribir. Pero los escritores se morían de hambre. Por ahora, sólo ganaba para comprar cigarros, unos cuantos libros e ir al cine. ¿Me iba a esperar la tía Julia hasta que fuera un hombre solvente, si alguna vez llegaba a serlo? Mi prima Nancy era tan buena que, en vez de contradecirme, me daba la razón:

—Claro, sin contar que para entonces a lo mejor la Julita ya no te gusta y la dejas —me decía, con realismo—. Y la pobre habrá perdido su tiempo miserablemente. Pero, dime, ¿ella está enamorada de ti o sólo juega?

Le dije que la tía Julia no era una veleta frívola como ella (lo que realmente le encantó). Pero la misma pregunta me la había hecho yo varias veces. Se la hice también a la tía Julia, unos días después. Habíamos ido a sentarnos frente al mar, en un bello parquecito de nombre impronunciable (Domodossola o algo así) y allí, abrazados, besándonos sin tregua, tuvimos nuestra primera conversación sobre el futuro.

—Me lo sé con lujo de detalles, lo he visto en una bola de cristal —me dijo la tía Julia, sin la menor amargura—. En el mejor de los casos, lo nuestro duraría tres, tal vez unos cuatro años, es decir hasta que encuentres a la mocosita que será la mamá de tus hijos. Entonces me botarás y tendré que seducir a otro caballero. Y aparece la palabra fin.

Le dije, mientras le besaba las manos, que le hacía mal oír radioteatros.

—Cómo se nota que no los oyes nunca —me rectificó—. En los radioteatros de Pedro Camacho rara vez hay amores o cosas parecidas. Ahora, por ejemplo, Olga y yo estamos entretenidísimas con el de las tres. La tragedia de un muchacho que no puede dormir porque, apenas cierra los ojos, vuelve a apachurrar a una pobre niñita.

Le dije, volviendo al tema, que yo era más optimista. Con fogosidad, para convencerme a mí mismo al tiempo que a ella, le aseguré que, fueran cuales fueran las diferencias, el amor duraba poco basado en lo puramente físico. Con la desaparición de la novedad, con la rutina, la atracción sexual disminuía y al final moría (sobre todo en el hombre), y la pareja entonces sólo podía sobrevivir si había entre ellos otros imanes: espirituales, intelectuales, morales. Para esa clase de amor la edad no importaba.

—Suena bonito y me convendría que fuera verdad —dijo la tía Julia, frotando contra mi mejilla una nariz que siempre estaba fría—. Pero es mentira de principio a fin. ¿Lo físico algo secundario? Es lo más importante para que dos personas se aguanten, Varguitas.

¿Había vuelto a salir con el endocrinólogo?

—Me ha llamado varias veces —me dijo, fomentando mi expectación. Luego, besándome, despejó la incógnita—: Le he dicho que no voy a salir más con él.

En el colmo de la felicidad, yo le hablé mucho rato de mi cuento sobre los levitadores: tenía diez páginas, estaba saliendo bien y trataría de publicarlo en el Suplemento de *El Comercio* con una dedicatoria críptica: «Al femenino de Julio».

X

La tragedia de Lucho Abril Marroquín, joven propagandista médico al que todo auguraba un futuro promisor, comenzó una soleada mañana de verano, en las afueras de una localidad histórica: Pisco. Acababa de terminar el recorrido que, desde que asumió esa profesión itinerante, hacía diez años, lo llevaba por los pueblos y ciudades del Perú, visitando consultorios y farmacias para regalar muestras y prospectos de los Laboratorios Bayer, y se disponía a regresar a Lima. La visita a los facultativos y químicos del lugar le había tomado unas tres horas. Y aunque en el Grupo Aéreo N. 9, de San Andrés, tenía un compañero de colegio, que era ahora capitán, en cuya casa solía quedarse a almorzar cuando venía a Pisco, decidió regresar a la capital de una vez. Estaba casado, con una muchacha de piel blanca y apellido francés, y su sangre joven y su corazón enamorado lo urgían a retornar cuanto antes a los brazos de su cónyuge.

Era un poco más de mediodía. Su flamante Volkswagen, adquirido a plazos al mismo tiempo que el vínculo matrimonial —tres meses atrás—, lo esperaba, parqueado bajo un frondoso eucalipto de la plaza. Lucho Abril

Marroquín guardó la valija con muestras y prospectos, se quitó la corbata y el saco (que, según las normas helvéticas del laboratorio, debían llevar siempre los propagandistas para dar una impresión de seriedad), confirmó su decisión de no visitar a su amigo aviador, y, en vez de un almuerzo en regla, acordó tomar sólo un refrigerio para evitar que una sólida digestión le hiciera más soñolientas las tres horas de desierto.

Cruzó la plaza hacia la Heladería Piave, ordenó al italiano una Coca-Cola y un helado de melocotón, y, mientras consumía el espartano almuerzo, no pensó en el pasado de ese puerto sureño, el multicolor desembarco del dudoso héroe San Martín y su Ejército Libertador, sino, egoísmo y sensualidad de los hombres candentes, en su tibia mujercita —en realidad, casi una niña—, nívea, de ojos azules y rizos dorados, y en cómo, en la oscuridad romántica de las noches, sabía llevarlo a unos extremos de fiebre neroniana cantándole al oído, con quejidos de gatita lánguida, en la lengua erótica por excelencia (un francés tanto más excitante cuanto más incomprensible), una canción titulada *Las hojas muertas*. Advirtiendo que esas reminiscencias maritales comenzaban a inquietarlo, cambió de pensamientos, pagó y salió.

En un grifo próximo llenó el tanque de gasolina, el radiador de agua, y partió. Pese a que a esa hora, de máximo sol, las calles de Pisco estaban vacías, conducía despacio y con cuidado, pensando, no en la integridad de los peatones, sino en su amarillo Volkswagen, que, después de la blonda francesita, era la niña de sus ojos. Iba pensando en su vida. Tenía veintiocho años. Al terminar el colegio, había decidido ponerse a trabajar, pues era demasiado impaciente para la transición universitaria. Había entrado a los laboratorios aprobando un examen. En estos diez años había progresado en sueldo y posición, y su trabajo no era aburrido. Prefería actuar en la calle que vegetar tras un escritorio. Sólo que, ahora, no era cuestión de pasarse la vida en viajes, dejando a la delicada flor de Francia en Lima, ciudad que, es bien sabido, está llena de tiburones que viven al acecho de las sirenas. Lucho Abril Marroquín había hablado con sus jefes. Lo apreciaban y lo habían animado: continuaría viajando sólo unos meses y a comienzos del próximo año le darían una colocación en provincias. Y el doctor Schwalb, suizo lacónico, había precisado: «Una colocación que será una promoción». Lucho Abril Marroquín no podía dejar de pensar que tal vez le ofrecerían la gerencia de la filial de Trujillo, Arequipa o Chiclayo. ¿Qué más podía pedir?

Estaba saliendo de la ciudad, entrando a la carretera. Había hecho y deshecho tantas veces esa ruta —en ómnibus, en colectivo, conducido o conduciendo— que la conocía de memoria. La asfaltada cinta negra se perdía a lo lejos, entre médanos y colinas peladas, sin brillos de azogue que revelaran vehículos. Tenía delante un camión viejo y tembleque, e iba ya a pasarlo cuando divisó el puente y la encrucijada donde la ruta del sur hace una horquilla y despide a esa carretera que sube a la sierra, en dirección a las metálicas montañas de Castrovirreina. Decidió entonces, prudencia de hombre que ama su máquina y teme la ley, esperar hasta después del desvío. El camión no iba a más de cincuenta kilómetros por hora y Lucho Abril Marroquín, resignado, disminuyó la velocidad y se mantuvo a diez metros de él. Veía, acercándose, el puente, la encrucijada, endebles construcciones —quioscos de bebidas, expendios de cigarrillos, la caseta de tránsito— y siluetas de personas cuyas caras no distinguía —estaban a contraluz— yendo y viniendo junto a las cabañas.

La niña apareció de improviso, en el instante en que acababa de cruzar el puente y pareció surgir de debajo del camión. En el recuerdo de Lucho Abril Marroquín quedaría grabada siempre esa figurilla que, súbitamente, se interponía entre él y la pista, la carita asustada y las manos en alto, y venía a incrustarse como una pedrada contra la proa del Volkswagen. Fue tan intempestivo que no atinó a frenar ni a desviar el auto hasta después de la catástrofe (del comienzo de la catástrofe). Consternado, y con la extraña sensación de que se trataba de algo ajeno, sintió el sordo impacto del cuerpo contra el parachoque, y lo vio elevarse, trazar una parábola y caer ocho o diez metros más allá.

Ahora sí frenó, tan en seco que el volante le golpeó el pecho, y, con un aturdimiento blancuzco y un zumbido insistente, bajó velozmente del Volkswagen y corriendo, tropezando, pensando «soy argentino, mato niños», llegó hasta la criatura y la alzó en brazos. Tendría cinco o seis años, iba descalza y mal vestida, con la cara, las manos y las rodillas encostradas de mugre. No sangraba por ninguna parte visible, pero tenía los ojos cerrados, y no parecía respirar. Lucho Abril Marroquín, cimbreándose como borracho, daba vueltas sobre el sitio, miraba a derecha y a izquierda y gritaba a los arenales, al viento, a las lejanas olas: «Una ambulancia, un médico». Como en sueños, alcanzó a percibir que, por el desvío de la sierra, bajaba un camión y tal vez notó que su velocidad era excesiva para un vehículo que se aproxima a un cruce de caminos. Pero, si llegó a advertirlo, inmediatamente su atención se distrajo al descubrir que llegaba a su lado, corriendo, un guardia desprendido de las cabañas. Acezante, sudoroso, funcional, el custodio del orden, mirando a la niña le preguntó: «¿Está soñada o ya muerta?».

Lucho Abril Marroquín se preguntaría el resto de los años que le quedaban de vida cuál había sido en ese momento la respuesta justa. ¿Estaba malherida o había expirado la criatura? No alcanzó a responder al acezante guardia civil porque éste, apenas hizo la pregunta, puso tal cara de horror que Lucho Abril Marroquín alcanzó a volver la cabeza justo a tiempo para comprender que el camión que bajaba de la sierra se les venía enloquecidamente encima, bocineando. Cerró los ojos, un estruendo le arrebató la niña de los brazos y lo sumió en una oscuridad con estrellitas. Siguió oyendo un ruido atroz, gritos, ayes, mientras permanecía en un estupor de naturaleza casi mística.

Mucho después sabría que había sido arrollado, no porque existiese una justicia inmanente, encargada de realizar el equitativo refrán «ojo por ojo, diente por diente», sino porque al camión de las minas se le habían vaciado los frenos. Y sabría también que el guardia civil había muerto instantáneamente desnucado y que la pobre niña —verdadera hija de Sófocles—, en este segundo accidente (por si el primero no lo había conseguido), no sólo había quedado muerta sino espectacularmente alisada al pasarle encima, carnaval de alegría para los satanes, la doble rueda trasera del camión.

Pero, al cabo de los años, Lucho Abril Marroquín se diría que de todas las instructivas experiencias de esa mañana, la más indeleble había sido, no el primero ni el segundo accidente, sino lo que vino después. Porque, curiosamente, pese a la violencia del impacto (que lo tendría muchas semanas en el Hospital del Empleado, reconstruyendo su esqueleto, averiado de innumerables fracturas, luxaciones, cortes y desgarrones), el propagandista médico no perdió el sentido o sólo lo perdió unos segundos. Cuando abrió los ojos supo que todo acababa de ocurrir, porque, de las cabañas que tenía al frente, venían corriendo, siempre a contraluz, diez, doce, tal vez quince pantalones, faldas. No podía moverse, pero no sentía dolor, sólo una aliviada serenidad. Pensó que ya no tenía que pensar; pensó en la ambulancia, en médicos, en enfermeras solícitas. Ahí estaban, ya habían llegado, trató de sonreír a las caras que se inclinaban hacia él. Pero entonces, por unas cosquillas, agujazos y punzadas, comprendió que los recién venidos no estaban auxiliándolo: le arrancaban el reloj, le metían los dedos a los bolsillos, a manotones le sacaban la cartera, de un jalón se apoderaban de la medalla del Señor de Limpias que llevaba al cuello desde su primera comunión. Ahora sí, lleno de admiración por los hombres, Lucho Abril Marroquín se hundió en la noche.

Esa noche, para todos los efectos prácticos, duró un año. Al principio, las consecuencias de la catástrofe habían parecido sólo físicas. Cuando Lucho Abril Marroquín recobró el sentido estaba en Lima, en un cuartito del hospital, fajado de pies a cabeza, y a los flancos de su cama, ángeles de la guarda que devuelven la paz al agitado, mirándolo con inquietud se hallaban la blonda conna-cional de Juliette Gréco y el doctor Schwalb de los La-boratorios Bayer. En medio de la ebriedad que le produ-cía el olor a cloroformo, sintió alegría y por sus mejillas corrieron lágrimas al sentir los labios de su esposa sobre las gasas que le cubrían la frente.

La sutura de huesos, retorno de músculos y tendones a su lugar correspondiente y el cierre y cicatrización de heridas, es decir la compostura de la mitad animal de su persona tomó algunas semanas, que fueron relativamente llevaderas, gracias a la excelencia de los facultativos, la di-ligencia de las enfermeras, la devoción magdalénica de su esposa y la solidaridad de los laboratorios, que se mostra-ron impecables desde el punto de vista del sentimiento y la cartera. En el Hospital del Empleado, en plena convale-cencia, Lucho Abril Marroquín se enteró de una noticia halagadora: la francesita había concebido y dentro de sie-te meses sería madre de un hijo suyo.

Fue después que abandonó el hospital y se reinte-gró a su casita de San Miguel y a su trabajo, que se reve-laron las secretas, complicadas heridas que los accidentes habían causado a su espíritu. El insomnio era el más be-nigno de los males que se abatieron sobre él. Se pasaba las noches en vela, ambulando por la casita a oscuras, fu-mando sin cesar, en estado de viva agitación y pronun-ciando entrecortados discursos en los que a su esposa le maravillaba escuchar una palabra recurrente: «Hero-des». Cuando el desvelo fue químicamente derrotado con somníferos, resultó peor: el sueño de Abril Marro-quín era visitado por pesadillas en las que se veía despe-dazando a su hija aún no nacida. Sus desafinados aullidos comenzaron aterrorizando a su esposa y terminaron haciéndola abortar un feto de sexo probablemente femenino. «Los sueños se han cumplido, he asesinado a mi propia hija, me iré a vivir a Buenos Aires», repetía día y noche, lúgubremente, el onírico filicida.

Pero tampoco esto fue lo peor. A las noches desveladas o pesadillescas, seguían unos días atroces. Desde el accidente, Lucho Abril Marroquín concibió una fobia visceral contra todo lo que tuviera ruedas, vehículos a los que no podía subir ni como chofer ni como pasajero, sin sentir vértigo, vómitos, sudar la gota gorda y ponerse a gritar. Todos los intentos de vencer este tabú fueron inútiles, de modo que tuvo que resignarse a vivir, en pleno siglo XX, como en el Incario (sociedad sin ruedas). Si las distancias que tenía que cubrir hubieran consistido solamente en los cinco kilómetros entre su hogar y los Laboratorios Bayer, el asunto no hubiera sido tan grave; para un espíritu maltratado esas dos horas de caminata matutina y las dos de caminata vespertina hubieran cumplido tal vez una función sedante. Pero, tratándose de un propagandista médico cuyo centro de operaciones era el dilatado territorio del Perú, la fobia antirrodante resultaba trágica. No habiendo la menor posibilidad de resucitar la atlética época de los chasquis, el futuro profesional de Lucho Abril Marroquín se halló seriamente amenazado. El laboratorio accedió a darle un trabajo sedentario, en la oficina de Lima, y, aunque no le bajaron el sueldo, desde el punto de vista moral y psicológico, el cambio (ahora tenía a su cargo el inventario de las muestras) constituyó una degradación. Para colmo de males, la francesita, que, digna émula de la Doncella de Orleans, había soportado valerosamente los desperfectos nerviosos de su cónyuge, sucumbió también, sobre todo después de la evacuación de la feto Abril, a la histeria. Una separación hasta que mejoraran los tiempos fue acordada y la muchacha, palidez que recuerda el alba y las noches antárticas, viajó a Francia a buscar consuelo en el castillo de sus padres.

Así andaba Lucho Abril Marroquín, al año del accidente: abandonado de su mujercita y del sueño y la tranquilidad, odioso de las ruedas, condenado a caminar (stricto sensu) por la vida, sin otro amigo que la angustia. (El amarillo Volkswagen se cubrió de hiedra y telarañas, antes de ser vendido para pagar el pasaje a Francia de la blonda.) Compañeros y conocidos rumoreaban ya que no le quedaba sino el mediocre rumbo del manicomio o la retumbante solución del suicidio, cuando el joven se enteró —maná que cae del cielo, lluvia sobre sediento arenal— de la existencia de alguien que no era sacerdote ni brujo y sin embargo curaba almas: la doctora Lucía Acémila.

Mujer superior y sin complejos, llegada a lo que la ciencia ha dado en considerar la edad ideal —la cincuentena—, la doctora Acémila —frente ancha, nariz aguileña, mirada penetrante, rectitud y bondad en el espíritu— era la negación viviente de su apellido (del que se sentía orgullosa y que arrojaba como una hazaña, en tarjetas impresas, o en los rótulos de su consultorio, a la visión de los mortales), alguien en quien la inteligencia era un atributo físico, algo que sus pacientes (ella prefería llamarlos *amigos*) podían ver, oír, oler. Había obtenido diplomas sobresalientes y copiosos en los grandes centros del saber —la teutónica Berlín, la flemática Londres, la pecaminosa París—, pero la principal universidad en la que había aprendido lo mucho que sabía sobre la miseria humana y sus remedios había sido (naturalmente) la vida. Como todo ser elevado por sobre la medianía, era discutida, criticada y verbalmente escarnecida por sus colegas, esos psiquiatras y psicólogos incapaces (a diferencia de ella) de producir milagros. A la doctora Acémila la dejaba indiferente que la llamaran hechicera, satanista, corruptora de corrompidos, alienada y otras vilezas. Le bastaba, para saber que era ella quien tenía razón, con la gratitud de sus *amigos*, esa legión de esquizofrénicos, parricidas, paranoicos, incendiarios, maníaco-depresivos, onanistas, catatónicos, criminosos, místicos y tartamudos que, una vez pasados por sus manos, sometidos a su tratamiento (ella hubiera preferido: a sus *consejos*) habían retornado a la vida padres amantísimos, hijos obedientes, esposas virtuosas, profesionales honestos, conversadores fluidos y ciudadanos patológicamente respetuosos de la ley.

Fue el doctor Schwalb quien aconsejó a Lucho Abril Marroquín que visitara a la doctora y él mismo quien, prontitud helvética que ha dado relojes puntualísimos, arregló una cita. Más resignado que confiado, el insomne se presentó a la hora indicada a la mansión de muros rosas, abrazada por un jardín con floripondios, en el residencial barrio de San Felipe, donde estaba el consultorio (templo, confesionario, laboratorio del espíritu) de Lucía Acémila. Una pulcra enfermera le tomó algunos datos y lo hizo pasar al despacho de la doctora, una habitación alta, de estantes atiborrados de libros con empaste de cuero, un escritorio de caoba, mullidas alfombras y un diván de terciopelo verde menta.

—Quítese los prejuicios que traiga y también el saco y la corbata —lo apostrofó, naturalidad desarmante de los sabios, la doctora Lucía Acémila, señalándole el diván—. Y túmbese ahí, boca arriba o boca abajo, no por batería freudiana, sino porque me interesa que esté cómodo. Y, ahora, no me cuente sus sueños ni me confiese que está enamorado de su madre, sino, más bien, dígame con la mayor exactitud cómo marcha ese estómago.

Tímidamente, el propagandista médico, ya extendido sobre el muelle diván, se atrevió a musitar, imaginando una confusión de personas, que no lo traía a este consultorio el vientre sino el espíritu.

—Son indiferenciables —lo desasnó la facultativo—. Un estómago que evacua puntual y totalmente es gemelo de una mente clara y de un alma bien pensada. Por el contrario, un estómago cargado, remolón, avaricioso, engendra malos pensamientos, avinagra el carácter, fomenta complejos y apetitos sexuales chuecos, y crea vocación de delito, una necesidad de castigar en los otros el tormento excrementicio.

Así instruido, Lucho Abril Marroquín confesó que sufría a veces de dispepsias, constipación e, incluso, que sus óbolos, además de irregulares, eran también versátiles en coloración, volumen y, sin duda —no recordaba haberlos palpado en las últimas semanas—, consistencia y temperatura. La doctora asintió bondadosamente, murmurando: «Lo sabía». Y dictaminó que el joven debería consumir cada mañana, hasta nueva orden y en ayunas, media docena de ciruelas secas.

—Resuelta esta cuestión previa, pasemos a las otras —añadió la filósofo—. Puede contarme qué le pasa. Pero sepa de antemano que no lo castraré de su problema. Le enseñaré a amarlo, a sentirse tan orgulloso de él como Cervantes de su brazo ido o Beethoven de su sordera. Hable.

Lucho Abril Marroquín, con una facilidad de palabra educada en diez años de diálogos profesionales con galenos y apoticarios, resumió su historia con sinceridad, desde el infausto accidente de Pisco hasta sus pesadillas de la víspera y las apocalípticas consecuencias que el drama había tenido en su familia. Apiadado de sí mismo, en los capítulos finales rompió a llorar y remató su informe con una exclamación que a cualquier otra persona que no fuera Lucía Acémila le hubiera partido el alma: «¡Doctora, ayúdeme!».

—Su historia, en vez de apenarme, me aburre, de lo trivial y tonta que es —lo confortó cariñosamente la ingeniero de almas—. Límpiese los mocos y convénzase de que, en la geografía del espíritu, su mal es equivalente a lo que, en la del cuerpo, sería un uñero. Ahora escúcheme.

Con unos modales de mujer que frecuenta salones de alta sociedad, le explicó que lo que perdía a los hombres era el temor a la verdad y el espíritu de contradicción. Respecto a lo primero, hizo luz en el cerebro del desvelado explicándole que el azar, el llamado *accidente* no existían, eran subterfugios inventados por los hombres para disimular lo malvados que eran.

—En resumen, usted quiso matar a la niña y la mató —graficó su pensamiento la doctora—. Y luego, acobardado de su acto, temeroso de la policía o el infierno, quiso ser atropellado por el camión, para recibir una pena o como coartada por el asesinato.

—Pero, pero —balbuceó, ojos que al desorbitarse y frente que al sudar delatan supina desesperación, el propagandista médico—. ¿Y el guardia civil? ¿También lo maté yo?

—¿Quién no ha matado alguna vez un guardia civil? —reflexionó la científico—. Tal vez usted, tal vez el camionero, tal vez fue un suicidio. Pero ésta no es una función de gancho, donde entran dos con una entrada. Ocupémonos de usted.

Le explicó que, al contradecir sus genuinos impulsos, los hombres resentían a su espíritu y éste se vengaba procreando pesadillas, fobias, complejos, angustia, depresión.

—No se puede pelear consigo mismo, porque en ese combate sólo hay un perdedor —pontificó la apóstol—. No se avergüence de lo que es, consuélese pensando que todos los hombres son hienas y que ser bueno significa, simplemente, saber disimular. Mírese al espejo y dígase: soy un infanticida y un cobarde de la velocidad. Basta de eufemismos: no me hable de accidentes ni del síndrome de la rueda.

Y, pasando a los ejemplos, le contó que a los escuálidos onanistas que venían a rogarle de rodillas que los curara les regalaba revistas pornográficas y a los pacientes drogadictos, escorias que reptan por los suelos y se mesan los pelos hablando de la fatalidad, les ofrecía pitos de marihuana y puñados de coca.

—¿Va a recetarme que siga matando niños? —rugió, cordero que se metamorfosea en tigre, el propagandista médico.

—Si es su gusto, ¿por qué no? —le repuso fríamente la psicólogo. Y le previno—: Nada de levantarme la voz. No soy de esos mercaderes que creen que el cliente siempre tiene razón.

Lucho Abril Marroquín volvió a zozobrar en llanto. Indiferente, la doctora Lucía Acémila caligrafió durante diez minutos varias hojas con el título general de: *Ejercicios para aprender a vivir con sinceridad*. Se las entregó y le dio cita para ocho semanas después. Al despedirlo, con un apretón de manos, le recordó que no olvidara el régimen matutino de ciruelas secas.

Como la mayoría de los pacientes de la doctora Acémila, Lucho Abril Marroquín salió del consultorio sintiéndose víctima de una emboscada psíquica, seguro de haber caído en las redes de una extravagante desquiciada, que agravaría sus males si cometía el desatino de seguir sus recetas. Estaba decidido a desaguar los *Ejercicios* por el excusado sin mirarlos. Pero esa misma noche, debilitante insomnio que incita a los excesos, los leyó. Le parecieron patológicamente absurdos y se rió tanto que le vino hipo (lo conjuró bebiendo un vaso de agua al revés, como le había enseñado su madre); luego, sintió una urticante curiosidad. Como distracción, para llenar las horas vacías de sueño, sin creer en su virtud terapéutica, decidió practicarlos.

No le costó trabajo encontrar en la sección juguetes de Sears el auto, el camión número uno y el camión número dos que le hacían falta, así como los muñequitos encargados de representar a la niña, al guardia, a los ladrones y a él mismo. Conforme a las instrucciones, pintó los vehículos con los colores originales que recordaba, así como las ropas de los muñequitos. (Tenía aptitud para la pintura, de modo que el uniforme del guardia y las ropas humildes y las costras de la niña le salieron muy bien.) Para mimar los arenales pisqueños, empleó un pliego de papel de envolver, al que, extremando el prurito de fidelidad, pintó en un extremo el océano Pacífico: una franja azul con orla de espuma. El primer día, le tomó cerca de una hora, arrodillado en el suelo del living comedor de su casa, reproducir la historia, y, cuando terminó, es decir cuando los ladrones se precipitaban sobre el propagandista médico para despojarlo, quedó casi tan aterrado y adolorido como el día del suceso. De espaldas en el suelo, sudaba frío y sollozaba. Pero los días siguientes fue disminuyendo la impresión nerviosa, y la operación asumió virtualidades deportivas, un ejercicio que lo devolvía a la niñez y entretenía esas horas que no hubiera sabido ocupar, ahora que estaba sin esposa, él que nunca se había ufanado de ser ratón de biblioteca o melómano. Era como armar un mecano, un rompecabezas o hacer crucigramas. A veces, en el almacén de los Laboratorios Bayer, mientras distribuía muestras a los propagandistas, se sorprendía escarbando en la memoria, en pos de algún detalle, gesto, motivo de lo ocurrido que le permitiera introducir alguna variante, alargar las representaciones de esa noche. La señora que venía a hacer la limpieza, al ver el suelo del living comedor ocupado por muñequitos de madera y autitos de plástico, le preguntó si pensaba adoptar un niño, advirtiéndole que en ese caso le cobraría más. Conforme a la progresión señalada por los *Ejercicios*, efectuaba ya para entonces, cada noche, dieciséis representaciones a escala liliputiense del ¿accidente?

239

La parte de los *Ejercicios para aprender a vivir con sin-ceridad* concerniente a los niños le pareció más descabe-llada que el palitroque, pero, ¿inercia que arrastra al vi-cio o curiosidad que hace avanzar la ciencia?, también la obedeció. Estaba subdividida en dos partes: «Ejercicios teóricos» y «Ejercicios prácticos», y la doctora Acémila señalaba que era imprescindible que aquéllos antecedie-ran a éstos, pues ¿no era el hombre un ser racional en el que las ideas precedían a los actos? La parte teórica daba amplio crédito al espíritu observador y especulativo del propagandista médico. Se limitaba a prescribir: «Reflexio-ne diariamente sobre las calamidades que causan los ni-ños a la humanidad». Había que hacerlo a cualquier ho-ra y sitio, de manera sistemática.

¿Qué mal hacían a la humanidad los inocentes pár-vulos? ¿No eran la gracia, la pureza, la alegría, la vida?, se preguntó Lucho Abril Marroquín, la mañana del primer ejercicio teórico, mientras caminaba los cinco kilómetros de ida a la oficina. Pero, más por darle gusto al papel que por convicción, admitió que podían ser ruidosos. En efecto, lloraban mucho, a cualquier hora y por cualquier motivo, y, como carecían de uso de razón, no tenían en cuenta el perjuicio que esa propensión causaba ni podían ser *persuadidos* de las virtudes del silencio. Recordó en-tonces el caso de ese obrero que, luego de extenuantes jornadas en el socavón, volvía al hogar y no podía dormir por el llanto frenético del recién nacido al que finalmen-te había ¿asesinado? ¿Cuántos millones de casos pareci-dos se registrarían en el globo? ¿Cuántos obreros, cam-pesinos, comerciantes y empleados, que —alto costo de la vida, bajos salarios, escasez de viviendas— vivían en departamentos estrechos y compartían sus cuartos con la prole, estaban impedidos de disfrutar de un merecido sueño por los alaridos de un niño incapaz de decir si sus berridos significaban diarrea o ganas de más teta?

Buscando, buscando, esa tarde, en los cinco kilómetros de vuelta, Lucho Abril Marroquín encontró que se les podía achacar también muchos destrozos. A diferencia de cualquier animal, tardaban demasiado en valerse por sí mismos, ¡y cuántos estragos resultaban de esa tara! Todo lo rompían, carátula artística o florero de cristal de roca, traían abajo las cortinas que quemándose los ojos había cosido la dueña de casa, y sin el menor embarazo aposentaban sus manos embarradas de caca en el almidonado mantel o la mantilla de encaje comprada con privación y amor. Sin contar que solían meter sus dedos en los enchufes y provocar cortocircuitos o electrocutarse estúpidamente con lo que eso significaba para la familia: cajoncito blanco, nicho, velorio, aviso en *El Comercio*, ropas de luto, duelo.

Adquirió la costumbre de entregarse a esta gimnasia durante sus idas y venidas entre el laboratorio y San Miguel. Para no repetirse, hacía al comenzar una rápida síntesis de los cargos acumulados en la reflexión anterior y pasaba a desarrollar uno nuevo. Los temas se imbricaban unos en otros con facilidad y nunca se quedó sin argumentos.

El delito económico, por ejemplo, le dio materia para treinta kilómetros. Porque ¿no era desolador cómo *ellos* arruinaban el presupuesto familiar? Gravaban los ingresos paternos en relación inversa a su tamaño, no sólo por su glotonería pertinaz y la delicadeza de su estómago, que exigía alimentos especiales, sino por las infinitas instituciones que *ellos* habían generado, comadronas, cunas maternales, puericultorios, jardines de infancia, niñeras, circos, parvularios, matinales, jugueterías, juzgados de menores, reformatorios, sin mencionar las especialidades en niños que, arborescentes parásitos que asfixian a las plantas madres, le habían nacido a la medicina, la psicología, la odontología y otras ciencias, ejército en suma de gentes que debían ser vestidas, alimentadas y jubiladas por los pobres *padres*.

Lucho Abril Marroquín se encontró un día a punto de llorar, pensando en esas madres jóvenes, celosas cumplidoras de la moral y el qué dirán, que se entierran en vida para cuidar a sus crías, y renuncian a fiestas, cines, viajes, con lo que terminan siendo abandonadas por esposos, que, de tanto salir solos, terminan fatídicamente por pecar. ¿Y cómo pagaban las crías esos desvelos y padecimientos? Creciendo, formando hogar aparte, abandonando a sus madres en la orfandad de la vejez.

Por este camino, insensiblemente, llegó a desbaratar el mito de *su* inocencia y bondad. ¿Acaso, con la consabida coartada de que carecían de uso de razón, no cercenaban las alas a las mariposas, metían a los pollitos vivos en el horno, dejaban patas arriba a las tortugas hasta que morían y les reventaban los ojos a las ardillas? ¿La honda para matar pajaritos era arma de adultos? ¿Y no se mostraban implacables con los niños más débiles? Por otra parte, ¿cómo se podía llamar *inteligentes* a seres que, a una edad en que cualquier gatito ya se procura el sustento, todavía se bambolean torpemente, se dan de bruces contra las paredes y se hacen chichones?

Lucho Abril Marroquín tenía un sentido estético aguzado y esto le dio madeja para muchas caminatas. Él hubiera querido que todas las mujeres se conservaran lozanas y duras hasta la menopausia y le apenó inventariar los estragos que causaban a las madres los partos: las cinturas de avispa que cabían en una mano estallaban en grasa y también senos y nalgas y esos estómagos tersos, láminas de carnoso metal que los labios no abollan, se ablandaban, hinchaban, descolgaban, rayaban, y algunas señoras, a consecuencia de los pujos y calambres de los partos difíciles, quedaban chuecas como patos. Con alivio, Lucho Abril Marroquín, rememorando el cuerpo estatuario de la francesita que llevaba su nombre, se alegró de que hubiera parido, no un ser rollizo y devastador de su belleza, sino, apenas, un detritus de hombre. Otro día, se percató, mientras se desalteraba —las ciruelas secas habían convertido a su estómago en un tren inglés— que ya no lo estremecía pensar en Herodes. Y una mañana se descubrió dando un coscorrón a un niño mendigo.

Supo entonces que, sin proponérselo, había pasado, naturalidad con que viajan los astros de la noche al día, a los «Ejercicios prácticos». La doctora Acémila había subtitulado «Acción directa» estas instrucciones y a Lucho Abril Marroquín le parecía estar oyendo su científica voz mientras las releía. Éstas sí, a diferencia de las teóricas, eran precisas. Se trataba, una vez adquirida conciencia clara de las calamidades que *ellos* traían, de tomar, a nivel individual, pequeñas represalias. Era preciso hacerlo de manera discreta, teniendo en cuenta las demagogias del género «infancia desvalida», «al niño ni con una rosa» y «los azotes causan complejos».

Lo cierto es que al principio le costó trabajo, y, cuando cruzaba a uno de *ellos* en la calle, éste y él mismo no sabían si aquella mano en la infantil cabecita era un castigo o una caricia tosca. Pero, seguridad que da la práctica, poco a poco fue superando la timidez y las ancestrales inhibiciones, envalentonándose, mejorando sus marcas, tomando iniciativas, y, al cabo de unas semanas, conforme al pronóstico de los *Ejercicios*, notó que aquellos coscorrones que repartía en las esquinas, aquellos pellizcos que provocaban moretones, aquellos pisotones que hacían berrear a los recipiendarios, ya no eran un quehacer que se imponía por razones de moral y teoría, sino una suerte de placer. Le gustaba ver llorar a esos vendedores que se acercaban a ofrecerle la suerte y, sorpresivamente, recibían un bofetón, y se excitaba como en los toros cuando el lazarillo de una ciega que lo había abordado, platillo de latón que tintinea en la mañana, caía al suelo sobándose la canilla que acababa de alojar su puntapié. Los «Ejercicios prácticos» eran riesgosos, pero, al propagandista médico que se reconoció un corazón temerario, esto, en vez de disuadirlo lo estimuló. Ni siquiera el día en que reventó una pelota y fue perseguido con palos y piedras por una jauría de pigmeos, cejó en su empeño.

Así, en las semanas que duró el tratamiento, cometió muchas de aquellas acciones que, pereza mental que idiotiza a las gentes, se suelen llamar maldades. Decapitó las muñecas con que, en los parques, las niñeras *las* entretenían, arrebató chupetes, toffees, caramelos que estaban a punto de llevarse a la boca y los pisoteó o echó a los perros, fue a merodear por circos, matinales y teatros de títeres y, hasta que se le entumecieron los dedos, jaló trenzas y orejas, pellizcó bracitos, piernas, patitos, y, por supuesto, usó de la secular estratagema de sacarles la lengua y hacerles muecas, y, hasta la afonía y la ronquera les habló del Cuco, del Lobo Feroz, del Policía, del Esqueleto, de la Bruja, del Vampiro, y demás personajes creados por la imaginación adulta para asustarlos.

Pero, bola de nieve que al rodar monte abajo se vuelve aluvión, un día Lucho Abril Marroquín se asustó tanto que se precipitó, en un taxi para llegar más pronto, al consultorio de la doctora Acémila. Apenas entró en el severo despacho, sudando hielo, la voz temblorosa, exclamó:

—Iba a empujar a una niña bajo las ruedas del tranvía a San Miguel. Me contuve en el último instante, porque vi un policía —y, sollozando como uno de *ellos*, gritó—: ¡He estado a punto de volverme un criminal, doctora!

—Criminal ya lo ha sido, joven desmemoriado —le recordó la psicólogo, pronunciando cada sílaba. Y, después de observarlo de arriba abajo, complacida, sentenció—: Está usted curado.

Lucho Abril Marroquín recordó entonces —fogonazo de luz en las tinieblas, lluvia de estrellas sobre el mar— que había venido en ¡un taxi! Iba a caer de rodillas pero la sabia lo contuvo:

—Nadie me lame las manos, salvo mi gran danés. ¡Basta de efusiones! Puede retirarse, pues nuevos *amigos* esperan. Recibirá la factura en su oportunidad.

«Es verdad, estoy curado», se repetía feliz el propagandista médico: la última semana había dormido siete horas diarias y, en vez de pesadillas, había tenido gratos sueños en los que, en playas exóticas, se dejaba tostar por un sol futbolístico, viendo el pausado caminar de las tortugas entre palmeras lanceoladas y las pícaras fornicaciones de los delfines en las ondas azules. Esta vez, deliberación y alevosía del hombre fogueado, tomó otro taxi hacia los laboratorios y, durante el trayecto, lloró al comprobar que el único efecto que le producía *rodar* sobre la vida era, no ya el terror sepulcral, la angustia cósmica, sino apenas un ligero mareo. Corrió a besar las manos amazónicas de don Federico Téllez Unzátegui, llamándolo «mi consejero salvador, mi nuevo padre», gesto y palabras que su jefe aceptó con la deferencia que todo amo que se respete debe a sus esclavos, señalándole de todos modos, calvinista de corazón sin puertas para el sentimiento, que, curado o no de complejos homicidas, debía llegar puntual a Antirroedores S. A. so pena de multa.

Fue así como Lucho Abril Marroquín salió del túnel que, desde el polvoroso accidente de Pisco, era su vida. Todo, a partir de entonces, comenzó a enderezarse. La dulce hija de Francia, absuelta de sus penas gracias a mimos familiares y entonada con dietas normandas de agujereado queso y viscosos caracoles, volvió a la tierra de los incas con las mejillas rozagantes y el corazón lleno de amor. El reencuentro del matrimonio fue una prolongada luna de miel, besos enajenantes, compulsivos abrazos y otros derroches emotivos que pusieron a los enamorados esposos a las orillas mismas de la anemia. El propagandista médico, serpiente de vigor redoblado con el cambio de piel, recuperó pronto el lugar de preeminencia que tenía en los laboratorios. A pedido de él mismo, que quería demostrarse que era el de antes, el doctor Schwalb volvió a confiarle la responsabilidad de, por aire, tierra, río, mar, recorrer pueblos y ciudades del Perú publicitando, entre médicos y farmacéuticos, los productos Bayer. Gracias a las virtudes ahorrativas de la esposa, pronto la pareja pudo cancelar todas las deudas contraídas durante la crisis y adquirir, a plazos, un nuevo Volkswagen que, por supuesto, fue también amarillo.

Nada, en apariencia (¿pero acaso no recomienda la sabiduría popular «no fiarse de las apariencias»?), afeaba el marco en el que se desenvolvía la vida de los Abril Marroquín. El propagandista rara vez se acordaba del accidente y, cuando ello ocurría, en vez de pesar sentía orgullo, lo que, mesócrata respetuoso de las formas sociales, se contenía de hacer público. Pero, en la intimidad del hogar, nido de tórtolas, chimenea que arde al compás de violines de Vivaldi, algo había sobrevivido —luz que perdura en los espacios cuando el astro que la emitió ha caducado, uñas y pelos que le crecen al muerto—, de la terapia de la profesora Acémila. Es decir, de un lado, una afición, exagerada para la edad de Lucho Abril Marroquín, a jugar con palitroques, mecanos, trencitos, solda-ditos. El departamento se fue llenando de juguetes que desconcertaban a vecinos y sirvientas, y las primeras sombras de la armonía conyugal surgieron porque la francesita comenzó un día a quejarse de que su esposo pasara los domingos y feriados haciendo navegar barquitos de papel en la bañera o volando cometas en el techo. Pero, más grave que esta afición, y a todas luces enemiga de ella, era la fobia contra la niñez que había perseverado en el espíritu de Lucho Abril Marroquín desde la época de los «Ejercicios prácticos». No le era posible cruzar a uno de *ellos* en calle, parque o plaza pública, sin infligirle lo que el vulgo llamaría una crueldad, y en las conversaciones con su esposa solía bautizarlos con expresiones despectivas como «destetados» y «limbómanos». Esta hostilidad se convirtió en angustia el día en que la blonda quedó nuevamente embarazada. La pareja, talones que el pavor torna hélices, voló a solicitar moral y ciencia a la doctora Acémila. Ésta los escuchó sin asustarse:

—Padece usted de infantilismo y es, al mismo tiempo, un reincidente infanticida potencial —estableció con arte telegráfico—. Dos tonterías que no merecen atención, que yo curo con la facilidad que escupo. No tema: estará sano antes que al feto le broten ojos.

¿Lo curaría? ¿Libraría a Lucho Abril Marroquín de esos fantasmas? ¿Sería el tratamiento contra la infantofobia y el herodismo tan aventurero como el que lo emancipó del complejo de rueda y la obsesión de crimen? ¿Cómo terminaría el psicodrama de San Miguel?

XI

Se acercaban los exámenes de medio año en la facultad y yo, que desde los amores con la tía Julia asistía menos a clases y escribía más cuentos (pírricos), estaba mal preparado para este trance. Mi salvación era un compañero de estudios, un camanejo llamado Guillermo Velando. Vivía en una pensión del centro, por la plaza Dos de Mayo, y era un estudiante modelo, que no perdía una clase, apuntaba hasta la respiración de los profesores y aprendía de memoria, como yo versos, los artículos de los códigos. Siempre estaba hablando de su pueblo, donde tenía una novia, y sólo esperaba recibirse de abogado para dejar Lima, ciudad que odiaba, e instalarse en Camaná, donde batallaría por el progreso de su tierra. Me prestaba sus apuntes, me soplaba en los exámenes y, cuando éstos se venían encima, yo iba a su pensión, a que me diera alguna síntesis milagrosa sobre lo que habían hecho en clases.

De allí venía ese domingo, después de pasar tres horas en el cuarto de Guillermo, con la cabeza revoloteante de fórmulas forenses, asustado de la cantidad de latinajos que había que memorizar, cuando, llegando a la plaza San Martín, vi a lo lejos, en la plomiza fachada de

Radio Central, la ventanita abierta del cubículo de Pedro Camacho. Por supuesto, decidí ir a darle los buenos días. Mientras más lo frecuentaba —aunque nuestra relación siguiera sujeta a brevísimas charlas en torno a una mesa de café— el hechizo que ejercían sobre mí su personalidad, su físico, su retórica, era mayor. Mientras cruzaba la plaza hacia su oficina iba pensando, una vez más, en esa voluntad de hierro que daba al ascético hombrecillo su capacidad de trabajo, esa aptitud para producir, mañana y tarde, tarde y noche, tormentosas historias. A cualquier hora del día que me acordaba de él, pensaba: «Está escribiendo» y lo veía, como lo había visto tantas veces, golpeando con dos deditos rápidos las teclas de la Remington y mirando el rodillo con sus ojos alucinados, y sentía una curiosa mezcla de piedad y envidia.

La ventana del cubículo estaba entreabierta —se podía oír el ruido acompasado de la máquina— y yo la empujé, al tiempo que lo saludaba: «Buenos días, señor trabajador». Pero tuve la impresión de haberme equivocado de lugar o de persona, y sólo después de varios segundos reconocí, bajo el disfraz compuesto de guardapolvo blanco, gorrita de médico y grandes barbas negras rabínicas, al escriba boliviano. Seguía escribiendo inmutable, sin mirarme, ligeramente curvado sobre el escritorio. Al cabo de un momento, como haciendo una pausa entre dos pensamientos, pero sin volver la cabeza hacia mí, le oí decir con su voz de timbre perfecto y acariciador:

—El ginecólogo Alberto de Quinteros está haciendo parir trillizos a una sobrina, y uno de los renacuajos se ha atravesado. ¿Puede esperarme cinco minutos?

Hago una cesárea a la muchacha y nos tomamos una yerbaluisa con menta.

Esperé, fumando un cigarrillo, sentado en el alféizar de la ventana, que acabara de traer al mundo a los trillizos atravesados, operación que, en efecto, no le tomó más de unos minutos. Luego, mientras se quitaba el disfraz, lo doblaba escrupulosamente y, junto con las postizas barbas patriarcales, lo guardaba en una bolsa de plástico, le dije:

—Para un parto de trillizos, con cesárea y todo, sólo necesita cinco minutos, qué más quiere. Yo me he demorado tres semanas para un cuento de tres muchachos que levitan aprovechando la presión de los aviones.

Le conté, mientras íbamos al Bransa, que, después de muchos relatos fracasados, el de los levitadores me había parecido decoroso, y que lo había llevado al Suplemento Dominical de *El Comercio*, temblando de miedo. El director lo leyó delante de mí y me dio una respuesta misteriosa: «Déjelo, ya se verá qué hacemos con él». Desde entonces, habían pasado dos domingos en que yo, afanoso, me precipitaba a comprar el diario y hasta ahora nada. Pero Pedro Camacho no perdía tiempo con problemas ajenos:

—Sacrifiquemos el refrigerio y caminemos —me dijo, cogiéndome del brazo, cuando ya iba a sentarme, y regresándome hacia la Colmena—. Tengo en las pantorrillas un cosquilleo que anuncia calambre. Es la vida sedentaria. Me hace falta ejercicio.

Sólo porque sabía lo que me iba a responder le sugerí que hiciera lo que Victor Hugo y Hemingway: escribir de pie. Pero esta vez me equivoqué:

—En la Pensión La Tapada suceden cosas interesantes —me dijo, sin siquiera responderme, mientras me hacía dar vueltas, casi al trote, en torno al monumento a San Martín—. Hay un joven que llora en las noches de luna.

Yo rara vez venía al centro los domingos y estaba sorprendido de ver lo distinta que era la gente de semana de la que veía ahora. En vez de oficinistas de clase media, la plaza estaba colmada de sirvientas en su día de salida, serranitos de mejillas chaposas y zapatones, niñas descalzas con trenzas y, entre la abigarrada muchedumbre, se veían fotógrafos ambulantes y vivanderas. Obligué al escriba a detenerse frente a la dama con túnica que, en la parte central del monumento, representa a la patria, y, para ver si lo hacía reír, le conté por qué llevaba ese extravagante auquénido aposentado en su cabeza: al vaciar el bronce, aquí en Lima, los artesanos confundieron la indicación del escultor «llama votiva» con el llama animal. Ni sonrió, naturalmente. Volvió a cogerme del brazo y, mientras me hacía caminar, dando encontronazos a los paseantes, reanudó su monólogo, indiferente a todo lo que lo rodeaba, empezando por mí:

—No se le ha visto la cara, pero cabe suponer que es algún monstruo, ¿hijo bastardo de la dueña de la pensión?, aquejado de taras, jorobas, enanismo, bicefalia, a quien doña Atanasia oculta de día para no asustarnos y sólo de noche deja salir a orearse.

Hablaba sin la menor emoción, como una grabadora, y yo, por tirarle la lengua, le repliqué que su hipótesis me parecía exagerada: ¿no podía tratarse de un muchacho que lloraba penas de amor?

—Si fuera un enamorado, tendría una guitarra, un violín, o cantaría —me dijo, mirándome con un desprecio mitigado por la compasión—. Éste sólo llora.

Hice esfuerzos para que me explicara todo desde el principio, pero él estaba más difuso y reconcentrado que de costumbre. Sólo saqué en claro que alguien, desde hacía muchas noches, lloraba en un rincón de la pensión y que los inquilinos de La Tapada se quejaban. La dueña, doña Atanasia, decía no saber nada y, según el escriba, empleaba «la coartada de los espíritus».

—Es posible también que llore un crimen —especuló Pedro Camacho, con un tono de contador que hace sumas en alta voz, dirigiéndome, siempre del brazo, hacia Radio Central, después de una decena de vueltas al monumento—. ¿Un crimen familiar? ¿Un parricida que se jala los pelos y se araña la carne de arrepentimiento? ¿Un hijo del de las ratas?

No estaba excitado en lo más mínimo, pero lo noté más distante que otras veces, más incapaz que nunca de escuchar, de conversar, de recordar que tenía alguien al lado. Estaba seguro de que no me veía. Traté de alargar su monólogo, pues era como estar viendo su fantasía en plena acción, pero él, con la misma brusquedad con que había comenzado a hablar del invisible llorón, enmudeció. Lo vi instalarse de nuevo en su cubículo, quitarse el saco negro y la corbatita de lazo, sujetarse la cabellera con una redecilla y enfundarse una peluca de mujer con moño que sacó de otra bolsa de plástico. No pude aguantarme y lancé una carcajada:

—¿A quién tengo el gusto de tener al frente? —le pregunté, todavía riéndome.

—Debo dar unos consejos a un laboratorista francófilo, que ha matado a su hijo —me explicó, con un retintín burlón, poniéndose en la cara, en vez de las bíblicas barbas de antes, unos aretes de colores y un lunar coquetón—. Adiós, *amigo*.

Apenas di media vuelta para irme, sentí —renaciente, parejo, seguro de sí mismo, compulsivo, eterno— el teclear de la Remington. En el colectivo a Miraflores, iba pensando en la vida de Pedro Camacho. ¿Qué medio social, qué encadenamiento de personas, relaciones, problemas, casualidades, hechos, habían producido esa vocación literaria (¿literaria?, ¿pero qué, entonces?) que había logrado realizarse, cristalizar en una obra y obtener una audiencia? ¿Cómo se podía ser, de un lado, una parodia de escritor y, al mismo tiempo, el único que, por tiempo consagrado a su oficio y obra realizada, merecía ese nombre en el Perú? ¿Acaso eran escritores esos políticos, esos abogados, esos pedagogos, que detentaban el título de poetas, novelistas, dramaturgos, porque, en breves paréntesis de vidas consagradas en sus cuatro quintas partes a actividades ajenas a la literatura, habían producido una plaquette de versos o una estreñida colección de cuentos? ¿Por qué esos personajes que se servían de la literatura como adorno o pretexto iban a ser más escritores que Pedro Camacho, quien *sólo* vivía para escribir? ¿Porque ellos habían leído (o, al menos, sabían que deberían haber leído) a Proust, a Faulkner, a Joyce, y Pedro Camacho era poco más que un analfabeto? Cuando pensaba en estas cosas sentía tristeza y angustia. Cada vez me resultaba más evidente que lo único que quería ser en la vida era escritor y cada vez, también, me convencía más que la única manera de serlo era entregándose a la literatura en cuerpo y alma. No quería de ningún modo ser un escritor a medias y a poquitos, sino uno de verdad, como ¿quién? Lo más cercano a ese escritor a tiempo completo, obsesionado y apasionado con su vocación, que conocía, era el radionovelista boliviano: por eso me fascinaba tanto.

En casa de los abuelos me estaba esperando Javier, rebosante de felicidad, con un programa dominical para resucitar muertos. Había recibido la mensualidad que le giraban sus padres desde Piura, con una buena propina por las Fiestas Patrias, y decidido que nos gastáramos esos soles extras los cuatro juntos.

—En homenaje a ti, he hecho un programa intelectual y cosmopolita —me dijo, dándome unas palmadas estimulantes—. Compañía argentina de Francisco Petrone, comida alemana en el Rincón Toni y fin de fiesta francesa en el Negro-Negro, bailando boleros en la oscuridad.

Así como, en mi corta vida, Pedro Camacho era lo más próximo a un escritor que había visto, Javier era, entre mis conocidos, lo más parecido a un príncipe renacentista por su generosidad y exuberancia. Era, además, de una gran eficiencia: ya la tía Julia y Nancy estaban informadas de lo que nos esperaba esa noche y ya tenía él en el bolsillo las entradas para el teatro. El programa no podía ser más seductor y disipó de golpe todas mis lúgubres reflexiones sobre la vocación y el destino pordiosero de la literatura en el Perú. Javier también estaba muy contento: desde hacía un mes salía con Nancy y esa asiduidad tomaba caracteres de romance formal. Haberle confesado a mi prima mis amores con la tía Julia le había sido utilísimo porque, con el pretexto de servirnos de celestinos y facilitarnos las salidas, se las arreglaba para ver a Nancy varias veces por semana. Mi prima y la tía Julia eran ahora inseparables: iban juntas de compras, al cine e intercambiaban secretos. Mi prima se había vuelto una entusiasta hada madrina de nuestro romance y una tarde me levantó la moral con esta reflexión: «La Julita tiene una manera de ser que borra todas las diferencias de edad, primo».

El magno programa de ese domingo (en el que, creo, se decidió estelarmente buena parte de mi futuro) comenzó bajo los mejores auspicios. Había pocas ocasiones, en la Lima de los años cincuenta, de ver teatro de calidad, y la compañía argentina de Francisco Petrone trajo una serie de obras modernas, que no se habían dado en el Perú. Nancy recogió a la tía Julia donde la tía Olga y ambas se vinieron al centro en taxi. Javier y yo las esperábamos en la puerta del Teatro Segura. Javier, que en esas cosas solía excederse, había comprado un palco, que resultó el único ocupado, de modo que fuimos un centro de observación casi tan visible como el escenario. Con mi mala conciencia, supuse que varios parientes y conocidos nos verían y maliciarían. Pero apenas comenzó la función, se esfumaron esos temores. Representaban *La muerte de un viajante*, de Arthur Miller, y era la primera pieza que yo veía de carácter no tradicional, irrespetuosa de las convenciones de tiempo y espacio. Mi entusiasmo y excitación fueron tales que, en el entreacto, comencé a hablar hasta por los codos, haciendo un elogio fogoso de la obra, comentando sus personajes, su técnica, sus ideas, y, luego, mientras comíamos embutidos y tomábamos cerveza negra en el Rincón Toni de la Colmena, seguí haciéndolo de una manera tan absorbente que Javier, después, me amonestó: «Parecías una lora a la que le hubieran dado yobimbina». Mi prima Nancy, a quien mis veleidades literarias siempre le habían parecido una extravagancia semejante a la que tenía el tío Eduardo —un viejecito hermano del abuelo, juez jubilado que se dedicaba al infrecuente pasatiempo de coleccionar arañas—, después de oírme perorar tanto sobre la obra que acabábamos de ver, sospechó que mis inclinaciones podían tener mal fin: «Te estás volviendo locumbeta, flaco».

El Negro-Negro había sido escogido por Javier para rematar la noche porque era un lugar con cierta aureola de bohemia intelectual —los jueves se daban pequeños espectáculos: piezas en un acto, monólogos, recitales, y solían concurrir allí pintores, músicos y escritores—, pero también porque era la boîte más oscura de Lima, un sótano en los portales de la plaza San Martín que no tenía más de veinte mesas, con una decoración que creíamos *existencialista*. Era un sitio que, las pocas veces que había ido, me daba la ilusión de estar en una cave de Saint Germain des Près. Nos sentaron en una mesita a la orilla de la pista de baile y Javier, más rumboso que nunca, pidió cuatro whiskys. Él y Nancy se pararon de inmediato a bailar y yo, en el reducto estrecho y atestado, seguí hablándole a Julia de teatro y de Arthur Miller. Estábamos muy juntos, con las manos entrelazadas, ella me escuchaba con abnegación y yo le decía que esa noche había descubierto el teatro: podía ser algo tan complejo y profundo como la novela, e, incluso, por ser algo vivo, en cuya materialización intervenían seres de carne y hueso, y otras artes, la pintura, la música, era tal vez superior.

—De repente, cambio de género y, en lugar de cuentos, me pongo a escribir dramas —le dije, excitadísimo—. ¿Qué me aconsejas?

—En lo que a mí respecta, no hay inconveniente —me contestó la tía Julia, poniéndose de pie—. Pero ahora, Varguitas, sácame a bailar y dime cositas al oído. Entre pieza y pieza, si quieres, te doy permiso para que me hables de literatura.

Seguí sus instrucciones al pie de la letra. Bailamos muy apretados, besándonos, yo le decía que estaba enamorado de ella, ella que estaba enamorada de mí, y ésa fue la primera vez que, ayudado por el ambiente íntimo, incitante, turbador, y por los whiskys de Javier, no disimulé el deseo que me provocaba; mientras bailábamos mis labios se hundían con morosidad en su cuello, mi lengua entraba a su boca y sorbía su saliva, la estrechaba con fuerza para sentir sus pechos, su vientre y sus muslos, y, luego, en la mesa, al amparo de las sombras, le acaricié las piernas y los senos. Así estábamos, aturdidos y gozosos, cuando la prima Nancy, en una pausa entre dos boleros, nos heló la sangre:

—Dios mío, fíjense quién está ahí: el tío Jorge.

Era un peligro que hubiéramos debido tener en cuenta. El tío Jorge, el más joven de los tíos, congeniaba audazmente, en una vida superagitada, toda clase de negocios y aventuras empresariales, con una intensa vida nocherniega, de faldas, fiestas y copas. De él se contaba un malentendido tragicómico, que tuvo como escenario otra boîte: El Embassy. Acababa de comenzar el show, la

258

muchacha que cantaba no podía hacerlo porque, desde una de las mesas, un borrachín la interrumpía con malacrianzas. Ante la boîte atestada, el tío Jorge se había puesto de pie, rugiendo como un Quijote: «Silencio, miserable, yo te voy a enseñar a respetar a una dama», y, avanzando hacia el majadero en actitud pugilística, sólo para descubrir, un segundo después, que estaba haciendo el ridículo, pues la interrupción de la cantante por el seudocliente era parte del show. Ahí estaba, en efecto, sólo a dos mesas de nosotros, muy elegante, la cara apenas revelada por los fósforos de los fumadores y las linternas de los mozos. A su lado reconocí a su mujer, la tía Gaby, y, pese a estar apenas a un par de metros de nosotros, ambos se empeñaban en no mirar a nuestro lado. Era clarísimo: me habían visto besando a la tía Julia, se habían dado cuenta de todo, optaban por una ceguera diplomática. Javier pidió la cuenta, salimos del Negro-Negro casi inmediatamente, los tíos Jorge y Gaby se abstuvieron de mirarnos incluso cuando pasamos rozándolos. En el taxi a Miraflores —los cuatro íbamos mudos y con las caras largas— la flaca Nancy resumió lo que todos pensábamos: «Adiós trabajos, se armó el gran escándalo».

Pero, como en una buena película de suspenso, en los días siguientes no pasó nada. Ningún indicio permitía advertir que la tribu familiar había sido alertada por los tíos Jorge y Gaby. El tío Lucho y la tía Olga no dijeron una palabra a la tía Julia que le permitiera suponer que sabían, y ese jueves, cuando, valientemente, me presenté en su casa a almorzar, estuvieron conmigo tan naturales y afectuosos como de costumbre. La prima Nancy tampoco fue objeto de ninguna pregunta capciosa por parte de la tía Laura y el tío Juan. En mi casa, los abuelos parecían en la luna y me seguían preguntando, con el aire más angelical del mundo, si acompañaba siempre al cine a la Julita, «que era tan cinemera». Fueron unos días desasosegados, en que, extremando las precauciones, la tía Julia y yo decidimos no vernos ni siquiera a ocultas por lo menos una semana. Pero, en cambio, hablábamos por teléfono. La tía Julia salía a telefonearme desde la bodega de la esquina, por lo menos tres veces al día, y nos comunicábamos nuestras respectivas observaciones sobre la temida reacción de la familia y hacíamos toda clase de hipótesis. ¿Sería posible que el tío Jorge hubiera decidido guardar el secreto? Yo sabía que eso era impensable dentro de las costumbres familiares. ¿Y entonces? Javier adelantaba la tesis de que la tía Gaby y el tío Jorge hubieran tenido encima tantos whiskys que no se dieran bien cuenta de las cosas, que en su memoria sólo quedara una remota sospecha, y que no habían querido desatar un escándalo por algo no absolutamente comprobado. Un poco por curiosidad, otro por masoquismo, hice esa semana un recorrido por los hogares del clan, para saber a qué atenerme. No noté nada anormal, salvo una omisión curiosa, que me suscitó una pirotecnia de especulaciones. La tía Hortensia, que me invitó un té con biscotelas, en dos horas de conversación no mencionó ni una sola vez a la tía Julia. «Saben todo y están planeando algo», le aseguraba yo a Javier, y él, harto de que no le hablara de otra cosa, respondía: «En el fondo, estás muerto de ganas de que haya ese escándalo para tener de qué escribir».

En esa semana, fecunda en acontecimientos, me vi inesperadamente convertido en protagonista de una riña callejera y en algo así como guardaespaldas de Pedro Camacho. Salía yo de la Universidad de San Marcos, luego de averiguar los resultados de un examen de derecho procesal, lleno de remordimientos por haber sacado nota más alta que mi amigo Velando, quien era el que sabía, cuando, al cruzar el parque Universitario, me topé con Genaro papá, el patriarca de la falange propietaria de las radios Panamericana y Central. Fuimos juntos hasta la calle Belén, conversando. Era un caballero siempre vestido de oscuro y siempre serio, al que el escriba boliviano se refería a veces llamándolo, era fácil suponer por qué, *El negrero*.

—Su amigo, el genio, está siempre dándome dolores de cabeza —me dijo—. Me tiene hasta la coronilla. Si no fuera tan productivo ya lo hubiera puesto de patitas en la calle.

—¿Otra protesta de la embajada argentina? —le pregunté.

—No sé qué enredos anda armando —se quejó—. Se ha puesto a tomarle el pelo a la gente, a pasar personajes de un radioteatro a otro y a cambiarles los nombres, para confundir a los oyentes. Ya mi mujer me lo había advertido y ahora llaman por teléfono, hasta han llegado dos cartas. Que el cura de Mendocita se llama como el Testigo de Jehová y éste como el cura. Yo ando muy ocupado para oír radioteatros. ¿Usted los oye alguna vez?

Estábamos bajando por la Colmena hacia la plaza San Martín, entre ómnibus que salían a provincias y cafetines de chinos, y yo recordé que, hacía unos días, hablando de Pedro Camacho, la tía Julia me había hecho reír y confirmado mis sospechas de que el escribidor era un humorista que disimulaba:

—Pasó algo rarísimo: la chica tuvo al peladingo, se murió en el parto y lo enterraron con todas las de ley. ¿Cómo te explicas que en el capítulo de esta tarde aparezcan bautizándolo en la catedral?

Le dije a Genaro papá que yo tampoco tenía tiempo para oírlos, que a lo mejor esos trueques y enredos eran una técnica original suya de contar historias.

—No le pagamos para que sea original sino para que nos entretenga a la gente —me dijo Genaro papá, que no era, a todas luces, un empresario progresista sino uno tradicionalista—. Con estas bromas va a perder audiencia y los auspiciadores nos quitarán avisos. Usted, que es amigo suyo, dígale que se deje de modernismos o que se puede quedar sin trabajo.

Le sugerí que se lo dijera él mismo, que era el patrón: la amenaza tendría más peso. Pero Genaro papá movió la cabeza, con un gesto compungido que había heredado Genaro hijo:

—No admite siquiera que yo le dirija la palabra. El éxito lo ha engreído mucho y, vez que trato de hablarle, me falta el respeto.

Había ido a participarle, con la mayor educación, que se recibían llamadas, a mostrarle las cartitas de protesta. Pedro Camacho, sin responderle una palabra, cogió las dos cartas, las hizo pedazos sin abrirlas y las echó a la papelera. Luego, se puso a escribir a máquina, como si no hubiera nadie presente, y Genaro papá lo oyó murmurar cuando, al borde de la apoplejía, se iba de esa cueva hostil: «Zapatero a tus zapatos».

—Yo no puedo exponerme a otra grosería así, tendría que botarlo y eso tampoco sería realista —concluyó, con un ademán de fastidio—. Pero usted no tiene nada que perder, a usted no lo va a insultar, usted también es medio artista ¿no? Échenos una mano, hágalo por la empresa, háblele.

Le ofrecí que lo haría y, en efecto, después del Panamericano de las doce, fui, para desgracia mía, a invitar a Pedro Camacho una taza de yerbaluisa con menta. Estábamos saliendo de Radio Central cuando dos tipos grandotes nos cerraron el paso. Los reconocí en el acto: eran los churrasqueros, dos hermanos bigotudos de La Parrillada Argentina, un restaurante situado en la misma calle, frente al colegio de las monjitas de Belén, donde ellos mismos, con mandiles blancos y altos gorros de cocineros, preparaban las sangrientas carnes y los chinchulines. Rodearon al escriba boliviano con aire matonesco y el más gordo y viejo de los dos lo increpó:

—¿Así que somos mataniños, no, Camacho de porquería? ¿Te has creído, atorrante, que en este país no hay nadie que pueda enseñarte a guardar respetos?

Se iba excitando mientras hablaba, enrojecía y se le atropellaba la voz. El hermano menor asentía y, en una pausa iracunda del churrasquero mayor, también metió su cuchara:

—¿Y los piojos? ¿Conque la golosina de las porteñas son los bichos que les sacan del pelo a sus hijos, grandísimo hijo de puta? ¿Me voy a quedar con los brazos cruzados mientras puteas a mi madre?

El escriba boliviano no había retrocedido ni un milímetro y los escuchaba, paseando de uno a otro sus ojos saltones, con expresión doctoral. De pronto, haciendo su característica venia de maestro de ceremonias y en tono muy solemne, les soltó la más urbana de las preguntas:

—¿Por acaso, no son ustedes argentinos?

El churrasquero gordo, que ya echaba espuma por los bigotes —su cara estaba a veinte centímetros de la de Pedro Camacho, para lo cual tenía que inclinarse mucho—, rugió con patriotismo:

—¡Argentinos, sí, hijo de puta, y a mucha honra!

Vi entonces que, ante esta confirmación —realmente innecesaria porque bastaba oírles dos palabras para saber que eran argentinos—, el escriba boliviano, como si algo le hubiera estallado dentro, palidecía, sus ojos se ponían ígneos, adoptaba una expresión amenazadora y, fustigando el aire con el dedo índice, los apostrofó así:

—Me lo olía. Pues bien: ¡váyanse inmediatamente a cantar tangos!

La orden no era humorística, sino funeral. Los churrasqueros quedaron, un segundo, sin saber qué decir. Era evidente que el escriba no bromeaba: desde su pequeñez tenaz y su total indefensión física, los miraba con ferocidad y desprecio.

—¿Qué ha dicho usted? —articuló por fin el churrasquero gordo, confuso y encolerizado—. ¿Qué cosa, qué cosa?

—¡A cantar tangos y a lavarse las orejas! —enriqueció la orden, con su perfecta pronunciación, Pedro Camacho. Y, luego de una brevísima pausa, con tranquilidad escalofriante, deletreó la rebuscada temeridad que nos perdió—: Si no quieren recibir un rapapolvo.

Esta vez yo quedé todavía más sorprendido que los churrasqueros. Que esa personita mínima, de físico de niño de cuarto de primaria, prometiera una paliza a dos sansones de cien kilos era delirante, además de suicida. Pero ya el churrasquero gordo reaccionaba, cogía del cuello al escriba, y, entre las risas de la gente que se había aglomerado alrededor, lo levantaba como una pluma, aullando:

—¿Un rapapolvo, a mí? Ahora vas a ver, enano...

Cuando vi que el churrasquero mayor se preparaba a volatilizar a Pedro Camacho de un derechazo, no me quedó más remedio que intervenir. Lo sujeté del brazo, al tiempo que trataba de liberar al polígrafo, quien, amoratado y suspenso, pataleaba en el aire como una araña, y alcancé a decir algo así como: «Oiga, no sea abusivo, suéltelo», cuando el churrasquero menor me lanzó, sin preámbulos, un puñetazo que me sentó en el suelo. Desde allí, y mientras, aturdido, dificultosamente me ponía de pie y me preparaba a poner en práctica la filosofía de mi abuelo, un caballero de la vieja escuela, quien me había enseñado que ningún arequipeño digno de esa tierra rechaza jamás una invitación a pelear (y, sobre todo, una invitación tan contundente como un directo al mentón), vi que el churrasquero mayor descargaba una verdadera lluvia de bofetadas (había preferido las bofetadas a los puñetes, piadosamente, dada la osatura liliputiense del adversario) sobre el artista. Después, mientras intercambiaba empujones y trompadas contra el churrasquero menor («en defensa del arte», pensaba) ya no pude ver gran cosa. El pugilato no duró mucho, pero cuando, al fin, gente de Radio Central nos rescató de las manos de los forzudos, yo tenía unos cuantos chichones y el escriba estaba con la cara tan hinchada y tumefacta que Genaro papá debió llevarlo a la Asistencia Pública. En vez de darme las gracias por haber arriesgado mi integridad defendiendo a su estrella exclusiva, Genaro hijo, esa tarde, me reprendió por una noticia que Pascual, aprovechando la confusión, había filtrado en dos boletines consecutivos y que comenzaba (con algo de exageración) así: «Pandilleros rioplatenses atacaron hoy criminalmente a nuestro director, el conocido periodista», etcétera.

Esa tarde, cuando Javier se presentó en mi altillo de Radio Panamericana, se rió a carcajadas con la historia del pugilato, y me acompañó a preguntarle al escriba cómo se encontraba. Le habían puesto una venda de pirata en el ojo derecho y dos curitas, una en el cuello y otra debajo de la nariz. ¿Cómo se sentía? Hizo un gesto desdeñoso, sin dar importancia al asunto, y no me agradeció que, por solidaridad con él, me hubiera zambullido en la pelea. Su único comentario encantó a Javier:

—Al separarnos, los salvaron. Si dura unos minutos más, la gente me hubiera reconocido y pobres de ellos: los linchaban.

Fuimos al Bransa y allí nos contó que en Bolivia, una vez, un futbolista «de ese país», que había oído sus programas, se presentó en la radioemisora armado de un revólver, que, por suerte, detectaron a tiempo los guardianes.

—Va a tener que cuidarse —lo previno Javier—. Lima está llena de argentinos ahora.

—Total, a ustedes y a mí, tarde o temprano tendrán que comernos los gusanos —filosofó Pedro Camacho.

Y nos instruyó sobre la transmigración de las almas, que le parecía artículo de fe. Nos hizo una confidencia:

si se pudiera elegir, a él, en su próximo estadio vital, le gustaría ser algún animal marino, longevo y calmo, como las tortugas o las ballenas. Aproveché su buen ánimo para ejercitar esa función ad honórem de puente entre él y los Genaros que había asumido hacía algún tiempo, y le di el mensaje de Genaro papá: había llamadas, cartas, episodios de los radioteatros que algunas gentes no entendían. El viejo le rogaba no complicar los argumentos, tener en cuenta el nivel del oyente medio que era más bien bajo. Traté de dorarle la píldora, poniéndome de su lado (en realidad lo estaba): ese ruego era absurdo, por supuesto, uno debía ser libre de escribir como quisiera, yo me limitaba a decirle lo que me habían pedido.

Me escuchó tan mudo e inexpresivo que me hizo sentir muy incómodo. Y, cuando callé, tampoco dijo ni una palabra. Bebió su último trago de yerbaluisa, se puso de pie, murmuró que debía regresar a su taller y partió sin decir hasta luego. ¿Se había ofendido porque le hablé de las llamadas delante de un extraño? Javier creía que sí y me aconsejó que le pidiera excusas. Me prometí no servir nunca más de intercesor a los Genaros.

Esa semana que estuve sin ver a la tía Julia, volví a salir varias noches con amigos de Miraflores a quienes, desde mis amores clandestinos, no había vuelto a buscar. Eran compañeros de colegio o de barrio, muchachos que estudiaban Ingeniería, como el Negro Salas, o Medicina, como el Colorao Molfino, o que se habían puesto a trabajar, como Coco Lañas, y con quienes, desde niño, había compartido cosas maravillosas: el fulbito y el parque Salazar, la natación en el Terrazas y las olas de Miraflores, las fiestas de los sábados, las enamoradas y los cines. Pero en estas salidas, después de meses sin frecuentarlos, me di cuenta que algo se había perdido de nuestra amistad. Ya no teníamos tantas cosas en común como antes. Hicimos, las noches de esa semana, las mismas proezas que solíamos hacer: ir al pequeño y vetusto cementerio de Surco, para, merodeando a la luz de la luna entre las tumbas removidas por los temblores, tratar de robarnos alguna calavera; bañarnos desnudos en la enorme piscina del balneario Santa Rosa, vecino a Ancón, todavía construyéndose, y recorrer los lóbregos burdeles de la avenida Grau. Ellos seguían siendo los mismos, hacían los mismos chistes, hablaban de las mismas chicas, pero yo no podía hablarles de las cosas que me importaban: la literatura y la tía Julia. Si les hubiera dicho que escribía cuentos y que soñaba en ser escritor no hay duda que, como la flaca Nancy, hubieran pensado que se me había zafado un tornillo. Y si les hubiera contado —como ellos a mí sus conquistas— que estaba con una señora divorciada, que no era mi amante sino mi enamorada (en el sentido más miraflorino de la palabra) me hubieran creído, según una linda y esotérica expresión muy en boga en esa época, un cojudo a la vela. No les tenía ningún desprecio porque no leyeran literatura, ni me consideraba superior por tener amores con una mujer hecha y derecha, pero lo cierto es que, en esas noches, mientras escarbábamos tumbas entre los eucaliptos y los molles de Surco, o chapoteábamos bajo las estrellas de Santa Rosa, o tomábamos cerveza y discutíamos los precios con las putas de Nanette, yo me aburría y pensaba más en *Los juegos peligrosos* (que tampoco esta semana había aparecido en *El Comercio*) y en la tía Julia que en lo que me decían.

Cuando le conté a Javier el decepcionante reencuentro con mis compinches del barrio, me respondió, sacando pecho:

—Es que siguen siendo unos mocosos. Usted y yo ya somos hombres, Varguitas.

XII

En el centro polvoriento de la ciudad, al mediar el jirón Ica, hay una vieja casa de balcones y celosías cuyas paredes maculadas por el tiempo y los incultos transeúntes (manos sentimentales que graban flechas y corazones y rasgan nombres de mujer, dedos aviesos que esculpen sexos y palabrotas) dejan ver todavía, como a lo lejos, celajes de la que fuera pintura original, ese color que en la Colonia adornaba mansiones aristocráticas: el azul añil. La construcción, ¿antigua residencia de marqueses?, es hoy una endeble fábrica reparchada que resiste de milagro, no ya los temblores, incluso los moderados vientos limeños y hasta la discretísima garúa. Corroída de arriba abajo por las polillas, anidada de ratas y de musarañas, ha sido dividida y subdividida muchas veces, patios y cuartos que la necesidad vuelve colmenas, para albergar más y más inquilinos. Una muchedumbre de condición modesta vive entre (y puede perecer aplastada bajo) sus frágiles tabiques y raquíticos techos. Allí, en la segunda planta, en media docena de habitaciones llenas de ancianidad y cachivaches, tal vez no pulquérrimas, pero sí moralmente intachables, funciona la Pensión Colonial.

Sus dueños y administradores son los Bergua, una familia de tres personas que vino a Lima desde la empedrada ciudad serrana de las innumerables iglesias, Ayacucho, hace más de treinta años, y que aquí, oh manes de la vida, ha ido declinando en lo físico, en lo económico, en lo social y hasta en lo psíquico, y que, sin duda, en esta Ciudad de los Reyes entregará su alma y transmigrará a pez, ave o insecto.

Hoy, la Pensión Colonial vive una atribulada decadencia, y sus clientes son personas humildes e insolventes, en el mejor caso curitas provincianos que vienen a la capital a hacer trámites arzobispales, y, en el peor, campesinotas de mejillas amoratadas y ojos de vicuña que guardan sus monedas en pañuelos rosados y rezan el rosario en quechua. No hay sirvientas en la pensión, desde luego, y todo el trabajo de tender las camas, arreglar, hacer la compra, preparar la comida, recae sobre la señora Margarita Bergua y su hija, una doncella de cuarenta años que responde al perfumado nombre de Rosa. La señora Margarita Bergua es (como su nombre en diminutivo parecería indicar) una mujer muy renacuajo, delgadita, con más arrugas que una pasa, y que, curiosamente, huele a gato (ya que no hay gatos en la pensión). Trabaja sin descanso desde la madrugada hasta el anochecer, y sus evoluciones por la casa, por la vida, son espectaculares, pues, teniendo una pierna veinte centímetros más corta que la otra, usa un zapato tipo zanco, con plataforma de madera parecida a caja de lustrabotas, que le construyó hace ya muchos años un habilidoso retablista ayacuchano, y que, al arrastrarse por el suelo de tablas, produce conmoción. Siempre fue ahorrativa, pero, con los años, esta virtud degeneró en manía, y ahora no cabe duda que le conviene el acre adjetivo de tacaña. Por ejemplo, no permite que ningún pensionista se bañe sino el primer viernes de cada mes y ha impuesto la argentina costumbre —tan popular en los hogares del hermano país— de no jalar la cadena del excusado sino una vez al día (lo hace ella misma, antes de acostarse) a lo que la Pensión Colonial debe, en un ciento por ciento, ese tufillo constante, espeso y tibio, que, sobre todo al principio, marea a los pensionistas (ella, imaginación de mujer que guisa respuestas para todo, sostiene que gracias a él duermen mejor).

La señorita Rosa tiene (o más bien tenía, porque después de la gran tragedia nocturna hasta eso cambió) alma y dedos de artista. De niña, en Ayacucho, cuando la familia estaba en su apogeo (tres casas de piedra y unas tierritas con ovejas) comenzó a aprender piano y lo aprendió tan bien que llegó a dar un recital en el teatro de la ciudad al que asistieron el alcalde y el prefecto y en el que sus padres, oyendo los aplausos, lloraron de emoción. Estimulados por esta gloriosa velada, en la que también zapatearon unas ñustas, los Bergua decidieron vender todo lo que tenían y mudarse a Lima para que su hija llegara a ser concertista. Por eso adquirieron esa casona (que luego fueron vendiendo y alquilando a pedazos), por eso compraron un piano, por eso matricularon a la dotada criatura en el Conservatorio Nacional. Pero la gran ciudad lasciva destrozó rápido las ilusiones provincianas. Pues pronto descubrieron los Bergua algo que no hubieran sospechado jamás: Lima era un antro de un millón de pecadores y todos ellos, sin una miserable excepción, querían cometer estupro con la inspirada ayacuchana. Era al menos lo que, ojazos que el susto redondea y moja, contaba la adolescente de bruñidas trenzas mañana, tarde y noche: el profesor de solfeo se había lanzado sobre ella bufando y pretendido consumar el pecado sobre un colchón de partituras, el portero del conservatorio le había consultado obscenamente «¿quisieras ser mi meretriz?», dos compañeros la habían invitado al baño para que los viera hacer pipí, el policía de la esquina al que preguntó una dirección, confundiéndola con alguien la había querido ordeñar y en el ómnibus, el conductor, al cobrarle el pasaje le había pellizcado el pezón... Decididos a defender la integridad de ese himen que, moral serrana de preceptos indoblegables como mármoles, la joven pianista sólo a su futuro amo y esposo debería sacrificar, los Bergua cancelaron el conservatorio, contrataron a una señorita que daba clases a domicilio, vistieron a Rosa como monja y le prohibieron salir a la calle salvo acompañada por ellos dos. Han pasado veinticinco años desde entonces, y, en efecto, el himen sigue entero y en su sitio, pero a estas alturas ya la cosa no tiene mucho mérito, porque fuera de ese atractivo —tan desdeñado, además, por los jóvenes modernos— la ex pianista (desde la tragedia las clases fueron suprimidas y el piano vendido para pagar el hospital y los médicos) carece de otros que ofrecer. Se ha entumecido, torcido, achicado, y, sumergida en esas túnicas antiafrodisíacas que acostumbra llevar y en esos capuchones que ocultan su pelo y su frente, más parece un bulto andante que una mujer. Ella insiste en que los hombres la tocan, la amedrentan con proposiciones fétidas y quieren violarla, pero, a estas alturas, hasta sus padres se preguntan si esas quimeras fueron alguna vez verdad.

Pero la figura realmente conmovedora y tutelar de la Pensión Colonial es don Sebastián Bergua, anciano de frente ancha, nariz aguileña, mirada penetrante y rectitud y bondad en el espíritu. Hombre chapado a la antigua, si se quiere, ha conservado de sus remotos antepasados, esos hispánicos conquistadores, los hermanos Bergua, oriundos de las alturas de Cuenca, que llegaron al Perú con Pizarro, no tanto aquella aptitud para el exceso que los llevó a dar garrote vil a centenares de incas (cada uno) y a preñar un número comparativo de vestales cusqueñas, como el espíritu acendradamente católico y la audaz convicción de que los caballeros de rancia estirpe pueden vivir de sus rentas y de la rapiña, pero no del sudor. Desde niño, había ido a misa a diario, comulgado todos los viernes en homenaje al Señor de Limpias, de quien era devoto pertinaz, y se había dado azotes o llevado cilicio lo menos tres días al mes. Su repugnancia al trabajo, quehacer porteño y vil, había sido siempre tan extrema que incluso se había negado a cobrar los alquileres de los predios que le permitían vivir, y, ya radicado en Lima, jamás se había molestado en ir al banco por los intereses de los bonos en que tenía invertido su dinero. Estas obligaciones, prácticos asuntos que están al alcance de las faldas, habían corrido siempre a cargo de la diligente Margarita, y, cuando la niña creció, de ella y de la ex pianista.

Hasta antes de la tragedia que aceleró cruelmente la decadencia de los Bergua, maldición de familia de la que no quedará ni el nombre, la vida de don Sebastián en la capital había sido la de un escrupuloso gentilhombre cristiano. Solía levantarse tarde, no por pereza sino para no desayunar con los pensionistas —no despreciaba a los humildes pero creía en la necesidad de las distancias sociales y, principalmente, raciales—, tomaba una colación frugal e iba a escuchar la misa. Espíritu curioso y permeable a la historia, visitaba siempre iglesias distintas —San Agustín, San Pedro, San Francisco, Santo Domingo— para, al mismo tiempo que cumplir con Dios, regocijar su sensibilidad contemplando las obras maestras de la fe colonial; esas pétreas reminiscencias del pasado, por lo demás, trasladaban su espíritu hacia los tiempos de la Conquista y de la Colonia —cuánto más coloreados que el grisáceo presente— en los que hubiera preferido vivir y ser un temerario capitán o un pío destructor de idolatrías. Imbuido de fantasías pasadistas, regresaba don Sebastián por las calles atareadas del centro —erecto y cauto en su pulcro terno negro, su camisa de cuello y puños postizos donde destellaba el almidón y sus zapatos finiseculares con escarpines de charol— hacia la Pensión Colonial, donde, arrellanado en una mecedora frente al balcón de celosías —tan afín a su espíritu perricholista— pasaba el resto de la mañana leyendo murmuradoramente los periódicos, avisos incluidos, para saber cómo iba el mundo. Leal a su estirpe, luego del almuerzo —que no tenía más remedio que compartir con los pensionistas, a los que trataba empero con urbanidad— cumplía con el españolísimo rito de la siesta. Luego volvía a enfundarse su terno oscuro, su camisa almidonada, su sombrero gris y caminaba pausadamente hasta el Club Tambo-Ayacucho, institución que, en unos altos del jirón Cailloma, congregaba a muchos conocidos de su bella tierra andina. Jugando dominó, casino, rocambor, chismeando de política y, alguna vez —humano que era—, de temas impropios para señoritas, veía caer la tarde y levantarse la noche. Regresaba entonces, sin prisa, a la Pensión Colonial, tomaba su sopa y su puchero a solas en su habitación, escuchaba algún programa de radio y se dormía en paz con su conciencia y con Dios.

Pero eso era antes. Hoy, don Sebastián no pone jamás los pies en la calle, nunca cambia su atuendo —que es, día y noche, un piyama color ladrillo, una bata azul, unas medias de lana y unas zapatillas de alpaca— y, desde la tragedia, no ha vuelto a pronunciar una frase. Ya no va a misa, ya no lee los diarios. Cuando está bien, los ancianos pensionistas (desde que descubrieron que todos los hombres del mundo eran sátiros, los dueños de la Pensión Colonial sólo aceptaron clientes femeninos o decrépitos, varones de apetencia sexual mermada a simple vista por enfermedades o edad) lo ven ambular como un fantasma por los oscuros y añosos aposentos, con la mirada perdida, sin afeitar y con los casposos cabellos revueltos, o lo ven sentado, columpiándose suavemente en la mecedora, mudo y pasmado, horas de horas. Ya no desayuna ni almuerza con los huéspedes, pues, sentido del ridículo que corretea a los aristócratas hasta el hospicio, don Sebastián no puede llevarse el cubierto a la boca, y son su esposa e hija quienes le dan de comer. Cuando está mal, los pensionistas ya no lo ven: el noble anciano permanece en cama, su habitación clausurada con llave. Pero lo oyen; oyen sus rugidos, sus ayes, su quejumbre o sus alaridos que estremecen los vidrios. Los recién llegados a la Pensión Colonial se sorprenden, durante estas crisis, que, mientras el descendiente de conquistadores aúlla, doña Margarita y la señorita Rosa continúen barriendo, arreglando, cocinando, sirviendo y conversando como si nada ocurriera. Piensan que son desamoradas, de corazón glacial, indiferentes al sufrimiento del esposo y padre. A los impertinentes que, señalando la puerta cerrada, se atreven a preguntar: «¿Don Sebastián se siente mal?», la señora Margarita les responde con mala voluntad: «No tiene nada, se está acordando de un susto, ya le va a pasar». Y, en efecto, a los dos o tres días, termina la crisis y don Sebastián emerge a los pasillos y aposentos de la Pensión Bayer, pálido y flaco entre las telarañas y con una mueca de terror.

¿Qué tragedia fue ésa? ¿Dónde, cuándo, cómo ocurrió?

Todo comenzó con la llegada a la Pensión Colonial, veinte años atrás, de un joven de ojos tristes que vestía el hábito del Señor de los Milagros. Era agente viajero, arequipeño, padecía de estreñimiento crónico, tenía nombre de profeta y apellido de pescado —Ezequiel Delfín— y, pese a su juventud, fue admitido como pensionista porque su físico espiritual (flacura extrema, palidez intensa, huesos finos) y su religiosidad manifiesta —además de corbata, pañuelito y brazalete morados, escondía una Biblia en su equipaje y un escapulario asomaba entre los pliegues de su ropa— parecían una garantía contra cualquier tentativa de mancillamiento de la púber.

Y, en efecto, al principio, el joven Ezequiel Delfín sólo trajo contento a la familia Bergua. Era inapetente y educado, pagaba sus cuentas con puntualidad, y tenía gestos simpáticos como aparecer de cuando en cuando con unas violetas para doña Margarita, un clavel para el ojal de don Sebastián y regalar unas partituras y un metrónomo a Rosa en su cumpleaños. Su timidez, que no le permitía dirigir la palabra a nadie si no se la dirigían a él antes, y, en estos casos, hablar siempre en voz baja y con los ojos en el suelo, jamás en la cara de su interlocutor, y su corrección de maneras y de vocabulario cayeron muy en gracia a los Bergua, que pronto tomaron afecto al huésped, y, tal vez, en el fondo de sus corazones, familia ganada por la vida a la filosofía del mal menor, comenzaron a acariciar el proyecto de, con el tiempo, promoverlo a yerno.

Don Sebastián, en especial, se encariñó mucho con él: ¿engreía tal vez en el delicado viajante a ese hijo que la diligente cojita no le había sabido dar? Una tarde de diciembre lo llevó paseando hasta la ermita de Santa Rosa de Lima, donde lo vio tirar una dorada moneda al pozo y pedir una secreta gracia, y cierto domingo de ardiente verano le convidó una raspadilla de cítricos en los portales de la plaza San Martín. El muchacho le parecía elegante, por lo callado y melancólico. ¿Tenía alguna misteriosa enfermedad del alma o del cuerpo que lo devoraba, alguna irrestañable herida de amor? Ezequiel Delfín era una tumba y, cuando, alguna vez, con las debidas precauciones, los Bergua se habían ofrecido como paño de lágrimas y le habían preguntado por qué, siendo tan joven, estaba siempre solo, por qué jamás iba a una fiesta, a un cine, por qué no se reía, por qué suspiraba tanto con la mirada perdida en el vacío, él se limitaba a ruborizarse y, balbuceando una disculpa, corría a encerrarse en el baño, donde pasaba a veces horas con el pretexto de la constipación. Iba y venía de sus viajes de trabajo como una verdadera esfinge —la familia nunca pudo enterarse siquiera a qué industria servía, qué vendía— y aquí, en Lima, cuando no trabajaba, permanecía encerrado en su cuarto, ¿rezando su Biblia o dedicado a la meditación? Celestinescos y compadecidos, doña Margarita y don Sebastián lo animaban a que asistiera a los ejercicios de piano de Rosita *para que se distrajera*, y él obedecía: inmóvil y atento en un rincón de la sala, escuchaba, y, al final, aplaudía con urbanidad. Muchas veces acompañó a don Sebastián a sus misas matutinas, y la Semana Santa de ese año hizo el recorrido de las Estaciones con los Bergua. Para entonces ya parecía miembro de la familia.

Fue por eso que el día en que Ezequiel, recién regresado de un viaje al norte, rompió súbitamente a sollozar en medio del almuerzo, haciendo dar un respingo a los demás pensionistas —un juez de paz ancashino, un párroco de Cajatambo y dos chicas de Huánuco, estudiantes de Enfermería— y volcando en la mesa la magra ración de lentejas que le acababan de servir, los Bergua se alarmaron mucho. Entre los tres lo acompañaron a su cuarto, don Sebastián le prestó su pañuelo, doña Margarita le preparó una infusión de yerbaluisa y menta y Rosa le abrigó los pies con una manta. Ezequiel Delfín se serenó al cabo de unos minutos, pidió disculpas por *su debilidad*, explicó que estaba últimamente muy nervioso, que no sabía por qué, pero con mucha frecuencia, a cualquier hora y en cualquier sitio, se le escapaban las lágrimas. Avergonzado, casi sin voz, les reveló que en las noches tenía accesos de terror: permanecía hasta el amanecer encogido y desvelado, sudando frío, pensando en aparecidos, y compadeciéndose a sí mismo de su soledad. Su confesión hizo lagrimear a Rosa y santiguarse a la cojita. Don Sebastián se ofreció él mismo a dormir en el cuarto para inspirar confianza y alivio al asustado. Éste, en agradecimiento, le besó las manos.

Una cama fue arrastrada al cuarto y diligentemente aliñada por doña Margarita y su hija. Don Sebastián estaba en ese tiempo en la flor de la edad, la cincuentena, y acostumbraba, antes de meterse a la cama, hacer medio centenar de abdominales (hacía sus ejercicios al acostarse y no al despertar para distinguirse también en eso del vulgo), pero esa noche, para no turbar a Ezequiel, se abstuvo. El nervioso se había acostado temprano, después de cenar un cariñoso caldito de menudencias, y asegurar que la compañía de don Sebastián lo había serenado de antemano y que estaba seguro de dormir como una marmota.

Nunca más se borrarían de la memoria del gentilhombre ayacuchano los pormenores de esa noche: en la vigilia y en el sueño lo acosarían hasta el final de sus días y, quién sabe, a lo mejor lo seguirían persiguiendo en su próximo estadio vital. Había apagado la luz temprano, había sentido en la cama vecina la respiración pausada del sensible y pensado, satisfecho: «Se ha dormido». Sentía que también lo iba ganando el sueño y había oído las campanas de la catedral y la lejana carcajada de un borracho. Luego, se durmió y plácidamente soñó el más grato y reconfortante de los sueños: en un castillo puntiagudo, arborescente de escudos, pergaminos, flores heráldicas y árboles genealógicos que seguían la pista de sus antepasados hasta Adán, el Señor de Ayacucho (¡era él!) recibía cuantioso tributo y fervorosa pleitesía de muchedumbres de indios piojosos, que engordaban simultáneamente sus arcas y su vanidad.

De pronto, ¿habían pasado quince minutos o tres horas?, algo que podía ser un ruido, un presentimiento, el traspiés de un espíritu, lo despertó. Alcanzó a divisar, en la oscuridad apenas aliviada por una hebra de luz callejera que dividía la cortina, una silueta que, desde la cama contigua, se alzaba y silenciosamente flotaba hacia la puerta. Semiaturdido por el sueño, supuso que el joven estreñido iba al excusado a pujar, o que había vuelto a sentirse mal, y a media voz preguntó: «¿Ezequiel, está usted bien?». En vez de una respuesta, oyó, clarísimo, el pestillo de la puerta (que estaba aherrumbrada y chirriaba). No comprendió, se incorporó algo en la cama y, ligeramente sobresaltado, volvió a preguntar: «¿Le pasa algo, Ezequiel, puedo ayudarlo?». Sintió entonces que el joven, hombres gato tan elásticos que parecen ubicuos, había regresado y estaba ahora allí, de pie junto a su lecho, obstruyendo el rayito de luz de la ventana. «Pero, contésteme, Ezequiel, qué le ocurre», murmuró, buscando a tientas el interruptor de la lamparilla. En ese instante recibió la primera cuchillada, la más profunda y hurgadora, la que se hundió en su plexo como si fuera mantequilla y le trepanó una clavícula. Él estaba seguro de haber gritado, pedido socorro a voces, y, mientras trataba de defenderse, de desenredarse de las sábanas que se le enroscaban en los pies, se sentía sorprendido de que ni su mujer ni su hija ni los otros pensionistas acudieran. Pero, en la realidad, nadie oyó nada. Más tarde, mientras la policía y el juez reconstruían la carnicería, todos se habían asombrado de que no hubiera podido desarmar al criminal, siendo él un robusto y Ezequiel un enclenque. No podían saber que, en las tinieblas ensangrentadas, el propagandista médico parecía poseído de una fuerza sobrenatural: don Sebastián sólo atinaba a dar gritos imaginarios y a tratar de adivinar la travesía de la siguiente cuchillada para atajarla con las manos.

Recibió entre catorce o quince (los médicos pensaban que la boca abierta en la nalga siniestra podía ser, coincidencias portentosas que encanecen a un hombre en una noche y hacen creer en Dios, dos cuchilladas en el mismo sitio), equitativamente distribuidas a lo largo y ancho de su cuerpo, con excepción de su cara, la que —¿milagro del Señor de Limpias como pensaba doña Margarita o de santa Rosa como decía su tocaya?— no recibió ni un rasguño. El cuchillo, se averiguó después, era de la familia Bergua, filuda hoja de quince centímetros que había desaparecido misteriosamente de la cocina hacía una semana y que dejó el cuerpo del hombre de Ayacucho más cicatrizado y comido que el de un espadachín.

¿A qué se debió que no muriera? A la casualidad, a la misericordia de Dios y (sobre todo) a una cuasi tragedia mayor. Nadie había oído, don Sebastián con catorce —¿quince?— puñaladas en el cuerpo acababa de perder el sentido y se desaguaba en la oscuridad, el impulsivo podía haber ganado la calle y desaparecido para siempre. Pero, como a tantos famosos de la Historia, lo perdió un capricho extravagante. Concluida la resistencia de su víctima, Ezequiel Delfín soltó el cuchillo y, en vez de vestirse, se desvistió. Desnudo como había venido al mundo, abrió la puerta, cruzó el pasillo, se presentó en el cuarto de doña Margarita Bergua y, sin más explicaciones, se lanzó sobre la cama con la inequívoca intención de fornicarla. ¿Por qué a ella? ¿Por qué pretender estuprar a una dama, de abolengo, sí, pero cincuentona y piernicorta, menuda, amorfa y, en suma, para cualquier estética conocida, fea sin atenuantes ni remedio? ¿Por qué no haber intentado, más bien, coger el fruto prohibido de la pianista adolescente, que, además de ser virgen, tenía el aliento fuerte, las grenchas negrísimas y la piel alabastrina? ¿Por qué no haber intentado transgredir el serrallo secreto de las enfermeras huanuqueñas, que eran veinteañeras y, probablemente, de carnes prietas y gustosas? Fueron estas humillantes consideraciones las que llevaron al Poder Judicial a aceptar la tesis de la defensa según la cual Ezequiel Delfín estaba trastornado y a mandarlo al Larco Herrera en vez de encerrarlo en la cárcel.

Al recibir la inesperada y galante visita del joven, la señora Margarita Bergua comprendió que algo gravísimo ocurría. Era una mujer realista y no se hacía ilusiones sobre sus encantos: «A mí no vienen a violarme ni en sueños, ahí mismo supe que el calato era demente o criminal», declaró. Se defendió, pues, como una leona embravecida —en su testimonio juró por la Virgen que el fogoso no había conseguido infligirle ni un ósculo— y, además de impedir el ultraje a su honor, salvó la vida a su marido. Al mismo tiempo que, a rasguños, mordiscos, codazos, rodillazos, mantenía a raya al degenerado, daba gritos (ella sí) que despertaron a su hija y a los otros inquilinos. Entre Rosa, el juez ancashino, el párroco de Cajatambo y las enfermeras huanuqueñas redujeron al exhibicionista, lo amarraron y todos juntos corrieron en busca de don Sebastián: ¿vivía?

Les tomó cerca de una hora conseguir una ambulancia que lo llevara al Hospital Arzobispo Loayza, y cerca de tres que viniera la policía a salvar a Lucho Abril Marroquín de las uñas de la joven pianista, quien, fuera de sí (¿por las heridas infligidas a su padre?, ¿por la ofensa a su madre?, ¿tal vez, alma humana de turbia pulpa y ponzoñosas esquinas, por el desaire hecho a ella?), pretendía sacarle los ojos y beberse su sangre. El joven propagandista médico, en la policía, recobrando su tradicional suavidad de gestos y de voz, ruborizándose al hablar de puro tímido, negó firmemente la evidencia. La familia Bergua y los pensionistas lo calumniaban: jamás había agredido a nadie, nunca había pretendido violentar a una mujer y, muchísimo menos, a una lisiada como Margarita Bergua, dama que, por sus bondades y consideraciones, era —después, claro está, de su esposa, esa muchacha de ojos italianos y codos y rodillas musicales que venía del país del canto y del amor— la persona que más respetaba y quería en este mundo. Su serenidad, su urbanidad, su mansedumbre, las magníficas referencias que dieron de él sus jefes y compañeros de los Laboratorios Bayer, la albura de su registro policial, hicieron vacilar a los custodios del orden. ¿Cabía, magia insondable de las apariencias tramposas, que todo fuera una conjuración de la mujer e hija de la víctima y de los pensionistas contra este mozo delicado? El cuarto poder del Estado vio esta tesis con simpatía y la auspició.

Para dificultar las cosas y mantener el suspenso en la ciudad, el objeto del delito, don Sebastián Bergua, no podía aclarar las dudas, pues se debatía entre la vida y la muerte en el popular nosocomio de la avenida Alfonso Ugarte. Recibía caudalosas transfusiones de sangre, que pusieron al borde de la tuberculosis a muchos comprovincianos del Club Tambo-Ayacucho, quienes, apenas enterados de la tragedia, habían corrido a ofrecerse como donantes, y estas transferencias, más los sueros, las costuras, las desinfecciones, los vendajes, las enfermeras que se turnaban a su cabecera, los facultativos que soldaron sus huesos, reconstruyeron sus órganos y apaciguaron sus nervios, devoraron en unas cuantas semanas las ya mermadas (por la inflación y el galopante costo de la vida) rentas de la familia. Ésta debió malbaratar sus bonos, recortar y alquilar a pedazos su propiedad y arrinconarse en ese segundo piso donde ahora vegetaba.

Don Sebastián se salvó, sí, pero su recuperación, en un principio, no pareció ser suficiente para zanjar las dudas policiales. Por efecto de las cuchilladas, del susto sufrido, o de la deshonra moral de su mujer, quedó mudo (y hasta se murmuraba que tonto). Era incapaz de pronunciar palabra, miraba todo y a todos con letárgica inexpresividad de tortuga, y tampoco los dedos le obedecían pues ni siquiera pudo (¿quiso?) contestar por escrito las preguntas que se le hicieron en el juicio del desatinado.

El proceso alcanzó proporciones mayúsculas y la Ciudad de los Reyes permaneció en vilo mientras duraron las audiencias. Lima, el Perú, ¿la América mestiza toda?, siguieron con apasionamiento las discusiones forenses, las réplicas y contrarréplicas de los peritos, los alegatos del fiscal y del abogado defensor, un famoso jurisconsulto venido especialmente desde Roma, la ciudad mármol, a defender a Lucho Abril Marroquín, por ser éste esposo de una italianita que, además de compatriota suya, era su hija.

El país se dividió en dos bandos. Los convencidos de la inocencia del propagandista médico —los diarios todos— sostenían que don Sebastián había estado a punto de ser víctima de su esposa y de su vástaga, coludidas con el juez ancashino, el curita de Cajatambo y las enfermeras huanuqueñas, sin duda con fines de herencia y lucro. El jurisconsulto romano defendió imperialmente esta tesis asegurando que, advertidos de la demencia apacible de Lucho Abril Marroquín, familia y pensionistas se habían conjurado para endosarle el crimen (¿o inducirlo tal vez a cometerlo?). Y fue acumulando argumentos que los órganos de prensa magnificaban, aplaudían y consagraban como demostrados: ¿alguien en su sano juicio podía creer que un hombre recibe catorce y tal vez quince cuchilladas en respetuoso silencio? ¿Y si, como era lógico, don Sebastián Bergua había aullado de dolor, alguien en su sano juicio podía creer que ni la esposa, ni la hija, ni el juez, ni el cura, ni las enfermeras escucharan esos gritos, siendo las paredes de la Pensión Colonial tabiques de caña y barro que dejaban pasar el zumbido de las moscas y las pisadas de un alacrán? ¿Y cómo era posible que, siendo las pensionistas de Huánuco estudiantes de Enfermería de notas altas, no hubieran atinado a prestar al herido los primeros auxilios, esperando impávidas, mientras el gentilhombre se desangraba, que llegara la ambulancia? ¿Y cómo era posible que en ninguna de las seis personas adultas, viendo que la ambulancia tardaba, hubiera germinado la idea, elemental incluso para un oligofrénico, de buscar un taxi, habiendo un paradero de taxis en la misma esquina de la Pensión Colonial? ¿No era todo eso extraño, tortuoso, indicador?

A los tres meses de permanecer retenido en Lima, al curita de Cajatambo, que había venido a la capital sólo por cuatro días a gestionar un nuevo Cristo para la iglesia de su pueblo porque al anterior los palomillas lo habían decapitado a hondazos, convulso ante la perspectiva de ser condenado por intento de homicidio y pasar el resto de sus días en la cárcel, le estalló el corazón y murió. Su muerte electrizó a la opinión y tuvo un efecto devastador para la defensa; los diarios, ahora, volvieron la espalda al jurisconsulto importado, lo acusaron de casuístico, operático, colonialista y peregrino, y de haber causado por sus insinuaciones sibilinas y anticristianas la muerte de un buen pastor, y los jueces, docilidad de cañaverales que bailan con los vientos periodísticos, lo desaforaron por extranjero, lo privaron del derecho de alegar ante los tribunales, y, en un fallo que los diarios celebraron con trinos nacionalistas, lo devolvieron indeseablemente a Italia.

La muerte del curita cajatambino salvó a la madre y a la hija y a los inquilinos de una probable condena por semihomicidio y encubrimiento criminal. Al compás de la prensa y la opinión, el fiscal tornó a simpatizar con las Bergua y aceptó, como al principio, su versión de los acontecimientos. El nuevo abogado de Lucho Abril Marroquín, un jurista nativo, cambió radicalmente de estrategia: reconoció que su defendido había cometido los delitos, pero alegó su irresponsabilidad total, por causa de paropsia y raquitismo anímicos, combinados con esquizofrenia y otras veleidades en el dominio de la patología mental que destacados psiquiatras corroboraron en amenas deposiciones. Allí se argumentó, como prueba definitiva de desquicio, que el inculpado, entre las cuatro mujeres de la Pensión Colonial, hubiera elegido a la más anciana y la única coja. Durante el último alegato del fiscal, clímax dramático que diviniza a los actores y escalofría al público, don Sebastián, que hasta entonces había permanecido silente y legañoso en una silla, como si el juicio no le concerniera, levantó despacio una mano y, con los ojos enrojecidos por el esfuerzo, la cólera o la humillación, señaló fijamente, durante un minuto verificado por cronómetro (un periodista *dixit*) a Lucho Abril Marroquín. El gesto fue reputado tan extraordinario como si la estatua ecuestre de Simón Bolívar se hubiera puesto efectivamente a cabalgar... La corte aceptó todas las tesis del fiscal y Lucho Abril Marroquín fue encerrado en el manicomio.

La familia Bergua no levantó cabeza más. Comenzó su desmoronamiento material y moral. Arruinados por clínicas y leguleyos, debieron renunciar a las clases de piano (y, por lo tanto, a la ambición de convertir a Rosa en artista mundial) y reducir su nivel de vida a extremos que lindaban con las malas costumbres del ayuno y la suciedad. La vieja casona envejeció aún más y el polvo fue impregnándola y las telarañas invadiéndola y las polillas comiéndola; su clientela disminuyó y fue bajando de categoría hasta llegar a la sirvienta y el cargador. Tocó fondo el día en que un mendigo vino a golpear la puerta y preguntó, terriblemente: «¿Es aquí el *Dormidero* Colonial?».

Así, día que persigue a día, mes que sucede a otro mes, llegaron a pasar treinta años.

La familia Bergua parecía ya aclimatada a la mediocridad cuando algo vino, de pronto, bomba atómica que una madrugada desintegra ciudades japonesas, a ponerla en efervescencia. Hacía muchos años que no funcionaba la radio y otros tantos que el presupuesto familiar impedía comprar periódicos. Las noticias del mundo no llegaban, pues, a los Bergua sino rara vez y de rebote, a través de comentarios y chismes de sus incultivados huéspedes.

Pero esa tarde, qué casualidad, un camionero de Castrovirreyna soltó una carcajada vulgar con un escupitajo verde, murmuró «¡el chiflado es de rifarlo!» y tiró sobre la arañada mesita de la sala el ejemplar de *Última Hora* que acababa de leer. La ex pianista lo recogió, lo hojeó. De repente, palidez de mujer que ha recibido el beso del vampiro, corrió al cuarto llamando a voces a su madre. Juntas leyeron y releyeron la estrujada noticia, y luego, a gritos, turnándose, se la leyeron a don Sebastián, quien, sin la menor duda, comprendió, pues al instante contrajo una de esas sonoras crisis que lo hacían hipar, sudar, llorar a gritos y revolverse como un poseso.

¿Qué noticia provocaba semejante alarma en esa familia crepuscular?

En el amanecer de la víspera, en un concurrido pabellón del Hospital Psiquiátrico Víctor Larco Herrera, de Magdalena del Mar, un pupilo que había pasado entre esos muros el tiempo de una jubilación, había degollado a un enfermero con un bisturí, ahorcado a un anciano catatónico que dormía en una cama contigua a la suya y huido a la ciudad saltando gimnásticamente el muro de la Costanera. Su proceder causó sorpresa porque había sido siempre ejemplarmente pacífico y jamás se le vio un gesto de malhumor ni se le oyó levantar la voz. Su única ocupación, en treinta años, había sido oficiar misas imaginarias al Señor de Limpias y repartir hostias invisibles a inexistentes comulgantes. Antes de huir del hospital, Lucho Abril Marroquín —que acababa de cumplir la edad egregia del hombre: cincuenta años— había escrito una educada esquela de adiós: «Lo siento pero no tengo más remedio que salir. Me espera un incendio en una vieja casa de Lima, donde una cojita ardiente como una antorcha y su familia ofenden mortalmente a Dios. He recibido la encomienda de apagar las llamas».

¿Lo haría? ¿Las apagaría? ¿Se aparecería ese resucitado del fondo de los años para, por segunda vez, hundir a los Bergua en cl horror así como ahora los había hundido en el miedo? ¿Cómo terminaría la empavorecida familia de Ayacucho?

XIII

La memorable semana comenzó con un pintoresco episodio (sin las características violentas del encuentro con los churrasqueros) del que fui testigo y a medias protagonista. Genaro hijo se pasaba la vida haciendo innovaciones en los programas y decidió un día que, para agilizar los boletines, debíamos acompañarlos de entrevistas. Nos puso en acción a Pascual y a mí, y, desde entonces, comenzamos a radiar una entrevista diaria, sobre algún tema de actualidad, en El Panamericano de la noche. Significó más trabajo para el Servicio de Informaciones (sin aumento de sueldo) pero no lo lamenté, porque era entretenido. Interrogando en el estudio de la calle Belén o ante una grabadora, a artistas de cabaret y a parlamentarios, a futbolistas y a niños prodigio, aprendí que todo el mundo, sin excepción, podía ser tema de cuento.

Antes del pintoresco episodio, el personaje más curioso que entrevisté fue un torero venezolano. Esa temporada en la plaza de Acho había tenido un éxito descomunal. En su primera corrida cortó varias orejas y, en la segunda, después de una faena milagrosa, le dieron una pata y la muchedumbre lo llevó en hombros desde el Rímac hasta su hotel, en la plaza San Martín. Pero en su tercera y última corrida —las entradas se habían revendido, por él, a precios astronómicos— no llegó a ver los toros, porque, presa de pánico cerval, corrió de ellos toda la tarde; no les hizo un solo pase digno y los mató a pocos, al extremo de que en el segundo le tocaron cuatro avisos. La bronca en los tendidos fue mayúscula: intentaron quemar la plaza de Acho y linchar al venezolano, quien, en medio de gran rechifla y lluvia de cojines, debió ser escoltado hasta su hotel por la Guardia Civil. A la mañana siguiente, horas antes de que tomara el avión, lo entrevisté en un saloncito del Hotel Bolívar. Me dejó perplejo comprobar que era menos inteligente que los toros que lidiaba y casi tan incapaz como ellos de expresarse mediante la palabra. No podía construir una frase coherente, jamás acertaba con los tiempos verbales, su manera de coordinar las ideas hacía pensar en tumores, en afasia, en hombres mono. La forma era no menos extraordinaria que el fondo: hablaba con un acento infeliz, hecho de diminutivos y apócopes, que matizaba, durante sus frecuentes vacíos mentales, con gruñidos zoológicos.

El mexicano que me tocó entrevistar el lunes de la semana memorable era, por el contrario, un hombre lúcido y un desenvuelto expositor. Dirigía una revista, había escrito libros sobre la revolución mexicana, presidía una delegación de economistas y estaba alojado en el Bolívar. Aceptó venir a la radio y lo fui a buscar yo mismo. Era un caballero alto y derecho, bien vestido, de cabellos blancos, que debía andar por los sesenta. Lo acompañó su señora, una mujer de ojos vivos, menuda, que llevaba un sombrerito de flores. Entre el hotel y la radio preparamos la entrevista y ésta quedó grabada en quince minutos, ante la alarma de Genaro hijo, porque el economista e historiador, en respuesta a una pregunta, atacó duramente a las dictaduras militares (en el Perú padecíamos una, encabezada por un tal Odría).

Sucedió cuando acompañaba a la pareja de regreso al Bolívar. Era mediodía y la calle Belén y la plaza San Martín rebalsaban de gente. La señora ocupaba la vereda, su marido el centro y yo iba al lado de la pista. Acabábamos de pasar frente a Radio Central, y, por decir algo, le repetía al hombre importante que la entrevista había quedado magnífica, cuando fui clarísimamente interrumpido por la vocecita de la dama mexicana:

Jesús, Jesús, me descompongo...

La miré y la vi demacrada, abriendo y cerrando los ojos y moviendo la boca de manera rarísima. Pero lo sorprendente fue la reacción del economista e historiador. Al oír la advertencia, lanzó una mirada veloz a su esposa, y me lanzó otra a mí, con expresión confusa, y, al instante, miró de nuevo al frente, y, en lugar de detenerse, aceleró el paso. La dama mexicana quedó a mi lado, haciendo muecas. Alcancé a cogerla del brazo cuando se iba a desplomar. Como era tan frágil, felizmente, pude sostenerla y ayudarla, mientras el hombre importante huía a trancos y me endosaba la delicada tarea de arrastrar a su mujer. La gente nos abría paso, se paraba a mirarnos, y en una de ésas —estábamos a la altura del Cine Colón y la damita mexicana, además de hacer morisquetas, había comenzado a echar babas, mocos y lágrimas— oí que un vendedor de cigarrillos decía: «También se está meando». Era verdad: la esposa del economista e historiador (que había cruzado la Colmena y desaparecía entre la gente agolpada a las puertas del bar del Bolívar) iba dejando una estela amarilla detrás de nosotros. Al llegar a la esquina, no tuve más remedio que cargarla y avanzar así, espectacular y galante, los cincuenta metros que faltaban, entre choferes que bocineaban, policías que pitaban y gentes que nos señalaban. En mis brazos, la damita mexicana se retorcía sin cesar, continuaba las muecas, y, en las manos y en la nariz, me parecía comprobar que, además de pipí, se estaba haciendo algo más feo. Su garganta emitía un ruido atrofiado, intermitente. Al entrar al Bolívar, oí que me ordenaban, con sequedad: «Habitación 301». Era el hombre importante: estaba medio escondido, detrás de unas cortinas. Apenas me dio la orden, volvió a escapar, a alejarse a paso ligero hacia el ascensor, y, mientras subíamos, ni una vez se dignó mirarme o mirar a su consorte, como si no quisiera parecer impertinente. El ascensorista me ayudó a llevar a la dama hasta la habitación. Pero, apenas la depositamos en la cama, el hombre importante nos empujó literalmente hasta la puerta y, sin decir gracias ni adiós, nos la cerró con brutalidad en las narices; tenía en ese momento una expresión salobre.

—No es un mal marido —me explicaría después Pedro Camacho—, sino un tipo sensible y con gran sentido del papelón.

Esa tarde yo debía leerles a la tía Julia y a Javier un cuento que acababa de terminar: *La tía Eliana*. *El Comercio* no publicó nunca la historia de los levitadores y me consolé escribiendo otra historia, basada en algo que había ocurrido en mi familia. Eliana era una de las muchas tías que aparecían por la casa cuando era niño y yo la prefería a las otras porque me traía chocolates y algunas veces me llevaba a tomar té al Cream Rica. Su afición a los dulces era motivo de burla en las reuniones de la tribu, donde se decía que se gastaba todos sus sueldos de secretaria en los pasteles cremosos, las medialunas crujientes, las tortas esponjosas y el chocolate espeso de La Tiendecita Blanca. Era una gordita cariñosa, risueña y parlanchina, y yo tomaba su defensa cuando en la familia, a sus espaldas, comentaban que se estaba quedando para vestir santos. Un día, misteriosamente, la tía Eliana dejó de aparecer por la casa y la familia no volvió a nombrarla. Yo tendría entonces seis o siete años y recuerdo haber sentido desconfianza ante las respuestas de los parientes cuando les preguntaba por ella: se ha ido de viaje, estaba enferma, ya vendría cualquier día de éstos. Unos cinco años después, la familia entera, de pronto, se vistió de luto, y esa noche, en casa de los abuelos, supe que habían asistido al entierro de la tía Eliana, que acababa de morir de cáncer. Entonces se aclaró el misterio. La tía Eliana, cuando parecía condenada a la soltería, se había casado intempestivamente con un chino, dueño de una bodega en Jesús María, y la familia, empezando por sus padres, horrorizada ante el escándalo —entonces creí que lo escandaloso era que el marido fuese chino, pero ahora deduzco que su tara principal era ser bodeguero— había decretado su muerte en vida y no la había visitado ni recibido jamás. Pero cuando se murió la perdonaron —éramos una familia de gentes sentimentales, en el fondo—, fueron a su velorio y a su entierro, y derramaron muchas lágrimas por ella.

Mi cuento era el monólogo de un niño que, tendido en su cama, trataba de descifrar el misterio de la desaparición de su tía, y, como epílogo, el velorio de la protagonista. Era un cuento *social*, cargado de ira contra los parientes prejuiciosos. Lo había escrito en un par de semanas y les hablé tanto de él a la tía Julia y a Javier que se rindieron y me pidieron que se lo leyera. Pero, antes de hacerlo, en la tarde de ese lunes, les conté lo ocurrido con la damita mexicana y el hombre importante. Fue un error que pagué caro, porque esta anécdota les pareció mucho más divertida que mi cuento.

Se había hecho una costumbre que la tía Julia viniera a Panamericana. Habíamos descubierto que era el sitio más seguro, ya que, de hecho, contábamos con la complicidad de Pascual y el Gran Pablito. Se aparecía después de las cinco, hora en que comenzaba un periodo de calma: los Genaros se habían ido y casi nadie venía a merodear por el altillo. Mis compañeros de trabajo, por un acuerdo tácito, pedían permiso para *tomar un cafecito*, de modo que la tía Julia y yo pudiéramos besarnos y hablar a solas. A veces yo me ponía a escribir y ella se quedaba leyendo una revista o charlando con Javier, quien, invariablemente, venía a juntarse con nosotros a eso de las siete. Habíamos llegado a formar un grupo inseparable y mis amores con la tía Julia adquirían, en ese cuartito de tabiques, una naturalidad maravillosa. Podíamos estar de la mano o besarnos y a nadie le llamaba la atención. Eso nos hacía felices. Franquear hacia adentro los límites del altillo era ser libres, dueños de nuestros actos, podíamos querernos, hablar de lo que nos importaba y sentirnos rodeados de comprensión. Franquearlos hacia afuera era entrar en un dominio hostil, donde estábamos obligados a mentir y a escondernos.

—¿Se puede decir que esto es nuestro nido de amor? —me preguntaba la tía Julia— ¿O también es huachafo?

—Por supuesto que es huachafo y que no se puede decir —le respondía yo—. Pero podemos ponerle Montmartre.

Jugábamos al profesor y a la alumna y yo le explicaba lo que era huachafo, lo que no se podía decir ni hacer y había establecido una censura inquisitorial en sus lecturas, prohibiéndole todos sus autores favoritos, que empezaban por Frank Yerby y terminaban con Corín Tellado. Nos divertíamos como locos y a veces Javier intervenía, con una dialéctica fogosa, en el juego de la huachafería.

A la lectura de *La tía Eliana* asistieron también, porque estaban allí y no me atreví a echarlos, Pascual y el Gran Pablito, y resultó una suerte, porque fueron los únicos que celebraron el cuento, aunque, como eran mis subordinados, su entusiasmo resultaba sospechoso. Javier lo encontró irreal, nadie creería que una familia condena al ostracismo a una muchacha por casarse con un chino y me aseguró que si el marido era negro o indio la historia podía salvarse. La tía Julia me dio una estocada mortal diciéndome que el cuento había salido melodramático y que algunas palabritas, como trémula y sollozante, le habían sonado huachafas. Yo comenzaba a defender *La tía Eliana* cuando divisé en la puerta del altillo a la flaca Nancy. Bastaba verla para saber a qué venía:

—Ahora sí se armó la pelotera en la familia —dijo, de un tirón.

Pascual y el Gran Pablito, olfateando un buen chisme, adelantaron las cabezas. Contuve a mi prima, pedí a Pascual que preparara el boletín de las nueve, y bajamos a tomar un café. En una mesa del Bransa nos detalló la noticia. Había sorprendido, mientras se lavaba la cabeza, una conversación telefónica entre su madre y la tía Jesús. Se le habían helado las uñas al oír hablar de *la parejita* y descubrir que se trataba de nosotros. No estaba muy claro, pero se habían dado cuenta de nuestros amores hacía ya bastante tiempo, porque, en un momento, la tía Laura había dicho: «Y fíjate que hasta Camunchita los vio una vez de la mano a los muy frescos, en el olivar de San Isidro» (algo que efectivamente habíamos hecho, una única tarde, hacía meses). Al salir del baño (con «tembladera», decía) la flaca Nancy se encontró cara a cara con su madre y había tratado de disimular, los oídos le zumbaban del ruido del secador de pelo, no podía oír nada, pero la tía Laura la calló y la riñó y la llamó «encubridora de esa perdida».

—¿La perdida soy yo? —preguntó la tía Julia, con más curiosidad que furia.

—Sí, tú —explicó mi prima, poniéndose colorada—. Te creen la invencionera de todo esto.

—Es verdad, yo soy menor de edad, vivía tranquilo estudiando abogacía, hasta que —dije yo, pero nadie me festejó.

—Si saben que les he contado, me matan —dijo la flaca Nancy—. No vayan a decir una palabra, júrenlo por Dios.

Sus padres le habían advertido formalmente que, si cometía cualquier infidencia, la encerrarían un año sin salir ni a misa. Le habían hablado de manera tan solemne que hasta dudó si contarnos. La familia sabía todo desde el principio y había guardado una actitud discreta pensando que era una tontería, el coqueteo intrascendente de una mujer ligera de cascos que quería anotar en su prontuario una conquista exótica, un adolescente. Pero como la tía Julia ya no tenía escrúpulos en lucirse por calles y plazas con el mocoso y cada vez más gente amiga y más parientes descubrían estos amores —hasta los abuelitos se habían enterado, por un chisme de la tía Celia— y esto era una vergüenza y algo que tenía que estar perjudicando al flaquito (es decir yo), quien, desde que la divorciada le había llenado la cabeza de pájaros, probablemente ya no tendría ánimos ni para estudiar, la familia había decidido intervenir.

—¿Y qué van a hacer para salvarme? —pregunté, todavía sin demasiado susto.

—Escribirle a tus papás —me contestó la flaca Nancy—. Ya lo hicieron. Los tíos mayores: el tío Jorge y el tío Lucho.

Mis padres vivían en Estados Unidos y mi padre era un hombre severo al que yo le tenía mucho miedo. Me había criado lejos de él, con mi madre y mi familia materna, y, cuando mis padres se reconciliaron y fui a vivir con él, nos llevamos siempre mal. Era conservador y autoritario, de cóleras frías, y, si era verdad que le habían escrito, la noticia le iba a hacer el efecto de una bomba y su reacción sería violenta. La tía Julia me cogió la mano por debajo de la mesa:

—Te has puesto pálido, Varguitas. Ahora sí que tienes tema para un buen cuento.

—Lo mejor es conservar la cabeza en su sitio y el pulso firme —me dio ánimos Javier—. No te asustes y planeemos una buena estrategia para hacer frente al bolondrón.

—Contigo también están furiosos —le advirtió Nancy—. También te creen esa palabrita fea.

—¿Alcahuete? —sonrió la tía Julia. Y, volviéndose a mí, se puso triste—: Lo que me importa es que van a separarnos y no te podré ver nunca más.

—Eso es huachafo y no se puede decir de ese modo —le expliqué.

—Qué bien han disimulado —dijo la tía Julia—. Ni mi hermana, ni mi cuñado, ninguno de tus parientes me hicieron sospechar que sabían y que me detestaban. Siempre tan cariñosos conmigo, esos hipócritas.

—Por lo pronto, tienen que dejar de verse —dijo Javier—. Que Julita salga con galanes, tú invita a otras chicas. Que la familia crea que se han peleado.

Alicaídos, la tía Julia y yo convinimos en que era la única solución. Pero, cuando la flaca Nancy se fue —le juramos que nunca la traicionaríamos— y Javier partió tras ella y la tía Julia me acompañó hasta Panamericana, ambos, sin necesidad de decirlo, mientras bajábamos cabizbajos y de la mano por la calle Belén, húmeda de garúa, sabíamos que esa estrategia podía convertir la mentira en verdad. Si no nos veíamos, si cada uno salía por su lado, lo nuestro, tarde o temprano, se terminaría. Quedamos en hablar por teléfono todos los días, a horas precisas, y nos despedimos besándonos largamente en la boca.

En el tembleque ascensor, mientras subía a mi altillo, sentí, como otras veces, unos inexplicables deseos de contarle mis miserias a Pedro Camacho. Fue como una premonición, pues en la oficina me estaban esperando, enfrascados en una animada conversación con el Gran Pablito, mientras Pascual insuflaba catástrofes al boletín (nunca respetó mi prohibición de incluir muertos, por supuesto), los principales colaboradores del escriba boliviano: Luciano Pando, Josefina Sánchez y Batán. Esperaron dócilmente que echara una mano a Pascual con las últimas noticias y cuando éste y el Gran Pablito nos dieron las buenas noches, y quedamos los cuatro solos en el altillo, se miraron, incómodos, antes de hablar. El asunto, no cabía duda, era el artista.

—Es usted su mejor amigo y por eso hemos venido —murmuró Luciano Pando. Era un hombrecito torcido; sesentón, con los ojos disparados en direcciones opuestas, que llevaba invierno y verano, día y noche, una bufanda grasienta. Sólo le conocía ese terno marrón a rayitas azules que era ya una ruina de tantas lavadas y planchadas. Su zapato derecho tenía una cicatriz en el empeine por donde asomaba la media—. Se trata de algo delicadísimo. Ya se puede imaginar...

—La verdad, no, don Luciano —le dije—. ¿Se refiere a Pedro Camacho? Bueno, somos amigos, sí, aunque usted ya sabe, es una persona a quien uno nunca acaba de conocer. ¿Le pasa algo?

Asintió, pero permaneció mudo, mirándose los zapatos, como si lo abrumara lo que iba a decir. Interrogué con los ojos a su compañera, a Batán, que estaban serios e inmóviles.

—Hacemos esto por cariño y agradecimiento —trinó, con su bellísima voz de terciopelo, Josefina Sánchez—. Porque nadie puede saber, joven, lo que debemos a Pedro Camacho quienes trabajamos en este oficio tan mal pagado.

—Siempre fuimos la quinta rueda del coche, nadie daba medio por nosotros, vivíamos tan acomplejados que nos creíamos una basura —dijo Batán, tan conmovido que me imaginé de pronto un accidente—. Gracias a él descubrimos nuestro oficio, aprendimos que era artístico.

—Pero están hablando como si se hubiera muerto —les dije.

—Porque ¿qué haría la gente sin nosotros? —citó Josefina Sánchez, sin oírme, a su ídolo—. ¿Quiénes les dan las ilusiones y las emociones que los ayudan a vivir?

Era una mujer a la que le habían dado esa hermosa voz para indemnizarla de algún modo por la aglomeración de equivocaciones que era su cuerpo. Resultaba imposible adivinar su edad, aunque tenía que haber dejado atrás el medio siglo. Morena, se oxigenaba los pelos, que sobresalían, amarillos paja, de un turbante granate y se le chorreaban sobre las orejas, sin llegar desgraciadamente a ocultarlas, pues eran enormes, muy abiertas y como ávidamente proyectadas sobre los ruidos del mundo. Pero lo más llamativo de ella era su papada, una bolsa de pellejos que caía sobre sus blusas multicolores. Tenía un bozo espeso que hubiera podido llamarse bigote y cultivaba la atroz costumbre de sobárselo al hablar. Se fajaba las piernas con unas medias elásticas de futbolista, porque sufría de várices. En cualquier otro momento, su visita me habría llenado de curiosidad. Pero esa noche estaba demasiado preocupado por mis propios problemas.

—Claro que sé lo que le deben todos a Pedro Camacho —dije, con impaciencia—. Por algo son sus radioteatros los más populares del país.

Los vi cambiar una mirada, darse ánimos.

—Precisamente —dijo por fin Luciano Pando, ansioso y apenado—. Al principio, no le dimos importancia. Pensamos que eran descuidos, voladuras que le ocurren a cualquiera. Tanto más a alguien que trabaja de sol a sol.

—¿Pero qué es lo que le pasa a Pedro Camacho? —lo interrumpí—. No entiendo nada, don Luciano.

—Los radioteatros, joven —murmuró Josefina Sánchez, como si cometiera un sacrilegio—. Se están volviendo cada vez más raros.

—Los actores y los técnicos nos turnamos para contestar el teléfono de Radio Central y hacer de parachoques a las protestas de los oyentes —encadenó Batán; tenía los pelos de puercoespín lucientes, como si se hubiera echado brillantina; llevaba, igual que siempre, un overol de cargador y los zapatos sin cordones y parecía a punto de llorar—. Para que los Genaros no lo boten, señor.

—Usted sabe de sobra que él no tiene medio y vive también a tres dobles y un repique —añadió Luciano Pando—. ¿Qué sería de él si lo botan? ¡Se moriría de hambre!

—¿Y de nosotros? —dijo soberbiamente Josefina Sánchez—. ¿Qué sería de nosotros, sin él?

Empezaron a disputarse la palabra, a contármelo todo con lujo de detalles. Las incongruencias (las «metidas de pata» decía Luciano Pando) habían comenzado hacía cerca de dos meses, pero al principio eran tan insignificantes que probablemente sólo los actores las advirtieron. No le habían dicho una palabra a Pedro Camacho porque, conociendo su carácter, nadie se atrevía, y, además, durante un buen tiempo se preguntaron si no eran astucias deliberadas. Pero en las tres últimas semanas las cosas se habían agravado muchísimo.

—Lo cierto es que se han vuelto una mescolanza, joven —dijo Josefina Sánchez, desolada—. Se enredan unos con otros y nosotros mismos ya no somos capaces de desenredarlos.

—Hipólito Lituma siempre fue un sargento, terror del crimen en el Callao, en el radioteatro de las diez —dijo, con la voz demudada, Luciano Pando—. Pero hace tres días resulta ser el nombre del juez del de las cuatro. Y el juez se llamaba Pedro Barreda. Por ejemplo.

—Y ahora don Pedro Barreda había de cazar ratas, porque se comieron a su hijita —se le llenaron los ojos de lágrimas a Josefina Sánchez—. Y a quien se comieron fue a la de don Federico Téllez Unzátegui.

—Imagínese los ratos que pasamos en las grabaciones —balbuceó Batán—. Diciendo y haciendo cosas que son disparates.

—Y no hay manera de arreglar las confusiones —susurró Josefina Sánchez—. Porque ya ha visto cómo controla el señor Camacho los programas. No permite que se cambie ni una coma. Si no, le dan unos colerones terribles.

—Está cansado, ésa es la explicación —dijo Luciano Pando, moviendo la cabeza con pesadumbre—. No se puede trabajar veinte horas diarias sin que a uno se le mezclen las ideas. Necesita unas vacaciones, para volver a ser el que era.

—Usted se lleva bien con los Genaros —dijo Josefina Sánchez—. ¿No podría hablarles? Decirles solamente que está cansado, que le den unas semanitas para reponerse.

—Lo más difícil será convencerlo a él que las tome —dijo Luciano Pando—. Pero las cosas no pueden seguir como van. Terminarían por despedirlo.

—La gente llama todo el tiempo a la radio —dijo Batán—. Hay que hacer milagros para despistarlos. Y el otro día ya salió algo en *La Crónica*.

No les dije que Genaro papá ya sabía y que me había encomendado una gestión con Pedro Camacho. Acordamos que yo sondearía a Genaro hijo, y que, según como fuera su reacción, decidiríamos si era aconsejable que ellos mismos vinieran, en nombre de todos sus compañeros, a tornar la defensa del escriba. Les agradecí la confianza y traté de darles un poco de optimismo: Genaro hijo era más moderno y comprensivo que Genaro papá y seguramente se dejaría convencer y le daría esas vacaciones. Seguimos hablando, mientras apagaba las luces y cerraba el altillo. En la calle Belén nos dimos la mano. Los vi perderse en la calle vacía, feos y generosos, bajo la garúa.

Esa noche la pasé enteramente desvelado. Como de costumbre, encontré la comida servida y tapada en casa de los abuelos, pero no probé bocado (y para que la abuelita no se inquietara eché el apanado con arroz a la basura). Los viejitos estaban acostados pero despiertos, y, cuando entré a besarlos, los escruté policialmente, tratando de descubrir en sus caras la inquietud por mis amores escandalosos. Nada, ningún signo: estaban cariñosos y solícitos y el abuelo me preguntó algo para el crucigrama. Pero me dieron la buena noticia: mi mamá había escrito que ella y mi papá vendrían a Lima de vacaciones muy pronto, ya avisarían la fecha de llegada. No pudieron enseñarme la carta, se la había llevado alguna tía. Era el resultado de las cartas delatoras, no había duda. Mi padre habría dicho: «Nos vamos al Perú a poner en orden las cosas». Y mi madre: «¡Cómo ha podido hacer Julia una cosa así!». (La tía Julia y ella habían sido amigas, cuando mi familia vivía en Bolivia y yo no tenía aún uso de razón.)

Dormía en un cuartito pequeño, abarrotado de libros, maletas y baúles donde los abuelos guardaban sus recuerdos, muchas fotos de su extinta bonanza, cuando tenían una hacienda de algodón en Camaná, cuando el abuelo hacía de agricultor pionero en Santa Cruz de la Sierra, cuando era cónsul en Cochabamba o prefecto en Piura. Tumbado boca arriba en mi cama, en la oscuridad, pensé mucho en la tía Julia y en que, no había duda, de un modo u otro, tarde o temprano, nos iban efectivamente a separar. Me daba mucha cólera y me parecía todo estúpido y mezquino y, de repente, se me venía a la cabeza la imagen de Pedro Camacho. Pensaba en las llamadas telefónicas de tíos y tías y primos y primas, sobre la tía Julia y sobre mí, y empezaba a escuchar las llamadas de los oyentes desorientados con esos personajes que cambiaban de nombre y saltaban del radioteatro de las tres al de las cinco, y con esos episodios que se entreveraban como una selva, y hacía esfuerzos por adivinar lo que ocurría en la intrincada cabeza del escriba, pero no me daba risa, y, al contrario, me conmovía pensar en los actores de Radio Central, conspirando con los técnicos de sonido, las secretarias, los porteros, para atajar las llamadas y salvar de la despedida al artista. Me emocionaba que Luciano Pando, Josefina Sánchez y Batán hubieran pensado que yo, la quinta rueda del coche, podía influir en los Genaros. Qué poca cosa debían sentirse, qué miserias debían ganar, para que yo les pareciera importante. A ratos tenía unos deseos incontenibles de ver, tocar, besar en ese mismo instante a la tía Julia. Así vi asomar la luz y oí ladrar a los perros de la madrugada.

Estuve en mi altillo de Panamericana más temprano que de costumbre y, cuando llegaron Pascual y el Gran Pablito, a las ocho, ya tenía preparados los boletines y leídos, anotados y cuadriculados (para el plagio) todos los periódicos. Mientras hacía esas cosas, miraba el reloj. La tía Julia me llamó exactamente a la hora convenida.

—No he pegado los ojos toda la noche —me susurró con una voz que se perdía—. Te quiero mucho, Varguitas.

—Yo también, con toda mi alma —susurré, sintiendo indignación al ver que Pascual y el Gran Pablito se acercaban para oír mejor—. Tampoco he pegado los ojos, pensando en ti.

—No puedes saber cómo han estado de cariñosos mi hermana y mi cuñado —dijo la tía Julia—. Nos quedamos jugando cartas. Me cuesta creer que saben, que están conspirando.

—Pero están —le conté—. Mis padres han anunciado que vienen a Lima. La única razón es ésa. Ellos nunca viajan en esta época.

Se calló y adiviné, al otro lado de la línea, su expresión, entristecida, furiosa, decepcionada. Le volví a decir que la quería.

—Te llamo a las cuatro, como quedamos —me dijo al fin—. Estoy en el chino de la esquina y hay una cola esperando. Chaíto.

Bajé donde Genaro hijo, pero no estaba. Le dejé dicho que tenía urgencia de hablar con él, y, por hacer algo, para llenar de algún modo el vacío que sentía, fui a la universidad. Me tocó una clase de derecho penal, cuyo catedrático me había parecido siempre un personaje de cuento. Perfecta combinación de satiriasis y coprolalia, miraba a las alumnas como desnudándolas y todo le servía de pretexto para decir frases de doble sentido y obscenidades. A una chica, que le respondió bien una pregunta y que tenía el pecho plano, la felicitó, regodeando la palabra: «Es usted muy *sintética*, señorita», y al comentar un artículo lanzó una perorata sobre enfermedades venéreas. En la radio, Genaro hijo me esperaba en su oficina:

—Supongo que no vas a pedirme aumento —me advirtió desde la puerta—. Estamos casi en quiebra.

—Quiero hablarte de Pedro Camacho —lo tranquilicé.

—¿Sabes que ha empezado a hacer toda clase de barbaridades? —me dijo, como festejando una travesura—. Cruza tipos de un radioteatro a otro, les cambia nombres, enreda los argumentos y está convirtiendo todas las historias en una. ¿No es genial?

—Bueno, algo he oído —le dije, desconcertado por su entusiasmo—. Precisamente, anoche hablé con los actores. Están preocupados. Trabaja demasiado, piensan que le puede dar un surmenage. Perderías a la gallina de los huevos de oro. Por qué no le das unas vacaciones, para que se entone un poco.

—¿Vacaciones a Camacho? —se espantó el empresario progresista—. ¿Él te ha pedido semejante cosa?

Le dije que no, que era una sugerencia de sus colaboradores.

—Están hartos de que los haga trabajar como se pide y quieren librarse de él unos días —me explicó—. Sería demente darle vacaciones ahora —cogió unos papeles y los blandió con aire triunfante—: Hemos vuelto a batir el récord de sintonía este mes. O sea que la ocurrencia de cabecear las historias funciona. Mi padre estaba inquieto con esos existencialismos, pero dan resultado, ahí están los surveys —se volvió a reír—. Total, mientras al público le guste hay que aguantarle las excentricidades.

No insistí, para no meter la pata. Y, después de todo, ¿por qué no iba a tener razón Genaro hijo? ¿Por qué no podían ser esas incongruencias algo perfectamente programado por el escriba boliviano? No tenía ganas de ir a la casa y decidí hacer un derroche. Convencí al cajero de la radio que me diera un adelanto y, luego de El Panamericano, fui al cubículo de Pedro Camacho a invitarlo a almorzar. Tecleaba como un desaforado, por supuesto. Aceptó sin entusiasmo, advirtiéndome que no tenía mucho tiempo.

Fuimos a un restaurante criollo, a la espalda del Colegio de la Inmaculada en el jirón Chancay, donde servían unos platos arequipeños que, le dije, tal vez le recordarían los famosos picantes bolivianos. Pero el artista, fiel a su norma frugal, se contentó con un caldillo de huevos y unos frejoles colados a los que apenas probó la temperatura.

No pidió dulce y protestó, con palabrejas que maravillaron a los mozos, porque no supieron prepararle su compuesto de yerbaluisa y menta.

—Estoy pasando una mala racha —le dije, apenas hubimos ordenado—. Mi familia ha descubierto mis amores con su paisana, y, como es mayor que yo y divorciada, están furiosos. Van a hacer algo para separarnos y eso me tiene amargado.

—¿Mi paisana? —se sorprendió el escriba—. ¿Está usted en amores con una argentina, perdón, boliviana?

Le recordé que conocía a la tía Julia, que habíamos estado en su cuarto de La Tapada compartiendo su comida, y que ya antes le había contado mis problemas amorosos y que él me recetó curármelos con ciruelas en ayunas y cartas anónimas. Lo hice a propósito, insistiendo en los detalles, observándolo. Me escuchaba muy serio, sin pestañear.

—No está mal tener esas contrariedades —dijo, sorbiendo su primera cucharada de caldo—. El sufrimiento educa.

Y cambió de tema. Peroró sobre el arte de la cocina y la necesidad de ser sobrio para mantenerse espiritualmente sano. Me aseguró que el abuso de grasas, féculas y azúcares entumecía los principios morales y hacía proclives al delito y al vicio a las personas.

—Haga una estadística entre sus conocidos —me aconsejó—. Verá que los perversos se reclutan sobre todo entre los gordos. En cambio, no hay flaco de malas inclinaciones.

A pesar de que hacía esfuerzos por disimularlo, se sentía incómodo. No hablaba con la naturalidad y convicción de otras veces, sino, era evidente, de la boca para afuera, distraído por preocupaciones que quería ocultar. En sus ojitos saltones, había una sombra azarosa, un temor, una vergüenza y de rato en rato se mordía los labios. Su larga cabellera hervía de caspa y, en el cuello que le bailaba dentro de la camisa, le descubrí una medallita que a veces acariciaba con dos dedos. Me explicó, mostrándomela: «Un caballero muy milagroso: el Señor de Limpias». Su saquito negro se le resbalaba de los hombros y se lo veía pálido. Había decidido no mencionar los radioteatros, pero allí, de pronto, al ver que se había olvidado de la existencia de la tía Julia y de nuestras conversaciones sobre ella, sentí una curiosidad malsana. Habíamos terminado el caldillo de huevos, esperábamos el plato fuerte tomando chicha morada.

—Esta mañana estuve hablando con Genaro hijo de usted —le conté, en el tono más desenvuelto que pude—. Una buena noticia: según los surveys de las agencias de publicidad, sus radioteatros han vuelto a aumentar de sintonía. Los oyen hasta las piedras.

Advertí que se ponía rígido, que desviaba la vista, que comenzaba a enrollar y desenrollar la servilleta, muy de prisa, pestañeando seguido. Dudé sobre si continuar o cambiar de tema, pero la curiosidad fue más fuerte:

—Genaro hijo cree que el aumento de sintonía se debe a esa idea de mezclar los personajes de un radioteatro a otro, de enlazar las historias —le dije, viendo que soltaba la servilleta, que me buscaba los ojos, que se ponía blanco—. Le parece genial.

Como no decía nada, sólo me miraba, seguí hablando, sintiendo que se me torcía la lengua. Hablé de la vanguardia, de la experimentación, cité o inventé

313

autores que, le aseguré, eran la sensación de Europa porque hacían innovaciones parecidas a las suyas: cambiar la identidad de los personajes en el curso de la historia, simular incongruencias para mantener suspenso al lector. Habían traído los frejoles colados y empecé a comer, feliz de poder callarme y bajar los ojos para no seguir viendo el malestar del escriba boliviano. Estuvimos en silencio un buen rato, yo comiendo, él revolviendo con su tenedor el puré de frejoles, los granos de arroz.

—Me está pasando algo engorroso —le oí decir, por fin, en voz bajita, como a sí mismo—. No llevo bien la cuenta de los libretos, tengo dudas y se deslizan confusiones —me miró con zozobra—. Sé que es usted un joven leal, un amigo en quien se puede confiar. ¡Ni una palabra a los mercaderes!

Simulé sorpresa, lo abrumé con protestas de afecto. Era otro: atormentado, inseguro, frágil, y con un brillo de sudor en la frente verdosa. Se tocó las sienes:

—Esto es un volcán de ideas, por supuesto —afirmó—. Lo traicionero es la memoria. Eso de los nombres, quiero decir. Confidencialmente, mi amigo. Yo no los mezclo, se mezclan. Cuando me doy cuenta, es tarde. Hay que hacer malabares para volverlos adonde corresponde, para explicar sus mudanzas. Una brújula que confunde el norte con el sur puede ser grave, grave.

Le dije que estaba cansado, nadie podía trabajar a ese ritmo sin destruirse, que debía tomar unas vacaciones.

—¿Vacaciones? Sólo en la tumba —me repuso, amenazante, como si lo hubiera ofendido.

Pero, un momento después, con humildad, me contó que, al darse cuenta de *los olvidos*, había intentado hacer un fichero. Sólo que era imposible, no tenía tiempo, ni siquiera para consultar los programas radiados: todas sus horas estaban tomadas en la producción de nuevos libretos. «Si paro, el mundo se vendría abajo», murmuró. ¿Y por qué no lo podían ayudar sus colaboradores? ¿Por qué no acudía a ellos cuando se presentaban esas dudas?

—Eso jamás —me contestó—. Me perderían el respeto. Ellos son sólo una materia prima, mis soldados, y si meto la pata su obligación es meterla conmigo.

Cortó abruptamente el diálogo para sermonear a los mozos por la infusión, que encontró insípida, y luego debimos volver al trote a la radio, porque lo esperaba el radioteatro de las tres. Al despedirnos, le dije que haría cualquier cosa por ayudarlo.

—Lo único que le pido es silencio —me dijo. Y, con su sonrisita helada, añadió—: No se preocupe: a grandes males, grandes remedios.

En mi altillo, revisé los periódicos de la tarde, señalé las noticias, concerté una entrevista para las seis con un neurocirujano historicista que había cometido una trepanación de cráneo con instrumentos incaicos que le prestó el Museo de Antropología. A las tres y media, comencé a mirar el reloj y el teléfono, alternativamente. La tía Julia telefoneó a las cuatro en punto. Pascual y el Gran Pablito no habían llegado.

—Mi hermana me habló a la hora del almuerzo —me dijo, con voz lúgubre—. Que el escándalo es demasiado grande, que tus papás vienen a sacarme los ojos. Me ha pedido que regrese a Bolivia. ¿Qué puedo hacer? Tengo que irme, Varguitas.

—¿Quieres casarte conmigo? —le pregunté.

Se rió, con poca alegría.

—Te estoy hablando en serio —insistí.

—¿Me estás pidiendo que me case contigo de veras? —volvió a reírse la tía Julia, ahora sí más divertida.

—¿Es sí o es no? —le dije—. Apúrate, ahorita llegan Pascual y el Gran Pablito.

—¿Me pides eso para demostrarle a tu familia que ya eres grande? —me dijo la tía Julia, con cariño.

—También por eso —reconocí.

XIV

La historia del reverendo padre don Seferino Huanca Leyva, ese párroco del muladar que colinda con el futbolístico barrio de La Victoria y que se llama Mendocita, comenzó medio siglo atrás, una noche de carnavales, cuando un joven de buena familia, que gustaba darse baños de pueblo, estupró en un callejón del Chirimoyo a una jacarandosa lavandera: la Negra Teresita.

Cuando ésta descubrió que estaba encinta y como ya tenía ocho hijos, carecía de marido y era improbable que, con tantas crías, algún hombre la llevara al altar, recurrió rápidamente a los servicios de doña Angélica, vieja sabia de la plaza de la Inquisición que oficiaba de comadrona, pero era sobre todo surtidora de huéspedes al limbo (en palabras sencillas: abortera). Sin embargo, pese a los ponzoñosos cocimientos (de orines propios con ratones macerados) que doña Angélica hizo beber a la Negra Teresita, el feto del estupro, con terquedad que hacía presagiar lo que sería su carácter, se negó a desprenderse de la placenta materna, y allí siguió, enroscado como un tornillo, creciendo y formándose, hasta que, cumplidos nueve meses de los fornicatorios carnavales, la lavandera no tuvo más remedio que parirlo.

Le pusieron Seferino para halagar a su padrino de bautizo, un portero del Congreso que llevaba ese nombre, y los dos apellidos de la madre. En su niñez, nada permitió adivinar que sería cura, porque lo que le gustaba no eran las prácticas piadosas sino bailar trompos y volar cometas. Pero siempre, aun antes de saber hablar, demostró ser persona de carácter. La lavandera Teresita practicaba una filosofía de la crianza intuitivamente inspirada en Esparta o Darwin y consistía en hacer saber a sus hijos que, si tenían interés en continuar en esta jungla, tenían que aprender a recibir y dar mordiscos, y que eso de tomar leche y comer era asunto que les concernía plenamente desde los tres años de edad, porque, lavando ropa diez horas al día y repartiéndola por todo Lima otras ocho horas, sólo lograban subsistir ella y las crías que no habían cumplido la edad mínima para bailar con su propio pañuelo.

El hijo del estupro mostró para sobrevivir la misma terquedad que para vivir había demostrado cuando estaba en la barriga: fue capaz de alimentarse tragando todas las porquerías que recogía en los tachos de basura y que disputaba a los mendigos y perros. En tanto que sus medio hermanos morían como moscas, tuberculosos o intoxicados, o, niños que llegan a adultos aquejados de raquitismo y taras psíquicas, pasaban la prueba sólo a medias, Seferino Huanca Leyva creció sano, fuerte y mentalmente pasable. Cuando la lavandera (¿aquejada de hidrofobia?) ya no pudo trabajar, fue él quien la mantuvo, y, más tarde, le costeó un entierro de primera en la Casa Guimet que el Chirimoyo celebró como el mejor de la historia del barrio (era ya entonces párroco de Mendocita).

El muchacho hizo de todo y fue precoz. Al mismo tiempo que a hablar, aprendió a pedir limosna a los transeúntes de la avenida Abancay, poniendo una cara de angelito del fango que volvía caritativas a las señoras de alcurnia. Luego, fue lustrabotas, cuidante de automóviles, vendedor de periódicos, de emoliente, de turrones, acomodador en el Estadio y ropavejero. ¿Quién hubiera dicho que esa criatura de uñas negras, pies inmundos, cabeza hirviendo de liendres, reparchado y embutido en una chompa con agujeros sería, al cabo de los años, el más controvertido curita del Perú?

Fue un misterio que aprendiera a leer, porque nunca pisó la escuela. En el Chirimoyo se decía que su padrino, el portero del Congreso, le había enseñado a deletrear el alfabeto y a formar sílabas, y que lo demás le vino, muchachos del arroyo que a base de tesón llegan al Nobel, por esfuerzo de la voluntad. Seferino Huanca Leyva tenía doce años y recorría la ciudad pidiendo en los palacios ropa inservible y zapatos viejos (que luego vendía en las barriadas) cuando conoció a la persona que le daría los medios de ser santo: una latifundista vasca, Mayte Unzátegui, en la que era imposible discernir si era más grande la fortuna o la fe, el tamaño de sus haciendas o su devoción al Señor de Limpias. Salía de su morisca residencia de la avenida San Felipe, en Orrantia, y el chofer le abría ya la puerta del Cadillac cuando la dama percibió, plantado en medio de la calle, junto a su carreta de ropas viejas recogidas esa mañana, al producto del estupro. Su miseria supina, sus ojos inteligentes, sus rasgos de lobezno voluntarioso, le hicieron gracia. Le dijo que iría a visitarlo, a la caída del sol.

En el Chirimoyo hubo risas cuando Seferino Huanca Leyva anunció que esa tarde vendría a verlo una señora en un carrazo que manejaba un chofer uniformado de azul. Pero cuando, a las seis, el Cadillac frenó ante el callejón, y doña Mayte Unzátegui, elegante como una duquesa, ingresó en él y preguntó por Teresita, todos quedaron convencidos (y estupefactos). Doña Mayte, mujeres de negocios que tienen contado hasta el tiempo de la menstruación, directamente hizo una propuesta a la lavandera que le arrancó un alarido de felicidad. Ella costearía la educación de Seferino Huanca Leyva y daría una gratificación de diez mil soles a su madre a condición de que el muchacho fuera cura.

Fue así como el hijo del estupro resultó pupilo del Seminario Santo Toribio de Mogrovejo, en Magdalena del Mar. A diferencia de otros casos, en los que la vocación precede la acción, Seferino Huanca Leyva descubrió que había nacido para cura después de ser seminarista. Se volvió un estudiante piadoso y aprovechado, al que mimaban sus maestros y que enorgullecía a la Negra Teresita y a su protectora. Pero, al mismo tiempo que sus notas en latín, teología y patrística ascendían a enhiestas cimas, y que su religiosidad se manifestaba de manera irreprochable en misas oídas, oraciones dichas y flagelaciones autopropinadas, desde adolescente comenzaron a advertirse en él síntomas de lo que, en el futuro, cuando los grandes debates que sus audacias provocaron, sus defensores llamarían impaciencias de celo religioso, y sus detractores el mandato delictuoso y matón del Chirimoyo. Así, por ejemplo, antes de ordenarse, comenzó a propagar entre los seminaristas la tesis de que era necesario resucitar las cruzadas, volver a luchar contra Satán no sólo con las armas femeninas de la oración y el sacrificio, sino con las viriles (y, aseguraba, más eficaces) del puño, el cabezazo y, si las circunstancias lo exigían, la chaveta y la bala.

Sus superiores, alarmados, se apresuraron a combatir estas extravagancias, pero ellas, en cambio, fueron calurosamente apoyadas por doña Mayte Unzátegui, y como la filantrópica latifundista subvenía al mantenimiento de un tercio de los seminaristas, aquéllos, razones de presupuesto que hacen de tripas corazón, debieron disimular y cerrar ojos y oídos ante las teorías de Seferino Huanca Leyva. No eran sólo teorías: las corroboraba la práctica. No había día de salida en que, al anochecer, no volviera el muchacho del Chirimoyo con algún ejemplo de lo que llamaba la prédica armada. Era, un día, que viendo en las agitadas calles de su barrio cómo un marido borracho aporreaba a su mujer, había intervenido rompiéndole las canillas a puntapiés al abusivo y dándole una conferencia sobre el comportamiento del buen esposo cristiano. Era, otro día, que habiendo sorprendido en el ómnibus de Cinco Esquinas a un carterista bisoño que pretendía desplumar a una anciana, lo había desbaratado a cabezazos (llevándolo él mismo, luego, a la Asistencia Pública, a que le suturaran la cara). Era, por fin, un día, que habiendo sorprendido, entre las crecidas hierbas del bosque de Matamula, a una pareja que se refocilaba animalmente, los había azotado a ambos hasta la sangre y hecho jurar, de rodillas, so amenaza de nuevas palizas, que irían a casarse en el término de la distancia. Pero, el broche de oro (para calificarlo de algún modo) de Seferino Huanca Leyva, en lo que se refiere a su axioma de «la pureza, como el abecedario, con sangre entra», fue el puñetazo que descerrajó, nada menos que en la capilla del seminario, a su tutor y maestro de filosofía tomista, el manso padre Alberto de Quinteros, quien, en gesto de fraternidad o arrebato solidario, había intentado besarlo en la boca. Hombre sencillo y nada rencoroso (había ingresado al sacerdocio tarde, luego de conquistar fortuna y gloria como psicólogo con un caso célebre, la curación de un joven médico que atropelló y mató a su propia hija en las afueras de Pisco), el reverendo padre Quinteros, al regresar del hospital donde le soldaron la herida de la boca y le repusieron los tres dientes perdidos, se opuso a que Seferino Huanca Leyva fuera expulsado y él mismo, generosidad de los espíritus grandes que de tanto poner la otra mejilla suben póstumamente a los altares, apadrinó la misa en la que el hijo del estupro se consagró sacerdote.

Pero no sólo su convicción de que la Iglesia debía combatir el mal pugilísticamente inquietó a sus superiores cuando Seferino Huanca Leyva era seminarista, sino, más todavía, su creencia (¿desinteresada?) de que, en el vasto repertorio de los pecados mortales, no debía figurar de ningún modo el tocamiento personal. Pese a las reprensiones de sus maestros, que, citas bíblicas y bulas papales numerosas que fulminan a Onán, pretendieron sacarlo de su error, el hijo de la abortera doña Angélica, terco como era desde antes de nacer, soliviantaba nocturnamente a sus compañeros asegurándoles que el acto manual había sido concebido por Dios para indemnizar a los eclesiásticos por el voto de castidad, y, en todo caso, hacerlo llevadero. El pecado, argumentaba, está en el placer que ofrece la carne de mujer, o (más perversamente) la carne *ajena*, pero ¿por qué había de estarlo en el humilde, solitario e improductivo desahogo que ofrecen, ayuntados, la fantasía y los dedos? En una disertación leída en la clase del venerable padre Leoncio Zacarías, Seferino Huanca Leyva llegó a sugerir, interpretando capciosos episodios del Nuevo Testamento, que había razones para no descartar como descabellada la hipótesis de que Cristo en persona, alguna vez —¿acaso después de conocer a Magdalena?— hubiera combatido masturbatoriamente la tentación de ser impuro. El padre Zacarías sufrió un soponcio y el protegido de la pianista vasca estuvo a punto de ser expulsado del seminario por blasfemo.

Se arrepintió, pidió perdón, hizo las penitencias que se le impusieron, y, por un tiempo, dejó de propagar esas disparatadas especies que afiebraban a sus maestros y enardecían a los seminaristas. Pero, en lo que toca a su persona, no dejó de ponerlas en práctica, pues, muy pronto, sus confesores volvieron a oírlo decir, apenas arrodillado ante los crujientes confesionarios: «Esta semana he sido el enamorado de la reina de Saba, de Dalila y de la esposa de Holofernes». Fue este capricho el que le impidió hacer un viaje que hubiera enriquecido su espíritu. Acababa de ordenarse y, como, pese a sus devaneos heterodoxos, Seferino Huanca Leyva había sido un alumno excepcionalmente aplicado y nadie puso nunca en duda la vibración de su inteligencia, la jerarquía decidió enviarlo a hacer estudios de doctorado en la Universidad Gregoriana de Roma. De inmediato, el flamante sacerdote anunció su propósito de preparar, eruditos que enceguecen consultando los polvosos manuscritos de la Biblioteca Vaticana, una tesis que titularía *Del vicio solitario como ciudadela de la castidad eclesial*. Rechazado airadamente su proyecto, renunció al viaje a Roma y fue a sepultarse en el infierno de Mendocita, de donde no saldría más.

Él mismo eligió el barrio cuando supo que todos los sacerdotes de Lima le temían como a la peste, no tanto por la concentración microbiana que había hecho de su jeroglífica topografía de arenosas veredas y casuchas de materiales variopintos —cartón, calamina, estera, tabla, trapo y periódico— un laboratorio de las formas más refinadas de la infección y la parasitosis, como por la violencia social que imperaba en Mendocita. La barriada, en efecto, era en ese entonces una universidad del delito, en sus especialidades más proletarias: robo por efracción o escalamiento, prostitución, chavetería, estafa al menudeo, tráfico de pichicata y cafichazgo.

El padre Seferino Huanca Leyva construyó con sus manos, en un par de días, una casucha de adobes a la que no le puso puerta, llevó allí un camastro de segunda mano y un colchón de paja comprados en la Parada, y anunció que todos los días oficiaría a las siete una misa al aire libre. Hizo saber también que confesaría de lunes a sábado, a las mujeres de dos a seis y a los hombres de siete a medianoche, para evitar promiscuidades. Y advirtió que, en las mañanas, de ocho a dos de la tarde, se proponía organizar un parvulario donde los chicos del barrio aprenderían el alfabeto, los números y el catecismo. Su entusiasmo se hizo añicos contra la dura realidad.

Su clientela a las misas madrugadoras fueron apenas un puñado de ancianos y ancianas legañosos, de agonizantes reflejos corporales, que, a veces, sin saberlo, practicaban esa impía costumbre de las gentes de cierto país (¿conocido por sus vacas y por sus tangos?) de soltar cuescos y hacer sus necesidades con la ropa puesta durante el oficio. Y, en lo que se refiere a la confesión de las tardes y al parvulario de las mañanas, no compareció ni un curioso de casualidad.

¿Qué ocurría? El curandero del barrio, Jaime Concha, un fornido ex sargento de la Guardia Civil que había colgado el uniforme desde que su institución le ordenó ejecutar a balazos a un pobre amarillo llegado como polizonte hasta el Callao desde algún puerto de oriente, y dedicado desde entonces con tanto éxito a la medicina plebeya que tenía realmente en un puño el corazón de Mendocita, había visto con recelo la llegada de un posible competidor y organizado el boicot de la parroquia.

Enterado de esto por una delatora (la ex bruja de Mendocita, doña Mayte Unzátegui, una vasca de sangre azul añil venida a menos y desalojada como reina y señora del barrio por Jaime Concha), el padre Seferino Huanca Leyva supo, alegrías que empañan la vista y abrasan el pecho, que había llegado por fin el momento propicio para poner en acción su teoría de la prédica armada. Como un anunciador de circo, recorrió las mosqueadas callejuelas diciendo a voz en cuello que ese domingo, a las once de la mañana, en el canchón de los partidos de fútbol, él y el curandero averiguarían, a los puños, quién de los dos era el más macho. Cuando el musculoso Jaime Concha se presentó a la casucha de adobes a preguntar al padre Seferino si debía interpretar eso como un desafío a trompearse, el hombre del Chirimoyo se limitó a preguntarle a su vez, fríamente, si prefería que las manos, en vez de ir desnudas a la pelea, fueran armadas de chavetas. El ex sargento se alejó, contorsionándose de risa y explicando a los vecinos que él, cuando era guardia civil, acostumbraba matar de un cocacho en el cerebro a los perros bravos que se encontraba por la calle.

La pelea del sacerdote y el curandero concitó una expectativa extraordinaria y no sólo Mendocita entera, sino también La Victoria, El Porvenir, el Cerro San Cosme y El Agustino vinieron a presenciarla. El padre Seferino se presentó con pantalón y camiseta y se persignó antes del combate. Éste fue corto pero llamativo. El hombre del Chirimoyo era físicamente menos potente que el ex guardia civil pero lo superaba en tretas. De arranque le echó un pocotón de polvo de ají en los ojos que llevaba preparado (después explicaría a la hinchada: «En las trompeaduras criollas todo vale»), y, cuando el gigantón, Goliat deteriorado por el hondazo inteligente de David, comenzó a dar traspiés, ciego, lo debilitó con una andanada de patadas en las partes pudendas hasta que lo vio doblarse. Sin darle tregua, inició entonces un ataque frontal contra su cara, a derechazos y zurdazos, y sólo cambió de estilo cuando lo tuvo tumbado sobre la tierra. Allí consumó la masacre, pisoteándole las costillas y el estómago. Jaime Concha, rugiendo de dolor y de vergüenza, se confesó derrotado. Entre aplausos, el padre Seferino Huanca Leyva cayó de rodillas y oró devotamente, la cara al cielo y las manos en cruz.

Este episodio —que se abrió paso hasta las páginas de los periódicos y que incomodó al arzobispo— comenzó a ganarle al padre Seferino las simpatías de sus todavía potenciales parroquianos. A partir de entonces, las misas matutinas se vieron más concurridas y algunas almas pecadoras, sobre todo femeninas, solicitaron confesión, aunque, por supuesto, esos raros casos no llegaban a ocupar ni la décima parte de los dilatados horarios que —calculando, a ojo, la capacidad pecadora de Mendocita— había fijado el optimista párroco. Otro hecho bien recibido en el barrio y que le ganó nuevos clientes fue su comportamiento con Jaime Concha después de su humillante derrota. Él mismo ayudó a las vecinas a echarle mercurio cromo y árnica, y le hizo saber que no lo expulsaba de Mendocita, y que, por el contrario, generosidad de Napoleones que invitan champaña y casan con su hija al general cuyo ejército acaban de volatilizar, estaba dispuesto a asociarlo a la parroquia en calidad de sacristán. El curandero quedó autorizado a seguir proporcionando filtros para la amistad y la enemistad, el mal de ojo y el amor, pero a tarifas moderadas que estipulaba el propio párroco, y sólo quedó prohibido de ocuparse de cuestiones relativas al alma. También le permitió seguir ejerciendo de huesero, para aquellos vecinos que se luxaban o sentían, a condición de que no intentara curar a enfermos de otra índole, los mismos que debían ser encaminados al hospital.

La manera como el padre Seferino Huanca Leyva consiguió atraer, moscas que sienten la miel, alcatraces que divisan el pez, hacia su desairado parvulario a los chiquillos de Mendocita, fue poco ortodoxa y le ganó la primera advertencia seria de la curia. Hizo saber que, por cada semana de asistencia, los niños recibirían de regalo una estampita. Este cebo hubiera resultado insuficiente para la desalada concurrencia de desarrapados que motivó, si las eufemísticas *estampitas* del muchacho del Chirimoyo no hubieran sido, en realidad, imágenes desvestidas de mujeres que era difícil confundir con vírgenes. A ciertas madres de familia que se mostraron extrañadas de sus métodos pedagógicos, el párroco les aseguró, solemnemente, que, aunque pareciera mentira, las *estampitas* mantendrían a sus cachorros lejos de la carne impura y los harían menos traviesos, más dóciles y soñolientos.

Para conquistar a las niñas del barrio se valió de las inclinaciones que hicieron de la mujer la primera pecadora bíblica y de los servicios de Mayte Unzátegui, también incorporada al plantel de la parroquia en calidad de ayudante. Ésta, sabiduría que sólo veinte años de regencia de lupanares en Tingo María puede forjar, supo ganarse la simpatía de las niñas dándoles cursos que las divertían: cómo pintarrajearse labios y mejillas y párpados sin necesidad de comprar maquillaje en las boticas, cómo fabricar con algodón, almohadillas y aun papel periódico, pechos y caderas y nalgas postizas, y cómo bailar los bailes de moda: la rumba, la huaracha, el porro y el mambo. Cuando el visitador de la jerarquía inspeccionó la parroquia y vio, en la sección femenina del parvulario, la aglomeración de mocosas, turnándose el único par de zapatos de taco alto del barrio y contoneándose ante la vigilancia magisterial de la ex celestina, se restregó los ojos. Al fin, recuperando el habla, preguntó al padre Seferino si había creado una Academia para Prostitutas.

—La respuesta es sí —contestó el hijo de la Negra Teresita, varón que no le temía a las palabras—. Ya que no hay más remedio que se dediquen a ese oficio, por lo menos que lo ejerzan con talento.

(Fue por esto que recibió la segunda advertencia seria de la curia.)

Pero no es cierto que el padre Seferino, como llegaron a propalar sus detractores, fuera el Gran Cafiche de Mendocita. Era sólo un hombre realista, que conocía la vida palmo a palmo. No fomentó la prostitución, trató de adecentarla y libró soberbias batallas para impedir que las mujeres que se ganaban la vida con su cuerpo (todas las de Mendocita entre los doce y sesenta años) contrajeran purgaciones y fueran despojadas por los macrós. La erradicación de la veintena de cafiches del barrio (en algunos casos, su regeneración) fue una labor heroica, de salubridad social, que ganó al padre Seferino varios chavetazos y una felicitación del alcalde de La Victoria. Empleó para ello su filosofía de la prédica armada. Hizo saber, mediante pregón callejero de Jaime Concha, que la ley y la religión prohibían a los hombres vivir como zánganos, a costilla de seres inferiores, y que, en consecuencia, vecino que explotara a las mujeres se toparía con sus puños. Así, tuvo que desmandibular al Gran Margarina Pacheco, dejar tuerto al Padrillo, impotente a Pedrito Garrote, idiota al Macho Sampedri y con violáceos hematomas a Cojinoba Huambachano. Durante esa quijotesca campaña fue una noche emboscado y cosido a chavetazos; los asaltantes, creyéndolo muerto, lo dejaron en el fango, para los perros. Pero la reciedumbre del muchacho darwiniano fue más fuerte que las enmohecidas hojas de cuchillo que lo pincharon, y salvó, conservando, eso sí —marcas de fierro en cuerpo y cara de varón que damas lúbricas suelen llamar apetitosas— la media docena de cicatrices que, luego del juicio, mandaron al Hospital Psiquiátrico, como loco incurable, al jefe de sus agresores, el arequipeño de nombre religioso y apellido marítimo, Ezequiel Delfín.

Sacrificios y esfuerzos rindieron los frutos esperados y Mendocita, asombrosamente, quedó limpio de cafiches. El padre Seferino fue la adoración de las mujeres del barrio; desde entonces concurrieron masivamente a las misas y se confesaron todas las semanas. Para hacerles menos maligno el oficio que les daba de comer, el padre Seferino invitó al barrio a un médico de la Acción Católica a que les diera consejos de profilaxia sexual y las adoctrinara sobre las maneras prácticas de advertir a tiempo, en el cliente o en sí mismas, la aparición del gonococo. Para los casos en que las técnicas de control de la natalidad que Mayte Unzátegui les inculcaba no dieran resultado, el padre Seferino trasplantó, desde el Chirimoyo a Mendocita, a una discípula de doña Angélica, a fin de que despachara oportunamente al limbo a los renacuajos del amor mercenario. La advertencia seria que recibió de la curia, cuando ésta supo que el párroco auspiciaba el uso de preservativos y pesarios y era un entusiasta del aborto, fue la decimotercera.

La decimocuarta fue por la llamada Escuela de Oficios que tuvo la audacia de formar. En ella, los experimentados del barrio, en amenas charlas —anécdotas van, anécdotas vienen bajo las nubes o las casuales estrellas de la noche limeña—, enseñaban a los novatos sin prontuario maneras diversas de ganarse los frejoles. Allí se podían aprender, por ejemplo, los ejercicios que hacen de los dedos unos inteligentes y discretísimos intrusos capaces de deslizarse en la intimidad de cualquier bolsillo, bolso, cartera o maletín, y de reconocer, entre las heterogéneas piezas, la presa codiciada. Allí se descubría cómo, con paciencia artesanal, cualquier alambre es capaz de reemplazar con ventaja a la más barroca llave en la apertura de puertas, y cómo se puede encender los motores de las distintas marcas de automóviles si uno, por acaso, resulta no ser el propietario. Allí se enseñaba a arrancar prendas al escape, a pie o en bicicleta, a escalar muros y a desvidriar silenciosamente las ventanas de las casas, a hacer la cirugía plástica de cualquier objeto que cambiara abruptamente de dueño y la forma de salir de los varios calabozos de Lima sin autorización del comisario. Hasta la fabricación de chavetas y —¿murmuraciones de la envidia?— la destilación de pasta de pichicata se aprendía en esa Escuela, que ganó al padre Seferino, por fin, la amistad y compadrazgo de los varones de Mendocita, y también su primera refriega con la comisaría de La Victoria, donde fue conducido una noche y amenazado de juicio y cárcel por eminencia gris de delitos. Lo salvó, naturalmente, su influyente protectora.

Ya en esta época el padre Seferino se había convertido en una figura popular, de la cual se ocupaban los periódicos, las revistas y las radios. Sus iniciativas eran objeto de polémicas. Había quienes lo consideraban un protosanto, un adelantado de esa nueva hornada de sacerdotes que revolucionarían a la Iglesia, y había quienes estaban convencidos de que era un quintacolumnista de

331

Satán encargado de socavar la Casa de Pedro desde el interior. Mendocita (¿gracias a él o por su culpa?) se convirtió en una atracción turística: curiosos, beatas, periodistas, snobs se llegaban hasta el antiguo paraíso del hampa para ver, tocar, entrevistar o pedir autógrafos al padre Seferino. Esta publicidad dividía a la Iglesia: un sector la consideraba beneficiosa y otro perjudicial para la causa.

Cuando el padre Seferino Huanca Leyva, con motivo de una procesión a la gloria del Señor de Limpias —culto introducido por él en Mendocita y que había prendido como paja seca—, anunció triunfalmente que, en la parroquia, no había un solo niño vivo, incluidos los nacidos en las últimas diez horas, que no estuviera bautizado, un sentimiento de orgullo se apoderó de los creyentes, y la jerarquía, por una vez, entre tantas admoniciones, le envió unas palabras de felicitación.

Pero, en cambio, originó un escándalo el día que, con motivo de la fiesta de la patrona de Lima, santa Rosa, hizo saber al mundo, en una prédica al aire libre desde el canchón de Mendocita, que, dentro de los límites polvorientos de su ministerio, no había pareja cuya unión no hubiera sido santificada ante Dios y el altar de la casucha de adobes. Pasmados, pues sabían muy bien que en el ex imperio de los incas la más sólida y acatada institución —excluidos la Iglesia y el Ejército— era la mancebía, los prelados de la Iglesia peruana vinieron (¿arrastrando los pies?) a comprobar personalmente la hazaña. Lo que se encontraron, curioseando en las promiscuas viviendas de Mendocita, los dejó aterrados y con un regusto de escarnio sacramental en la boca. Las explicaciones del padre Seferino les resultaron abstrusas y argóticas (el muchacho del Chirimoyo, luego de tantos años de barriada, había olvidado el castizo castellano del seminario y contraído todos los barbarismos e idiotismos de la replana mendocita) y fue el ex curandero y ex guardia civil, Lituma, quien les explicó el sistema empleado para abolir el concubinato. Era sacrílegamente simple. Consistía en cristianizar, ante los evangelios, a toda pareja constituida o por constituir. Éstas, al primer refocilo, acudían presurosas a casarse como Dios manda, ante su querido párroco, y el padre Seferino, sin molestarlos con preguntas impertinentes, les confería el sacramento. Y como, de este modo, muchos vecinos resultaron casados varias veces sin haber previamente enviudado —aeronáutica velocidad con que las parejas del barrio se deshacían, barajaban y rehacían—, el padre Seferino recomponía los estragos que esto causaba, en el dominio del pecado, con la purificadora confesión. (Él lo había explicado con un refrán que, además de herético, resultaba vulgar: «Un chupo tapa otro chupo».) Desautorizado, reprendido, poco menos que abofeteado por el arzobispo, el padre Seferino Huanca Leyva festejó con este motivo una longeva efemérides: la advertencia seria número cien.

Así, entre temerarias iniciativas y publicitadas reprimendas, objeto de polémicas, amado por unos y vilipendiado por otros, llegó el padre Seferino Huanca Leyva a la flor de la edad: los cincuenta años. Era un hombre de frente ancha, nariz aguileña, mirada penetrante y rectitud y bondad en el espíritu, al que su convicción, desde los aurorales días de seminarista, de que el amor imaginario no era pecado y sí un poderoso guardaespaldas para la castidad, había mantenido efectivamente puro, cuando hizo su llegada al barrio de Mendocita, serpiente del paraíso que adopta las formas voluptuosas, ubérrimas, llenas de brillos lujuriantes de la hembra, una pervertida que se llamaba Mayte Unzátegui y que se hacía pasar por trabajadora social (en verdad era, ¿mujer al fin y al cabo?, meretriz).

Decía haber trabajado abnegadamente en las selvas de Tingo María, sacando parásitos de las barrigas de los nativos, y haber huido de allí, muy contrariada, debido a que una pandilla de ratas carnívoras devoraron a su hijo. Era de sangre vasca y, por lo tanto, aristocrática. Pese a que sus horizontes turgentes y su andar de gelatina debieron alertarlo sobre el peligro, el padre Seferino Huanca Leyva cometió, atracción del abismo que ha visto sucumbir monolíticas virtudes, la insensatez de aceptarla como ayudante, creyendo que, como ella decía, su designio era salvar almas y matar parásitos. En realidad, quería hacerlo pecar. Puso en práctica su programa, viniéndose a vivir a la casucha de adobes, en un camastro separado de él por una ridícula cortinilla que para colmo era traslúcida. En las noches, a la luz de un velón, la tentadora, con el pretexto de que así dormía mejor y conservaba el organismo sano, hacía ejercicios. ¿Pero, se podía llamar gimnasia sueca a esa danza de harén miliunanochesco que, en el sitio, bamboleando las caderas, estremeciendo los hombros, agitando las piernas y revelando los brazos, realizaba la vasca, y que percibía, a través de la cortinilla iluminada por los reflejos del velón, como un desquiciador espectáculo de sombras chinescas, el jadeante eclesiástico? Y, más tarde, ya silenciadas por el sueño las gentes de Mendocita, Mayte Unzátegui tenía la insolencia de inquirir con voz meliflua, al escuchar los crujidos del camastro vecino: «¿Está usted desvelado, padrecito?».

Es verdad que, para disimular, la bella corruptora trabajaba doce horas diarias, poniendo vacunas y curando sarnas, desinfectando cuchitriles y asoleando ancianos. Pero lo hacía en shorts, piernas y hombros y brazos y cintura al aire, alegando que en la selva se había acostumbrado a andar así. El padre Seferino continuaba desplegando su creativo ministerio, pero enflaquecía a ojos vistas, tenía ojeras, la mirada se le iba todo el tiempo en busca de Mayte Unzátegui y, al verla pasar, se le abría la boca y un hilillo de saliva venial le mojaba los labios. En esta época adquirió la costumbre de andar día y noche con las manos en los bolsillos, y su sacristana, la ex abortera doña Angélica, profetizaba que en cualquier momento comenzaría a escupir la sangre del tuberculoso.

¿Sucumbiría el pastor a las malas artes de la trabajadora social, o sus debilitantes antídotos le permitirían resistir? ¿Lo llevarían éstos al manicomio, a la tumba? Con espíritu deportivo, los feligreses de Mendocita seguían esta lucha y comenzaron a cruzar apuestas, en las que se fijaban plazos perentorios y se barajaban alérgicas opciones: la vasca quedaría embarazada de simiente de cura, el hombre del Chirimoyo la mataría para matar la tentación, o colgaría los hábitos y se casaría con ella. La vida, por supuesto, se encargó de derrotar a todo el mundo con una carta marcada.

El padre Seferino, con el argumento de que había que volver a la Iglesia de los primeros tiempos, a la pura y sencilla Iglesia de los evangelios, cuando todos los creyentes vivían juntos y compartían sus bienes, inició enérgicamente una campaña para restablecer en Mendocita —verdadero laboratorio de experimentación cristiana— la vida comunal. Las parejas debían disolverse en colectividades de quince o veinte miembros, que se distribuirían el trabajo, la manutención y las obligaciones domésticas, y vivirían juntos en casas adaptadas para albergar estas nuevas células de la vida social que reemplazarían a la pareja clásica. El padre Seferino dio el ejemplo, ampliando su casucha e instalando en ella, además de la trabajadora social, a sus dos sacristanes: el ex sargento Lituma y la ex abortera doña Angélica. Esta microcomuna fue la primera de Mendocita, a ejemplo de la cual debían irse constituyendo las otras.

El padre Seferino estipuló que, dentro de cada comuna católica, existiera la más democrática igualdad entre los miembros de un mismo sexo. Los varones entre ellos y las mujeres entre ellas debían tutearse, pero, para que no se olvidaran las diferencias de musculatura, inteligencia y sentido común establecidas por Dios, aconsejó que las hembras hablasen de usted a los machos y procuraran no mirarlos a los ojos en señal de respeto. Las tareas de cocinar, barrer, traer agua del caño, matar cucarachas y pericotes, lavar ropa y demás actividades domésticas se asumían rotativamente y el dinero ganado —de buena o mala manera— por cada miembro debía ser íntegramente cedido a la comunidad, la que, a su vez, lo redistribuía a partes iguales luego de atender los gastos comunes. Las viviendas carecían de paredes, para abolir el hábito pecaminoso del secreto, y todos los quehaceres de la vida, desde la evacuación del intestino hasta el ósculo sexual, debían hacerse a la vista de los otros.

Antes de que la policía y el ejército invadieran Mendocita, con un cinematográfico despliegue de carabinas, máscaras antigases y bazukas e hicieran esa redada que tuvo encerrados muchos días a los hombres y mujeres del barrio en los cuarteles, no por lo que en realidad eran o habían sido (ladrones, chaveteros, meretrices) sino por subversivos y disolventes, y el padre Seferino fuera llevado ante un tribunal militar acusado de establecer, al amparo de la sotana, una cabecera de puente para el comunismo (fue absuelto gracias a gestiones de su protectora, la millonaria Mayte Unzátegui), el experimento de las arcaicas comunas cristianas estaba ya condenado.

Condenado por la curia, desde luego (advertencia seria doscientas treinta y tres), que lo encontró sospechoso como teoría e insensato como práctica (los hechos, ay, le dieron la razón), pero, sobre todo, por la naturaleza de los hombres y mujeres de Mendocita claramente alérgica al colectivismo. El problema número uno fueron los tráficos sexuales. Al estímulo de la oscuridad, en los dormitorios colectivos, de colchón a colchón, se producían los más ardientes tocamientos, roces seminales, frotaciones, o, directamente, estupros, sodomías, embarazos, y, en consecuencia, se multiplicaron los crímenes por celos. El problema número dos fueron los robos: la convivencia, en vez de abolir el apetito de propiedad, lo exacerbó hasta la locura. Los vecinos se robaban unos a otros hasta el vaho pútrido que respiraban. La cohabitación, en

lugar de hermanar a las gentes de Mendocita, las ene-
mistó a muerte. Fue en este periodo de behetría y des-
quiciamiento, que la trabajadora social (¿Mayte Unzátegui?) declaró estar encinta y el ex sargento Lituma
admitió ser el padre de la criatura. Con lágrimas en los
ojos, el padre Seferino cristianizó esa unión forjada a
causa de sus invenciones sociocatólicas. (Dicen que desde entonces acostumbra sollozar en las noches cantando
elegías a la luna.)

Pero, casi inmediatamente después, debió hacer
frente a una catástrofe peor que la de haber perdido a esa
vasca que nunca llegó a poseer: la llegada a Mendocita
de un competidor de marca, el pastor evangelista don
Sebastián Bergua. Era éste un hombre todavía joven, de
aspecto deportivo y fuertes bíceps, que, nada más llegar,
hizo saber que se proponía, en un plazo de seis meses,
ganar para la verdadera religión —la reformada— a todo
Mendocita, incluido el párroco católico y sus tres acólitos. Don Sebastián (que había sido, antes de pastor, ¿un
ginecólogo atiborrado de millones?) tenía medios para
impresionar a los vecinos: se construyó para él una casita de ladrillos, dando trabajo regiamente pagado a la
gente del barrio, e inició los llamados *desayunos religiosos*
a los que gratuitamente convidaba a quienes asistieran a
sus pláticas sobre la Biblia y memorizaran ciertos cantos.
Los mendocitas, seducidos por su elocuencia y voz de
barítono o por el café con leche y el pan con chicharrón
que la acompañaba, comenzaron a desertar los adobes
católicos por los ladrillos evangelistas.

El padre Seferino recurrió, naturalmente, a la prédica armada. Retó a don Sebastián Bergua a probar a

puñetazos quién era el verdadero ministro de Dios. Debilitado por la sobrepráctica del ejercicio de Onán que le había permitido resistir las provocaciones del demonio, el hombre del Chirimoyo cayó noqueado al segundo puñetazo de don Sebastián Bergua, que, durante veinte años, había hecho, una hora diaria, calistenia y boxeo (¿en el Gimnasio Remigius de San Isidro?). No fue perder dos incisivos y quedar con la nariz achatada lo que desesperó al padre Seferino, sino la humillación de ser derrotado con sus propias armas y notar que, cada día, perdía más feligreses ante su adversario.

Pero, temerarios que crecen ante el peligro y practican lo de a gran mal peor remedio, un día, misteriosamente, el hombre del Chirimoyo trajo a su casucha de adobes unas latas llenas de un líquido que ocultó a las miradas de los curiosos (pero que cualquier olfato sensible hubiera reconocido como kerosene). Esa noche, cuando todos dormían, acompañado por su fiel Lituma, tapió desde afuera, con gruesas tablas y clavos obesos, las puertas y ventanas de la casa de ladrillos. Don Sebastián Bergua dormía el sueño de los justos, fantaseando en torno de un sobrino incestuoso que, arrepentido de haber afrentado a su hermana, terminaba de cura papista en una barriada de Lima: ¿Mendocita? No podía oír los martillazos de Lituma que convertían el templo evangelista en ratonera, porque la ex comadrona doña Angélica, por órdenes del padre Serafino, le había dado una pócima espesa y anestésica. Cuando la misión estuvo tapiada, el hombre del Chirimoyo en persona la roció con kerosene. Luego, persignándose, encendió un fósforo y se dispuso a arrojarlo. Pero, algo lo hizo vacilar. El ex sargento

Lituma, la trabajadora social, la ex abortera, los perros de Mendocita, lo vieron, largo y flaco bajo las estrellas, los ojos atormentados, con un fósforo entre los dedos, dudando sobre si achicharraría a su enemigo.

¿Lo haría? ¿Lanzaría el fósforo? ¿Convertiría el padre Seferino Huanca Leyva la noche de Mendocita en crepitante infierno? ¿Arruinaría así una vida entera consagrada a la religión y el bien común? ¿O, pisoteando la llamita que le quemaba las uñas, abriría la puerta de la casa de ladrillos para, de rodillas, implorar perdón al pastor evangelista? ¿Cómo terminaría esta parábola de la barriada?

XV

La primera persona a la que hablé de mi propuesta
de matrimonio a la tía Julia no fue Javier sino mi prima
Nancy. La llamé, luego de la conversación telefónica con
la tía Julia, y le propuse que fuéramos al cine. En realidad fuimos a El Patio, un café bar de la calle San Martín,
en Miraflores, donde solían reunirse los luchadores que
Max Aguirre, el promotor del Luna Park, traía a Lima.
El local —una casita de un piso, concebida como vivienda de clase media, a la que las funciones de bar notoria-
mente irritaban— estaba vacío, y pudimos conversar
tranquilos, mientras yo tomaba la décima taza de café
del día y la flaca Nancy una Coca-Cola.

Apenas nos sentamos, comencé a maquinar en qué
forma podía dorarle la noticia. Pero fue ella la que se
adelantó a darme novedades. La víspera había habido
una reunión en casa de la tía Hortensia, a la que habían
concurrido una docena de parientes, para tratar *el asunto*.
Allí se había decidido que el tío Lucho y la tía Olga le pi-
dieran a la tía Julia regresar a Bolivia.

—Lo han hecho por ti —me explicó la flaca
Nancy—. Parece que tu papá está hecho una fiera y ha
escrito una carta terrible.

Los tíos Jorge y Lucho, que me querían tanto, estaban ahora inquietos por el castigo que podía infligirme. Pensaban que, si la tía Julia había ya partido cuando él llegara a Lima, se aplacaría y no sería tan severo.

—La verdad es que ahora esas cosas no tienen importancia —le dije, con suficiencia—. Porque le he pedido a la tía Julia que se case conmigo.

Su reacción fue llamativa y caricatural, le ocurrió algo de película. Estaba tomando un trago de Coca-Cola y se atoró. Le vino un acceso de tos francamente ofensivo y se le llenaron los ojos de lágrimas.

—Déjate de payasadas, pedazo de tonta —la reñí, muy enojado—. Necesito que me ayudes.

—No me atoré por eso sino porque el líquido se me fue por otro lado —balbuceó mi prima, secándose los ojos y todavía carraspeando. Y, unos segundos después, bajando la voz, añadió—: Pero si eres un bebe. ¿Acaso tienes plata para casarte? ¿Y tu papá? ¡Te va a matar!

Pero, instantáneamente, ganada por su terrible curiosidad, me acribilló a preguntas sobre detalles en los que yo no había tenido tiempo de pensar: ¿La Julita había aceptado? ¿Íbamos a escaparnos? ¿Quiénes iban a ser los testigos? ¿No podíamos casarnos por la Iglesia porque ella era divorciada, no es cierto? ¿Dónde íbamos a vivir?

—Pero, Marito —repitió al final de su cascada de preguntas, asombrándose de nuevo—. ¿No te das cuenta que tienes dieciocho años?

Se echó a reír y yo también me eché a reír. Le dije que tal vez tenía razón, pero que ahora se trataba de que me ayudara a poner ese proyecto en práctica. Nos habíamos criado juntos y revueltos, nos queríamos mucho, y yo sabía que en cualquier caso estaría de mi lado.

—Claro que si me lo pides te voy a ayudar, aunque sea a hacer locuras y aunque me maten contigo —me dijo al fin—. A propósito, ¿has pensado en la reacción de la familia si de verdad te casas?

De muy buen humor, estuvimos un rato jugando a qué dirían y qué harían los tíos y las tías, los primos y las primas cuando se enfrentaran a la noticia. La tía Hortensia lloraría, la tía Jesús iría a la iglesia, el tío Javier pronunciaría su clásica exclamación (¡Qué desvergüenza!), y el benjamín de los primos, Jaimito, que tenía tres años y ceceaba, preguntaría qué era casarse, mamá. Terminamos riéndonos a carcajadas, con una risa nerviosa que hizo venir a los mozos a averiguar cuál era el chiste. Cuando nos calmamos, la flaca Nancy había aceptado ser nuestra espía, comunicarnos todos los movimientos e intrigas de la familia. Yo no sabía cuántos días me tomarían los preparativos y necesitaba estar al tanto de qué tramaban los parientes. De otro lado, haría de mensajera con la tía Julia y, de tanto en tanto, la sacaría a la calle para que yo pudiera verla.

—Okey, okey —asintió Nancy—. Seré la madrina. Eso sí, si algún día me hace falta, espero que se porten igualito.

Cuando estábamos ya en la calle, caminando hacia su casa, mi prima se tocó la cabeza:

—Qué suerte tienes —se acordó—. Te puedo conseguir justo lo que te hace falta. Un departamento en una quinta de la calle Porta. Un solo cuarto, su cocinita y su baño, lindísimo, de juguete. Y apenas quinientos al mes.

Se había desocupado hacía unos días y una amiga suya lo estaba alquilando; ella le podía hablar. Quedé maravillado con el sentido práctico de mi prima, capaz de pensar en ese momento en el problema terrestre de la vivienda en tanto que yo andaba extraviado en la estratosfera romántica del problema. Por lo demás, quinientos soles estaban a mi alcance. Ahora sólo necesitaba ganar más dinero «para los lujos» (como decía el abuelito). Sin pensarlo dos veces, le pedí que le dijera a su amiga que le tenía un inquilino.

Después de dejar a Nancy, corrí a la pensión de Javier en la avenida 28 de Julio, pero la casa estaba a oscuras y no me atreví a despertar a la dueña, que era malhumorada. Sentí una gran frustración, pues tenía necesidad de contarle a mi mejor amigo mi gran proyecto y escuchar sus consejos. Esa noche dormí un sueño sobresaltado de pesadillas. Tomé desayuno al alba, con el abuelo, que se levantaba siempre con la luz, y corrí a la pensión. Encontré a Javier cuando salía. Caminamos hacia la avenida Larco, para tomar el colectivo a Lima. La noche anterior, por primera vez en su vida, había escuchado completo un capítulo de una radionovela de Pedro Camacho, junto con la dueña y los otros pensionistas, y estaba impresionado.

—La verdad que tu compinche Camacho es capaz de cualquier cosa —me dijo—. ¿Sabes qué pasó anoche? Una pensión vieja de Lima, una familia pobretona bajada de la sierra. Estaban en medio del almuerzo, conversando, y, de repente, un terremoto. Tan bien hecha la tembladera de vidrios y puertas, el griterío, que nos paramos y la señora Gracia salió corriendo hasta el jardín...

Me imaginé al genial Batán roncando para imitar el eco profundo de la tierra, reproduciendo con ayuda de sonajas o de bolitas de vidrio que frotaba junto al micrófono la danza de los edificios y casas de Lima, y con los pies rompiendo nueces o chocando piedras para que se escucharan los crujidos de techos y paredes al cuartearse, de las escaleras al rajarse y desplomarse, mientras Josefina, Luciano y los otros actores se asustaban, rezaban, aullaban de dolor y pedían socorro bajo la mirada vigilante de Pedro Camacho.

—Pero el terremoto es lo de menos —me interrumpió Javier, cuando le contaba las proezas de Batán—. Lo bueno es que la pensión se vino abajo y todos murieron apachurrados. No se salvó ni uno de muestra, aunque te parezca mentira. Un tipo capaz de matar a todos los personajes de una historia, de un terremoto, es digno de respeto.

Habíamos llegado al paradero de los colectivos y no pude aguantar más. Le conté en cuatro palabras lo que había ocurrido la víspera y mi gran decisión. Se hizo el que no se sorprendía:

—Bueno, tú también eres capaz de cualquier cosa —dijo, moviendo la cabeza compasivamente. Y un momento después—: ¿Seguro que quieres casarte?

—Nunca he estado tan seguro de nada en la vida —le juré.

En ese momento ya era verdad. La víspera, cuando le había pedido a la tía Julia que se casara conmigo, todavía tenía la sensación de algo irreflexivo, de una pura frase, casi de una broma, pero ahora, después de haber hablado con Nancy, sentía una gran seguridad. Me parecía estar

comunicándole una decisión inquebrantable, largamente meditada.

—Lo cierto es que estas locuras tuyas terminarán
por llevarme a la cárcel —comentó Javier, resignado, en
el colectivo. Y, luego de unas cuadras, a la altura de la
avenida Javier Prado—: Te queda poco tiempo. Si tus
tíos le han pedido a Julita que se vaya, no puede seguir
con ellos muchos días más. Y la cosa tiene que estar hecha antes de que llegue el cuco, pues con tu padre acá
será difícil.

Estuvimos callados un rato, mientras el colectivo
iba caleteando en las esquinas de la avenida Arequipa,
dejando y recogiendo pasajeros. Al pasar frente al Colegio Raimondi, Javier volvió a hablar, ya totalmente pose-
sionado del problema:

—Vas a necesitar plata. ¿Qué vas a hacer?

—Pedir un adelanto en la radio. Vender todo lo
viejo que tengo, ropa, libros. Y empeñar mi máquina
de escribir, mi reloj, en fin, todo lo que sea empeñable.
Y empezar a buscar otros trabajos, como loco.

—Yo también puedo empeñar algunas cosas, mi radio, mis lapiceros, y mi reloj, que es de oro —dijo Javier.
Entrecerrando los ojos y haciendo sumas con los dedos,
calculó—: Creo que te podré prestar unos mil soles.

Nos despedimos en la plaza San Martín y quedamos
en vernos al mediodía, en mi altillo de Panamericana.
Conversar con él me había hecho bien y llegué a la oficina de buen humor, muy optimista. Leí los periódicos,
seleccioné las noticias, y, por segunda vez, Pascual y el
Gran Pablito encontraron los primeros boletines termi-
nados. Desgraciadamente, ambos estaban ahí cuando

llamó la tía Julia y estropearon la conversación. No me atreví a contarle delante de ellos que había hablado con Nancy y con Javier.

—Tengo que verte hoy día mismo, aunque sea unos minutos —le pedí—. Todo está caminando.

—De repente se me ha venido el alma a los pies —me dijo la tía Julia—. Yo que siempre he sabido ponerle buena cara al mal tiempo, ahora me siento hecha un trapo.

Tenía una buena razón para venir al centro de Lima sin despertar sospechas: reservar en las oficinas del Lloyd Aéreo Boliviano su vuelo a La Paz. Pasaría por la radio a eso de las tres. Ni ella ni yo mencionamos el tema del matrimonio, pero a mí me produjo angustia oírla hablar de aviones. Inmediatamente después de colgar el teléfono, fui a la municipalidad de Lima, a averiguar qué se necesitaba para el matrimonio civil. Tenía un compañero que trabajaba allá y él me hizo las averiguaciones, creyendo que eran para un pariente que iba a casarse con una extranjera divorciada. Los requisitos resultaron alarmantes. La tía Julia tenía que presentar su partida de nacimiento y la sentencia de divorcio legalizada por los ministerios de Relaciones Exteriores de Bolivia y del Perú. Yo, mi partida de nacimiento. Pero, como era menor de edad, necesitaba autorización notarial de mis padres para contraer matrimonio o ser «emancipado» (declarado mayor de edad) por ellos, ante el juez de menores. Ambas posibilidades estaban descartadas.

Salí de la municipalidad haciendo cálculos; sólo conseguir la legalización de los papeles de la tía Julia, suponiendo que los tuviera en Lima, tomaría semanas. Si no los tenía y debía pedirlos a Bolivia, a la municipalidad y juzgado respectivos, meses. ¿Y en cuanto a mi partida de nacimiento? Yo había nacido en Arequipa y escribirle a algún pariente de allá que me la mandara tomaría también tiempo (además de ser riesgoso). Las dificultades se levantaban una tras otra, como desafíos, pero, en vez de disuadirme, reforzaban mi decisión (desde chico había sido muy porfiado). Cuando estaba a medio camino de la radio, a la altura de *La Prensa*, de pronto, en un rapto de inspiración, cambié de rumbo, y, casi a la carrera, me dirigí al parque Universitario, donde llegué sudando. En la secretaría de la Facultad de Derecho, la señora Riofrío, encargada de hacernos saber las notas, me recibió con su expresión maternal de siempre y escuchó llena de benevolencia la complicada historia que le conté, de trámites judiciales urgentes, de una oportunidad única de conseguir un trabajo que me ayudaría a costear mis estudios.

—Está prohibido por el reglamento —se quejó, levantando su apacible humanidad del apolillado escritorio y avanzando, conmigo al lado, hacia el archivo—. Como tengo buen corazón, ustedes abusan. Un día voy a perder mi puesto por hacer estos favores y nadie levantará un dedo por mí.

Le dije, mientras ella escarbaba los expedientes de alumnos, levantando nubecillas de polvo que nos hacían estornudar, que si algún día ocurriera eso, la facultad se declararía en huelga. Encontró por fin mi expediente, donde, en efecto, figuraba mi partida de nacimiento y me advirtió que me la prestaba sólo media hora. Apenas necesité quince minutos para sacar dos fotocopias en una librería de la calle Azángaro y devolverle una de ellas a la señora Riofrío. Llegué a la radio exultante, sintiéndome capaz de pulverizar a todos los dragones que me salieran al encuentro.

Estaba sentado en mi escritorio, después de redactar otros dos boletines y haber entrevistado para El Panamericano al Gaucho Guerrero (un fondista argentino, naturalizado peruano, que se pasaba la vida batiendo su propio récord; corría alrededor de una plaza, días y noches, y era capaz de comer, afeitarse, escribir y dormir mientras corría), descifrando, tras la prosa burocrática de la partida, algunos detalles de mi nacimiento —había nacido en el bulevard Parra, mi abuelo y mi tío Alejandro habían ido a la alcaldía a participar mi llegada al mundo— cuando Pascual y el Gran Pablito, que entraban al altillo, me distrajeron. Venían hablando de un incendio, muertos de risa con los ayes de las víctimas al ser achicharradas. Traté de seguir leyendo la abstrusa partida, pero los comentarios de mis redactores sobre los guardias civiles de esa comisaría del Callao rociada de gasolina por un pirómano demente, que habían perecido todos carbonizados, desde el comisario hasta el último soplón e incluso el perro mascota, me distrajeron de nuevo.

—He visto todos los periódicos y se me ha pasado, ¿dónde la han leído? —les pregunté. Y a Pascual—: Cuidadito con dedicar todos los boletines de hoy al incendio —y a los dos—: Qué tal par de sádicos.

—No es una noticia, sino el radioteatro de las once —me explicó el Gran Pablito—. La historia del sargento Lituma, el terror del hampa chalaca.

—Él también se volvió chicharrón —encadenó Pascual—. Hubiera podido salvarse, estaba saliendo a hacer su ronda, pero regresó para salvar a su capitán. Su buen corazón lo fregó.

—Al capitán no, a la perra Choclito —lo rectificó el Gran Pablito.

—Eso nunca quedó claro —dijo Pascual—. Le cayó una de las rejas del calabozo encima. Si lo hubiera visto a don Pedro Camacho mientras se quemaba. ¡Qué actorazo!

—Y qué decir de Batán —se entusiasmó el Gran Pablito, generosamente—. Si me hubieran jurado que con dos dedos se podía hacer cantar un incendio, no me lo hubiera creído. ¡Pero lo han visto estos ojos, don Mario!

Interrumpió esta charla la llegada de Javier. Fuimos a tomar el consabido café al Bransa y allí le resumí mis averiguaciones y le mostré triunfalmente mi partida de nacimiento.

—He estado pensando y tengo que decirte que es una estupidez que te cases —me soltó de entrada, un poco incómodo—. No sólo porque eres un mocoso, sino, sobre todo, por el asunto plata. Vas a tener que romperte el alma trabajando en cojudeces para poder comer.

—O sea que tú también vas a repetirme las cosas que me van a decir mi mamá y mi papá —me burlé de él—. ¿Que por casarme voy a interrumpir mis estudios de Derecho? ¿Que nunca llegaré a ser un gran jurisconsulto?

—Que por casarte no vas a tener tiempo ni de leer —me contestó Javier—. Que por casarte no llegarás nunca a ser un escritor.

—Nos vamos a pelear si sigues por ese camino —le advertí.

—Bueno, entonces me meto la lengua al bolsillo —se rió—. Ya cumplí con mi conciencia, adivinándote el porvenir. Lo cierto es que, si la flaca Nancy quisiera, yo también me casaría hoy mismo. ¿Por dónde empezamos?

—Como no hay forma de que mis padres me autoricen el matrimonio o me emancipen, y como es posible que tampoco Julia tenga todos los papeles que hacen falta, la única solución es encontrar un alcalde buena gente.

—Querrás decir un alcalde corrompible —me corrigió. Me examinó como a un escarabajo—: ¿Pero a quién puedes corromper tú, muerto de hambre?

—Algún alcalde un poco despistado —insistí—. Uno al que se le pueda contar el cuento del tío.

—Bueno, pongámonos a buscar ese cacaseno descomunal capaz de casarte contra todas las leyes existentes —se echó a reír de nuevo—. Lástima que Julita sea divorciada, te hubieras casado por la Iglesia. Eso era fácil, entre los curas abundan los cacasenos.

Javier me ponía siempre de buen ánimo y terminamos bromeando sobre mi luna de miel, sobre los honorarios que me cobraría (ayudarlo a raptar a la flaca Nancy, por supuesto), y lamentando no estar en Piura, donde, como la fuga matrimonial era costumbre tan extendida, no hubiera sido problema encontrar al cacaseno. Cuando nos despedimos, se había comprometido a buscar al alcalde desde esa misma tarde y a empeñar todos sus bienes prescindibles para contribuir a la boda.

La tía Julia debía pasar a las tres y como a las tres y media no había llegado comencé a inquietarme. A las cuatro se me atracaban los dedos en la máquina de escribir y fumaba sin parar. A las cuatro y media el Gran Pablito me preguntó si me sentía mal, porque se me veía pálido. A las cinco hice que Pascual llamara a casa del tío Lucho y preguntara por ella. No había llegado. Y tampoco había llegado media hora después, ni a las seis de la tarde ni a las siete de la noche. Luego del último boletín, en vez de bajar en la calle de los abuelos, seguí en el colectivo hasta la avenida Armendáriz y estuve merodeando por los alrededores de la casa de mis tíos, sin atreverme a tocar. Por las ventanas divisé a la tía Olga, cambiando el agua de un florero, y, poco después, al tío Lucho, que apagaba las luces del comedor. Di varias vueltas a la manzana, poseído de sentimientos encontrados: desasosiego, cólera, tristeza, ganas de abofetear a la tía Julia y de besarla. Terminaba una de esas vueltas agitadas cuando la vi bajar de un auto lujoso, con placa diplomática. Me acerqué a trancos, sintiendo que los celos y la ira me hacían temblar las piernas y decidido a darle de trompadas a mi rival, fuera quien fuera. Se trataba de un caballero canoso y había además una señora en el interior del automóvil. La tía Julia me presentó como un sobrino de su cuñado y a ellos como los embajadores de Bolivia. Sentí una sensación de ridículo y, al mismo tiempo, que me quitaban un gran peso de encima. Cuando el auto partió, cogí a la tía Julia del brazo y casi a rastras la hice cruzar la avenida y caminar hacia el Malecón.

—Vaya, qué geniecito —la oí decir, mientras nos acercábamos al mar—. Le pusiste al pobre doctor Gumucio cara de estrangulador.

—A quien voy a estrangular es a ti —le dije—. Te estoy esperando desde las tres y son las once de la noche. ¿Te olvidaste que teníamos una cita?

—No me olvidé —me repuso, con determinación—. Te dejé plantado a propósito.

Habíamos llegado al parquecito situado frente al seminario de los jesuitas. Estaba desierto, y, aunque no llovía, la humedad hacía brillar el pasto, los laureles, las matas de geranios. La neblina formaba unas sombrillas fantasmales en torno a los conos amarillos de los postes de luz.

—Bueno, vamos a postergar esa pelea para otro día —le dije, haciéndola sentar en el bordillo del Malecón, sobre el acantilado, de donde subía, sincrónico, profundo, el sonido del mar—. Ahora hay poco tiempo y muchos problemas. ¿Tienes aquí tu partida de nacimiento y la sentencia de tu divorcio?

—Lo que tengo aquí es mi pasaje para La Paz —me dijo, tocando su cartera—. Me voy el domingo, a las diez de la mañana. Y estoy feliz. El Perú y los peruanos ya me llegaron a la coronilla.

—Lo siento por ti, pues por ahora no hay posibilidades de que cambiemos de país —le dije, sentándome a su lado y pasándole el brazo sobre los hombros—. Pero te prometo que, algún día, nos iremos a vivir a una buhardilla en París.

Hasta ese momento, pese a las cosas agresivas que decía, había estado tranquila, ligeramente burlona, muy segura de sí misma. Pero, de pronto, se le dibujó en la cara un rictus amargo y habló con voz dura, sin mirarme:

—No me lo hagas más difícil, Varguitas. Me regreso a Bolivia por culpa de tus parientes, pero, también,

353

porque lo nuestro es una estupidez. Sabes muy bien que no podemos casarnos.

—Sí podemos —le dije, besándola en la mejilla, en el cuello, apretándola con fuerza, tocándole ávidamente los pechos, buscándole la boca con mi boca—. Necesitamos un alcalde cacaseno. Javier me está ayudando. Y la flaca Nancy ya nos encontró un departamentito, en Miraflores. No hay motivo para ponerse pesimistas.

Se dejaba besar y acariciar, pero permanecía distante, muy seria. Le conté la conversación con mi prima, con Javier, mis averiguaciones en la municipalidad, la forma como había conseguido mi partida, le dije que la quería con toda mi alma, que íbamos a casarnos aunque tuviera que matar a un montón de gente. Cuando porfié con mi lengua, para que separara los dientes, se resistió, pero luego abrió la boca y pude entrar en ella y gustar su paladar, sus encías, su saliva. Sentí que el brazo libre de la tía Julia me rodeaba el cuello, que se acurrucaba contra mí, que se ponía a llorar con sollozos que estremecían su pecho. Yo la consolaba, con voz que era un susurro incoherente, sin dejar de besarla.

—Todavía eres un mocosito —la oí murmurar, entre risas y pucheros, mientras yo, sin aliento, le decía que la necesitaba, que la quería, que nunca la dejaría regresar a Bolivia, que me mataría si se iba. Por fin, volvió a hablar, en tono muy bajito, tratando de hacer una broma—: Quien con mocosos se acuesta siempre amanece mojado. ¿Has oído ese refrán?

—Es huachafo y no se puede decir —le contesté, secándole los ojos con mis labios, con las yemas de los dedos—. ¿Tienes aquí esos papeles? ¿Tu amigo el embajador los podría legalizar?

Ya estaba más repuesta. Había dejado de llorar y me miraba con ternura.

—¿Cuánto duraría, Varguitas? —me preguntó, con voz tristona—. ¿Al cuánto tiempo te cansarías? ¿Al año, a los dos, a los tres? ¿Crees que es justo que dentro de dos o tres años me largues y tenga que empezar de nuevo?

—¿El embajador los podrá legalizar? —insistí—. Si él los legaliza por el lado boliviano, será fácil conseguir la legalización peruana. Encontraré en el Ministerio algún amigo que nos ayude.

Se quedó observándome, entre compadecida y conmovida. En su cara fue apareciendo una sonrisa.

—Si me juras que me aguantarás cinco años, sin enamorarte de otra, queriéndome sólo a mí, okey —me dijo—. Por cinco años de felicidad cometo esa locura.

—¿Tienes los papeles? —le dije, arreglándole los cabellos, besándoselos—. ¿Los legalizará el embajador?

Los tenía y conseguimos, en efecto, que la embajada boliviana los legalizara con una buena cantidad de sellos y firmas multicolores. La operación duró apenas media hora, pues el embajador se tragó diplomáticamente el cuento de la tía Julia: necesitaba los papeles esa misma mañana, para formalizar una gestión que le permitiría sacar de Bolivia los bienes que había recibido al divorciarse. Tampoco fue difícil que el ministro de Relaciones Exteriores del Perú, a su vez, legalizara los documentos bolivianos. Me echó una mano un profesor de la universidad, asesor de la cancillería, a quien tuve que inventar otro embrollado radioteatro: una señora cancerosa, en estado agónico, a la que había que casar cuanto antes, con el hombre con el que cohabitaba hacía años, a fin de que muriera en paz con Dios.

Allí, en una habitación de añosas maderas coloniales y de jóvenes acicalados del Palacio de Torre Tagle, mientras esperaba que el funcionario, avivado por el telefonazo de mi profesor, pusiera a la partida de nacimiento y a la sentencia de divorcio de la tía Julia más sellos y recolectara las firmas correspondientes, oí hablar de una nueva catástrofe. Se trataba de un naufragio, algo casi inconcebible. Un barco italiano, atracado en un muelle del Callao, repleto de pasajeros y de visitas que los despedían, de pronto, contraviniendo todas las leyes de la física y de la razón, giraba sobre sí mismo, se volcaba sobre babor, y se hundía rápidamente en el Pacífico, muriendo, por efecto de contusiones, ahogo, o, asombrosamente, mordiscos de tiburones, toda la gente que se hallaba a bordo. Eran dos señoras, conversaban a mi lado, en espera de algún trámite. No bromeaban, se tomaban el naufragio muy en serio.

—¿Ocurrió en un radioteatro de Pedro Camacho, no es cierto? —me entrometí.

—En el de las cuatro —asintió la mayor, una mujer huesuda y enérgica, con fuerte acento eslavo—. El de Alberto de Quinteros, el cardiólogo.

—Ese que era ginecólogo el mes pasado —metió su cuchara, sonriendo, una jovencita que escribía a máquina. Y se tocó la sien, indicando que alguien se había vuelto loco.

—¿No oyó el programa de ayer? —se apiadó cariñosamente la acompañante de la extranjera, una señora con anteojos y entonación ultralimeña—. El doctor Quinteros se estaba yendo de vacaciones a Chile, con su esposa y su hijita Charo. ¡Y se ahogaron los tres!

—Se ahogaron todos —precisó la señora extranjera—. El sobrino Richard, y Elianita y su marido, el Pelirrojo Antúnez, el tontito, y hasta el hijito del incesto, Rubencito. Habían ido a despedirlos.

—Pero lo costeante es que se ahogara el teniente Jaime Concha, que es de otro radioteatro, y que ya se había muerto en el incendio del Callao, hace tres días —volvió a intervenir, muerta de risa, la muchacha; había dejado la máquina—. Esos radioteatros se han vuelto un puro chiste, ¿no les parece?

Un jovencito acicalado, con aire de intelectual (especialidad Límites Patrios), le sonrió con benevolencia y a nosotros nos lanzó una mirada que Pedro Camacho hubiera tenido todo el derecho de llamar argentina:

—¿No te he dicho que eso de pasar personajes de una historia a otra lo inventó Balzac? —dijo, hinchando el pecho con sabiduría. Pero sacó una conclusión que lo perdió—: Si se entera que lo está plagiando, lo manda a la cárcel.

—El chiste no es que los pase de una a otra, sino que los resucite —se defendió la muchacha—. El teniente Concha se había quemado, mientras leía un Pato Donald, ¿cómo puede ahora resultar ahogándose?

—Es un tipo sin suerte —sugirió el jovencito acicalado que traía mis papeles.

Partí feliz, con los documentos oleados y sacramentados, dejando a las dos señoras, la secretaria y los diplomáticos empeñados en una animada charla sobre el escriba boliviano. La tía Julia me estaba esperando en un café y se rió del cuento; no había vuelto a oír los programas de su compatriota.

Salvo la legalización de esos papeles, que resultó tan simple, todas las otras gestiones, en esa semana de diligencias y averiguaciones infinitas que hice, solo o acompañado por Javier, en las alcaldías de Lima, resultaron frustradoras y agobiantes. No ponía los pies en la radio sino para El Panamericano, y dejaba todos los boletines en manos de Pascual, quien pudo ofrecer así a los radioescuchas un verdadero festín de accidentes, crímenes, asaltos, secuestros, que hizo correr por Radio Panamericana tanta sangre como la que, contiguamente, producía mi amigo Camacho en su sistemático genocidio de personajes.

Comenzaba el recorrido muy temprano. Fui al principio a las municipalidades más raídas y alejadas del centro, la del Rímac, la de El Porvenir, la de Vitarte, la de Chorrillos. Una y cincuenta veces (al principio ruborizándome, luego con desparpajo) expliqué el problema a alcaldes, tenientes alcalde, síndicos, secretarios, porteros, portapliegos, y cada vez recibí negativas categóricas. La piedra de toque era siempre la misma: mientras no obtuviera autorización notarial de mis padres, o fuera emancipado ante el juez, no podía casarme. Luego intenté suerte en las alcaldías de los barrios céntricos, con exclusión de Miraflores y San Isidro (donde podía haber conocidos de la familia) con idéntico resultado. Los munícipes, luego de revisar los documentos, solían hacerme bromas que eran patadas en el estómago: «¿Pero cómo, quieres casarte con tu mamá?», «no seas tonto, muchacho, para qué te vas a casar, arrejúntate nomás». El único sitio donde brilló una luz de esperanza fue en la municipalidad de Surco, donde un secretario rollizo y cejijunto nos dijo que el asunto se podía arreglar por diez mil soles, «pues había que taparle la boca a mucha gente». Intenté regatear y llegué a ofrecerle una cantidad que difícilmente hubiera podido reunir (cinco mil soles), pero el gordito, como asustado de su audacia, dio marcha atrás y terminó sacándonos de la alcaldía.

Hablaba por teléfono con la tía Julia dos veces al día y la engañaba, todo estaba en regla, que tuviera un maletín de mano listo con las cosas indispensables, en cualquier momento le diría «ya». Pero me sentía cada vez más desmoralizado. El viernes en la noche, al regresar a casa de los abuelos, encontré un telegrama de mis padres: «Llegamos lunes, Panagra, vuelo 516».

Esa noche, después de pensar largo rato, dando vueltas en la cama, prendí la lamparita del velador y escribí en un cuaderno, donde anotaba temas para cuentos, en orden de prioridad, las cosas que haría. La primera era casarme con la tía Julia y poner a la familia ante un hecho legal consumado al que tendrían que resignarse, quisiéranlo o no. Como faltaban pocos días y la resistencia de los munícipes limeños era tan tenaz, esa primera opción se volvía cada instante más utópica. La segunda era huir con la tía Julia al extranjero. No a Bolivia; la idea de vivir en un mundo donde ella había vivido sin mí, donde tenía tantos conocidos, su mismo ex marido, me molestaba. El país indicado era Chile. Ella podía partir a La Paz, para engañar a la familia, y yo me escaparía en ómnibus o colectivo hasta Tacna. Alguna manera habría de cruzar clandestinamente la frontera, hasta Arica, y luego seguiría por tierra hasta Santiago, donde la tía Julia vendría a reunirse conmigo o me estaría esperando. La posibilidad de viajar y vivir sin pasaporte (para sacarlo se necesitaba también autorización paterna) no me parecía imposible, y me gustaba, por su carácter novelesco. Si la familia, como era seguro, me hacía buscar, me localizaba y repatriaba, me escaparía de nuevo, todas las veces que hiciera falta, y así iría viviendo hasta alcanzar los codiciados, liberadores veintiún años. La tercera opción era matarme, dejando una carta bien escrita, para sumir a mis parientes en el remordimiento.

Al día siguiente, muy temprano, corrí a la pensión de Javier. Pasábamos revista, cada mañana, mientras él se afeitaba y duchaba, a los acontecimientos de la víspera y preparábamos el plan de acción de la jornada. Sentado sobre el excusado, viéndolo jabonarse, le leí el cuaderno donde había resumido, con comentarios marginales, las opciones de mi destino. Mientras se enjuagaba, me rogó encarecidamente que trastocara las prioridades y pusiera el suicidio a la cabeza:

—Si te matas, las porquerías que has escrito se volverán interesantes, la gente morbosa querrá leerlas y será fácil publicarlas en un libro —me convencía, a la vez que se secaba con furia—. Te volverás, aunque sea póstumamente, un escritor.

—Me vas a hacer perder el primer boletín —lo apuraba yo—. Déjate de jugar a Cantinflas que tu humor me hace maldita gracia.

—Si te matas, ya no tendría que faltar tanto a mi trabajo ni a la universidad —continuaba Javier, mientras se vestía—. Lo ideal es que procedas hoy, esta mañana, ahorita. Así me librarías de empeñar mis cosas, que, por supuesto, terminarán rematando, porque ¿acaso me vas a pagar algún día?

Y ya en la calle, mientras trotábamos hacia el colectivo, sintiéndose un humorista eximio:

—Y, por último, si te matas, te volverás famoso, y a tu mejor amigo, tu confidente, el testigo de la tragedia, le harán reportajes y saldrá retratado en los periódicos. ¿Y tú crees que tu prima Nancy no se ablandaría con esa publicidad?

En la llamada (horriblemente) Caja de Pignoración de la plaza de Armas, empeñamos mi máquina de escribir y su radio, mi reloj y sus lapiceros, y, al final, lo convencí de que también empeñara su reloj. Pese a que regateamos como lobos, sólo obtuvimos dos mil soles. Los días anteriores, sin que lo advirtieran los abuelos, yo había ido vendiendo, en los ropavejeros de la calle La Paz, ternos, zapatos, camisas, corbatas, chompas, hasta quedarme prácticamente con lo que llevaba puesto. Pero la inmolación de mi vestuario significó apenas cuatrocientos soles. En cambio, había tenido más suerte con el empresario progresista, al que, después de media hora dramática, convencí de que me adelantara cuatro sueldos y me los fuera descontando a lo largo de un año. La conversación tuvo un final inesperado. Yo le juraba que ese dinero era para una operación de hernia de mi abuelita, urgentísima, y no lo conmovía. Pero, de pronto, dijo: «Bueno». Con una sonrisa de amigo, añadió: «Confiesa que es para hacer abortar a una hembrita». Bajé los ojos y le rogué que me guardara el secreto.

Al ver mi depresión por el poco dinero conseguido con el empeño, Javier me acompañó hasta la radio. Quedamos en pedir permiso en nuestros trabajos para ir en la tarde a Huacho. Tal vez en provincias los munícipes fueran más sentimentales. Llegué al altillo cuando sonaba el teléfono. La tía Julia estaba hecha una furia. La víspera habían llegado a casa del tío Lucho, de visita, la tía Hortensia y el tío Alejandro y no le habían contestado el saludo.

—Me miraron con un desprecio olímpico, sólo les faltó decirme pe —me contó, indignada—. Tuve que morderme para no mandarlos ya sabes adónde. Lo hice por mi hermana, pero también por nosotros, para no complicar más las cosas. ¿Cómo va todo, Varguitas?

—El lunes, a primera hora —le aseguré—. Tienes que decir que atrasas un día el vuelo a La Paz. Tengo todo casi listo.

—No te preocupes por el alcalde cacaseno —me dijo la tía Julia—. Ya me entró la rabieta y no me importa. Aunque no lo encuentres, nos escapamos lo mismo.

—¿Por qué no se casan en Chincha, don Mario? —le oí decir a Pascual, apenas colgué el teléfono. Al ver mi estupor, se confundió—: No es que yo sea chismoso y quiera entrometerme. Pero, claro, oyéndolos, nos enteramos de las cosas. Lo hago para ayudarlo. El alcalde de Chincha es mi primo y lo casa en un dos por tres, con o sin papeles, sea o no sea mayor de edad.

Ese mismo día quedó todo milagrosamente resuelto. Javier y Pascual partieron esa tarde a Chincha, en un colectivo, con los papeles y la consigna de dejar todo preparado para el lunes. Mientras, yo fui con mi prima

362

Nancy a alquilar el cuartito de la quinta miraflorina, pedí tres días de permiso en la radio (los obtuve después de una discusión homérica con Genaro papá, a quien temerariamente amenacé con renunciar si me los negaba) y planeé la fuga de Lima. El sábado en la noche, Javier volvió con buenas noticias. El alcalde era un tipo joven y simpático, y, cuando él y Pascual le contaron la historia, se había reído y festejado el proyecto de rapto.

«Qué romántico», les había dicho. Se quedó con los papeles y les aseguró que, entre amigos, también se podía obviar el asunto de las proclamas.

El domingo previne a la tía Julia, por teléfono, que había encontrado al cacaseno, que nos fugaríamos al día siguiente, a las ocho de la mañana, y que al mediodía seríamos marido y mujer.

XVI

Joaquín Hinostroza Bellmont, quien habría de estremecer los estadios, no metiendo goles ni atajando penales sino arbitrando partidos de fútbol, y cuya sed de alcohol dejaría huella y deudas en los bares de Lima, nació en una de esas residencias que los mandarines se construyeron hace treinta años, en La Perla, cuando pretendieron convertir a ese baldío en una Copacabana limeña (pretensión malograda por la humedad, que, castigo de camello que se obstina en pasar por el ojo de la aguja, devastó gargantas y bronquios de la aristocracia peruana).

Fue Joaquín hijo único de una familia que, además de adinerada, entroncaba, frondosa selva de árboles que son títulos y escudos, con marquesados de España y Francia. Pero el padre del futuro réferi y borrachín había puesto de lado los pergaminos y consagrado su vida al ideal moderno de multiplicar su fortuna en negocios que comprendían desde la fabricación de casimires hasta la introducción del ardiente cultivo de la pimienta en la Amazonía. La madre, madona linfática, esposa abnegada, había pasado su vida gastando el dinero que producía su marido en médicos y curanderos (pues padecía diversas enfermedades de alta clase social). Ambos habían tenido a Joaquín algo crecidos, después de mucho rogar a Dios que les concediera un heredero. El advenimiento constituyó una felicidad indescriptible para sus padres, quienes, desde la cuna, soñaron para él un porvenir de príncipe de la industria, rey de la agricultura, mago de la diplomacia o Lucifer de la política.

¿Fue por rebelde, en insubordinación contra este destino de gloria crematística y brillo social, que el niño resultó árbitro de fútbol, o más bien por insuficiencia de psicología? No, fue por genuina vocación. Tuvo, naturalmente, desde la mamadera hasta el bozo, una variopinta sucesión de institutrices, importadas de países exóticos: Francia, Inglaterra. Y en los mejores colegios de Lima fueron reclutados profesores para enseñarle los números y las letras. Todos, uno tras otro, terminaron renunciando al pingüe salario, desmoralizados e histéricos, por la indiferencia ontológica del niño ante cualquier especie de saber. A los ocho años no había aprendido a sumar y del alfabeto a duras penas memorizaba las vocales. Sólo decía monosílabos, era tranquilo, se paseaba por las habitaciones de La Perla, entre muchedumbres de juguetes adquiridos en distintos puntos del orbe para distraerlo —mecanos alemanes, trenes japoneses, rompecabezas chinos, soldaditos austriacos, triciclos norteamericanos—, con expresión de aburrimiento mortal. Lo único que parecía sacarlo, a ratos, de su sopor brahmánico eran las figuritas de fútbol de los chocolatines Mar del Sur, que pegaba en cuadernos satinados y contemplaba, horas de horas, con curiosidad.

Aterrados ante la idea de haber procreado un fin de raza, hemofílico y tarado, que sería más tarde hazmerreír del público, los padres acudieron a la ciencia. Ilustres galenos comparecieron en La Perla. Fue el pediatra estrella de la ciudad, el doctor Alberto de Quinteros, quien desasnó luminosamente a los atormentados:

—Tiene lo que llamo mal de invernadero —les explicó—. Las flores que no viven en el jardín, entre flores e insectos, crecen mustias y su perfume es hediondo. La cárcel dorada lo está atontando. Amas y dómines deben ser despedidos y el niño matriculado en un colegio para que alterne con gente de su edad. ¡Será normal el día que un compañero le rompa la nariz!

Dispuesta a cualquier sacrificio con tal de desimbecilizarlo, la orgullosa pareja consintió en dejar que Joaquincito se zambullera en el plebeyo mundo exterior. Se escogió para él, claro está, el colegio más caro de Lima, los padres de Santa María, y, a fin de no destruir todas las jerarquías, se le mandó hacer un uniforme de color reglamentario, pero en terciopelo.

La receta del famoso dio resultados apreciables. Es verdad que Joaquín sacaba notas extraordinariamente bajas y que, para aprobar sus exámenes, áurea codicia que produjo cismas, sus padres debían hacer donaciones (vitrales para la capilla del colegio, faldas de paño para los acólitos, pupitres robustos para la escuelita de los pobres, etcétera), pero el hecho es que el niño se volvió sociable y que a partir de entonces se le vio algunas veces contento. En esta época se manifestó el primer indicio de su genialidad (su incomprensivo padre le decía tara): un interés por el balompié. Cuando fueron informados que el niño Joaquín, apenas se calzaba los zapatos de fútbol, de anestésico y monosilábico se transformaba en un ser dinámico y gárrulo, sus padres se alegraron mucho. Y, de inmediato, adquirieron un terreno contiguo a su casa de La Perla, para construir una cancha de fútbol, de proporciones apreciables, donde Joaquincito pudiera divertirse a sus anchas.

Se vio, a partir de entonces, en la neblinosa avenida de las Palmeras, de La Perla, desembarcar del ómnibus del Santa María, a la salida de clases, a veintidós alumnos —cambiaban las caras pero permanecía el número— que venían a jugar en la cancha de los Hinostroza Bellmont. La familia regalaba a los jugadores, después del partido, con un té acompañado de chocolates, gelatinas, merengues y helados. Los ricos gozaban viendo cada tarde a su hijito Joaquín jadeando feliz.

Sólo después de algunas semanas, se percató el pionero del cultivo de la pimienta en el Perú que ocurría algo extraño. Dos, tres, diez veces había encontrado a Joaquincito arbitrando el partido. Con un silbato en la boca y una gorrita para el sol, corría tras los jugadores, señalaba faltas, imponía penales. Aunque el niño no parecía acomplejado por cumplir este papel en vez de ser jugador, el millonario se enojó. ¿Los invitaba a su casa, los engordaba con dulces, les permitía codearse con su hijo de igual a igual y tenían la desfachatez de relegar a Joaquín a la mediocre función de árbitro? Estuvo a punto de abrir las jaulas de los dóberman y dar un buen susto a esos frescos. Pero se limitó a recriminarlos. Ante su sorpresa, los muchachos se declararon inocentes, juraron que Joaquín era árbitro porque le gustaba serlo y el damnificado corroboró por Dios y por su madre que era así. Unos meses después, consultando su libreta y los informes de sus mayordomos, el padre se enfrentó a este balance: en ciento treinta y dos partidos disputados en su cancha, Joaquín Hinostroza Bellmont no había sido jugador en ninguno y había arbitrado ciento treinta y dos. Cambiando una mirada, los padres subliminalmente se dijeron que algo andaba mal: ¿cómo podía ser esto la normalidad? Nuevamente, fue requerida la ciencia.

Fue el más connotado astrólogo de la ciudad, un hombre que leía las almas en las estrellas y que restañaba los espíritus de sus clientes (él hubiera preferido: *amigos*) mediante los signos del zodiaco, el profesor Lucio Acémila, quien, después de muchos horóscopos, interrogatorios a los cuerpos celestes y meditación lunar, dio el veredicto que, si no el más certero, resultó el más halagüeño para los padres:

—El niño se sabe celularmente un aristócrata, y, fiel a su origen, no tolera la idea de ser igual a los demás —les explicó, quitándose las gafas ¿para que fuera más notoria la lucecita inteligente que aparecía en sus pupilas al emitir un pronóstico?—. Prefiere ser réferi a jugador porque el que arbitra un partido es el que manda. ¿Creían ustedes que en ese rectángulo verde Joaquincito hace deporte? Error, error. Ejercita un ancestral apetito de dominación, de singularidad y jerarquía, que, sin duda, le corre por las venas.

Sollozando de felicidad, el padre sofocó a besos a su hijo, se declaró hombre bienaventurado, y agregó un cero a los honorarios, ya de por sí regios, que le había pasado el profesor Acémila. Convencido de que esa manía de arbitrar los partidos de fútbol de sus compañeros resultaba de avasalladores ímpetus de subyugación y prepotencia, que, más tarde, convertirían a su hijo en dueño del mundo (o, en el peor de los casos, del Perú), el industrial abandonó muchas tardes su múltiple oficina para, debilidades de león que lagrimea viendo a su cachorro despedazar a la primera oveja, venir a su estadio privado de La Perla a gozar paternalmente viendo a Joaquín, enfundado en el lindo uniforme que le había regalado, dando pitazos detrás de esa bastarda confusión (¿los jugadores?).

Diez años después, los confundidos padres no tuvieron más remedio que empezar a decirse que, tal vez, las profecías astrales habían pecado de optimistas. Joaquín Hinostroza Bellmont tenía ya dieciocho años y había llegado al último grado de la secundaria varios años después que sus compañeros del comienzo y sólo gracias a la filantropía familiar. Los genes de conquistador del mundo, que, según Lucio Acémila, se camuflaban bajo el inofensivo capricho de arbitrar fútbol, no aparecían por ninguna parte, y, en cambio, terriblemente se hacía inocultable que el hijo de aristócratas era una calamidad sin remedio para todo lo que no fuera cobrar tiros libres. Su inteligencia, a juzgar por las cosas que decía, lo colocaba, darwinianamente hablando, entre el oligofrénico y el mono, y su falta de gracia, de ambiciones, de interés por todo lo que no era esa agitada actividad de réferi, hacían de él un ser profundamente soso.

Ahora, es verdad que en lo que concernía a su vicio primero (el segundo fue el alcohol) el muchacho denotaba algo que merecía llamarse talento. Su imparcialidad teratológica (¿en el espacio *sagrado* de la cancha y el tiempo *hechicero* de la competencia?) le ganó prestigio como árbitro entre alumnos y profesores del Santa María, y, también, gavilán que desde la nube divisa bajo el algarrobo la rata que será su almuerzo, su visión que le permitía infaliblemente detectar, a cualquier distancia y desde cualquier ángulo, el artero puntapié del defensa a la canilla del delantero centro, o el vil codazo del alero al guardameta que saltaba con él. También eran insólitas su omnisciencia de las reglas y la intuición feliz que le hacía suplir con decisiones relámpago los vacíos reglamentarios. Su fama saltó los muros del Santa María y el aristócrata de La Perla comenzó a arbitrar competencias inter-escolares, campeonatos de barrio, y, un día se supo que, ¿en la cancha del Potao?, había reemplazado a un réferi en un partido de segunda división.

Terminado el colegio, se planteó un problema a los abrumados progenitores: el futuro de Joaquín. La idea de que fuera a la universidad fue apenadamente descartada, para evitar al muchacho humillaciones inútiles, complejos de inferioridad, y, a la fortuna familiar, nuevos forados en forma de donaciones. Un intento de hacerlo aprender idiomas desembocó en estrepitoso fracaso. Un año en Estados Unidos y otro en Francia no le enseñaron una sola palabra de inglés ni de francés, y, en cambio, tuberculizaron su de por sí raquítico español. Cuando volvió a Lima, el fabricante de casimires optó por resignarse a que su hijo no ostentara ningún título, y, lleno de desilusión, lo puso a trabajar en la maleza de empresas caseras. Los resultados fueron previsiblemente catastróficos. En dos años, sus actos u omisiones habían quebrado dos hilanderías, reducido al déficit la más floreciente firma del conglomerado —una constructora de caminos— y las plantaciones de pimienta de la selva habían sido carcomidas por plagas, aplastadas por avalanchas y ahogadas por inundaciones (lo que confirmó que Joaquincito era también un fúlmine). Aturdido por la inconmensurable incompetencia de su hijo, herido en su amor propio, el padre perdió energías, se volvió nihilista y descuidó sus negocios que, en poco tiempo, fueron desangrados por ávidos lugartenientes, y contrajo un tic risible que consistía en sacar la lengua para tratar (¿insensatamente?) de lamerse la oreja. Su nerviosismo y desvelos lo arrojaron, siguiendo los pasos de su esposa, en manos de psiquiatras y psicoanalistas (¿Alberto de Quinteros? ¿Lucio Acémila?) que dieron rápida cuenta de sus residuos de cordura y de plata.

El colapso económico y la ruina mental de sus engendradores no pusieron al borde del suicidio a Joaquín Hinostroza Bellmont. Vivía siempre en La Perla, en una residencia fantomáquica, que se había ido despintando, aherrumbrando, despoblando, perdiendo jardines y cancha de fútbol (para pagar deudas) y que habían invadido la suciedad y las arañas. El joven se pasaba el día arbitrando los partidos callejeros que organizaban los vagabundos del barrio, en los descampados que separan Bellavista y La Perla. Fue en uno de esos matches disputados por caóticos palomillas, en plena vía pública, donde un par de piedras hacían de arco y una ventana y un poste de límites, y que Joaquín —principismo de elegante que se viste de baile para cenar en plena selva virgen— arbitraba como si fueran final de campeonato, que el hijo de aristócratas conoció a la persona que haría de él un cirroso y una estrella: ¿Sarita Huanca Salaverría?

La había visto jugar varias veces en esos partidos del montón e incluso le había cobrado muchas faltas por la agresividad con que arremetía contra el adversario. Le decían Marimacho, pero ni por ésas se le hubiera ocurrido a Joaquín que ese adolescente cetrino, calzado con viejas zapatillas, cubierto por unos blue jeans y una chompa rotosa, hubiera sido mujer. Lo descubrió eróticamente. Un día, por haberla castigado con un penal indiscutible (Marimacho había metido un gol con bola y arquero), recibió como respuesta una mentada de madre.

—¿Qué has dicho? —se indignó el hijo de aristócratas ¿pensando que en esos mismos momentos su madre estaría ingiriendo una píldora, paladeando una pócima, soportando un agujazo?—: Repite si eres hombre.

—No soy, pero repito —repuso Marimacho. Y, honor de espartana capaz de ir a la hoguera por no dar su brazo a torcer, repitió, enriquecida con adjetivos del arroyo, la mentada de madre.

Joaquín intentó lanzarle un puñete, que sólo dio en el aire, y, al instante, se vio arrojado al suelo por un cabezazo de Marimacho, quien cayó sobre él, golpeándolo con manos, pies, rodillas, codos. Allí, forcejeos gimnásticos sobre la lona que acaban pareciendo los apretones del amor, descubrió, estupefacto, erogenizado, eyaculante, que su adversario era mujer. La emoción que le produjeron los roces pugilísticos con esas turgencias inesperadas fue tan grande que cambió su vida. Ahí mismo, al amistarse después de la pelea y saber que se llamaba Sarita Huanca Salaverría, la invitó al cine a ver Tarzán, y una semana más tarde le propuso el altar. La negativa de Sarita a ser su esposa e incluso a dejarse besar empujaron clásicamente a Joaquín a las cantinas. En poco tiempo, pasó de romántico que ahoga penas en whisky a alcohólico irredento que puede apagar su africana sed con kerosene.

¿Qué despertó en Joaquín esa pasión por Sarita Huanca Salaverría? Era joven y tenía un físico esbelto de gallito, una piel curtida por la intemperie, un cerquillo bailarín, y, como jugadora de fútbol, no estaba mal. Por su manera de vestirse, las cosas que hacía y las personas que frecuentaba, parecía contrariada con su condición de mujer. ¿Era esto, tal vez —vicio de originalidad, frenesí de extravagancia— lo que la hacía tan atractiva para el aristócrata? El primer día que llevó a Marimacho a la ruinosa casa de La Perla, sus padres, después que la pareja hubo partido, se miraron asqueados. El ex rico encarceló en una frase la amargura de su espíritu: «No sólo hemos creado a un estúpido, sino, también, a un pervertido sexual».

Sin embargo, Sarita Huanca Salaverría, a la vez que alcoholizó a Joaquín, fue el trampolín que lo ascendió de los partidos callejeros con pelota de trapo a los campeonatos del Estadio Nacional.

Marimacho no se contentaba con rechazar la pasión del aristócrata; se complacía en hacerlo sufrir. Se dejaba invitar al cine, al fútbol, a los toros, a restaurantes, consentía en recibir costosos regalos (¿en los que el enamorado dilapidaba los escombros del patrimonio familiar?), pero no permitía que Joaquín le hablara de amor. Apenas intentaba éste, timidez de doncel que enrojece al piropear a una flor, atorándose, decirle cuánto la amaba, Sarita Huanca Salaverría se ponía de pie, iracunda, lo hería con insultos de una soecidad bajopontina, y se mandaba mudar. Era entonces cuando Joaquín comenzaba a beber, pasando de una cantina a otra y mezclando licores para obtener efectos prontos y explosivos. Fue un espectáculo corriente, para sus padres, verlo recogerse a la hora de las lechuzas, y cruzar las habitaciones de La Perla, dando traspiés, perseguido por una estela de vómitos. Cuando ya parecía a punto de desintegrarse en alcohol, una llamada de Sarita lo resucitaba. Concebía nuevas esperanzas y se reanudaba el ciclo infernal. Demolidos por la amargura, el hombre del tic y la hipocondríaca murieron casi al mismo tiempo y fueron sepultados en un mausoleo del Cementerio Presbítero Maestro. La encogida residencia de La Perla, al igual que los bienes que sobrevivían, fueron rematados por acreedores o incautados por el Estado. Joaquín Hinostroza Bellmont tuvo que ganarse la vida.

Tratándose de quien se trataba (su pasado rugía que moriría de consunción o terminaría mendigo) lo hizo más que bien. ¿Qué profesión eligió? ¡Árbitro de fútbol! Acicateado por el hambre y el deseo de seguir festejando a la esquiva Sarita, comenzó pidiendo unos soles a los mataperros cuyos partidos le pedían arbitrar, y, al ver que ellos, prorrateándose, se los daban, dos más dos son cuatro y cuatro y dos son seis, fue aumentando las tarifas y administrándose mejor. Como era conocida su habilidad en la cancha, consiguió contratos en competencias juveniles, y, un día, audazmente, se presentó en la Asociación de Árbitros y Entrenadores de Fútbol y solicitó su inscripción. Pasó los exámenes con una brillantez que dejó mareados a los que, a partir de entonces, pudo (¿vanidosamente?) llamar colegas.

La aparición de Joaquín Hinostroza Bellmont —uniforme negro pespuntado de blanco, viserita verde en la frente, silbato plateado en la boca— en el Estadio Nacional de José Díaz, estableció una efemérides en el fútbol nacional. Un experimentado cronista deportivo lo diría: «Con él ingresaron a las canchas la justicia inflexible y la inspiración artística». Su corrección, su imparcialidad, su rapidez para descubrir la falta y su tino para sancionarla, su autoridad (los jugadores se dirigían siempre a él bajando los ojos y tratándolo de don), y ese estado físico que le permitía correr los noventa minutos del partido y no estar nunca a más de diez metros de la pelota, lo hicieron rápidamente popular. Fue, como se dijo en un discurso, el único réferi nunca desobedecido por los jugadores ni agredido por los espectadores, y el único al que, después de cada partido, ovacionaban las tribunas.

¿Nacían esos talentos y esfuerzos sólo de una sobresaliente conciencia profesional? También. Pero la razón profunda era que Joaquín Hinostroza Bellmont pretendía, con su magia arbitral, secreto de muchacho que triunfa en Europa y vive amargo porque lo que quería era el aplauso de su pueblecito andino, impresionar a Marimacho. Seguían viéndose, casi a diario, y la escabrosa maledicencia popular los creía amantes. En realidad, pese a su tesón sentimental, incólume a lo largo de los años, el réferi no había conseguido vencer la resistencia de Sarita.

Ésta, un día, luego de rescatarlo del suelo de una cantina del Callao, de llevarlo a la pensión del centro donde vivía, de limpiarle las manchas de escupitajo y de aserrín y de acostarlo, le contó el secreto de su vida. Joaquín Hinostroza Bellmont supo así, lividez de hombre que ha recibido el beso del vampiro, que en la primera juventud de esa muchacha había un amor maldito y un terremoto conyugal. En efecto, entre Sarita y su hermano (¿Richard?) había brotado un enamoramiento trágico, que —cataratas de fuego, lluvia de veneno sobre la humanidad— había cristalizado en embarazo. Habiendo contraído astutamente matrimonio con un galán al que antes desairaba (¿el Pelirrojo Antúnez? ¿Luis Marroquín?) para que el hijo del incesto tuviera un apellido impoluto, el joven y dichoso marido, sin embargo —cola del diablo que se mete en la olla y arruina el pastel—, había descubierto a tiempo la superchería y repudiado a la tramposa que quería contrabandearle un entenado como hijo. Obligada a abortar, Sarita huyó de su familia encopetada, de su barrio residencial, de su apellido resonante, y, convertida en vagabunda, en los descampados de Bellavista y La Perla había adquirido la personalidad y el apodo de Marimacho. Desde entonces, había jurado no entregarse nunca más a un hombre y vivir siempre, para todos los efectos prácticos (¿salvo, ay, el de los espermatozoides?), como varón.

Conocer la tragedia, aderezada de sacrilegio, transgresión de tabúes, pisoteo de la moral civil y de mandamientos religiosos, de Sarita Huanca Salaverría, no canceló la pasión amorosa de Joaquín Hinostroza Bellmont; la robusteció. El hombre de La Perla concibió, incluso, la idea de curar a Marimacho de sus traumas y reconciliarla con la sociedad y los hombres; quiso hacer de ella, otra vez, una limeña femenina y coqueta, pícara y salerosa ¿como la Perricholi?

Al mismo tiempo que su fama crecía y era solicitado para arbitrar partidos internacionales en Lima y en el extranjero, y recibía ofertas para trabajar en México, Brasil, Colombia, Venezuela, que él, patriotismo de sabio que renuncia a las computadoras de Nueva York para seguir experimentando con las cobayas tuberculosas de San Fernando, siempre rechazó, su asedio al corazón de la incestuosa se hizo más tenaz.

Y le pareció entrever algunas señales —humo apache en las colinas, tam-tams en la floresta africana— de que Sarita Huanca Salaverría podía ceder. Una tarde, luego de un café con medialunas en el Haití de la plaza de Armas, Joaquín pudo retener entre las suyas la diestra de la muchacha por más de un minuto (exacto: su cabeza de árbitro lo cronometró). Poco después, hubo un partido en que la selección nacional se enfrentó a una pandilla de homicidas, de un país de escaso renombre —¿Argentina o algo así?—, que se presentaron a jugar con los zapatos acorazados de clavos, y rodilleras y coderas que, en verdad, eran instrumentos para malherir al adversario. Sin atender a sus argumentos (por lo demás ciertos) de que en su país era costumbre jugar al fútbol así —¿cabeceándolo con la tortura y el crimen?—, Joaquín Hinostroza Bellmont los fue expulsando de la cancha, hasta que el equipo peruano ganó técnicamente por falta de competidores. El árbitro, por supuesto, salió en hombros de la multitud y Sarita Huanca Salaverría, cuando

estuvieron solos —¿arranque de peruanidad? ¿sensible-
ría deportiva?—, le echó los brazos al cuello y lo besó.
Una vez que estuvo enfermo (la cirrosis, discreta, fatídica,
iba mineralizando el hígado del hombre de los estadios y
comenzaba a provocarle crisis periódicas) lo atendió sin
moverse de su lado, la semana que permaneció en el
Hospital Carrión y Joaquín la vio, una noche, derramar
algunas lágrimas ¿por él? Todo esto lo envalentonaba y
cada día le proponía, con argumentos renovados, matrimonio. Era inútil. Sarita Huanca Salaverría asistía a todos los partidos que él interpretaba (los cronistas com-
paraban sus arbitrajes al manejo de una sinfonía), lo
acompañaba al extranjero y hasta se había mudado a la
Pensión Colonial donde Joaquín vivía con su hermana
pianista y sus ancianos padres. Pero se negaba a que esa
fraternidad dejara de ser casta y se convirtiera en refocilo. La incertidumbre, margarita cuyos pétalos no se termina jamás de deshojar, fue agravando el alcoholismo de
Joaquín Hinostroza Bellmont, a quien acabó por verse
más borracho que sobrio.

El alcohol fue el talón de Aquiles de su vida profesional, el lastre que, decían los entendidos, le impidió arbitrar en Europa. ¿Cómo se explica, de otra parte, que
un hombre que bebía tanto hubiera podido ejercer una
profesión de tantos rigores físicos? El hecho es que,
enigmas que empiedran la historia, desenvolvió ambas
vocaciones al mismo tiempo, y, a partir de la treintena,
ambas fueron simultáneas: Joaquín Hinostroza Bellmont comenzó a arbitrar partidos borracho como una
cuba y a seguirlos arbitrando imaginativamente en las
cantinas.

El alcohol no amortiguaba su talento: ni empañaba su vista, ni debilitaba su autoridad, ni demoraba su carrera. Es verdad que, alguna vez, en medio de un partido se le vio atacado de hipos, y que, calumnias que enturbian el aire y acuchillan la virtud, se aseguraba que una vez, aquejado de sahariana sed, arrebató a un enfermero que corría a auxiliar a un jugador una botella de linimento y se la bebió como agua fresca. Pero estos episodios —anecdotario pintoresco, mitología del genio— no interrumpieron su carrera de éxitos.

Así, entre los atronadores aplausos del Estadio y las penitentes borracheras con que trataba de calmar los remordimientos —pinzas de inquisidor que hurgan las carnes, potro que descoyunta los huesos—, en su alma de misionero de la verdadera fe (¿testigos de Jehová?), por haber violado inopinadamente, en una noche loca de la juventud, a una menor de La Victoria (¿Sarita Huanca Salaverría?), llegó Joaquín Hinostroza Bellmont a la flor de la edad: la cincuentena. Era un hombre de frente ancha, nariz aguileña, mirada penetrante, rectitud y bondad en el espíritu, que había trepado a la cumbre de su profesión.

En esas circunstancias le tocó a Lima ser escenario del más importante encuentro futbolístico del medio siglo, la final del campeonato sudamericano entre dos equipos que, en las eliminatorias, habían, cada uno por su lado, infligido deshonrosas goleadas a sus adversarios: Bolivia y Perú. Aunque la costumbre aconsejaba que arbitrara ese partido un réferi de país neutral, los dos equipos, y, con especial insistencia —hidalguía del Altiplano, nobleza colla, pundonor aymara—, los extranjeros, exigieron que fuera el famoso Joaquín Hinostroza Marroquín quien arbitrara el partido. Y, como jugadores, suplentes y entrenadores amenazaron con una huelga si no se les satisfacía, la Federación accedió y el Testigo de Jehová recibió la misión de gobernar ese match que todos profetizaban memorable.

Las acérrimas nubes grises de Lima se despejaron ese domingo para que el sol calentara el encuentro. Muchas personas habían pasado la noche a la intemperie, con la ilusión de conseguir entradas (era sabido que estaban agotadas hacía un mes). Desde el amanecer, todo el entorno del Estadio Nacional se volvió un hervor de gentes en pos de revendedores y dispuestas a cualquier delito por entrar. Dos horas antes del partido, en el Estadio no cabía un alfiler. Varios centenares de ciudadanos del gran país del sur (¿Bolivia?), llegados hasta Lima desde sus limpias alturas en avión, auto y a pie, se habían concentrado en la Tribuna de Oriente. Los vítores y maquinitas de visitantes y aborígenes caldeaban el ambiente, en espera de los equipos.

Ante la magnitud de la concentración popular, las autoridades habían tomado precauciones. La más célebre brigada de la Guardia Civil, aquella que, en pocos meses —heroísmo y abnegación, audacia y urbanidad— había limpiado de delincuentes y malvados el Callao, fue traída a Lima a fin de garantizar la seguridad y la convivencia ciudadanas en la tribuna y en las canchas. Su jefe, el célebre capitán Lituma, terror del crimen, se paseaba afiebradamente por el Estadio y recorría las puertas y calles adyacentes, verificando si las patrullas permanecían en sus sitios y dictando inspiradas instrucciones a su aguerrido adjunto, el sargento Jaime Concha.

En la Tribuna Occidental, magullados entre la masa rugiente y casi sin respiración, se encontraban al darse el pitazo inicial, además de Sarita Huanca Salaverría —quien, masoquismo de víctima que vive prendada de su violador, no se perdía jamás los partidos que arbitraba—, el venerable don Sebastián Bergua, recientemente incorporado del lecho de dolor donde yacía por las cuchilladas que recibió del propagandista médico Luis Marroquín Bellmont (¿quien estaba en el Estadio, en la Tribuna Norte, por un permiso especialísimo de la Dirección de Prisiones?), su esposa Margarita y su hija Rosa, ya del todo restablecida de los mordiscos que recibiera —oh infausto amanecer selvático— de una camada de ratas.

Nada hacía presagiar la tragedia, cuando Joaquín Hinostroza (¿Tello? ¿Delfín?) —quien, como de costumbre, había sido obligado a dar la vuelta olímpica agradeciendo aplausos—, apuesto, ágil, arrancó el partido. Al contrario, todo transcurría en una atmósfera de entusiasmo y caballerosidad: las acciones de los jugadores, los aplausos de las barras que premiaban los avances de los delanteros y las atajadas de los guardametas. Desde el primer momento fue notorio que se cumplirían los oráculos: el juego estaba equilibrado y aunque pundonoroso era recio. Más creativo que nunca, Joaquín Hinostroza (¿Abril?) se deslizaba sobre el césped como en patines, sin estorbar a los jugadores y colocándose siempre en el ángulo más afortunado, y sus decisiones, severas pero justas, impedían que, ardores de la contienda que la vuelven gresca, el partido degenerara en violencia. Pero, fronteras de la condición humana, ni un santo Testigo de

Jehová podía impedir que se cumpliera lo que, indiferencia de fakir, flema de inglés, había urdido el destino.

El mecanismo infernal irremisiblemente comenzó a marchar, en el segundo tiempo, cuando los equipos iban uno a uno y los espectadores se hallaban afónicos y con las manos ardiendo. El capitán Lituma y el sargento Concha se decían, cándidamente, que todo iba bien: ni un solo incidente —robo, pelea, extravío de niño— había venido a malograr la tarde.

Pero he aquí que a las cuatro y trece minutos, a los cincuenta mil espectadores les fue dado conocer lo insólito. Del fondo más promiscuo de la Tribuna Sur, de pronto —negro, flaco, altísimo, dientón—, emergió un hombre que escaló livianamente el enrejado e irrumpió en la cancha dando gritos incomprensibles. No sorprendió tanto a la gente verlo casi desnudo —llevaba apenas un taparrabos colgado de la cintura— como que, de pies a cabeza, tuviera el cuerpo lleno de incisiones. Un ronquido de pánico estremeció las tribunas; todos comprendieron que el tatuado se proponía victimar al árbitro. No había duda: el gigante aullador corría directamente hacia el ídolo de la afición (¿Gumercindo Hinostroza Delfín?), quien, absorto en su arte, no lo había visto y seguía modelando el partido.

¿Quién era el inminente agresor? ¿Tal vez el polizonte aquel, llegado misteriosamente al Callao, y sorprendido por la ronda nocturna? ¿Era el mismo infeliz al que las autoridades habían eutanásicamente decidido ejecutar y al que el sargento (¿Concha?) perdonó la vida en una noche oscura? Ni el capitán Lituma ni el sargento Concha tuvieron tiempo de averiguarlo. Comprendiendo que, si no procedían en el acto, una gloria nacional podía sufrir un atentado, el capitán —superior y subordinado tenían un método para entenderse con movimientos de pestañas— ordenó al sargento que actuara. Jaime Concha, entonces, sin ponerse de pie, sacó su pistola y disparó sus doce tiros, que fueron todos a incrustarse (cincuenta metros más allá) en distintas partes del calato. De este modo, el sargento venía a cumplir, más vale tarde que nunca dice el refrán, la orden recibida, porque, en efecto, ¡se trataba del polizonte del Callao!

Bastó que viera acribillado a balazos al potencial verdugo de su ídolo, al que un instante atrás odiaba, para que, inmediatamente —veleidades de frívola sentimental, coqueterías de hembra mudable—, la muchedumbre se solidarizara con él, lo convirtiera en víctima, y se enemistara con la Guardia Civil. Una silbatina que ensordeció a los pájaros del cielo se elevó por los aires en la que las tribunas de sombra y de sol entonaban su cólera por el espectáculo del negro que, allá, sobre la tierra, se iba quedando sin sangre por doce agujeros. Los balazos habían desconcertado a los peones, pero el Gran Hinostroza (¿Téllez Unzátegui?), fiel a sí mismo, no había permitido que se interrumpiera la fiesta, y seguía luciéndose, alrededor del cadáver del espontáneo, sordo ante la silbatina, a la que ahora se añadían interjecciones, alaridos, insultos. Ya comenzaban a caer —multicolores, volanderos— los emisarios del que pronto sería diluvio de cojines contra el destacamento policial del capitán Lituma. Éste olfateó el huracán y decidió actuar rápido. Ordenó que los guardias prepararan las granadas lacrimógenas. Quería evitar una sangría a toda costa. Y, unos momentos después, cuando ya las barreras habían sido traspasadas en muchos puntos del redondel, y, aquí y allá, taurófilos enardecidos se precipitaban hacia el coso con belicosidad, ordenó a sus hombres que rociaran el perímetro con unas cuantas granadas. Las lágrimas y los estornudos, pensaba, calmarían a los iracundos y la paz reinaría de nuevo en la plaza de Acho apenas el viento disipara los efluvios químicos. Dispuso asimismo que un grupo de cuatro guardias rodeara al sargento Jaime Concha, quien se había convertido en el objetivo de los exaltados: visiblemente, estaban decididos a lincharlo, aunque para ello tuvieran que enfrentarse al toro.

Pero el capitán Lituma olvidaba algo esencial: él mismo, dos horas atrás, para impedir que los aficionados sin entradas que rondaban la plaza, amenazantes, intentaran invadir el local por la fuerza, había ordenado bajar las rejas y cortinas metálicas que cerraban el acceso a los tendidos. Así, cuando, puntuales ejecutores de órdenes, los guardias regalaron al público una bandada de granadas lacrimógenas, y aquí y allá, en pocos segundos, se elevaron pestilentes humaredas en los graderíos, la reacción de los espectadores fue huir. Atropelladamente, saltando, empujando, mientras se cubrían la boca con un pañuelo y comenzaban a llorar, corrieron hacia las salidas. Las correntadas humanas se vieron frenadas por las cortinas y rejas metálicas que las clausuraban. ¿Frenadas? Sólo unos segundos, los suficientes para que las primeras filas de cada columna, convertidas en arietes por la presión de quienes venían atrás, las abollaran, hincharan, rajaran y arrancaran de cuajo. De este modo, los vecinos del Rímac que, por azar, transitaban ese domingo alrededor de la plaza de toros a las cuatro y treinta minutos de la tarde pudieron apreciar un espectáculo bárbaramente original: de pronto, en medio de un crepitar agónico, las puertas de Acho volaban en pedazos y comenzaban a escupir cadáveres apachurrados, que, bien vengas mal si vienes solo, eran encima pisoteados por la muchedumbre enloquecida que escapaba por los boquetes sanguinolentos.

Entre las primeras víctimas del holocausto bajopontino, les cupo figurar a los introductores de los Testigos de Jehová en el Perú: el moqueguano don Sebastián Bergua, su esposa Margarita, y su hija Rosa, la eximia tocadora de flauta dulce. Perdió a la religiosa familia lo que hubiera debido salvarla: su prudencia. Porque, apenas ocurrido el incidente del caníbal espontáneo, cuando éste acababa de ser despedazado por el cornúpeta, don Sebastián Bergua, cejas enarcadas y dedo dictatorial, había ordenado a su tribu: «En retirada». No era miedo, palabra que el predicador desconocía, sino buen tino, la idea que ni él ni sus parientes debían verse mezclados en ningún escándalo, para evitar que, amparados en ese pretexto, los enemigos trataran de enlodar el nombre de su fe. Así, la familia Bergua, apresuradamente, abandonó su tendido de sol y bajaba las gradas hacia la salida cuando estallaron las granadas lacrimógenas. Se hallaban los tres, beatíficos, junto a la cortina metálica número seis, esperando que la levantaran, cuando vieron irrumpir a sus espaldas, tronante y lacrimal, a la multitud. No tuvieron tiempo de arrepentirse de los pecados que no tenían cuando fueron literalmente desintegrados (¿hechos puré, sopa humana?) contra la cortina metálica, por la masa empavorecida. Un segundo antes de pasar a esa otra vida que él negaba, don Sebastián alcanzó todavía a gritar, terco, creyente y heterodoxo: «El Cristo murió en un árbol, no en una cruz».

La muerte del desequilibrado acuchillador de don Sebastián Bergua, y violador de doña Margarita y de la artista, fue, ¿cabría la expresión?, menos injusta. Porque, estallada la tragedia, el joven Marroquín Delfín creyó llegada su oportunidad: en medio de la confusión, huiría del agente que la Dirección de Prisiones le había destinado como acompañante para que viera la histórica corrida, y escaparía de Lima, del Perú, y, en el extranjero, con otro nombre, iniciaría una nueva vida de locura y crímenes. Ilusiones que se pulverizarían cinco minutos después, cuando, en la puerta de salida número cinco, a (¿Lucho? ¿Ezequiel?) Marroquín Delfín y al agente de prisiones Chumpitaz, que lo tenía de la mano, les tocó el dudoso honor de formar parte de la primera fila de taurófilos triturados por la multitud. (Los dedos entrelazados del policía y el propagandista médico, aunque cadáveres, dieron que hablar.)

El deceso de Sarita Huanca Salaverría tuvo, al menos, la elegancia de ser menos promiscuo. Constituyó un caso de malentendido garrafal, de equivocada evaluación de actos e intenciones por parte de la autoridad. Al estallar los incidentes, ver al caníbal corneado, los humos de las granadas, oír los aullidos de los fracturados, la muchacha de Tingo María decidió que, pasión de amor que quita el miedo a la muerte, debía estar junto al hombre que amaba. A la inversa de la afición, entonces, bajó hacia el redondel, lo que la salvó de perecer aplastada.

Pero no la salvó de la mirada de águila del capitán Lituma, quien advirtiendo, entre las nubes de gas que se expandían, una figurilla incierta y desalada, que saltaba el burladero y corría hacia el diestro (quien, pese a todo, seguía citando al animal y haciendo pases de rodillas), y convencido de que su obligación era impedir, mientras le quedara un hálito de vida, que el matador fuera agredido, sacó su revólver y, de tres rápidos disparos, cortó en seco la carrera y la vida de la enamorada: Sarita vino a caer muerta a los pies mismos de Gumercindo Bellmont.

El hombre de La Perla fue el único, entre los muertos de esa tarde griega, que falleció de muerte natural. Si se puede llamar natural al fenómeno, insólito en tiempos prosaicos, de un hombre al que el espectáculo de su bienamada, muerta a sus pies, le paraliza el corazón y mata. Cayó junto a Sarita y alcanzaron los dos, con el último aliento, a estrecharse y entrar así, unidos, en la noche de los amantes desgraciados (¿como ciertos Julieta y Romeo?)...

Para entonces, el custodio del orden de inmaculada foja de servicios, considerando con melancolía que, pese a su experiencia y sagacidad, el orden no sólo había sido alterado sino que la plaza de Acho y alrededores se habían convertido en un cementerio de insepultos cadáveres, utilizó la última bala que le quedaba para, lobo de mar que acompaña su barco al fondo del océano, volarse los sesos y acabar (viril ya que no exitosamente) su biografía. Apenas vieron perecer a su jefe, la moral de los guardias se descalabró; olvidaron la disciplina, el espíritu de cuerpo, el amor a la institución, y sólo pensaron en quitarse los uniformes, disimularse dentro de las ropas civiles que arranchaban a los muertos y escapar. Varios lo consiguieron. Pero no Jaime Concha, a quien los sobrevivientes, después de castrar, ahorcaron con su propio correaje de cuero en el travesaño del toril. Allí quedó el sano lector de Pato Donalds, el diligente centurión, columpiándose bajo el cielo de Lima, que, ¿queriendo ponerse a tono con lo sucedido?, se había encrespado de nubes y comenzaba a llorar su garúa de invierno...

¿Terminaría así, en dantesca carnicería, esta historia? ¿O, como la Paloma Fénix (¿la Gallina?), renacería de sus cenizas con nuevos episodios y personajes recalcitrantes? ¿Qué ocurriría con esta tragedia taurina?

XVII

Partimos de Lima a las nueve de la mañana, en un colectivo que tomamos en el parque Universitario. La tía Julia había salido de casa de mis tíos con el pretexto de hacer las últimas compras antes de su viaje, y yo, de la de mis abuelos, como si fuera a trabajar a la radio. Ella había metido en una bolsa un camisón de dormir y una muda de ropa interior; yo llevaba, en los bolsillos, mi escobilla de dientes, un peine y una maquinilla de afeitar (que, la verdad, aún no me servía de gran cosa).

Pascual y Javier estaban esperándonos en el parque Universitario y habían comprado los pasajes. Por suerte, no se presentó ningún otro viajero. Pascual y Javier, muy discretos, se sentaron delante, con el chofer, y nos dejaron el asiento de atrás a la tía Julia y a mí. Era una mañana de invierno, típica, de cielo encapotado y garúa continua, que nos escoltó buena parte del desierto. Casi todo el viaje, la tía Julia y yo estuvimos besándonos, apasionadamente, estrechándonos las manos, sin hablar, mientras oíamos, mezclado al ruido del motor, el rumor de la conversación entre Pascual y Javier, y, a veces, algunos comentarios del chofer. Llegamos a Chincha a las once y media de la mañana, con un sol espléndido y un calorcito delicioso. El cielo limpio, la luminosidad del aire, la algarabía de las calles repletas de gente, todo parecía de buen agüero. La tía Julia sonreía, contenta.

Mientras Pascual y Javier se adelantaban a la municipalidad a ver si todo estaba listo, la tía Julia y yo fuimos a instalarnos en el Hotel Sudamericano. Era una vieja casa de un solo piso, de madera y adobes, con un patio techado que hacía las veces de comedor, y una docena de cuartitos alineados a ambos lados de un pasillo de baldosas, como un burdel. El hombre del mostrador nos pidió papeles; se contentó con mi carnet de periodista, y, al poner yo «y señora» al lado de mi apellido, se limitó a echar a la tía Julia una ojeada burlona. El cuartito que nos dieron tenía unas losetas despanzurradas por las que se veía la tierra, una cama doble y hundida con una colcha de rombos verdes, una silleta de paja y unos clavos gordos en la pared para colgar la ropa. Apenas entramos, nos abrazamos con ardor y estuvimos besándonos y acariciándonos, hasta que la tía Julia me apartó, riéndose:

—Alto ahí, Varguitas, primero tenemos que casarnos.

Estaba arrebatada, con los ojos brillantes y alegres, y yo sentía que la quería mucho, estaba feliz de casarme con ella, y, mientras esperaba que se lavara las manos y peinara, en el baño común del corredor, me juraba que no seríamos como todos los matrimonios que conocía, una calamidad más, sino que viviríamos siempre felices, y que casarme no me impediría llegar a ser algún día un escritor. La tía Julia salió por fin y fuimos andando, de la mano, a la municipalidad.

Encontramos a Pascual y a Javier en la puerta de una bodega, tomando un refresco. El alcalde había ido a presidir una inauguración, pero ya volvería. Les pregunté si estaban absolutamente seguros de haber quedado con el pariente de Pascual en que nos casaría a mediodía y ellos se burlaron de mí. Javier hizo unas bromas sobre el novio impaciente y trajo a colación un oportuno refrán: el que espera desespera. Para hacer tiempo, los cuatro dimos unas vueltas bajo los altos eucaliptos y los robles de la plaza de Armas. Había unos muchachos correteando y unos viejos que se hacían lustrar los zapatos mientras leían los periódicos de Lima. Media hora después estábamos de regreso en la municipalidad. El secretario, un hombrecito flaco y con anteojos muy anchos, nos dio una mala noticia: el alcalde había vuelto de la inauguración, pero se había ido a almorzar a El Sol de Chincha.

—¿No le avisó usted que lo esperábamos, para la boda? —lo reprendió Javier.

—Estaba con una comitiva y no era el momento —dijo el secretario, con aire de conocedor de la etiqueta.

—Vamos a buscarlo al restaurante y nos lo traemos —me tranquilizó Pascual—. No se preocupe, don Mario.

Preguntando, encontramos El Sol de Chincha en las vecindades de la plaza. Era un restaurante criollo, con mesitas sin manteles, y una cocina al fondo, que chisporroteaba y humeaba, y en torno a la cual unas mujeres manipulaban ollas de cobre, peroles y fuentes olorosas. Había una radiola a todo volumen, tocando un vals, y se veía mucha gente. Cuando la tía Julia comenzaba a decir, en la puerta, que tal vez sería más prudente esperar que el alcalde terminara el almuerzo, éste reconoció a Pascual, desde una esquina, y lo llamó. Vimos al redactor de

Panamericana darse de abrazos con un hombre joven, medio rubio, que se puso de pie en una mesa donde había media docena de comensales, todos hombres, y otras tantas botellas de cerveza. Pascual nos hizo señas de que nos acercáramos.

—Claro, los novios, me había olvidado por completo —dijo el alcalde, estrechándonos la mano y calibrando a la tía Julia de arriba abajo, con una mirada de experto. Se volvió a sus compañeros, que lo contemplaban servilmente, y les contó, en voz alta, para hacerse oír por sobre el vals—: Estos dos acaban de fugarse de Lima y yo los voy a casar.

Hubo risas, aplausos, manos que se estiraban hacia nosotros y el alcalde exigió que nos sentáramos con ellos y pidió más cerveza para brindar por nuestra felicidad.

—Pero nada de ponerse juntos, para eso tendrán toda la vida —dijo, eufórico, cogiendo a la tía Julia del brazo e instalándola junto a él—. La novia aquí, a mi lado, que felizmente no está mi mujer.

La comitiva lo festejó. Eran mayores que el alcalde, comerciantes o agricultores vestidos de fiesta, y todos parecían tan borrachos como él. Algunos conocían a Pascual y le preguntaban sobre su vida en Lima y cuándo volvería a la tierra. Sentado junto a Javier, en un extremo de la mesa, yo procuraba sonreír, tomaba traguitos de una cerveza medio tibia, y contaba los minutos. Muy pronto, el alcalde y la comitiva se desinteresaron de nosotros. Se sucedían las botellas, primero solas, después acompañadas de cebiche y de un sudado de corvina, de unos alfajores, y, luego, otra vez solas. Nadie recordaba el matrimonio, ni siquiera Pascual, que, con ojos encendidos y voz empalagosa, coreaba también los valses del alcalde. Éste, después de haber piropeado todo el almuerzo a la tía Julia, intentaba ahora pasarle el brazo por los hombros y le acercaba su cara abotagada. Haciendo esfuerzos por sonreír, la tía Julia lo mantenía a raya, y, de rato en rato, nos lanzaba miradas de angustia.

—Tranquilo, compadre —me decía Javier—. Piensa en el matrimonio y nada más.

—Creo que ya se fregó —le dije, cuando oí que el alcalde, en el colmo de la dicha, hablaba de traer guitarristas, de cerrar El Sol de Chincha, de ponernos a bailar—. Y me parece que voy a ir preso por romperle la cara a ese huevón.

Estaba furioso y decidido a rompérsela si se ponía insolente, cuando me levanté y le dije a la tía Julia que nos íbamos. Ella se paró de inmediato, aliviada, y el alcalde no intentó detenerla. Siguió cantando marineras, con buen oído, y, al vernos salir, nos hizo adiós con una sonrisita que me pareció sarcástica. Javier, que vino detrás, decía que era sólo alcohólica. Mientras caminábamos hacia el Hotel Sudamericano, yo hablaba pestes contra Pascual, a quien, no sé por qué, hacía responsable de ese almuerzo absurdo.

—No te hagas el niño malcriado, aprende a conservar la cabeza fría —me reñía Javier—. El tipo está zampado y no se acuerda de nada. Pero no te amargues, hoy los casa. Esperen en el hotel hasta que los llame.

Apenas estuvimos solos, en el cuarto, nos echamos uno en brazos del otro y comenzamos a besarnos con una especie de desesperación. No nos decíamos nada, pero nuestras manos y bocas se decían locuazmente las cosas intensas y hermosas que sentíamos. Habíamos comenzado besándonos de pie, junto a la puerta, y poco a poco fuimos acercándonos a la cama, donde luego nos sentamos y por fin nos tendimos, sin haber aflojado el estrecho abrazo ni un instante. Medio ciego de felicidad y de deseo, acaricié el cuerpo de la tía Julia con manos inexpertas y ávidas, primero sobre la ropa, luego desabotoné su blusa color ladrillo, ya arrugada, y estaba besándole los senos, cuando unos nudillos inoportunos estremecieron la puerta.

—Todo listo, concubinos —oímos la voz de Javier—. Dentro de cinco minutos, en la alcaldía. El cacaseno está esperándolos.

Saltamos de la cama, dichosos, aturdidos, y la tía Julia, roja de vergüenza, se acomodaba la ropa y yo, cerrando los ojos, como de chiquito, pensaba en cosas abstractas y respetables —números, triángulos, círculos, la abuelita, mi mamá— para que cediera la erección. En el baño del pasillo, ella primero, yo después, nos aseamos y peinamos un poco, y regresamos a la municipalidad a paso tan rápido que llegamos sin respiración. El secretario nos hizo pasar de inmediato a la oficina del alcalde, un cuarto amplio, en el que había un escudo peruano colgado en la pared, dominando un escritorio con banderines y libros de actas, y media docena de bancas, como pupitres de colegio. Con la cara lavada y el pelo todavía húmedo, muy compuesto, el rubicundo burgomaestre nos hizo una venia ceremoniosa desde detrás del escritorio. Era otra persona: lleno de formas y de solemnidad. A ambos lados del escritorio, Javier y Pascual nos sonreían con picardía.

—Bien, procedamos —dijo el alcalde; su voz lo traicionaba: pastosa y vacilante, parecía quedársele atascada en la lengua—. ¿Dónde están los papeles?

—Los tiene usted, señor alcalde —le repuso Javier, con infinita educación—. Pascual y yo se los dejamos el viernes, para ir adelantando los trámites, ¿no se acuerda?

—Qué zampado estás que ya se te olvidó, primo —se rió Pascual, con voz también borrachosa—. Si tú mismo pediste que te los dejáramos.

—Bueno, entonces los debe tener el secretario —murmuró el alcalde, incómodo, y mirando a Pascual con disgusto, llamó—: ¡Secretario!

El hombrecito flaco y de anchos anteojos se demoró varios minutos en encontrar las partidas de nacimiento y la sentencia de divorcio de la tía Julia. Esperamos en silencio, mientras el alcalde fumaba, bostezaba y miraba su reloj con impaciencia. Al fin las trajo, escudriñándolas con antipatía. Al ponerlas sobre el escritorio, murmuró, con un tonito burocrático:

—Aquí están, señor alcalde. Hay un impedimento por la edad del joven, ya le dije.

—¿Alguien le ha preguntado a usted algo? —dijo Pascual, dando un paso hacia él como si fuera a estrangularlo.

—Yo cumplo con mi deber —le contestó el secretario. Y, volviéndose al alcalde, insistió con acidez, señalándome—: Sólo tiene dieciocho años y no presenta dispensa judicial para casarse.

—Cómo es posible que tengas a un imbécil de ayudante, primo —estalló Pascual—. ¿Qué esperas para botarlo y traer a alguien con un poco de cacumen?

—Cállate, se te ha subido el trago y te estás poniendo agresivo —dijo el alcalde. Carraspeó, ganando tiempo.

Cruzó los brazos y nos miró a la tía Julia y a mí, gravemente—. Yo estaba dispuesto a pasar por alto las proclamas, para hacerles un favor. Pero esto es más serio. Lo siento mucho.

—¿Qué cosa? —dije yo, desconcertado—. ¿Acaso no sabía usted desde el viernes lo de mi edad?

—Qué farsa es ésta —intervino Javier—. Usted y yo quedamos en que los casaría sin problemas.

—¿Me está pidiendo que cometa un delito? —se indignó a su vez el alcalde. Y con aire ofendido—: Además, no me levante la voz. Las personas se entienden hablando, no a gritos.

—Pero, primo, te has vuelto loco —dijo Pascual, fuera de sí, golpeando el escritorio—. Tú estabas de acuerdo, tú sabías lo de la edad, tú dijiste que no importaba. No te me vengas a hacer el amnésico ni el legalista. ¡Cásalos de una vez y déjate de cojudeces!

—No digas malas palabras delante de una dama y no vuelvas a chupar porque no tienes cabeza —dijo tranquilamente el alcalde. Se volvió al secretario y, con un ademán, le indicó que se retirara. Cuando nos quedamos solos, bajó la voz y nos sonrió con aire cómplice—: ¿No ven que ese sujeto es un espía de mis enemigos? Ahora que él se dio cuenta, ya no puedo casarlos. Me metería en un lío de padre y señor mío.

No hubo razones para convencerlo: le juré que mis padres vivían en Estados Unidos, por eso no presentaba la dispensa judicial, nadie en mi familia haría lío por el matrimonio, la tía Julia y yo apenas casados nos iríamos al extranjero para siempre.

—Estábamos de acuerdo, usted no puede hacernos esa perrada —decía Javier.

—No seas tan desgraciado, primo —le cogía el brazo Pascual—. ¿No te das cuenta que hemos venido desde Lima?

—Calma, no me hagan cargamontón, se me ocurre una idea, ya está, todo resuelto —dijo al fin el alcalde. Se puso de pie y nos guiñó un ojo—: ¡Tambo de Mora! ¡El pescador Martín! Vayan ahora mismo. Díganle que van de mi parte. El pescador Martín, un zambo simpatiquísimo. Los casará encantado. Es mejor así, un pueblo chiquito, nada de bulla. Martín, el alcalde Martín. Le regalan una propina y ya está. Casi no sabe leer ni escribir, ni mirará estos papeles.

Traté de convencerlo que viniera con nosotros, le hice bromas, lo adulé y le rogué, pero no hubo manera: tenía compromisos, trabajo, su familia lo esperaba. Nos acompañó hasta la puerta, asegurándonos que en Tambo de Mora todo sería cuestión de dos minutos.

En la misma puerta de la alcaldía contratamos un viejo taxi con la carrocería remendada para que nos llevara a Tambo de Mora. Durante el viaje, Javier y Pascual hablaban del alcalde, Javier decía que era el peor cínico que había conocido, Pascual trataba de endosarle la culpa al secretario, y, de pronto, el chofer metió su cuchara y comenzó también a echar sapos y culebras contra el burgomaestre de Chincha, y a decir que sólo vivía para los negociados y las coimas. La tía Julia y yo íbamos con las manos enlazadas, mirándonos a los ojos, y, a ratos, yo le susurraba al oído que la quería.

Llegamos a Tambo de Mora a la hora del crepúsculo y, desde la playa, vimos un disco de fuego hundiéndose en el mar, bajo un cielo sin nubes, en el que empezaban a brotar miríadas de estrellas. Recorrimos las dos docenas de ranchos de caña y barro que constituían el poblado, entre barcas desfondadas y redes de pescar tendidas sobre estacas para el remiendo. Olíamos a pescado fresco y a mar. Nos rodeaban negritos semidesnudos que nos comían a preguntas: quiénes éramos, de dónde veníamos, qué queríamos comprar. Por fin encontramos el rancho del alcalde. Su mujer, una negra que atizaba un brasero con un abanico de paja, quitándose el sudor de la frente con la mano, nos dijo que su marido estaba pescando. Consultó al cielo y añadió que ya estaría por volver. Fuimos a esperarlo a la playita, y, durante una hora, sentados sobre un tronco, vimos regresar a las barcas, finalizado el trabajo, y vimos la complicada operación que era arrastrarlas por la arena y descubrimos cómo las mujeres de los recién llegados, estorbadas por perros codiciosos, descabezaban y quitaban las vísceras, ahí mismo en la playa, a los pescados. Martín fue el último en volver. Estaba oscuro y había salido la luna.

Era un negro canoso y con una enorme barriga, bromista y locuaz, que, pese al fresco del anochecer, vestía sólo un viejo calzón que se le pegaba a la piel. Lo saludamos como a un ser bajado de los cielos, lo ayudamos a varar su barca y lo escoltamos hasta su rancho. Mientras caminábamos, a la escuálida luz de los fogones de las viviendas sin puertas de los pescadores, le explicamos la razón de la visita. Mostrando unos dientes grandotes de caballo, se echó a reír:

—Ni de a vainas, compañeros, búsquense otro manso para que les fría ese churrasco —nos dijo, con un vozarrón musical—. Por una broma parecida, casi me gano mi balazo.

Nos contó que, hacía unas semanas, por hacerle un favor al alcalde de Chincha, había casado a una parejita pasando por alto las proclamas. A los cuatro días se le había presentado, loco de rabia, el marido de la novia —«una muchacha nacida en el pueblo de Cachiche, donde todas las mujeres tienen escoba y vuelan de noche», decía—, que ya estaba casada hacía dos años, amenazando matar a ese alcahuete que se atrevía a legalizar la unión de los adúlteros.

—Mi colega de Chincha se las sabe todas, se va a ir al cielo volando de puro vivo que es —se burlaba, dándose palmadas en la gran barriga brillante de gotitas de agua—. Cada vez que se le presenta algo podrido se lo manda de regalo al pescador Martín, y que el negro cargue con el muerto. ¡Pero qué vivo que es!

No hubo manera de ablandarlo. Ni siquiera quiso echar una ojeada a los papeles, y a los argumentos míos, de Javier, de Pascual —la tía Julia permanecía muda, sonriendo a veces a la fuerza ante el buen humor pícaro del negro—, contestaba con bromas, se reía del alcalde de Chincha, o nos contaba de nuevo, a carcajadas, la historia del marido que había querido matarlo por casar con otro a la brujita de Cachiche sin estar él muerto ni divorciado. Al llegar a su rancho, encontramos una aliada inesperada en su mujer. Él mismo le contó lo que queríamos, mientras se secaba la cara, los brazos, el ancho torso, y olfateaba con apetito la olla que hervía en el brasero.

—Cásalos, negro sin sentimientos —le dijo la mujer, señalando compasiva a la tía Julia—. Mira a la pobre, se la han robado y no se puede casar, estará sufriendo con todo esto. A ti qué más te da, ¿o se te han subido los humos porque eres alcalde?

Martín iba y venía, con sus pies cuadrados, por el piso de tierra del rancho, recolectando vasos, tazas, mientras nosotros volvíamos a la carga y le ofrecíamos de todo: desde nuestro agradecimiento eterno hasta una recompensa que equivaldría a muchos días de pesca. Él se mantuvo inflexible y terminó diciéndole de mal modo a su mujer que no metiera la jeta en lo que no entendía. Pero recobró inmediatamente el humor y nos puso un vasito o una taza en la mano a cada uno y nos sirvió un traguito de pisco:

—Para que no hayan hecho el viaje de balde, compañeros —nos consoló, sin pizca de ironía, levantando su copa. Su brindis fue, dadas las circunstancias, fatal—: Salud, por la felicidad de los novios.

Al despedirnos nos dijo que habíamos cometido un error yendo a Tambo de Mora, por el precedente de la muchacha de Cachiche. Pero que fuéramos a Chincha Baja, a El Carmen, a Sunampe, a San Pedro, a cualquiera de los otros pueblitos de la provincia, y que nos casarían en el acto.

—Esos alcaldes son unos vagos, no tienen nada que hacer y, cuando se les presenta una boda, se emborrachan de contentos —nos gritó.

Regresamos adonde nos esperaba el taxi, sin hablar. El chofer nos advirtió que, como la espera había sido tan larga, teníamos que discutir de nuevo la tarifa. Durante el regreso a Chincha acordamos que, al día siguiente, desde muy temprano, recorreríamos los distritos y caseríos, uno por uno, ofreciendo recompensas generosas, hasta encontrar al maldito alcalde.

—Ya son cerca de las nueve —dijo la tía Julia, de pronto—. ¿Ya le habrán avisado a mi hermana?

Yo le había hecho memorizar y repetir diez veces al Gran Pablito lo que tenía que decir a mi tío Lucho o a mi tía Olga, y, para mayor seguridad, terminé escribiéndoselo en un papel: «Mario y Julia se han casado. No se preocupen por ellos. Están muy bien y volverán a Lima dentro de unos días». Debía llamar a las nueve de la noche, desde un teléfono público y cortar inmediatamente después de trasmitir el mensaje. Miré el reloj, a la luz de un fósforo: sí, la familia ya estaba enterada.

—Se la deben estar comiendo a preguntas a Nancy —dijo la tía Julia, esforzándose por hablar con naturalidad, como si el asunto concerniera a otras gentes—. Saben que es cómplice. Le van a hacer pasar un mal rato a la flaquita.

En la trocha llena de baches, el viejo taxi rebotaba, a cada instante parecía atascarse, y todas sus latas y tornillos chirriaban. La luna encendía tenuemente los médanos, y, a ratos, divisábamos manchas de palmas, higueras y huarangos. Había muchas estrellas.

—O sea que ya le dieron la noticia a tu papá —dijo Javier—. Nada más bajar del avión. ¡Qué tal recibimiento!

—Juro por Dios que encontraremos un alcalde —dijo Pascual—. No soy chinchano si mañana no los casamos en esta tierra. Mi palabra de hombre.

—¿Necesitan un alcalde que los case? —se interesó el chofer—. ¿Se ha robado usted a la señorita? Por qué no me lo dijeron antes, qué falta de confianza. Los hubiera llevado a Grocio Prado, el alcalde es mi compadre y los casaba ahí mismo.

Yo propuse seguir hasta Grocio Prado, pero él me quitó los bríos. El alcalde no estaría en el pueblo a estas horas, sino en su chacrita, como a una hora de camino en burro. Era mejor dejarlo para mañana. Quedamos en que pasaría a recogernos a las ocho y le ofrecí una buena gratificación si nos echaba una mano con su compadre:

—Por supuesto —nos animó—. Qué más se puede pedir, se casarán en el pueblo de la beata Melchorita.

En el Hotel Sudamericano estaban ya por cerrar el comedor, pero Javier convenció al mozo que nos preparara algo. Nos trajo unas Coca-Colas y unos huevos fritos con arroz recalentado, que apenas probamos. De pronto, a media comida, nos dimos cuenta que estábamos hablando en voz baja, como conspiradores, y nos dio un ataque de risa. Cuando salíamos hacia nuestros respectivos dormitorios —Pascual y Javier iban a regresar a Lima ese día, después de la boda, pero, como habían cambiado las cosas, se quedaron y, para ahorrar plata, compartieron un cuarto— vimos entrar en el comedor a media docena de tipos, algunos con botas y pantalón de montar, pidiendo cerveza a gritos. Ellos, con sus voces alcohólicas, sus carcajadas, sus choques de vasos, sus chistes estúpidos y sus brindis groseros, y, más tarde, con sus eructos y arcadas, fueron la música de fondo de nuestra noche de bodas. Pese a la frustración municipal del día, fue una intensa y bella noche de bodas, en la que, en esa vieja cama que chirriaba como un gato con nuestros besos, y que, seguramente, tenía muchas pulgas, hicimos varias veces el amor, con fuego que renacía cada vez, diciéndonos, mientras nuestras manos y labios aprendían a conocerse y a hacerse gozar, que nos queríamos y que nunca nos mentiríamos ni nos engañaríamos ni nos separaríamos. Cuando vinieron a tocarnos la puerta —habíamos pedido que nos despertaran a las siete—, los borrachos acababan de callarse y nosotros estábamos todavía con los ojos abiertos, desnudos y enredados sobre la colcha de rombos verdes, sumidos en una embriagadora modorra, mirándonos con gratitud.

El aseo, en el baño común del Hotel Sudamericano, fue una hazaña. La ducha parecía no haber sido usada nunca, de la mohosa regadera salían chorros en todas direcciones salvo la del bañista, y había que recibir un largo enjuague de líquido negro antes de que el agua viniera limpia. No había toallas, sólo un trapo sucio para las manos, de manera que tuvimos que secarnos con las sábanas. Pero estábamos felices y exaltados y los inconvenientes nos divertían. En el comedor encontramos a Javier y Pascual ya vestidos, amarillentos de sueño, mirando con repugnancia el estado catastrófico en que habían dejado el local los borrachos de la víspera: vasos rotos, puchos, vómitos y escupitajos sobre los que un empleado echaba baldazos de aserrín, y una gran pestilencia. Fuimos a tomar un café con leche a la calle, a una bodeguita desde la que se podían ver los tupidos y altos árboles de la plaza. Era una sensación rara, viniendo de la neblina cenicienta de Lima, ese comenzar el día con sol potente y cielo despejado. Cuando regresamos, en el hotel estaba ya esperándonos el chofer.

En el trayecto a Grocio Prado, por una trocha polvorienta que contorneaba viñedos y algodonales y desde la que se divisaba, al fondo, tras el desierto, el horizonte

405

pardo de la cordillera, el chofer, presa de una locuacidad que contrastaba con nuestro mutismo, habló hasta por los codos de la beata Melchorita: daba todo lo que tenía a los pobres, cuidaba a los enfermos y a los viejitos, consolaba a los que sufrían, ya en vida había sido tan célebre que de todos los pueblos del departamento venían devotos a rezar junto a ella. Nos contó algunos de sus milagros. Había salvado agonizantes incurables, hablado con santos que se le aparecían, visto a Dios y hecho florecer una rosa en una piedra que se conservaba.

—Es más popular que la beatita de Humay y que el Señor de Lurén, basta ver cuánta gente viene a su ermita y a su procesión —decía—. No hay derecho que no la hagan santa. Ustedes, que son de Lima, muévanse y apuren la cosa. Es de justicia, créanme.

Cuando llegamos, por fin, enterrados de pies a cabeza, a la ancha y cuadrada plaza sin árboles de Grocio Prado, comprobamos la popularidad de Melchorita. Montones de chiquillos y mujeres rodearon el auto y, a gritos y accionando, nos proponían llevarnos a conocer la ermita, la casa donde había nacido, el lugar donde se mortificaba, donde había hecho milagros, donde había sido enterrada, y nos ofrecían estampitas, oraciones, escapularios y medallas con la efigie de la beata. El chofer tuvo que convencerlos que no éramos peregrinos ni turistas para que nos dejaran en paz.

La municipalidad, una vivienda de adobe con techo de calamina, pequeña y pobrísima, languidecía en un flanco de la plaza. Estaba cerrada:

—Mi compadre no tardará en llegar —dijo el chofer—. Esperémoslo a la sombrita.

Nos sentamos en la vereda, bajo el alero de la alcaldía, y desde allí podíamos ver, al final de las calles rectas, de tierra, que a menos de cincuenta metros a la redonda terminaban las casitas endebles y los ranchos de caña brava y comenzaban las chacras y el desierto. La tía Julia estaba a mi lado, con la cabeza apoyada en mi hombro, y tenía los ojos cerrados. Llevábamos ahí una media hora, viendo cruzar a los arrieros, a pie o en burro, y a mujeres que iban a sacar agua de un arroyo que corría por una de las esquinas, cuando pasó un viejo montado a caballo.

—¿Esperan a don Jacinto? —nos preguntó, quitándose el sombrerote de paja—. Se ha ido a Ica, a hablarle al prefecto, para que saque a su hijo del cuartel. Se lo llevaron los soldados para el servicio militar. No volverá hasta la tarde.

El chofer propuso que nos quedáramos en Grocio Prado, visitando los lugares de Melchorita, pero yo insistí en probar suerte en otros pueblos. Después de regatear un buen rato, aceptó seguir con nosotros hasta mediodía.

Eran sólo las nueve de la mañana cuando iniciamos la travesía, que, zangoloteando por senderos de acémilas, arenándonos en trochas medio comidas por los médanos, acercándonos a veces al mar y otras a las extremidades de la cordillera, nos hizo recorrer prácticamente toda la provincia de Chincha. A la entrada de El Carmen se nos reventó una llanta, y, como el chofer no tenía gata, tuvimos que sujetar los cuatro el auto en peso, mientras le cambiaba la rueda de repuesto. A partir de media mañana, el sol, que se había ido enardeciendo hasta convertirse en un suplicio, recalentaba la carrocería y todos sudábamos como en el baño turco. El radiador comenzó a humear y fue preciso llevar con nosotros una lata llena de agua para refrescarlo cada cierto tiempo.

Hablamos con tres o cuatro alcaldes de distritos y otros tantos tenientes alcalde de caseríos que eran a veces sólo veinte chozas, hombres rústicos a los que había que ir a buscar a la chacrita donde estaban trabajando la tierra, o al almacén donde despachaban aceite y cigarrillos a los vecinos, y a uno de ellos, el de Sunampe, debimos despertarlo a remezones de la zanja donde dormía una borrachera. Apenas localizábamos a la autoridad municipal, bajaba yo del taxi, acompañado a veces de Pascual, a veces del chofer, a veces de Javier —la experiencia mostró que mientras más fuéramos más se intimidaba el alcalde— a dar las explicaciones. Fueran cuales fueran los argumentos, veía infaliblemente en la cara del campesino, pescador o comerciante (el de Chincha Baja se presentó a sí mismo como «curandero») brotar la desconfianza, un brillo de alarma en los ojos. Sólo dos de ellos se negaron francamente: el de Alto Larán, un viejecito que, mientras le hablaba, iba cargando unas acémilas con atados de alfalfa, nos dijo que él no casaba a nadie que no fuera del pueblo, y el de San Juan de Yanac, un zambo agricultor que se asustó mucho al vernos, pues, creyó que éramos de la policía y que le veníamos a tomar cuentas por algo. Cuando supo qué queríamos, se enfureció: «No, ni de a vainas, algo malo habrá para que unos blanquitos se vengan a casar a este pueblo dejado de la mano de Dios». Los otros nos dieron pretextos que se parecían. El más común: el libro de registros se había perdido o agotado, y, hasta que mandaran uno nuevo de Chincha, la alcaldía no podía certificar nacimientos ni defunciones ni casar a nadie. La respuesta más imaginativa nos la dio el alcalde de Chavín: no podía por falta de tiempo, tenía que ir a matar un zorro que cada noche se comía dos o tres gallinas de la región. Sólo estuvimos a punto de lograrlo en Pueblo Nuevo. El alcalde nos escuchó con atención, asintió y dijo que eximirnos de las proclamas nos iba a costar cincuenta libras. No le dio ninguna importancia a mis años y pareció creer lo que le aseguramos, que la mayoría de edad era, ahora, no a los veintiuno sino a los dieciocho. Estábamos ya instalados frente a un tablón sobre dos barriles que hacía las veces de escritorio (el local era un rancho de adobes, con un techo agujereado por el que se veía el cielo), cuando el alcalde se puso a deletrear, palabra por palabra, los documentos. Despertó su temor el hecho de que la tía Julia fuera boliviana. No sirvió de nada explicarle que ése no era impedimento, que los extranjeros también podían casarse, ofrecerle más dinero. «No quiero comprometerme —decía—, eso de que la señorita sea boliviana puede ser grave».

Regresamos a Chincha cerca de las tres de la tarde, muertos de calor, llenos de polvo y deprimidos. En las afueras, la tía Julia se echó a llorar. Yo la abrazaba, le decía al oído que no se pusiera así, que la quería, que nos casaríamos aunque hubiera que recorrer todos los pueblecitos del Perú.

—No es por lo que no podamos casarnos —decía ella, entre lagrimones, tratando de sonreír—. Sino por lo ridículo que resulta todo esto.

En el hotel, le pedimos al chofer que volviera una hora después, para ir a Grocio Prado, a ver si había regresado su compadre.

Ninguno de los cuatro teníamos mucha hambre, de modo que nuestro almuerzo consistió en un sándwich de queso y una Coca-Cola, que tomamos de pie, en el mostrador. Luego, fuimos a descansar. Pese al desvelo de la noche y a las frustraciones de la mañana, tuvimos ánimos para hacer el amor, ardientemente, sobre la colcha de rombos, en una luz rala y terrosa. Desde la cama, veíamos los residuos de sol que apenas podían filtrarse, adelgazados, envilecidos, por una alta claraboya que tenía los cristales cubiertos de mugre. Inmediatamente después, en vez de levantarnos para reunirnos con nuestros cómplices en el comedor, caímos dormidos. Fue un sueño ansioso y sobresaltado, en el que, a intensos ramalazos de deseo que nos hacían buscarnos y acariciarnos instintivamente, sucedían pesadillas; después nos las contamos y supimos que en las de ambos aparecían caras de parientes, y la tía Julia se rió cuando le dije que, en un momento del sueño, me había sentido viviendo uno de los cataclismos últimos de Pedro Camacho.

Me despertaron unos golpes en la puerta. Estaba oscuro, y, por las rendijas de la claraboya, se veían unas varillas de luz eléctrica. Grité que ya iba, y, mientras, sacudiendo la cabeza para ahuyentar el torpor del sueño, prendí un fósforo y miré el reloj. Eran las siete de la noche. Sentí que se me venía el mundo encima; otro día perdido y, lo peor, ya casi no me quedaban fondos para seguir buscando alcaldes. Fui a tientas hasta la puerta, la entreabrí e iba a reñir a Javier por no haberme despertado, cuando noté que su cara me sonreía de oreja a oreja:

—Todo listo, Varguitas —dijo, orgulloso como un pavo real—. El alcalde de Grocio Prado está haciendo el acta y preparando el certificado. Déjense de pecar y apúrense. Los esperamos en el taxi.

Cerró la puerta y oí su risa, alejándose. La tía Julia se había incorporado en la cama, se frotaba los ojos, y, en la penumbra, yo alcanzaba a adivinar su expresión asombrada y un poco incrédula.

—A ese chofer le voy a dedicar el primer libro que escriba —decía yo, mientras nos vestíamos.

—Todavía no cantes victoria —sonreía la tía Julia—. Ni cuando vea el certificado lo voy a creer.

Salimos atropellándonos, y, al pasar por el comedor, donde había ya muchos hombres tomando cerveza, alguien piropeó a la tía Julia con tanta gracia que muchos se rieron. Pascual y Javier estaban dentro del taxi, pero éste no era el de la mañana, ni tampoco el chofer.

—Se las quiso dar de vivo y cobrarnos el doble, aprovechándose de las circunstancias —nos explicó Pascual—. Así que lo mandamos donde se merecía y contratamos aquí al maestro, una persona como Dios manda.

Me entraron toda clase de terrores, pensando que el cambio de chofer frustraría una vez más la boda. Pero Javier nos tranquilizó. El otro chofer tampoco había ido con ellos a Grocio Prado en la tarde, sino éste. Nos contaron, como una travesura, que habían decidido «dejarnos descansar» para que la tía Julia no pasara el mal rato de otra negativa, e ir solos a hacer la gestión en Grocio Prado. Habían tenido una larga conversación con el alcalde.

—Un cholo sabidísimo, uno de esos hombres superiores que sólo produce la tierra de Chincha —decía Pascual—. Tendrás que agradecérselo a Melchorita viniendo a su procesión.

El alcalde de Grocio Prado había escuchado tranquilo las explicaciones de Javier, leído todos los documentos con parsimonia, reflexionado un buen rato, y, luego, estipulado sus condiciones: mil soles, pero a condición de que a mi partida de nacimiento le cambiaran un seis por un tres, de manera que yo naciera tres años antes.

—La inteligencia de los proletarios —decía Javier—. Somos una clase en decadencia, convéncete. Ni siquiera se nos pasó por la cabeza y este hombre del pueblo, con su luminoso sentido común, lo vio en un instante. Ya está, ya eres mayor de edad.

Ahí mismo en la alcaldía, entre el alcalde y Javier, habían cambiado el seis por el tres, a mano, y el hombre había dicho: qué más da que la tinta no sea la misma, lo que importa es el contenido. Llegamos a Grocio Prado a eso de las ocho. Era una noche clara, con estrellas, de una tibieza bienhechora, y en todas las casitas y ranchos del pueblo titilaban mecheros. Vimos una vivienda más iluminada, con un gran chisporroteo de velas entre los carrizos, y Pascual, persignándose, nos dijo que era la ermita donde había vivido la beata.

En la municipalidad, el alcalde estaba terminando de redactar el acta, en un librote de tapas negras. El suelo de la única habitación era de tierra, había sido mojado recientemente y se elevaba de él un vaho húmedo. Sobre la mesa había tres velas encendidas y su pobre resplandor mostraba, en las paredes encaladas, una bandera peruana sujeta con tachuelas y un cuadrito con la cara del Presidente de la República. El alcalde era un hombre cincuentón, gordo e inexpresivo; escribía despacio, con un lapicero de pluma, que mojaba después de cada frase en un tintero de largo cuello. Nos saludó a la tía Julia y a mí con una reverencia fúnebre. Calculé que al ritmo que escribía le habría tomado más de una hora redactar el acta. Cuando terminó, sin moverse, dijo:

—Se necesitan dos testigos.

Se adelantaron Javier y Pascual, pero sólo este último fue aceptado por el alcalde, pues Javier era menor de edad. Salí a hablar con el chofer, que permanecía en el taxi; aceptó ser nuestro testigo por cien soles. Era un zambo delgado, con un diente de oro; fumaba todo el tiempo y, en el viaje de venida, había estado mudo. En el momento en que el alcalde le indicó dónde debía firmar, movió la cabeza con pesadumbre:

—Qué calamidad —dijo, como arrepintiéndose—. ¿Dónde se ha visto una boda sin una miserable botella para brindar por los novios? Yo no puedo apadrinar una cosa así —nos echó una mirada compasiva y añadió desde la puerta—: Espérenme un segundo.

Cruzándose de brazos, el alcalde cerró los ojos y pareció que se echaba a dormir. La tía Julia, Pascual, Javier y yo nos miramos sin saber qué hacer. Por fin, me dispuse a buscar otro testigo en la calle.

—No es necesario, va a volver —me atajó Pascual—. Además, lo que ha dicho es muy cierto. Debimos pensar en el brindis. Ese zambo nos ha dado una lección.

—No hay nervios que resistan —susurró la tía Julia, cogiéndome la mano—. ¿No te sientes como si estuvieras robando un banco y fuera a llegar la policía?

El zambo demoró unos diez minutos, que parecieron años, pero volvió al fin, con dos botellas de vino en la mano. La ceremonia pudo continuar. Una vez que firmaron los testigos, el alcalde nos hizo firmar a la tía Julia y a mí, abrió un código, y, acercándolo a una de las velas, nos leyó, tan despacio como escribía, los artículos correspondientes a las obligaciones y deberes conyugales. Después, nos alcanzó un certificado y nos dijo que estábamos casados. Nos besamos y, luego, nos abrazaron los testigos y el alcalde. El chofer descorchó a mordiscos las botellas de vino. No había vasos, así que bebimos a pico de botella, pasándolas de mano en mano después de cada trago. En el viaje de vuelta a Chincha —todos íbamos alegres y al mismo tiempo sosegados— Javier estuvo intentando catastróficamente silbar la marcha nupcial.

Después de pagar el taxi, fuimos a la plaza de Armas, para que Javier y Pascual tomaran un colectivo a Lima. Había uno que salía dentro de una hora, de modo que tuvimos tiempo de comer en El Sol de Chincha. Allí trazamos un plan. Javier, llegando a Miraflores, iría donde mis tíos Olga y Lucho, para tomar la temperatura a la familia y nos llamaría por teléfono. Nosotros regresaríamos a Lima al día siguiente, en la mañana. Pascual tendría que inventar una buena excusa para justificar su inasistencia de más de dos días a la radio.

Los despedimos en la estación del colectivo y regresamos al Hotel Sudamericano conversando como dos viejos esposos. La tía Julia se sentía mal y creía que era el vino de Grocio Prado. Yo le dije que a mí me había parecido un vino riquísimo, pero no le conté que era la primera vez que tomaba vino en mi vida.

XVIII

El bardo de Lima, Crisanto Maravillas, nació en el centro de la ciudad, un callejón de la plaza de Santa Ana desde cuyos techos se hacían volar las más airosas cometas del Perú, hermosos objetos de papel de seda, que, cuando se elevaban gallardamente sobre los Barrios Altos, salían a espiar por sus claraboyas las monjitas de clausura del Convento de las Descalzas. Precisamente, el nacimiento del niño que, años más tarde, llevaría a alturas cometeras el vals criollo, la marinera, las polkas, coincidió con el bautizo de una cometa, fiesta que congregaba en el callejón de Santa Ana a los mejores guitarristas, cajoneadores y cantores del barrio. La comadrona, al abrir la ventanilla del cuarto H, donde se produjo el alumbramiento, para anunciar que la demografía de ese rincón de la ciudad había aumentado, pronosticó: «Si sobrevive, será jaranista».

Pero parecía dudoso que sobreviviera: pesaba menos de un kilo y sus piernecitas eran tan reducidas que, probablemente, no caminaría jamás. Su padre, Valentín Maravillas, que se había pasado la vida tratando de aclimatar en el barrio la devoción del Señor de Limpias (había fundado en su propio cuarto la Hermandad, y, acto temerario o viveza para asegurarse una larga vejez, jurado que antes de su muerte tendría más miembros que la del Señor de los Milagros), proclamó que su santo patrono haría la hazaña: salvaría a su hijo y le permitiría andar como un cristiano normal. Su madre, María Portal, cocinera de dedos mágicos que nunca había sufrido ni un resfrío, quedó tan impresionada al ver que el hijo tan soñado y pedido a Dios era eso —¿una larva de homínido, un feto triste?— que echó al marido de la casa, responsabilizándolo y acusándolo, delante del vecindario, de ser sólo medio hombre por culpa de su beatería.

Lo cierto es que Crisanto Maravillas sobrevivió y, pese a sus piernecitas ridículas, llegó a andar. Sin ninguna elegancia, desde luego, más bien como un títere, que articula cada paso en tres movimientos —alzar la pierna, doblar la rodilla, bajar el pie— y con tanta lentitud que, quienes iban a su lado tenían la sensación de estar siguiendo la procesión cuando se embotella en las calles angostas. Pero, al menos, decían sus progenitores (ya reconciliados), Crisanto se desplazaba por el mundo sin muletas y por su propia voluntad. Don Valentín, arrodillado en la Iglesia de Santa Ana, se lo agradecía al Señor de Limpias con ojos húmedos, pero María Portal decía que el autor del milagro era, exclusivamente, el más famoso galeno de la ciudad, un especialista en tullidos, que había convertido en velocistas a sinnúmero de paralíticos: el doctor Alberto de Quinteros. María había preparado banquetes criollos memorables en su casa y el sabio le había enseñado masajes, ejercicios y cuidados para que, pese a ser tan menudas y raquíticas, las extremidades de Crisanto pudieran sostenerlo y moverlo por los caminos del mundo.

Nadie podrá decir que Crisanto Maravillas tuvo una infancia semejante a la de otros niños del tradicional barrio donde le tocó nacer. Para desgracia o fortuna suya, su esmirriado organismo no le permitió compartir ninguna de esas actividades que iban cuajando el cuerpo y el espíritu de los muchachos de la vecindad: no jugó al fútbol con pelota de trapo, nunca pudo boxear en un ring ni trompearse en una esquina, jamás participó en esos combates a honda, pedrada o puntapié, que, en las calles de la vieja Lima, enfrentaban a los muchachos de la plaza de Santa Ana con las pandillas del Chirimoyo, de Cocharcas, de Cinco Esquinas, del Cercado. No pudo ir con sus compañeros de la escuelita fiscal de la plazuela de Santa Clara (donde aprendió a leer) a robar fruta a las huertas de Cantogrande y Ñaña, ni bañarse desnudo en el Rímac ni montar burros a pelo en los potreros del Santoyo. Pequeñito hasta las lindes del enanismo, flaco como una escoba, con la piel achocolatada de su padre y los pelos lacios de su madre, Crisanto miraba, desde lejos, con ojos inteligentes, a sus compañeros, y los veía divertirse, sudar, crecer y fortalecerse en esas aventuras que le estaban prohibidas, y en su cara se dibujaba una expresión ¿de resignada melancolía, de apacible tristeza?

Pareció, en una época, que iba a resultar tan religioso como su padre (quien, además del culto al Señor de Limpias, se había pasado la vida cargando andas de distintos Cristos y Vírgenes, y cambiando de hábitos) porque, durante años, fue un empeñoso monaguillo en las iglesias de las vecindades de la plaza de Santa Ana. Como era puntual, se sabía las réplicas al dedillo y tenía aire inocente, los párrocos del barrio le perdonaban la calma y torpeza de sus movimientos y lo llamaban con frecuencia para que ayudara misas, repicara la campanilla en los vía crucis de Semana Santa o echara incienso en las procesiones. Viéndolo embutido en la capa de monaguillo, que siempre le quedaba grande, y oyéndolo recitar con devoción, en buen latín, en los altares de las trinitarias, de San Andrés, del Carmen, de la Buena Muerte y aun de la iglesita de Cocharcas (pues hasta de ese alejado barrio lo llamaban), María Portal, que hubiera deseado para su hijo un tempestuoso destino de militar, de aventurero, de irresistible galán, reprimía un suspiro. Pero el rey de los cofrades de Lima, Valentín Maravillas, sentía que le crecía el corazón ante la perspectiva de que el resabio de su sangre fuera cura.

Todos se equivocaban, el niño no tenía vocación religiosa. Estaba dotado de intensa vida interior y su sensibilidad no hallaba cómo, dónde, de qué alimentarse. El ambiente de cirios chisporroteantes, de sahumerios y rezos, de imágenes consteladas de exvotos, de responsos y ritos y cruces y genuflexiones aplacó su precoz avidez de poesía, su hambre de espiritualidad. María Portal ayudaba a las madres descalzas en sus labores de repostería y artes domésticas y era, por ello, una de las contadas personas que franqueaban la rígida clausura del convento. La egregia cocinera llevaba con ella a Crisanto, y cuando éste fue creciendo (en edad, no en estatura) las Descalzas se habían acostumbrado tanto a verlo (simple cosa, guiñapo, medio ser, dije humano) que lo dejaron seguir vagabundeando por los claustros mientras María Portal preparaba con las monjitas las celestiales pastas, las temblorosas mazamorras, los blancos suspiros, los huevos chimbos y los mazapanes que luego se venderían a fin de reunir fondos para las misiones del África. Así fue como Crisanto Maravillas, a los diez años de edad, conoció el amor...

La niña que instantáneamente lo sedujo se llamaba Fátima, tenía su misma edad y cumplía en el femenino universo de las Descalzas las humildes funciones de sirvienta. Cuando Crisanto Maravillas la vio por primera vez, la pequeña acababa de baldear los corredores de lajas serranas del claustro y se disponía a regar los rosales y las azucenas de la huerta. Era una niña que, pese a estar sumergida en un costal con agujeros y tener los cabellos bajo un trapo de tocuyo, a la manera de una toca, no podía ocultar su origen: tez marfileña, ojeras azules, mentón arrogante, tobillos esbeltos. Se trataba, tragedias de sangre azul que envidia el vulgo, de una recogida. Había sido abandonada, una noche de invierno, envuelta en una manta celeste, en el torno de la calle Junín, con un mensaje llorosamente caligrafiado: «Soy hija de un amor funesto, que desespera a una familia honorable, y no podría vivir en la sociedad sin ser una acusación contra el pecado de los autores de mis días, quienes, por tener el mismo padre y la misma madre, están impedidos de amarse, de tenerme y de reconocerme. Ustedes, Descalzas bienaventuradas, son las únicas personas que pueden criarme sin avergonzarse de mí ni avergonzarme. Mis atormentados progenitores retribuirán a la congregación con abundancia esta obra de caridad que abrirá a ustedes las puertas del cielo».

Las monjitas encontraron, junto a la hija del incesto, una talega repleta de dinero, que, caníbales de la paganidad a los que hay que evangelizar y vestir y alimentar, acabó de convencerlas: la tendrían como doméstica, y, más tarde, si mostraba vocación, harían de ella otra esclava del Señor, de hábito blanco. La bautizaron con el nombre de Fátima, pues había sido recogida el día de la aparición de la Virgen a los pastorcitos de Portugal. La niña creció así, lejos del mundo, entre las virginales murallas de las Descalzas, en una atmósfera impoluta, sin ver otro hombre (antes de Crisanto) que el anciano y gotoso don Sebastián (¿Bergua?), el capellán que venía una vez por semana a absolver de sus pecadillos (siempre veniales) a las monjitas. Era dulce, suave, dócil y las religiosas más entendidas decían que, pureza de mente que abuena la mirada y beatifica el aliento, se advertían en su manera de ser signos inequívocos de santidad.

Crisanto Maravillas, haciendo un esfuerzo sobrehumano para vencer la timidez que le agarrotaba la lengua, se acercó a la niña y le preguntó si podía ayudarla a regar la huerta. Ella consintió y, desde entonces, vez que María Portal iba al convento, mientras ella cocinaba con las monjitas, Fátima y Crisanto barrían juntos las celdas o juntos fregaban los patios o cambiaban juntos las flores del altar o juntos lavaban los vidrios de las ventanas o juntos enceraban las baldosas o desempolvaban juntos los devocionarios. Entre el muchacho feo y la niña bonita fue naciendo, primer amor que se recuerda siempre como el mejor, un vínculo que ¿rompería la muerte?

Fue cuando el joven semibaldado estaba merodeando los doce años que Valentín Maravillas y María Portal advirtieron los primeros brotes de esa inclinación que haría de Crisanto, en poco tiempo, poeta inspiradísimo e ínclito compositor.

Ocurría durante las celebraciones que, al menos una vez por semana, reunían a los vecinos de la plaza de Santa Ana. En la cochera del sastre Chumpitaz, en el patiecito de la ferretería de los Lama, en el callejón de Valentín, con motivo de un nacimiento o de un velorio (¿para festejar una alegría o cicatrizar una pena?), nunca faltaban pretextos, se organizaban jaranas hasta el amanecer que transcurrían bajo el punteo de las guitarras, los sones del cajón, el cascabeleo de las palmas y la voz de los tenores. Mientras las parejas, entonadas —¡enardecido aguardiente y aromáticas viandas de María Portal!—, sacaban chispas a las baldosas, Crisanto Maravillas miraba a los guitarristas, cantantes y cajoneadores, como si sus palabras y sonidos fueran algo sobrenatural. Y, cuando los músicos hacían un alto para fumar un cigarrillo o libar una copita, el niño, en actitud reverencial, se acercaba a las guitarras, las acariciaba con cuidado para no asustarlas, pulsaba las seis cuerdas y se oían unos arpegios...

Muy pronto fue evidente que se trataba de una aptitud, de un sobresaliente don. El baldado tenía oído notable, captaba y retenía en el acto cualquier ritmo, y, aunque sus manitas eran débiles, sabía acompañar expertamente cualquier música criolla en el cajón. En esos entreactos de la orquesta para comer o brindar, aprendió solo los secretos y se hizo amigo íntimo de las guitarras. Los vecinos se acostumbraron a verlo tocar en las fiestas como un músico más.

Sus piernas no habían crecido y, aunque tenía ya catorce años, parecía de ocho. Era muy flaquito, pues

—señal fehaciente de naturaleza artística, esbeltez que hermana a los inspirados— vivía crónicamente inapetente, y, si María Portal no hubiese estado allí, con su dinamismo militar, para embutirle el alimento, el joven bardo se hubiera volatilizado. Esa frágil hechura, sin embargo, no conocía la fatiga en lo que se refiere a la música. Los guitarristas del barrio rodaban por el suelo, exhaustos, después de tocar y cantar muchas horas, se les acalambraban los dedos y merecían la mudez por afonía, pero el baldado seguía allí, en una sillita de paja (piececitos de japonés que nunca llegan a tocar el suelo, pequeños dedos incansables), arrancando arrobadoras armonías a las hebras y canturreando como si la fiesta acabara de empezar. No tenía voz potente; hubiera sido incapaz de emular las proezas del célebre Ezequiel Delfín que, al cantar ciertos valses, en llave de sol, rajaba los vidrios de las ventanas que tenía al frente. Pero, la falta de fuerza, la compensaban su indesmayable entonación, el maniático afinamiento, esa riqueza de matices que nunca desdeñaba ni malhería una nota.

Sin embargo, no lo harían famoso sus condiciones de intérprete sino las de compositor. Que el muchacho tullido de los Barrios Altos, además de tocar y cantar la música criolla, sabía inventarla, se hizo público un sábado, en medio de una sarmentosa fiesta que, bajo papeles de colores, quitasueños y serpentinas, alegraba el callejón de Santa Ana, en homenaje al santo de la cocinera. A medianoche, los músicos sorprendieron a la concurrencia con una polkita inédita cuya letra dialogaba picarescamente:

¿Cómo?
Con amor, con amor, con amor
¿Qué haces?
Llevo una flor, una flor, una flor
¿Dónde?
En el ojal, en el ojal, en el ojal
¿A quién?
A María Portal, María Portal, María Portal...

El ritmo contagió a los asistentes un compulsivo deseo de bailar, de saltar, de brincar, y la letra los divirtió y conmovió. La curiosidad fue unánime: ¿quién era el autor? Los músicos volvieron las cabezas y señalaron a Crisanto Maravillas, quien, modestia de los verdaderamente grandes, bajó los ojos. María Portal lo devoró a besos, el cofrade Valentín enjugó una lágrima y todo el barrio premió con una ovación al novel forjador de versos. En la ciudad de las tapadas, había nacido un artista.

La carrera de Crisanto Maravillas (si puede este término pedestremente atlético calificar un quehacer signado ¿por el soplo de Dios?) fue meteórica. A los pocos meses sus canciones eran conocidas en Lima, y en unos años estaban en la memoria y corazón del Perú. No había cumplido los veinte cuando abeles y caínes reconocían que era el compositor más querido del país. Sus valses alegraban las fiestas de los ricos, se bailaban en los ágapes de la clase media y eran el manjar de los pobres. Los conjuntos de la capital rivalizaban interpretando su música y no había hombre o mujer que, al iniciarse en la difícil profesión del canto, no eligiera las maravillas de Maravillas para su repertorio. Le editaron discos, cancioneros, y en las radios y en las revistas su presencia fue una obligación. Para los chismes y la fantasía de la gente el compositor baldado de los Barrios Altos se volvió leyenda.

La gloria y la popularidad no marearon al sencillo muchacho que recibía estos homenajes con indiferencia de cisne. Dejó el colegio en el segundo de media para dedicarse al arte. Con los regalos que le hacían por tocar en las fiestas, dar serenatas o componer acrósticos, pudo comprarse una guitarra. El día que la tuvo fue feliz: había encontrado un confidente para sus penas, un compañero para la soledad y una voz para su inspiración.

No sabía escribir ni leer música y nunca aprendió a hacerlo. Trabajaba al oído, a base de intuición. Una vez que tenía aprendida la melodía, se la cantaba al cholo Blas Sanjinés, un profesor del barrio, y él se la ponía en notas y pentagramas. Jamás quiso administrar su talento: nunca patentó sus composiciones, ni cobró por ellas derechos, y, cuando los amigos venían a contarle que las mediocridades de los bajos fondos artísticos plagiaban sus músicas y letras, se limitaba a bostezar. Pese a este desinterés, llegó a ganar algún dinero, que le enviaban las casas de discos, las radios, o que le exigían recibir los dueños cuando tocaba en una fiesta. Crisanto ofrecía esa plata a sus progenitores, y, cuando éstos murieron (tenía ya treinta años), la gastaba con sus amigos. Jamás quiso dejar los Barrios Altos, ni el cuarto letra H del callejón donde había nacido. ¿Era por fidelidad y cariño a su origen humilde, por amor al arroyo? También, sin duda. Pero era, sobre todo, porque en ese angosto zaguán estaba a tiro de piedra de la niña de sangres aledañas, llamada

Fátima, que conoció cuando era sirvienta y que ahora había tomado los hábitos y hecho los votos de obediencia, pobreza y (ay) castidad como esposa del Señor.

Era, fue, el secreto de su vida, la razón de ser de esa tristeza que todo el mundo, ceguera de la multitud por las llagas del alma, atribuyó siempre a sus piernas maceradas, y a su figurilla asimétrica. Por lo demás, gracias a esa deformidad que le retrocedía los años, Crisanto había seguido acompañando a su madre a la ciudadela religiosa de las Descalzas, y, una vez por semana cuando menos, había podido ver a la muchacha de sus sueños. ¿Amaba sor Fátima al inválido como él a ella? Imposible saberlo. Flor de invernadero, ignorante de los misterios rijosos del polen de los campos, Fátima había adquirido conciencia, sentimientos, pasado de niña a adolescente y a mujer en un mundo aséptico y conventual, rodeada de ancianas. Todo lo que había llegado a sus oídos, a sus ojos, a su fantasía, estuvo rigurosamente filtrado por el cernidor moral de la congregación (estricta entre las estrictas). ¿Cómo hubiera adivinado esta virtud corporizada que eso que ella creía propiedad de Dios (¿el amor?) podía ser también tráfico humano?

Pero, agua que desciende la montaña para encontrar el río, ternerillo que antes de abrir los ojos busca la teta para mamar la leche blanca, tal vez lo amaba. En todo caso fue su amigo, la sola persona de su edad que conoció, el único compañero de juegos que tuvo, si es propio llamar juegos a esos trabajos que compartían mientras María Portal, la eximia costurera, enseñaba a las monjitas el secreto de sus bordados: barrer pisos, fregar vidrios, regar plantas y encender cirios.

Pero es verdad que los niños, después jóvenes, conversaron mucho a lo largo de esos años. Diálogos ingenuos —ella era inocente, él era tímido—, en los que, delicadeza de azucenas y espiritualidad de palomas, se hablaba de amor sin mencionarlo, por temas interpósitos, como los lindos colores de la colección de estampitas de sor Fátima y las explicaciones que Crisanto le hacía de qué eran los tranvías, los autos, los cinemas. Todo eso está contado, entienda quien quiera entender, en las canciones de Maravillas dedicadas a esa misteriosa mujer nunca nombrada, salvo en el famosísimo vals, de título que tanto ha intrigado a sus admiradores: *Fátima es la Virgen de Fátima*.

Aunque sabía que nunca podría sacarla del convento y hacerla suya, Crisanto Maravillas se sentía feliz viendo a su musa unas horas por semana. De esos breves encuentros salía robustecida su inspiración y así surgían las mozamalas, los yaravíes, los festejos y las resbalosas. La segunda tragedia de su vida (después de su invalidez) ocurrió el día en que, por casualidad, la superiora de las Descalzas lo descubrió vaciando la vejiga. La madre Lituma cambió varias veces de color y tuvo un ataque de hipo. Corrió a preguntar a María Portal la edad de su hijo y la costurera confesó que, aunque su altura y formas eran de diez, había cumplido dieciocho años. La madre Lituma, santiguándose, le prohibió la entrada al convento para siempre.

Fue un golpe casi homicida para el bardo de la plaza de Santa Ana, quien cayó enfermo de romántico, inubicable mal. Estuvo muchos días en cama —altísimas fiebres, delirios melodiosos—, mientras médicos y curanderos probaban ungüentos y conjuros para regresarlo del coma.

Cuando se levantó, era un espectro que apenas se tenía en pie. Pero ¿podía ser de otra manera?, quedar desgajado de su amada fue provechoso para su arte: sentimentalizó su música hasta la lágrima y dramatizó virilmente sus letras. Las grandes canciones de amor de Crisanto Maravillas son de estos años. Sus amistades, cada vez que escuchaban, acompañando las dulces melodías, esos versos desgarrados que hablaban de una muchacha encarcelada, jilguerito en su jaula, palomita cazada, flor recogida y secuestrada en el templo del Señor, y de un hombre doliente que amaba a la distancia y sin esperanzas, se preguntaban: «¿Quién es ella?». Y, curiosidad que perdió a Eva, trataban de identificar a la heroína entre las mujeres que asediaban al aeda.

Porque, pese a su encogimiento y fealdad, Crisanto Maravillas tenía un hechicero atractivo para las limeñas. Blancas con cuentas de banco, cholitas de medio pelo, zambas de conventillo, muchachitas que aprendían a vivir o viejas que se resbalaban, aparecían en el modesto interior H, pretextando pedir un autógrafo. Le hacían ojitos, regalitos, zalamerías, se insinuaban, le proponían citas o, directamente, pecados. ¿Era que, estas mujeres, como las de cierto país que hasta en el nombre de su capital hace gala de pedantería (¿buenos vientos, buenos tiempos, aires saludables?), tenían la costumbre de preferir a los hombres deformes, por ese estúpido prejuicio según el cual son mejores, matrimonialmente hablando, que los normales? No, en este caso ocurría que la riqueza de su arte nimbaba al hombrecito de la plaza de Santa Ana de una apostura espiritual, que desaparecía su miseria física y hasta lo hacía apetecible.

Crisanto Maravillas, suavidad de convaleciente de tuberculosis, desalentaba educadamente estos avances y hacía saber a las solicitantes que perdían su tiempo. Pronunciaba entonces una esotérica frase que producía un indescriptible desasosiego de chismes a su alrededor: «Yo creo en la fidelidad y soy un pastorcito de Portugal».

Su vida era, para entonces, la bohemia de los gitanos del espíritu. Se levantaba a eso del mediodía y solía almorzar con el párroco de la Iglesia de Santa Ana, un ex juez de instrucción en cuyo despacho se había mutilado un cuáquero (¿don Pedro Barreda y Zaldívar?) para demostrar su inocencia de un crimen que se le atribuía (¿haber matado a un negro polizonte venido en la panza de un trasatlántico desde el Brasil?). El doctor don Gumercindo Tello, profundamente impresionado, cambió entonces la toga por la sotana. El suceso de la mutilación fue inmortalizado por Crisanto Maravillas en un festejo de quijada, guitarra y cajón: *La sangre me absuelve*.

El bardo y el padre Gumercindo acostumbraban ir juntos por esas calles limeñas donde Crisanto —¿artista que se nutría de la vida misma?— recogía personajes y temas para sus canciones. Su música —tradición, historia, folclore, chismografía— eternizaba en melodías los tipos y las costumbres de la ciudad. En los corrales vecinos a la plaza del Cercado y en los del Santo Cristo, Maravillas y el padre Gumercindo asistían al entrenamiento que los galleros daban a sus campeones para las peleas en el Coliseo de Sandia, y así nació la marinera *Cuídate del ají seco, mamá*. O se asoleaban en la placita del Carmen Alto, en cuyo atrio, viendo al titiritero Monleón divertir al vecindario con sus muñecos de trapo, encontró

Crisanto el tema del vals *La doncellita del Carmen Alto* (que comienza así: «Tienes deditos de alambre y corazón de paja, ay, mi amor»). Fue también, sin duda, durante esos paseos criollistas por la vieja Lima que Crisanto cruzó a las viejecitas de mantas negras que aparecen en el vals *Beatita, tú también fuiste mujer*, y donde asistió a esas peleas de adolescentes de las que habla la polkita *Los mataperros*.

A eso de las seis, los amigos se separaban; el curita volvía a la parroquia a rezar por el alma del caníbal asesinado en el Callao y el bardo iba al garaje del sastre Chumpitaz. Allí, con el grupo de íntimos —el cajoneador Sifuentes, el rascador Tiburcio, ¿la cantante Lucía Acémila?, los guitarristas Felipe y Juan Portocarrero —, ensayaban nuevas canciones, hacían arreglos, y, cuando caía la oscuridad, alguien sacaba la fraterna botellita de pisco. Así, entre músicas y conversación, ensayo y traguitos, se les pasaban las horas. Cuando era noche, el grupo se iba a comer a cualquier restaurante de la ciudad, donde el artista era siempre invitado de honor. Otros días los esperaban fiestas —cumpleaños, cambio de aros, matrimonios— o contratos en algún club. Regresaban al amanecer y los amigos solían despedir al bardo tullido en la puerta de su hogar. Pero, cuando habían partido y se hallaban durmiendo en sus tugurios, la sombra de una figurilla contrahecha y torpe de andar emergía del callejón. Cruzaba la noche húmeda, arrastrando una guitarra, fantasmal entre la garúa y la neblina del alba, e iba a sentarse en la desierta placita de Santa Ana, en la banca de piedra que mira a las Descalzas. Los gatos del amanecer escuchaban entonces los más sentidos arpegios jamás brotados de guitarra terrena, las más ardientes canciones de amor salidas de estro humano. Unas beatas madrugadoras que, alguna vez, lo sorprendieron así, cantando bajito y llorando frente al convento, propalaron la especie atroz de que, ebrio de vanidad, se había enamorado de la Virgen, a quien daba serenatas al despuntar el día.

Pasaron semanas, meses, años. La fama de Crisanto Maravillas fue, destino de globo que crece y sube en pos del sol, extendiéndose como su música. Nadie, sin embargo, ni su íntimo amigo, el párroco Gumercindo Lituma, ex guardia civil apaleado brutalmente por su esposa e hijos (¿por criar ratones?) y que, mientras convalecía, escuchó el llamado del Señor, sospechaba la historia de su inconmensurable pasión por la recluida sor Fátima, quien, en todos estos años, había seguido trotando hacia la santidad. La casta pareja no pudo cambiar palabra desde el día en que la superiora (¿sor Lucía Acémila?) descubrió que el bardo era un ser dotado de virilidad (¿pese a lo ocurrido, esa mañana infausta, en el despacho del juez instructor?). Pero, a lo largo de los años, tuvieron la dicha de verse, aunque con dificultad y a distancia. Sor Fátima, una vez monjita, pasó, como sus compañeras del convento, a hacer las guardias que tienen orando en la capilla, de dos en dos, las veinticuatro horas del día, a las madres descalzas. Las monjitas veladoras están separadas del público por una rejilla de madera que, pese a ser de calado fino, permite que las gentes de ambos lados lleguen a verse. Esto explicaba, en buena parte, la religiosidad tenaz del bardo de Lima, que lo había hecho víctima, a menudo, de las burlas del vecindario, a las que Maravillas respondió con el piadoso tondero *Sí, creyente soy...*

Crisanto pasaba, efectivamente, muchos momentos del día en la Iglesia de las Descalzas. Entraba varias veces a santiguarse y echar una ojeada a la rejilla. Si —vuelco en el corazón, carrera del pulso, frío en la espalda— a través del cuadriculado maderamen, en uno de los reclinatorios ocupados por las eternas siluetas de hábitos blancos, reconocía a sor Fátima, inmediatamente caía de hinojos en las baldosas coloniales. Se colocaba en una posición sesgada (lo ayudaba su físico, en el que no era fácil diferenciar el frente y el perfil), que le permitía dar la impresión de estar mirando el altar cuando en realidad tenía los ojos prendidos de esas nubes talares, de los almidonados copos que envolvían el cuerpo de su amada. Sor Fátima, a veces, respiros que se toma el atleta para redoblar esfuerzos, interrumpía sus rezos, alzaba la vista hacia el (¿acrucigramado?) altar, y reconocía entonces, interpuesto, el bulto de Crisanto. Una imperceptible sonrisa aparecía en la nívea faz de la monjita y en su delicado corazón se reavivaba un tierno sentimiento, al reconocer al amigo de la infancia. Se encontraban sus ojos y en esos segundos —sor Fátima se sentía obligada a bajar los suyos— se decían ¿cosas que hasta ruborizaban a los ángeles del cielo? Porque —sí, sí— esa muchachita milagrosamente salvada de las ruedas del automóvil conducido por el propagandista médico Lucho Abril Marroquín, que la arrolló una mañana soleada, en las afueras de Pisco, cuando aún no tenía cinco años, y que en agradecimiento a la Virgen de Fátima se había hecho monja, había llegado, con el tiempo, en la soledad de

431

su celda, a amar de amor sincero al aeda de los Barrios Altos.

Crisanto Maravillas se había resignado a no desposar carnalmente a su amada, a sólo comunicarse con ella de esa manera subliminal en la capilla. Pero nunca se conformó a la idea —cruel para un hombre cuya única belleza era su arte— de que sor Fátima no oyera su música, esas canciones que, sin saberlo, inspiraba. Tenía la sospecha —certeza para cualquiera que echara un vistazo al espesor fortificado del convento— que a los oídos de su amada no llegaban las serenatas, que, desafiando la pulmonía, le daba cada madrugada desde hacía veinte años. Un día, Crisanto Maravillas comenzó a incorporar temas religiosos y místicos a su repertorio: los milagros de santa Rosa, las proezas (¿zoológicas?) de san Martín de Porres, anécdotas de los mártires y execraciones a Pilatos sucedieron a las canciones costumbristas. Esto no debilitó el aprecio de las multitudes, pero le ganó una nueva legión de fanáticos: curas y frailes, las monjitas, la Acción Católica. La música criolla, dignificada, aromosa de incienso, cuajada de temas santos, empezó a salvar las murallas que la tenían arraigada en salones y clubs, y a oírse en lugares donde antes era inconcebible: iglesias, procesiones, casas de retiro, seminarios.

El astuto plan demoró diez años pero tuvo éxito. El Convento de las Descalzas no pudo rechazar el ofrecimiento que recibió un día de admitir que el bardo mimado de la feligresía, el poeta de las congregaciones, el músico de los vía crucis, brindara en su capilla y claustros un recital de canciones a beneficio de los misioneros del África. El arzobispo de Lima, sabiduría púrpura y oído de conocedor, hizo saber que autorizaba el acto y que, por unas horas, suspendería la clausura a fin de que las madres descalzas pudieran deleitarse en música. Él mismo se proponía asistir al recital con su corte de dignatarios.

El acontecimiento, efemérides de efemérides en la Ciudad de los Virreyes, tuvo lugar el día en que Crisanto Maravillas llegaba a la flor de la edad: ¿la cincuentena? Era un hombre de frente penetrante, nariz ancha, mirada aguileña, rectitud y bondad en el espíritu, y de una apostura física que reproducía su belleza moral.

Aunque, previsiones del individuo que la sociedad tritura, se habían repartido invitaciones personales y advertido que nadie sin ellas podría asistir al evento, el peso de la realidad se impuso: la barrera policial, comandada por el célebre sargento Lituma y su adjunto el cabo Jaime Concha, cedió como si fuera de papel ante las muchedumbres. Éstas, congregadas allí desde la noche anterior, inundaron el local y anegaron claustros, zaguanes, escaleras, vestíbulos, en actitud reverenciosa. Los invitados debieron ingresar por una puerta secreta, directamente a los altos, donde, apiñados detrás de añejos barandales, se dispusieron a gozar del espectáculo.

Cuando, a las seis de la tarde, el bardo —sonrisa de conquistador, traje azul marino, paso de gimnasta, cabellera dorada flotando al viento— ingresó escoltado por su orquesta y coro, una ovación que rebotó por los techos conmovió las Descalzas. Desde allí, mientras se ponía de hinojos, y, con voz de barítono, Gumercindo Maravillas entonaba un padrenuestro y un avemaría, sus ojos (¿mielosos?) iban identificando, entre las cabezas, a un ramillete de conocidos.

433

Estaba allí, en primera fila, un afamado astrólogo, el profesor (¿Ezequiel?) Delfín Acémila, quien, escrutando los cielos, midiendo las mareas y haciendo pases cabalísticos, había averiguado el destino de las señoras millonarias de la ciudad, y que, simpleza de sabio que juega a las bolitas, tenía la debilidad de la música criolla. Y estaba allí también, de punta en blanco, un clavel rojo en el ojal y una sarita flamante, el negro más popular de Lima, aquel que habiendo cruzado el océano como polizonte en la barriga de un ¿avión?, había rehecho aquí su vida (¿dedicado al cívico pasatiempo de matar ratones mediante venenos típicos de su tribu, con lo que se hizo rico?). Y, casualidades que urden el diablo o el azar, comparecían igualmente, atraídos por su común admiración al músico, el Testigo de Jehová Lucho Abril Marroquín, quien, a raíz de la proeza que protagonizara —¿autodecapitarse, con un fluido cortapapeles, el dedo índice de la mano derecha?— se había ganado el apodo de El Mocho, y Sarita Huanca Salaverría, la bella victoriana, caprichosa y gentil, que le había exigido, en ofrenda de amor, tan dura prueba. ¿Y cómo no iba a verse, exangüe entre la multitud criollista, al miraflorino Richard Quinteros? Aprovechando que, una vez en la vida basta y sobra, se abrían las puertas de las Carmelitas, se había deslizado al claustro, confundido entre las gentes, para ver aunque fuera de lejos a esa hermana suya (¿sor Fátima? ¿sor Lituma? ¿sor Lucía?) encerrada allí por sus padres para librarla de su incestuoso amor. Y hasta los Bergua, sordomudos que jamás abandonaban la Pensión Colonial donde vivían, dedicados a la altruista ocupación de enseñar a dialogar entre sí, con muecas y ademanes, a los niños pobres privados de audición y habla, se habían hecho presentes, contagiados por la curiosidad general, para ver (ya que no oír) al ídolo de Lima.

El apocalipsis que enlutaría la ciudad se desencadenó cuando el padre Gumercindo Tello ya había iniciado el recital. Ante la hipnosis de cientos de espectadores arracimados en zaguanes, patios, escaleras, techos, el lírico, acompañado por el órgano, interpretaba las últimas notas del primoroso apóstrofe *Mi religión no se vende*. La misma salva de aplausos que premió al padre Gumercindo, mal y bien que se mezclan como el café con leche, perdió a los asistentes. Pues, demasiado absorbidos por el canto, demasiado atentos a las palmas, hurras, vítores, confundieron los primeros síntomas del cataclismo con la agitación creada en ellos por el Canario del Señor. No reaccionaron en los segundos en que aún era posible correr, salir, ponerse a salvo. Cuando, rugido volcánico que destroza los tímpanos, descubrieron que no temblaban ellos sino la tierra, era tarde. Porque las tres únicas puertas de las Carmelitas —coincidencia, voluntad de Dios, torpeza de arquitecto— habían quedado bloqueadas por los primeros derrumbes, sepultando, el gran angelote de piedra que tapió la puerta principal, al sargento Crisanto Maravillas, quien, secundado por el cabo Jaime Concha y el guardia Lituma, al iniciarse el terremoto, trataba de evacuar el convento. El valeroso cívico y sus dos adjuntos fueron las primeras víctimas de la deflagración subterránea. Así acabaron, cucarachas que apachurra el zapato, bajo un indiferente personaje de granito, en las puertas santas de las Carmelitas (¿en espera del Juicio Final?) los tres mosqueteros del Cuerpo de Bomberos del Perú.

Entre tanto, en el interior del convento, los fieles allí congregados por la música y la religión morían como moscas. A los aplausos había sucedido un coro de ayes, alaridos y aullidos. Las nobles piedras, los rancios adobes no pudieron resistir el estremecimiento —convulsivo, interminable— de las profundidades. Una a una las paredes se fueron resquebrajando, desmoronando y triturando a quienes trataban de escalarlas para ganar la calle. Así murieron unos célebres exterminadores de ratas y ratones: ¿los Bergua? Segundos después se desfondaron, ruido de infierno y polvo de tornado, las galerías del segundo piso, precipitando —proyectiles vivos, bólidos humanos— contra las gentes apiñadas en el patio a las gentes que se habían instalado en los altos para escuchar mejor a la madre Gumercinda. Así murió, el cráneo reventado contra las baldosas, el psicólogo de Lima, Lucho Abril Marroquín, que había desneurotizado a media ciudad mediante un tratamiento de su invención (¿que consistía en jugar al retumbante juego del palitroque?). Pero fue el derrumbe de los techos carmelitas lo que produjo el mayor número de muertos en el mínimo tiempo. Así murió, entre otros, la madre Lucía Acémila, quien tanta fama había ganado en el mundo, luego de desertar su antigua secta, los Testigos de Jehová, por escribir un libro que alabó el Papa: *Escarnio del Tronco en nombre de la Cruz.*

La muerte de sor Fátima y Richard, ímpetu de amor que ni la sangre ni el hábito detienen, fue todavía más triste. Ambos, durante los siglos que duró el fuego, permanecieron indemnes, abrazándose, mientras a su alrededor, asfixiadas, pisoteadas, chamuscadas, perecían las gentes. Ya había cesado el incendio y, entre carbones y espesas nubes, los dos amantes se besaban, rodeados de mortandad. Había llegado el momento de ganar la calle. Richard, entonces, tomando de la cintura a la madre Fátima, la arrastró hacia uno de los boquetes abiertos en los muros por la braveza del incendio. Pero, apenas habían dado unos pasos los amantes, cuando —¿infamia de la tierra carnívora?, ¿justicia celestial?— se abrió el suelo a sus pies. El fuego había devorado la trampa que ocultaba la cueva colonial donde las Carmelitas guardaban los huesos de sus muertos, y allí cayeron, desbaratándose contra el osario, los hermanos ¿luciferinos?

¿Era el diablo quien se los llevaba? ¿Era el infierno el epílogo de sus amores? ¿O era Dios, que, compadecido de su azaroso padecer, los subía a los cielos? ¿Había terminado o tendría una continuación ultraterrena esta historia de sangre, canto, misticismo y fuego?

XIX

Javier nos llamó por teléfono desde Lima a las siete de la mañana. La comunicación era pésima, pero ni los zumbidos ni las vibraciones que la interferían disimulaban lo alarmada que estaba su voz.

—Malas noticias —me dijo, de entrada—. Montones de malas noticias.

A unos cincuenta kilómetros de Lima, el colectivo donde él y Pascual regresaban la víspera, se salió de la carretera y dio una vuelta de campana en el arenal. Ninguno de los dos se hirió, pero el chofer y otro pasajero habían sufrido contusiones serias; fue una pesadilla conseguir, en plena noche, que algún auto se detuviera y les echara una mano. Javier había llegado a su pensión molido de fatiga. Allí recibió un susto todavía mayor. En la puerta lo esperaba mi padre. Se le había acercado, lívido, le había mostrado un revólver, lo había amenazado con pegarle un tiro si no revelaba al instante dónde estábamos yo y la tía Julia. Muerto de pánico («hasta ahora sólo había visto revólveres en película, compadre»), Javier le juró y requetejuró por su madre y por todos los santos que no lo sabía, que no me veía hacía una semana. Por último, mi padre se había calmado algo y le había dejado una carta, para que me la entregara en persona. Aturdido con lo que acababa de ocurrir, Javier («qué nochecita, Varguitas»), apenas se fue mi padre, decidió hablar inmediatamente con el tío Lucho, para saber si mi familia materna había llegado también a esos extremos de rabia. El tío Lucho lo recibió en bata. Habían conversado cerca de una hora. Él no estaba colérico, sino apenado, preocupado, confuso. Javier le confirmó que estábamos casados con todas las de la ley y le aseguró que él también había tratado de disuadirme, pero en vano. El tío Lucho sugería que volviéramos a Lima cuanto antes, para coger al toro por los cuernos y tratar de arreglar las cosas.

—El gran problema es tu padre, Varguitas —concluyó su informe Javier—. El resto de la familia se irá conformando poco a poco. Pero él está echando chispas. ¡No sabes la carta que te ha dejado!

Lo reñí por leerse las cartas ajenas, y le dije que regresábamos a Lima de inmediato, que a mediodía pasaría a verlo a su trabajo o que lo llamaría por teléfono. Le conté todo a la tía Julia mientras se vestía, sin ocultarle nada, pero tratando de restar truculencia a los hechos.

—Lo que no me gusta nada es lo del revólver —comentó la tía Julia—. Supongo que a quien querrá pegarle un tiro será a mí, ¿no? Oye, Varguitas, espero que mi suegro no me mate en plena luna de miel. ¿Y lo del choque? ¡Pobre Javier! ¡Pobre Pascual! En qué lío los hemos metido con nuestras locuras.

No estaba asustada ni apenada en absoluto, se la veía muy contenta y resuelta a enfrentar todas las calamidades. Así me sentía yo también. Pagamos el hotel, fuimos a tomar un café con leche a la plaza de Armas y media hora después estábamos otra vez en la carretera, en un viejo colectivo, rumbo a Lima. Casi todo el trayecto nos besamos, en la boca, en las mejillas, en las manos, diciéndonos al oído que nos queríamos y burlándonos de las miradas intranquilas de los pasajeros y del chofer que nos espiaba por el espejo retrovisor.

Llegamos a Lima a las diez de la mañana. Era un día gris, la neblina afantasmaba las casas y las gentes, todo estaba húmedo y uno tenía la sensación de respirar agua. El colectivo nos dejó en la casa de la tía Olga y el tío Lucho. Antes de tocar la puerta, nos apretamos con fuerza las manos, para darnos valor. La tía Julia se había puesto seria y yo sentí que el corazón se me apuraba.

Nos abrió el tío Lucho en persona. Hizo una sonrisa que le salió terriblemente forzada, besó a la tía Julia en la mejilla y me besó a mí también.

—Tu hermana está todavía en cama, pero ya despierta —le dijo a la tía Julia, señalando el dormitorio—. Entra, nomás.

Él y yo fuimos a sentarnos a la salita desde la cual se veía el seminario de los jesuitas, el Malecón y el mar, cuando no había neblina. Ahora sólo se distinguían, borrosas, la pared y la azotea de ladrillos rojos del seminario.

—No te voy a jalar las orejas porque ya estás grande para que te jalen las orejas —murmuró el tío Lucho. Se lo veía realmente abatido, con señales de desvelo en la cara—. ¿Al menos sospechas en lo que te has metido?

—Era la única manera de que no nos separaran —le repuse, con las frases que tenía preparadas—. Julia y yo nos queremos. No hemos hecho ninguna locura. Lo hemos pensado y estamos seguros de lo que hicimos. Te prometo que vamos a salir adelante.

—Eres un mocoso, no tienes una profesión ni donde caerte muerto, tendrás que dejar la universidad y romperte el alma para mantener a tu mujer —susurró el tío Lucho, prendiendo un cigarrillo, moviendo la cabeza—. Te has puesto la soga al cuello tú solito. Nadie se conforma, porque en la familia todos esperábamos que llegarías a ser alguien. Da pena ver que por un capricho te has zambullido en la mediocridad.

—No voy a dejar los estudios, voy a terminar la universidad, voy a hacer las mismas cosas que hubiera hecho sin casarme —le aseguré yo, con ímpetu—. Tienes que creerme y hacer que la familia me crea. Julia me va a ayudar, ahora estudiaré, trabajaré con más ganas.

—Por lo pronto, hay que calmar a tu padre, que está fuera de sus casillas —me dijo el tío Lucho, ablandándose de golpe. Ya había cumplido con jalarme las orejas y ahora parecía dispuesto a ayudarme—. No entiende razones, amenaza con denunciar a Julia a la policía y no sé cuántas cosas.

Le dije que hablaría con él y procuraría que aceptara los hechos. El tío Lucho me miró de pies a cabeza: era una vergüenza que un flamante novio estuviera con la camisa sucia, debería ir a cambiarme y bañarme, y, de paso, tranquilizar a los abuelitos, que estaban muy inquietos. Conversamos todavía un rato, y hasta tomamos un café, sin que la tía Julia saliera del cuarto de la tía Olga. Yo afinaba el oído tratando de descubrir si había llanto, gritos, discusión. No, ningún ruido atravesaba la puerta. La tía Julia apareció por fin, sola. Venía arrebatada, como si hubiera tomado mucho sol, pero sonriendo.

—Por lo menos estás viva y enterita —dijo el tío Lucho—. Pensé que tu hermana te jalaría de las mechas.

—El primer momento casi me pega una cachetada —confesó la tía Julia, sentándose a mi lado—. Me ha dicho barbaridades, por supuesto. Pero parece que, a pesar de todo, puedo seguir en la casa, hasta que se aclaren las cosas.

Me paré y dije que tenía que ir a Radio Panamericana: sería trágico que, precisamente ahora, perdiera el trabajo. El tío Lucho me acompañó hasta la puerta, me dijo que volviera a almorzar, y cuando, al despedirme, besé a la tía Julia, lo vi que sonreía.

Corrí a la bodega de la esquina a telefonear a mi prima Nancy y tuve la suerte de que ella misma contestara la llamada. Se le fue la voz al reconocerme. Quedamos en encontrarnos dentro de diez minutos en el parque Salazar. Cuando llegué al parque, la flaquita estaba ya allí, muerta de curiosidad. Antes de que me contara nada, tuve que narrarle toda la aventura de Chincha y responder a innumerables preguntas suyas sobre detalles inesperados, como, por ejemplo, qué vestido se había puesto la tía Julia para el matrimonio. Lo que le encantó y celebró a carcajadas (pero no me creyó) fue la ligeramente distorsionada versión según la cual el alcalde que nos había casado era un pescador negro, semicalato y sin zapatos. Por fin, después de esto, conseguí que me informara cómo había recibido la noticia la familia. Había ocurrido lo previsible: ir y venir de casa a casa, conciliábulos efervescentes, telefonazos innumerables, copiosas

443

lágrimas, y, al parecer, mi madre había sido consolada, visitada, acompañada, como si hubiera perdido a su único hijo. En cuanto a Nancy, la habían acosado a preguntas y amenazas, convencidos de que era nuestra aliada, para que dijera dónde estábamos. Pero ella había resistido, negando rotundamente, y hasta derramó unos lagrimones de cocodrilo que los hicieron dudar. También la flaca Nancy estaba inquieta con mi padre:

—No se te vaya a ocurrir verlo hasta que se le pase el colerón —me advirtió—. Está tan furioso que podría desaparecerte.

Le pregunté por el departamentito que había alquilado y me sorprendió otra vez con su sentido práctico. Esa misma mañana había hablado con la dueña. Tenían que arreglar el baño, cambiar una puerta y pintarlo, de modo que no estaría habitable antes de diez días. Se me cayó el alma a los pies. Mientras caminaba a casa de los abuelos, iba pensando dónde diablos podríamos refugiarnos esas dos semanas.

Sin haber resuelto el problema llegué a casa de los abuelitos y allí me encontré con mi madre. Estaba en la sala y, al verme, rompió en un llanto espectacular. Me abrazó con fuerza, y, mientras me acariciaba los ojos, las mejillas, me hundía los dedos en los cabellos, medio ahogada por los sollozos, repetía con infinita lástima: «Hijito, cholito, amor mío, qué te han hecho, qué ha hecho contigo esa mujer». Hacía cerca de un año que no la veía y, pese al llanto que le hinchaba la cara, la encontré rejuvenecida y apuesta. Hice lo posible por calmarla, asegurándole que no me habían hecho nada, que yo solito había tomado la decisión de casarme. Ella no podía oír mencionar el nombre de su recientísima nuera sin que recrudeciera su llanto; tenía raptos de furia, en los que llamaba a la tía Julia «esa vieja», «esa abusiva», «esa divorciada». De pronto, en medio de la escena, descubrí algo que no se me había pasado por la cabeza: más que el qué dirán la hacía sufrir la religión. Era muy católica y no le importaba tanto que la tía Julia fuese mayor que yo como que estuviera divorciada (es decir, impedida de casarse por la Iglesia).

Por fin conseguí apaciguarla, con ayuda de los abuelos. Los viejecitos fueron un modelo de tino, bondad y discreción. El abuelo se limitó a decirme, mientras me daba en la frente el seco beso de costumbre: «Vaya, poeta, por fin se te ve, ya nos tenías preocupados». Y la abuelita, después de muchos besos y abrazos, me preguntó al oído, con una especie de recóndita picardía, muy bajito, para que no fuera a oír mi mamá: «¿Y la Julita está bien?».

Después de darme un duchazo y cambiarme de ropa —sentí una liberación al botar la que llevaba puesta hacía cuatro días— pude conversar con mi madre. Había dejado de llorar y estaba tomando una taza de té que le había preparado la abuelita, quien, sentada en el brazo del sillón, la acariciaba como si fuese una niña. Traté de hacerla sonreír, con una broma que resultó de pésimo gusto («pero, mamacita, deberías estar feliz, si me he casado con una gran amiga tuya») pero luego toqué cuerdas más sensibles jurándole que no dejaría los estudios, que me recibiría de abogado y que, incluso, a lo mejor cambiaba de opinión sobre la diplomacia peruana («los que no son idiotas son maricas, mamá») y entraba a

Relaciones Exteriores, el sueño de su vida. Poco a poco se fue desendureciendo, y, aunque siempre con cara de duelo, me preguntó por la universidad, por mis notas, por mi trabajo en la radio, y me riñó por lo ingrato que era ya que apenas le escribía. Me dijo que mi padre había sufrido un golpe terrible: él también ambicionaba grandes cosas para mí, por eso impediría que *esa mujer* arruinara mi vida. Había consultado abogados, el matrimonio no era válido, se anularía y la tía Julia podía ser acusada de corruptora de menores. Mi padre estaba tan violento que, por ahora, no quería verme, para que no ocurriera «algo terrible», y exigía que la tía Julia saliera en el acto del país. Si no, sufriría las consecuencias.

Le contesté que la tía Julia y yo nos habíamos casado justamente para no separarnos y que iba a ser muy difícil que despachara al extranjero a mi mujer a los dos días de la boda. Pero ella no quería discutir conmigo: «Ya lo conoces a tu papá, ya sabes el carácter que tiene, hay que darle gusto porque si no...», y ponía ojos de terror. Por fin, le dije que iba a llegar tarde a mi trabajo, ya conversaríamos, y, antes de despedirme, volví a tranquilizarla sobre mi futuro, asegurándole que me recibiría de abogado.

En el colectivo, rumbo al centro de Lima, tuve un presentimiento lúgubre: ¿y si me encontraba a alguien ocupando mi escritorio? Había faltado tres días, y, en las últimas semanas, debido a los frustrantes preparativos matrimoniales, había descuidado por completo los boletines, en los que Pascual y el Gran Pablito debían haber hecho toda clase de barbaridades. Pensé, sombríamente, lo que sería, además de las complicaciones personales del momento, perder el puesto. Empecé a inventar argumentos capaces de enternecer a Genaro hijo y a Genaro papá. Pero al entrar al Edificio Panamericano, con el alma en un hilo, mi sorpresa fue mayúscula, pues el empresario progresista, con quien coincidí en el ascensor, me saludó como si nos hubiésemos dejado de ver hacía diez minutos. Tenía la cara grave:

—Se confirma la catástrofe —me dijo, moviendo la cabeza con pesadumbre; parecía que hubiéramos estado hablando hacía un momento del asunto—. ¿Quieres decirme qué vamos a hacer ahora? Tienen que internarlo.

Bajó del ascensor en el segundo piso, y yo, que, para mantener la confusión, había puesto cara de velorio y murmurado, como perfectamente al tanto de lo que me hablaba, «ah caramba, qué lástima», me sentí feliz de que hubiera ocurrido algo tan grave que hiciera pasar inadvertida mi ausencia. En el altillo, Pascual y el Gran Pablito escuchaban con aire fúnebre a Nelly, la secretaria de Genaro hijo. Apenas me saludaron, nadie bromeó sobre mi matrimonio. Me miraron desolados:

—A Pedro Camacho se lo han llevado al manicomio —balbuceó el Gran Pablito, con la voz traspasada—. Qué cosa tan triste, don Mario.

Luego, entre los tres, pero sobre todo Nelly, que había seguido los acontecimientos desde la gerencia, me contaron los pormenores. Todo comenzó los mismos días en que yo andaba absorbido en mis trajines prematrimoniales. El principio del fin fueron las catástrofes, esos incendios, terremotos, choques, naufragios, descarrilamientos, que devastaban los radioteatros, acabando en pocos minutos con decenas de personajes. Esta vez, los propios actores y técnicos de Radio Central, asustados, habían dejado de servir de muro protector al escriba, o habían sido incapaces de impedir que el desconcierto y las protestas de los oyentes llegaran a los Genaros. Pero éstos ya estaban alertados por los diarios, cuyos cronistas radiales se burlaban, hacía días, de los cataclismos de Pedro Camacho. Los Genaros lo habían llamado, interrogado, extremando las precauciones para no herirlo ni exasperarlo. Pero él se les derrumbó en plena reunión, con una crisis nerviosa: las catástrofes eran estratagemas para recomenzar las historias desde cero, pues su memoria le fallaba, no sabía ya qué había ocurrido antes, ni qué personaje era quien, ni a cuál historia pertenecía, y —«llorando a gritos, jalándose los pelos», aseguraba Nelly— les había confesado que, en las últimas semanas, su trabajo, su vida, sus noches, eran un suplicio. Los Genaros lo habían hecho ver por un gran médico de Lima, el doctor Honorio Delgado, y éste dictaminó en el acto que el escriba no estaba en condiciones de trabajar; su mente «exhausta» debía pasar un tiempo en reposo.

Estábamos pendientes del relato de Nelly cuando sonó el teléfono. Era Genaro hijo, quería verme con urgencia. Bajé a su oficina, convencido de que ahora sí vendría cuando menos una amonestación. Pero me recibió como en el ascensor, dando por supuesto que yo estaba al corriente de sus problemas. Acababa de hablar por teléfono con La Habana, y maldecía porque la CMQ, aprovechándose de su situación, de la urgencia, le había cuadruplicado las tarifas.

—Es una tragedia, una mala suerte única, eran los programas de mayor sintonía, los anunciadores se los peleaban —decía, revolviendo papeles—. ¡Qué desastre volver a depender de los tiburones de la CMQ!

Le pregunté cómo estaba Pedro Camacho, si lo había visto, en cuánto tiempo podría volver a trabajar.

—No hay ninguna esperanza —gruñó, con una especie de furia, pero acabó por adoptar un tono compasivo—. El doctor Delgado dice que su psiquis está en proceso de delicuescencia. Delicuescencia. ¿Tú entiendes eso? Que el alma se le cae a pedazos, supongo, que se le pudre la cabeza o algo así ¿no? Cuando mi padre le preguntó si el restablecimiento podía tomar unos meses, nos respondió: «Tal vez años». ¡Imagínate!

Bajó la cabeza, abrumado, y, con seguridad de adivino, me predijo lo que ocurriría: al saber que los libretos iban a ser, en adelante, los de la CMQ, los anunciadores cancelarían los contratos o pedirían rebajas del cincuenta por ciento. Para mal de males, los nuevos radioteatros no llegarían antes de tres semanas o un mes, porque Cuba ahora era un burdel, había terrorismo, guerrillas, la CMQ andaba alborotada, con gente presa, mil líos. Pero era impensable que los oyentes se quedaran un mes sin radioteatros, Radio Central perdería su público, se lo arrebatarían Radio La Crónica o Radio Colonial que habían comenzado a darle duro con los radioteatros argentinos, esas huachaferías.

—A propósito, para eso te he hecho venir —añadió, mirándome como si en ese momento me descubriera allí—. Tienes que echarnos una mano. Tú eres medio intelectual, para ti será un trabajo fácil.

Se trataba de meterse al depósito de Radio Central, donde se conservaban los viejos libretos, anteriores a la venida de Pedro Camacho. Había que revisarlos, descubrir cuáles podían ser utilizados de inmediato, hasta que llegaran los radioteatros frescos de la CMQ.

—Por supuesto, te pagaremos extra —me precisó—. Aquí no explotamos a nadie.

Sentí una enorme gratitud por Genaro hijo y una gran piedad por sus problemas. Aunque me diera cien soles, en esos instantes me caían de maravilla. Cuando estaba saliendo de su oficina, su voz me atajó en la puerta:

—Oye, de veras, ya sé que te has casado —me volví y me estaba haciendo un ademán afectuoso—. ¿Quién es la víctima? ¿Una mujer, supongo, no? Bueno, felicitaciones. Ya nos tomaremos una copa para celebrarlo.

Desde mi oficina llamé a la tía Julia. Me dijo que la tía Olga se había aplacado algo, pero que a cada rato se asombraba de nuevo y le decía: «Qué loca eres». No la apenó mucho que el departamentito no estuviera aún disponible («total, hemos dormido tanto tiempo separados que podemos hacerlo dos semanas más, Varguitas») y me dijo que, después de darse un buen baño y cambiarse de ropa, se sentía muy optimista. Le advertí que no iría a almorzar porque tenía que meterle cuernos con una montaña de radioteatros y que nos veríamos a la noche. Hice El Panamericano y dos boletines y fui a zambullirme en el depósito de Radio Central. Era una cueva sin luz, sembrada de telarañas, y, al entrar, oí carreritas de ratones en la oscuridad. Había papeles por todas partes: amontonados, sueltos, desparramados, amarrados en paquetes. Inmediatamente comencé a estornudar por el polvo y la humedad. No había posibilidades de trabajar allí, así que me puse a acarrear altos de papel al cubículo de Pedro Camacho y me instalé en el que había sido su escritorio. No quedaba rastro de él: ni el diccionario de citas, ni el mapa de Lima, ni sus fichas sociológico-psicológico-raciales. El desorden y la suciedad de los viejos radioteatros de la CMQ eran supremos: la humedad había deshecho las letras, los ratones y cucarachas habían mordisqueado y defecado las páginas, y los libretos se habían mezclado unos con otros como las historias de Pedro Camacho. No había mucho que seleccionar; a lo más, tratar de descubrir algunos textos legibles.

Llevaba unas tres horas de estornudos alérgicos, buceando entre almibaradas truculencias para armar algunos rompecabezas radioteatrales, cuando se abrió la puerta del cubículo y apareció Javier.

—Es increíble que en estos momentos, con los problemas que tienes, sigas con tu manía de Pedro Camacho —me dijo, furioso—. Vengo de donde tus abuelos. Por lo menos, entérate de lo que te pasa y tiembla.

Me lanzó sobre el escritorio, arrebosado de suspirantes libretos, dos sobres. Uno, era la carta que le había dejado mi padre la noche anterior. Decía así:

«Mario: Doy cuarenta y ocho horas de plazo para que esa mujer abandone el país. Si no lo hace, me encargaré yo, moviendo las influencias que haga falta, de hacerle pagar caro su audacia. En cuanto a ti, quiero que sepas que ando armado y que no permitiré que te burles de mí. Si no obedeces al pie de la letra y esa mujer no sale del país en el plazo indicado, te mataré de cinco balazos como a un perro, en plena calle.»

Había firmado con sus dos apellidos y rúbrica, y añadido una posdata: «Puedes ir a pedir protección policial, si quieres. Y, para que quede bien claro, aquí firmo otra vez mi decisión de matarte donde te encuentre como a un perro». Y, en efecto, había firmado por segunda vez, con trazo más enérgico que la primera. El otro sobre se lo había entregado mi abuelita a Javier hacía media hora, para que me lo trajera. Lo había llevado un guardia; era una citación de la comisaría de Miraflores. Debía presentarme allí, al día siguiente, a las nueve de la mañana.

—Lo peor no es la carta, sino que, tal como lo vi anoche, puede muy bien cumplir la amenaza —me consoló Javier, sentándose en el alféizar de la ventana—. ¿Qué hacemos, compañerito?

—Por lo pronto, consultar a un abogado —fue lo único que se me ocurrió—. Sobre mi matrimonio y lo otro. ¿Conoces a alguno que nos pueda atender gratis, o darnos crédito?

Fuimos donde un abogado joven, pariente suyo, con quien algunas veces habíamos corrido olas en la playa de Miraflores. Fue muy amable, tomó con humor la historia de Chincha y me hizo algunas bromas; como había calculado Javier, no quiso cobrarme. Me explicó que el matrimonio no era nulo sino anulable, por la corrección de fechas en mi partida. Pero eso requería una acción judicial. Si ésta no se entablaba, a los dos años el matrimonio quedaría automáticamente «compuesto» y ya no se podía anular. En cuanto a la tía Julia, sí era posible denunciarla como «corruptora de menores», sentar un parte en la policía y hacerla detener, por lo menos provisionalmente. Luego, habría un juicio, pero él estaba seguro que, vistas las circunstancias —es decir, dado que yo tenía dieciocho y no doce años— era imposible que prosperara la acusación: cualquier tribunal la absolvería.

—De todos modos, si quiere, tu papá puede hacerle pasar muy mal rato a la Julita —concluyó Javier, mientras regresábamos a la radio, por el jirón de la Unión—. ¿Es verdad que tiene influencia con el gobierno?

No lo sabía; tal vez era amigo de un general, compadre de algún ministro. Bruscamente, decidí que no iba a esperar hasta el día siguiente para saber qué quería la comisaría. Pedí a Javier que me ayudara a rescatar algunos radioteatros del magma de papeles de Radio Central, para salir de dudas ese mismo día. Aceptó, y me ofreció, también, que si me metían preso me iría a visitar y me llevaría siempre cigarrillos.

A las seis de la tarde entregué a Genaro hijo dos radioteatros más o menos armados y le prometí que al día siguiente tendría otros tres; di una ojeada veloz a los boletines de las siete y de las ocho, prometí a Pascual que volvería para El Panamericano, y, media hora después, estábamos con Javier en la comisaría del malecón 28 de Julio, en Miraflores. Esperamos un buen rato y, por fin, nos recibieron el comisario —un mayor en uniforme— y el jefe de la PIP. Mi padre había venido esa mañana a pedir que me tomaran una declaración oficial sobre lo ocurrido. Tenían una lista de preguntas escritas a mano, pero mis respuestas las fue transcribiendo a máquina el policía de civil, lo que tomó mucho tiempo, pues era pésimo mecanógrafo. Admití que me había casado (y subrayé enfáticamente que lo había hecho «por mi propio deseo y voluntad») pero me negué a decir en qué localidad y ante qué alcaldía. Tampoco contesté quiénes habían

453

sido los testigos. Las preguntas eran de tal naturaleza que parecían concebidas por un tinterillo con malas intenciones: mi fecha de nacimiento y, a continuación (como si no estuviera implícito en lo anterior), si era menor de edad o no, dónde vivía y con quién, y, por supuesto, la edad de la tía Julia (a la que se llamaba *doña* Julia), pregunta que también me negué a responder diciendo que era de mal gusto revelar la edad de las señoras. Esto provocó una curiosidad infantil en la pareja de policías, quienes, luego de haber firmado yo la declaración, adoptando aires paternales, me preguntaron, «sólo por pura curiosidad», cuántos años mayor que yo era la «dama». Cuando salimos de la comisaría me sentí de pronto muy deprimido, con la incómoda sensación de ser un asesino o un ladrón.

Javier pensaba que había metido la pata; negarme a revelar el sitio del matrimonio era una provocación que irritaría más a mi padre, y totalmente inútil, pues lo averiguaría en pocos días. Se me hacía cuesta arriba volver a la radio esa noche, con el estado de ánimo en que estaba, así que me fui donde el tío Lucho. Me abrió la tía Olga; me recibió con cara seria y mirada homicida, pero no me dijo ni palabra, e, incluso, me alcanzó la mejilla para que la besara. Entró conmigo a la sala, donde estaban la tía Julia y el tío Lucho. Bastaba verlos para saber que todo iba color de hormiga. Les pregunté qué sucedía:

—Las cosas se han puesto feas —me dijo la tía Julia, trenzando sus dedos con los míos, y yo vi el malestar que esto provocaba en la tía Olga—. Mi suegro quiere hacerme botar del país como indeseable.

El tío Jorge, el tío Juan y el tío Pedro habían tenido una entrevista esa tarde con mi padre y habían vuelto asustados del estado en que lo vieron. Un furor frío, una mirada fija, una manera de hablar que transparentaba una determinación inconmovible. Era categórico: la tía Julia debía partir del Perú antes de cuarenta y ocho horas o atenerse a las consecuencias. En efecto, era muy amigo —compañero de colegio, tal vez— del ministro de Trabajo de la dictadura, un general llamado Villacorta, ya había hablado con él, y, si no salía por propia voluntad, la tía Julia saldría escoltada por soldados hasta el avión. En cuanto a mí, si no le obedecía, lo pagaría caro. Y, lo mismo que a Javier, también a mis tíos les había mostrado el revólver. Completé el cuadro, enseñándoles la carta y contándoles el interrogatorio policial. La carta de mi padre tuvo la virtud de ganarlos del todo para nuestra causa. El tío Lucho sirvió unos whiskys y, cuando estábamos bebiendo, la tía Olga se puso de repente a llorar y a decir que cómo era posible, su hermana tratada como una criminal, amenazada con la policía, que ellas pertenecían a una de las mejores familias de Bolivia.

—No hay más remedio que me vaya, Varguitas —dijo la tía Julia. Vi que cambiaba una mirada con mis tíos y comprendí que ya habían hablado de eso—. No me mires así, no es una conspiración, no es para siempre. Sólo hasta que se le pase la rabieta a tu padre. Para evitar más escándalos.

Lo habían conversado y discutido entre los tres y tenían a punto un plan. Habían descartado Bolivia y sugerían que la tía Julia fuera a Chile, a Valparaíso, donde vivía su abuelita. Estaría allí sólo el tiempo indispensable para que se serenaran los ánimos. Volvería en el instante mismo en que yo la llamara. Me opuse con furia, dije que la tía Julia era mi mujer, me había casado con ella para que estuviéramos juntos, en todo caso nos iríamos los dos. Me recordaron que era menor de edad: no podía pedir pasaporte ni salir del país sin permiso paterno. Dije que cruzaría la frontera a escondidas. Me preguntaron cuánta plata tenía para irme a vivir al extranjero. (Me quedaba a duras penas para comprar cigarrillos unos días: el matrimonio y el pago del departamentito habían volatilizado el adelanto de Radio Panamericana, la venta de mi ropa y los empeños en la Caja de Pignoración.)

—Ya estamos casados y eso no nos lo van a quitar —decía la tía Julia, despeinándome, besándome, con los ojos llenos de lágrimas—. Es sólo unas semanas, a lo más unos meses. No quiero que te peguen un tiro por mi culpa.

Durante la comida, la tía Olga y el tío Lucho fueron exponiendo sus argumentos para convencerme. Tenía que ser razonable, ya había salido con mi gusto, me había casado, ahora debía hacer una concesión provisional, para evitar algo irreparable. Debía comprenderlos; ellos, como hermana y cuñado de la tía Julia, estaban en postura muy delicada ante mi padre y el resto de la familia: no podían estar contra ni a favor de ella. Nos ayudarían, lo estaban haciendo en esos momentos, y me tocaba hacer algo de mi parte. Mientras la tía Julia, estuviera en Valparaíso yo tendría que buscar algún otro trabajo, porque, si no, con qué diablos íbamos a vivir, quién nos iba a mantener. Mi padre acabaría por calmarse, por aceptar los hechos.

A eso de la medianoche —mis tíos se habían ido discretamente a dormir y la tía Julia y yo estábamos haciendo el amor horriblemente, a medio vestir, con gran zozobra, los oídos alertas a cualquier ruido— acabé por rendirme. No había otra solución. A la mañana siguiente trataríamos de cambiar el pasaje a La Paz por uno a Chile. Media hora después, mientras caminaba por las calles de Miraflores, hacia mi cuartito de soltero, en casa de los abuelos, sentía amargura e impotencia, y me maldecía por no tener ni siquiera con qué comprarme yo también un revólver.

La tía Julia viajó a Chile dos días después, en un avión que partió al alba. La compañía de aviación no puso reparos en cambiar el pasaje, pero había una diferencia de precio, que cubrimos gracias a un préstamo de mil quinientos soles que nos hizo nadie menos que Pascual. (Me dejó asombrado al contarme que tenía cinco mil soles en una libreta de ahorros, lo que, con el sueldo que ganaba, era realmente una hazaña.) Para que la tía Julia pudiera llevarse algo de dinero vendí, al librero de la calle La Paz, todos los libros que aún conservaba, incluidos los códigos y manuales de Derecho, con lo que compré cincuenta dólares.

La tía Olga y el tío Lucho fueron al aeropuerto con nosotros. La noche anterior yo me quedé en su casa. No dormimos, no hicimos el amor. Después de la comida, mis tíos se retiraron y yo, sentado en la punta de la cama, vi a la tía Julia hacer cuidadosamente su maleta. Luego, fuimos a sentarnos a la sala, que estaba a oscuras. Estuvimos allí tres o cuatro horas, con las manos entrelazadas, muy juntos en el sillón, hablando en voz baja para no despertar a los parientes. A ratos nos abrazábamos, juntábamos nuestras caras y nos besábamos, pero la mayor parte del tiempo la pasamos fumando y conversando. Hablamos de lo que haríamos cuando volviéramos a reunirnos, cómo ella me ayudaría en mi trabajo y cómo, de una manera u otra, tarde o temprano, llegaríamos un día a París a vivir en esa buhardilla donde yo me volvería, por fin, un escritor. Le conté la historia de su compatriota Pedro Camacho, que estaba ahora en una clínica, rodeado de locos, volviéndose loco él mismo sin duda, y planeamos escribirnos todos los días, largas cartas donde nos contaríamos prolijamente todo lo que hiciéramos, pensáramos y sintiéramos. Le prometí que, cuando volviera, yo habría arreglado las cosas y que estaría ganando lo suficiente para no morirnos de hambre. Cuando sonó el despertador, a las cinco, era todavía noche cerrada, y al llegar al aeropuerto de Limatambo, una hora después, apenas comenzaba a clarear. La tía Julia se había puesto el traje azul que a mí me gustaba y se la veía guapa. Estuvo muy serena cuando nos despedimos, pero sentí que temblaba en mis brazos, y, en cambio, a mí, cuando la vi subir al avión, desde la terraza, en la principiante mañana, se me hizo un nudo en la garganta y se me saltaron las lágrimas.

Su exilio chileno duró un mes y catorce días. Fueron, para mí, seis semanas decisivas, en las que (gracias a gestiones con amigos, conocidos, condiscípulos, profesores, a los que busqué, rogué, fastidié, enloquecí para que me echaran una mano) conseguí acumular siete trabajos, incluido, por supuesto, el que ya tenía en Panamericana. El primero fue un empleo en la biblioteca del Club Nacional, que estaba al lado de la radio; mi obligación era ir dos horas diarias, entre los boletines de la mañana, a registrar los nuevos libros y revistas y hacer un catálogo de las viejas existencias. Un profesor de historia, de San Marcos, en cuyo curso había tenido notas sobresalientes, me contrató como ayudante suyo, en las tardes, de tres a cinco, en su casa de Miraflores, donde fichaba diversos temas en los cronistas, para un proyecto de una *Historia del Perú* en el que a él le correspondían los volúmenes de Conquista y Emancipación. El más pintoresco de los nuevos trabajos era un contrato con la Beneficencia Pública de Lima. En el Cementerio Presbítero Maestro existían una serie de cuarteles, de la época colonial, cuyos registros se habían extraviado. Mi misión consistía en desentrañar lo que decían las lápidas de esas tumbas y hacer listas con los nombres y fechas. Era algo que podía llevar a cabo a la hora que quisiera y por lo que me pagaban a destajo: un sol por muerto. Lo hacía en las tardes, entre el boletín de las seis y El Panamericano, y Javier, que a esas horas estaba libre, solía acompañarme. Como era invierno y oscurecía temprano, el director del cementerio, un gordo que decía haber asistido en persona, en el Congreso, a la toma de posesión de ocho presidentes del Perú, nos prestaba unas linternas y una escalerita para poder leer los nichos altos. A veces, jugando a que oíamos voces, quejidos, cadenas, y a que veíamos formas blancuzcas entre las tumbas, conseguíamos asustarnos de verdad. Además de ir dos o tres veces por semana al cementerio, dedicaba a este quehacer todas las mañanas del domingo. Los otros trabajos eran más o menos (más menos que más) literarios. Para el Suplemento Dominical de *El Comercio* hacía cada semana una entrevista a un poeta, novelista o ensayista, en una columna titulada «El hombre y su obra». En la revista *Cultura Peruana* escribía un artículo mensual, para una sección que inventé: «Hombres, libros e ideas», y, finalmente, otro profesor amigo me encomendó redactar para los postulantes a la Universidad Católica (pese a ser yo alumno de la rival, San Marcos) un texto de educación cívica; cada lunes tenía que entregarle desarrollado alguno de los asuntos del programa de ingreso (que eran muy diversos, un abanico que cubría desde los símbolos de la patria hasta la polémica entre indigenistas e hispanistas, pasando por las flores y animales aborígenes).

Con estos trabajos (que me hacían sentir, un poco, émulo de Pedro Camacho) logré triplicar mis ingresos y redondear lo suficiente para que dos personas pudieran vivir. En todos ellos pedí adelantos y así desempeñé mi máquina de escribir, indispensable para las tareas periodísticas (aunque muchos artículos los hacía en Panamericana), y de este modo, también, la prima Nancy compró algunas cosas para acicalar el departamentito alquilado que la dueña me entregó, en efecto, a los quince días. Fue una felicidad la mañana en que tomé posesión de esos dos cuartitos, con su baño diminuto. Seguí durmiendo en casa de los abuelos, porque decidí estrenarlo el día que llegara la tía Julia, pero iba allí casi todas las noches, a redactar artículos y a confeccionar listas de muertos. Aunque no paraba de hacer cosas, de entrar y salir de un sitio a otro, no me sentía cansado ni deprimido, sino, por el contrario, muy entusiasta, y creo que incluso seguía leyendo como antes (aunque sólo en los innumerables ómnibus y colectivos que tomaba diariamente).

Fiel a lo prometido, las cartas de la tía Julia llegaban a diario y la abuelita me las entregaba con una luz traviesa en los ojos, murmurando: «¿De quién será esta cartita, de quién será?». Yo también le escribía seguido, era lo último que hacía cada noche, a veces mareado de sueño, dándole cuenta de los trajines de la jornada. En los días que siguieron a su partida fui encontrándome, donde los abuelos, donde los tíos Lucho y Olga, en la calle, a mis numerosos parientes y descubriendo sus reacciones. Eran diversas y algunas inesperadas. El tío Pedro tuvo la más severa: me dejó con el saludo colgado y me volvió la espalda después de mirarme glacialmente. La tía Jesús derramó unos lagrimones y me abrazó, susurrando con voz dramática: «¡Pobre criatura!». Otros tíos y tías optaron por actuar como si nada hubiera ocurrido; eran cariñosos conmigo, pero no mencionaban a la tía Julia ni se daban por enterados del matrimonio.

A mi padre no lo había visto, pero sabía que, una vez satisfecha su exigencia de que la tía Julia saliera del país, se había aplacado algo. Mis padres estaban alojados donde unos tíos paternos, a los que yo no visitaba nunca, pero mi madre venía todos los días a casa de los abuelos y allí nos veíamos. Adoptaba conmigo una actitud ambivalente, afectuosa, maternal, pero cada vez que asomaba, directa o indirectamente, el tema tabú, palidecía, se le salían las lágrimas y aseguraba: «No lo aceptaré jamás». Cuando le propuse que viniera a conocer el departamentito, se ofendió como si la hubiera insultado, y siempre se refería al hecho de que yo hubiera vendido mi ropa y mis libros como a una tragedia griega. Yo la hacía callar, diciéndole: «Mamacita, no empieces otra vez con tus radioteatros». Ni ella mencionaba a mi padre, ni yo preguntaba por él, pero, por otros parientes que lo veían, llegué a saber que su cólera había cedido el paso a una desesperanza respecto a mi destino, y que solía decir: «Tendrá que obedecerme hasta que cumpla veintiún años; luego, puede perderse».

Pese a mis múltiples quehaceres, en esas semanas escribí un nuevo cuento. Se llamaba *La beata y el padre Nicolás*. Estaba situado en Grocio Prado, por supuesto, y era anticlerical: la historia de un curita vivaraz, que, advirtiendo la devoción popular por Melchorita, decidía industrializarla en su provecho, y, con la frialdad y ambición de un buen empresario, planeaba un negocio múltiple, que consistía en fabricar y vender estampitas, escapularios, detentes y toda clase de reliquias de la beatita, cobrar entradas a los sitios donde vivió, y organizar colectas y rifas para construirle una capilla y costear comisiones que fueran a activar su canonización a Roma. Escribí dos epílogos distintos, como una noticia de periódico: en uno, los habitantes de Grocio Prado descubrían los negocios del padre Nicolás y lo linchaban, y, en el otro, el curita llegaba a ser arzobispo de Lima. (Decidí que elegiría uno u otro final después de leerle el cuento a la tía Julia.) Lo escribí en la biblioteca del Club Nacional, donde mi trabajo de catalogador de novedades era algo simbólico.

Los radioteatros que rescaté del almacén de Radio Central (labor que me significó doscientos soles extras) fueron comprimidos para un mes de audiciones, el tiempo que tardaron en llegar los libretos de la CMQ. Pero ni aquéllos ni éstos, como había previsto el empresario progresista, pudieron conservar la audiencia gigantesca conquistada por Pedro Camacho. La sintonía decayó y las tarifas publicitarias tuvieron que ser rebajadas para no perder anunciantes. Pero el asunto no resultó demasiado terrible para los Genaros, quienes, siempre inventivos y dinámicos, encontraron una nueva mina de oro con un programa llamado Responda por Sesenta y Cuatro Mil Soles. Se propalaba desde el Cine Le Paris, y, en él, candidatos eruditos en materias diversas (automóviles, Sófocles, fútbol, los incas) respondían preguntas por cantidades que podían llegar hasta esa suma. A través de Genaro hijo, con quien (ahora muy de vez en cuando) tomaba cafecitos en el Bransa de la Colmena, seguía los pasos de Pedro Camacho. Estuvo cerca de un mes en la clínica privada del doctor Delgado, pero, como resultaba muy cara, los Genaros consiguieron hacerlo transferir al Larco Herrera, el manicomio de la Beneficencia Pública, donde, al parecer, lo tenían muy bien considerado. Un domingo, después de catalogar tumbas en el Cementerio Presbítero Maestro, fui en ómnibus hasta la puerta del Larco Herrera con la intención de visitarlo. Le llevaba de regalo unas bolsitas de yerbaluisa y de menta para preparar infusiones. Pero, en el mismo momento que, entre otras visitas, iba a cruzar el portón carcelario, decidí no hacerlo. La idea de volver a ver al escriba, en este lugar amurallado y promiscuo —en el primer año de universidad habíamos hecho allí unas prácticas de psicología—, convertido en uno más de esa muchedumbre de locos, me produjo preventivamente gran angustia. Di media vuelta y regresé a Miraflores.

Ese lunes dije a mi mamá que quería entrevistarme con mi padre. Me aconsejó que fuera prudente, no decir nada que lo violentara, no exponerme a que me hiciera daño, y me dio el teléfono de la casa donde estaba alojado. Mi padre me hizo saber que me recibiría a la mañana siguiente, a las once, en la que había sido su oficina antes de viajar a Estados Unidos. Estaba en el jirón Carabaya, al fondo de un pasillo de losetas a ambos lados del cual había departamentos y oficinas. En la Compañía Import/Export —reconocí algunos empleados que habían trabajado ya con él— me hicieron pasar a la gerencia. Mi padre estaba solo, sentado en su antiguo escritorio. Vestía un terno crema, una corbata verde con motas blancas; lo noté más delgado que hacía un año y algo pálido.

—Buenos días, papá —dije, desde la puerta, haciendo un gran esfuerzo para que mi voz sonara firme.

—Dime lo que tienes que decir —dijo él, de manera más neutra que colérica, señalando un asiento.

Me senté en el borde y tomé aire, como un atleta que se dispone a iniciar una prueba.

—He venido a contarte lo que estoy haciendo, lo que voy a hacer —tartamudeé.

Él permaneció callado, esperando que continuara. Entonces, hablando muy despacio para parecer sereno, espiando sus reacciones, le detallé cuidadosamente los trabajos que había conseguido, lo que ganaba en cada uno, cómo había distribuido mi tiempo para cumplir con todos y, además, hacer los deberes y dar los exámenes de la universidad. No mentí, pero presenté todo bajo la luz más favorable: tenía mi vida organizada de manera inteligente y seria y estaba ansioso por terminar mi carrera. Cuando me callé, mi padre permaneció también mudo, en espera de la conclusión. Así que, tragando saliva, tuve que decírsela:

—Ya ves que puedo ganarme la vida, mantenerme y seguir los estudios —y luego, sintiendo que la voz se me adelgazaba tanto que apenas se oía—: Te he venido a pedir permiso para llamar a Julia. Nos hemos casado y no puede seguir viviendo sola.

Pestañeó, palideció todavía más y, por un instante, pensé que iba a tener uno de esos ataques de rabia que habían sido la pesadilla de mi infancia. Pero se limitó a decirme, secamente:

—Como sabes, ese matrimonio no vale. Tú, menor de edad, no puedes casarte sin autorización. De modo que si te has casado, sólo has podido hacerlo falsificando la autorización o tus partidas. En ambos casos, el matrimonio se puede anular fácilmente.

Me explicó que la falsificación de un documento público era algo grave, penado por la ley. Si alguien tenía que pagar los platos rotos por eso, no sería yo, el menor, a quien los jueces supondrían el inducido, sino la mayor de edad, a quien lógicamente se consideraría la inductora. Después de esa exposición legal, que profirió en tono helado, habló largamente, dejando transparentar, poco a poco, algo de emoción. Yo creía que él me odiaba, cuando la verdad era que siempre había querido mi bien, si se había mostrado alguna vez severo había sido a fin de corregir mis defectos y prepararme para el futuro. Mi rebeldía y mi espíritu de contradicción serían mi ruina. Ese matrimonio había sido ponerme una soga en el

465

cuello. Él se había opuesto pensando en mi bien y no, como creía yo, por hacerme daño, porque ¿qué padre no quería a su hijo? Por lo demás, comprendía que me hubiera enamorado, eso no estaba mal, después de todo era un acto de hombría, más terrible hubiera sido, por ejemplo, que me hubiera dado por ser maricón. Pero casarme a los dieciocho años, siendo un mocoso, un estudiante, con una mujer hecha y derecha y divorciada era una insensatez incalculable, algo cuyas verdaderas consecuencias sólo comprendería más tarde, cuando, por culpa de ese matrimonio, fuera un amargado, un pobre diablo en la vida. Él no deseaba para mí nada de eso, sólo lo mejor y lo más grande. En fin, que tratase por lo menos de no abandonar los estudios, pues lo lamentaría siempre. Se puso de pie y yo también me puse de pie. Siguió un silencio incómodo, puntuado por el tableteo de las máquinas de escribir del otro cuarto. Balbuceé que le prometía terminar la universidad y él asintió. Para despedirnos, después de un segundo de vacilación, nos abrazamos.

De su oficina, fui al Correo Central y envié un telegrama: «Amnistiada. Mandaré pasaje brevedad posible. Besos». Me pasé esa tarde, donde el historiador, en la azotea de Panamericana, en el cementerio, devorándome los sesos para imaginar cómo reunir el dinero. Esa noche hice una lista de personas a las que pediría prestado y cuánto a cada una. Pero al día siguiente trajeron donde los abuelitos un telegrama de respuesta: «Llego mañana vuelo LAN. Besos». Después supe que había comprado el pasaje vendiendo sus anillos, aretes, prendedores, pulseras y casi toda su ropa. De modo que cuando la recibí en el aeropuerto de Limatambo, la tarde del jueves, era una mujer pobrísima.

La llevé directamente al departamentito, que había sido encerado y trapeado por la prima Nancy en persona y embellecido con una rosa roja que decía: «Bienvenida». La tía Julia revisó todo, como si fuera un juguete nuevo. Se divirtió viendo las fichas del cementerio, que tenía bien ordenadas, mis notas para los artículos de *Cultura Peruana*, la lista de escritores por entrevistar para *El Comercio*, y el horario de trabajo y la tabla de gastos que había hecho y donde teóricamente se demostraba que podíamos vivir. Le dije que, después de hacerle el amor, le leería un cuento que se llamaba *La beata y el padre Nicolás* para que me ayudara a elegir el final.

—Vaya, Varguitas —se reía ella, mientras se desvestía a la carrera—. Te estás haciendo un hombrecito. Ahora, para que todo sea perfecto y se te quite esa cara de bebe, prométeme que te dejarás crecer el bigote.

XX

El matrimonio con la tía Julia fue realmente un éxito y duró bastante más de lo que todos los parientes, y hasta ella misma, habían temido, deseado o pronosticado: ocho años. En ese tiempo, gracias a mi obstinación y a su ayuda y entusiasmo, combinados con una dosis de buena suerte, otros pronósticos (sueños, apetitos) se hicieron realidad. Habíamos llegado a vivir en la famosa buhardilla de París y yo, mal que mal, me había hecho un escritor y publicado algunos libros. No terminé nunca la carrera de abogado, pero, para indemnizar de algún modo a la familia y para poder ganarme la vida con más facilidad, saqué un título universitario, en una perversión académica tan aburrida como el Derecho: la Filología Románica.

Cuando la tía Julia y yo nos divorciamos hubo en mi dilatada familia copiosas lágrimas, porque todo el mundo (empezando por mi madre y mi padre, claro está) la adoraba. Y cuando, un año después, volví a casarme, esta vez con una prima (hija de la tía Olga y el tío Lucho, qué casualidad) el escándalo familiar fue menos ruidoso que la primera vez (consistió, sobre todo, en un hervor de chismes). Eso sí, hubo una conspiración perfecta para obligarme a casar por la Iglesia, en la que estuvo involucrado hasta el arzobispo de Lima (era, por supuesto, pariente nuestro), quien se apresuró a firmar las dispensas autorizando el enlace. Para entonces, la familia estaba ya curada de espanto y esperaba de mí (lo que equivalía a: me perdonaba de antemano) cualquier barbaridad.

Había vivido con la tía Julia un año en España y cinco en Francia, y, luego, seguí viviendo con la prima Patricia en Europa, primero en Londres y luego en Barcelona. Para esa época tenía un trato con una revista de Lima, a la que yo enviaba artículos y ella me pagaba con pasajes que me permitían volver todos los años al Perú por algunas semanas. Estos viajes, gracias a los cuales veía a la familia y a los amigos, eran para mí muy importantes. Pensaba seguir viviendo en Europa de manera indefinida, por múltiples razones, pero, sobre todo, porque allí había encontrado siempre, como periodista, traductor, locutor o profesor, trabajos que me dejaban tiempo libre. Al llegar a Madrid, la primera vez, le había dicho a la tía Julia: «Voy a tratar de ser un escritor, sólo voy a aceptar trabajos que no me aparten de la literatura». Ella me respondió: «¿Me rasgo la falda, me pongo un turbante y salgo a la Gran Vía a buscar clientes desde hoy?». Lo cierto es que tuve mucha suerte. Enseñando español en la Escuela Berlitz de París, redactando noticias en la France Presse, traduciendo para la Unesco, doblando películas en los estudios de Génévilliers o preparando programas para la Radio-Televisión Francesa, siempre había encontrado empleos alimenticios que me dejaban, cuando menos, la mitad de cada día exclusivamente para escribir. El problema era que todo lo que escribía se refería al Perú. Eso me creaba, cada vez más, un problema de inseguridad, por el desgaste de la perspectiva (tenía la manía de la ficción *realista*). Pero me resultaba inimaginable siquiera la idea de vivir en Lima. El recuerdo de mis siete trabajos alimenticios limeños, que con las justas nos permitían comer, apenas leer, y escribir sólo a hurtadillas, en los huequitos que quedaban libres y cuando estaba ya cansado, me ponía los pelos de punta y me juraba que no volvería a ese régimen ni muerto. Por otra parte, el Perú me ha parecido siempre un país de gentes tristes.

Por eso el trueque que acordamos, primero con el diario *Expreso* y luego con la revista *Caretas*, de artículos por dos pasajes de avión anuales, me resultó providencial. Ese mes que pasábamos en el Perú, cada año, generalmente en el invierno (julio o agosto) me permitía zambullirme en el ambiente, los paisajes, los seres sobre los cuales había estado tratando de escribir los once meses anteriores. Me era enormemente útil (no sé si en los hechos, pero, sin la menor duda, psicológicamente), una inyección de energía, volver a oír hablar peruano, escuchar a mi alrededor esos giros, vocablos, entonaciones que me reinstalaban en un medio al que me sentía visceralmente próximo, pero del que, de todos modos, me había alejado, del que cada año perdía innovaciones, resonancias, claves.

Las venidas a Lima eran, pues, unas vacaciones en las que, literalmente, no descansaba un segundo y de las que volvía a Europa exhausto. Sólo con mi selvática parentela y los numerosos amigos, teníamos invitaciones diarias a almorzar y comer, y el resto del tiempo lo ocupaban mis trajines documentales. Así, un año, había emprendido un viaje a la zona del Alto Marañón, para ver, oír y sentir de cerca un mundo que era escenario de la novela que escribía, y otro año, escoltado por amigos diligentes, había realizado una exploración sistemática de los antros nocturnos —cabarets, bares, lenocinios—, en los que transcurría la mala vida del protagonista de otra historia. Mezclando el trabajo y el placer —porque esas *investigaciones* no fueron nunca una obligación, o lo fueron siempre de manera muy vital, afanes que me divertían en sí mismos y no sólo por el provecho literario que pudiera sacarles—, en esos viajes hacía cosas que antes, cuando vivía en Lima, no hice nunca, y que ahora, que he vuelto a vivir en el Perú, tampoco hago: ir a peñas criollas y a los coliseos a ver bailes folclóricos, recorridos por los tugurios de los barrios marginales, caminatas por distritos que conocía mal o desconocía como el Callao, Bajo el Puente y los Barrios Altos, apostar en las carreras de caballos y husmear en las catacumbas de las iglesias coloniales y la (supuesta) casa de la Perricholi.

Ese año, en cambio, me dediqué a una averiguación más bien libresca. Estaba escribiendo una novela situada en la época del general Manuel Apolinario Odría (1948-1956), y en mi mes de vacaciones limeñas, iba, un par de mañanas cada semana, a la hemeroteca de la Biblioteca Nacional, a hojear las revistas y periódicos de esos años, e, incluso, con algo de masoquismo, a leer algunos de los discursos que los asesores (todos abogados, a juzgar por la retórica forense) le hacían decir al dictador. Al salir de la Biblioteca Nacional, a eso del mediodía, bajaba a pic por la avenida Abancay, que comenzaba a convertirse en un enorme mercado de vendedores ambulantes. En sus veredas, una apretada muchedumbre de hombres y mujeres, muchos de ellos con ponchos y polleras serranas, vendían, sobre mantas extendidas en el suelo, sobre periódicos o en quioscos improvisados con cajas, latas y toldos, todas las baratijas imaginables, desde alfileres y horquillas hasta vestidos y ternos, y, por supuesto, toda clase de comidas preparadas en el sitio, en pequeños braseros. Era uno de los lugares de Lima que más había cambiado, esa avenida Abancay, ahora atestada y andina, en la que no era raro, entre el fortísimo olor a fritura y condimentos, oír hablar quechua. No se parecía en nada a la ancha, severa avenida de oficinistas y alguno que otro mendigo por la que, diez años atrás, cuando era cachimbo universitario, solía caminar en dirección a la misma Biblioteca Nacional. Allí, en esas cuadras, se podía ver, tocar, concentrado, el problema de las migraciones campesinas hacia la capital, que en ese decenio duplicaron la población de Lima e hicieron brotar, sobre los cerros, los arenales, los muladares, ese cerco de barriadas donde venían a parar los millares y millares de seres que, por la sequía, las duras condiciones de trabajo, la falta de perspectivas, el hambre, abandonaban las provincias.

Aprendiendo a conocer esta nueva cara de la ciudad, bajaba por la avenida Abancay en dirección al parque Universitario y a lo que había sido antes la Universidad de San Marcos (las facultades se habían mudado a las afueras de Lima y en ese caserón donde yo estudié Letras y Derecho funcionaban ahora un museo y oficinas).

No sólo lo hacía por curiosidad y cierta nostalgia, sino también por interés literario, pues en la novela que trabajaba algunos episodios ocurrían en el parque Universitario, en la casona de San Marcos y en las librerías de viejo, los billares y los tiznados cafecitos de los alrededores. Precisamente, esa mañana estaba plantado, como un turista, frente a la bonita capilla de los Próceres, observando a los ambulantes del contorno —lustrabotas, alfajoreros, heladeros, sandwicheros— cuando sentí que me cogían el hombro. Era —doce años más viejo, pero idéntico— el Gran Pablito.

Nos dimos un fuerte abrazo. Realmente, no había cambiado nada: era el mismo cholo fornido y risueño, de respiración asmática, que apenas levantaba los pies del suelo para andar y parecía estar patinando por la vida. No tenía una cana, pese a que debía raspar los sesenta, y llevaba la cabeza bien engominada, los lacios pelos cuidadosamente aplastados, como un argentino de los años cuarenta. Pero se lo veía mucho mejor vestido que cuando era periodista (en teoría) de Radio Panamericana: un terno verde, a cuadros, una corbatita luminosa (era la primera vez que lo veía encorbatado) y los zapatos destellando. Me dio tanto gusto verlo que le propuse tomar un café. Aceptó y terminamos en una mesa del Palermo, un barcito restaurante ligado, también, en mi memoria, a los años universitarios. Le dije que no le preguntaba cómo lo había tratado la vida pues bastaba verlo para saber que lo había tratado muy bien. Él sonrió —tenía en el índice un anillo dorado con un dibujo incaico—, satisfecho:

—No puedo quejarme —asintió—. Después de tanta pellejería, a la vejez cambió mi estrella. Pero, ante todo,

474

permítame una cervecita, por el gran gusto de verlo —llamó al mozo, pidió una Pilsen bien helada y lanzó una risa que le provocó su tradicional ataque de asma—. Dicen que el que se casa se friega. Conmigo fue al revés.

Mientras nos tomábamos la cerveza, el Gran Pablito, con las pausas que le exigían sus bronquios, me contó que al llegar la televisión al Perú, los Genaros lo pusieron de portero, con uniforme y gorra granates, en el edificio que habían construido en la avenida Arequipa para el Canal Cinco.

—De periodista a portero, parece una degradación —se encogió de hombros—. Y lo era, desde el punto de vista de los títulos. ¿Pero acaso se comen? Me aumentaron el sueldo y eso es lo principal.

Ser portero no era un trabajo matador: anunciar a las visitas, informarles cómo estaban repartidas las secciones de la televisión, poner orden en las colas para asistir a las audiciones. El resto del tiempo se lo pasaba discutiendo de fútbol con el policía de la esquina. Pero, además —y chasqueó la lengua, saboreando una reminiscencia grata—, con los meses, un aspecto de su trabajo fue ir, todos los mediodías, a comprar esas empanaditas de queso y de carne que hacen en el Berisso, la bodega que está en Arenales, a una cuadra del Canal Cinco. A los Genaros les encantaban, y lo mismo a empleados, actores, locutores y productores, a los cuales también el Gran Pablito les traía empanaditas, con lo que ganaba buenas propinas. Fue en esos trajines entre la televisión y el Berisso (su uniforme le había merecido entre los chiquillos del barrio el apodo de Bombero) que el Gran Pablito conoció a su futura esposa. Era la mujer que fabricaba esas crujientes delicias: la cocinera del Berisso.

—La impresionó mi uniforme y mi quepí de general, me vio y cayó rendida —se reía, se ahogaba, bebía su cerveza, volvía a ahogarse y continuaba el Gran Pablito—. Una morena que está requetebién. Veinte años más joven que quien le habla. Unas teteras donde no entran balas. Tal cual se la pinto, don Mario.

Había comenzado a meterle conversación y piropearla, ella a reírse y, de repente, salieron juntos. Se habían enamorado y vivido un romance de película. La morena era de armas tomar, emprendedora y con la cabeza llena de proyectos. A ella se le metió que abrieran un restaurante. Y, cuando el Gran Pablito preguntaba «¿con qué?», ella respondía: con la plata que les dieran al renunciar. Y, aunque a él le parecía una locura dejar lo seguro por lo incierto, ella salió con su gusto. Las indemnizaciones alcanzaron para un local pobretón en el jirón Paruro y tuvieron que prestarse de todo el mundo para las mesitas y la cocina, y él mismo pintó las paredes y el nombre sobre la puerta: El Pavo Real. El primer año había dado apenas para sobrevivir y el trabajo fue bravísimo. Se levantaban al alba para ir a la Parada a conseguir los mejores ingredientes y a los precios más bajos, y todo lo hacían solos: ella cocinaba y él servía, cobraba, y entre los dos barrían y arreglaban. Dormían en unos colchones que tendían entre las mesas, cuando se cerraba el local. Pero, a partir del segundo año, la clientela creció. Tanto que habían tenido que contratar un ayudante para cocina y otro para mozo, y, al final, rechazaban clientes, porque no cabían. Y, entonces, a esa morena se le ocurrió alquilar la casa de al lado, tres veces más grande. Lo hicieron y no se arrepentían. Ahora, hasta habían habilitado el segundo piso, y ellos tenían una casita frente a El Pavo Real. En vista de que se entendían tan bien, se casaron.

Lo felicité, le pregunté si había aprendido a cocinar.

—Se me ocurre una cosa —dijo de repente el Gran Pablito—. Vamos a buscar a Pascual y almorzaremos en el restaurante. Permítame hacerle ese agasajo, don Mario.

Acepté, porque nunca he sabido rechazar invitaciones, y, también, porque me dio curiosidad ver a Pascual. El Gran Pablito me contó que dirigía una revista de variedades, que también él había progresado. Se veían con frecuencia, Pascual era un asiduo de El Pavo Real.

La revista *Extra* tenía su local bastante lejos, en una transversal de la avenida Arica, en Breña. Fuimos hasta allá en un ómnibus que en mis tiempos no existía. Tuvimos que dar varias vueltas, porque el Gran Pablito no se acordaba de la dirección. Por fin la encontramos, en una callejuela perdida, a la espalda del Cine Fantasía. Desde afuera se podía ver que *Extra* no flotaba en la bonanza: dos puertas de garaje entre las cuales un rótulo precariamente suspendido de un solo clavo anunciaba el nombre del semanario. Adentro, se descubría que los garajes habían sido unidos mediante un simple agujero abierto en la pared, sin pulir ni enmarcar, como si el albañil hubiera abandonado el trabajo a medio hacer. Disimulaba la abertura un biombo de cartón, constelado, como los cuartos de baño de los lugares públicos, de palabrotas y dibujos obscenos. En las paredes del garaje por donde entramos, entre manchas de humedad y mugre, había fotos, afiches y carátulas de *Extra:* se reconocían caras de futbolistas, de cantantes, y, evidentemente, de delincuentes y víctimas. Cada carátula venía acompañada de rechinantes titulares y alcancé a leer frases como «Mata a la madre para casarse con la hija» y «Policía sorprende baile de dominós: ¡todos eran hombres!». Esa habitación parecía servir de redacción, taller de fotografía y archivo. Había tal aglomeración de objetos que resultaba difícil abrirse camino: mesitas con máquinas de escribir en las que dos tipos tecleaban muy apurados, altos de devoluciones de la revista que un chiquillo estaba ordenando en paquetes que amarraba con una pita; en un rincón, un ropero abierto lleno de negativos, de fotos, de clisés, y, detrás de una mesa, una de cuyas patas había sido reemplazada por tres ladrillos, una chica de chompa roja pasaba recibos a un libro de caja. Las cosas y las personas del local parecían en un estado supino de estrechez. Nadie nos atajó ni nos preguntó nada, y nadie nos devolvió las buenas tardes.

Al otro lado del biombo, ante paredes cubiertas también de carátulas sensacionalistas, había tres escritorios en los que un cartelito, hecho a tinta, especificaba las funciones de sus ocupantes: director, jefe de redacción, administrador. Al vernos ingresar en la habitación, dos personas inclinadas sobre unos pliegos de pruebas alzaron la cabeza. El que estaba de pie era Pascual.

Nos dimos un gran abrazo. Había cambiado bastante, él sí; estaba gordo, con barriga y papada, y algo en la expresión lo hacía aparecer casi viejo. Se había dejado un bigotito rarísimo, vagamente hitleriano, que griseaba.

Me hizo muchas demostraciones de afecto; cuando sonrió, vi que había perdido dientes. Después de los saludos, me presentó al otro personaje, un moreno de camisa color mostaza, que permanecía en su escritorio:

—El director de *Extra* —dijo Pascual—. El doctor Rebagliati.

—Casi meto la pata, el Gran Pablito me dijo que el director eras tú —le conté, dándole la mano al doctor Rebagliati.

—Estamos en decadencia, pero no a ese extremo —comentó éste—. Siéntense, siéntense.

—Soy jefe de redacción —me explicó Pascual—. Éste es mi escritorio.

El Gran Pablito le dijo que habíamos venido a buscarlo para ir a El Pavo Real, a recordar los tiempos de Panamericana. Aplaudió la idea, pero, eso sí, tendríamos que esperarlo unos minutos, debía llevar a la imprenta de la vuelta esas pruebas, era urgente pues estaban cerrando la edición. Se fue y nos dejó, mirándonos las caras, con el doctor Rebagliati. Éste, cuando se enteró que yo vivía en Europa, me comió a preguntas. ¿Eran las francesas tan fáciles como se decía? ¿Eran tan sabias y desvergonzadas en la cama? Se empeñó en que le hiciera estadísticas, cuadros comparativos, sobre las mujeres de Europa. ¿Verdad que las hembras de cada país tenían costumbres originales? Él, por ejemplo (el Gran Pablito lo escuchaba revolviendo los ojos con delectación), había oído decir, a gente muy viajada, cosas interesantísimas. ¿Cierto que las italianas tenían la obsesión de la corneta? ¿Que las parisinas nunca estaban contentas si no las bombardeaban por detrás? ¿Que las nórdicas se lo aflojaban a sus propios padres? Yo contestaba como podía a la verborrea del doctor Rebagliati, que iba contaminando la atmósfera del cuartito de una densidad lujuriosa, seminal, y lamentaba cada instante más el haberme visto atrapado en ese almuerzo, que, sin duda, terminaría a las mil quinientas. El Gran Pablito se reía, asombrado y excitadísimo con las revelaciones erótico-sociológicas del director. Cuando la curiosidad de éste me extenuó, le pedí su teléfono. Puso una cara sarcástica:

—Está cortado hace una semana, por no pagar la cuenta —dijo, con franqueza agresiva—. Porque, donde nos ve, esta revista se hunde y todos los imbéciles que trabajamos aquí nos hundimos con ella.

En el acto, con un placer masoquista, me contó que *Extra* había nacido en la época de Odría, bajo buenos auspicios; el régimen le daba avisos y le pasaba plata por lo bajo para que atacara a ciertas gentes y defendiera a otras. Además, era una de las pocas revistas permitidas y se vendía como pan caliente. Pero, al irse Odría, empezó una competencia terrible y quebró. Así la había recogido él, ya cadáver. Y la había levantado, cambiándole la línea, convirtiéndola en revista de hechos sensacionales. Todo marchó sobre ruedas, un tiempo, pese a las deudas que arrastraban. Pero en el último año, con la subida del papel, los aumentos en la imprenta, la campaña en contra de parte de los enemigos y la retirada del avisaje, las cosas se habían puesto negras. Además, habían perdido juicios, de canallas que los acusaban de difamación. Ahora, los dueños, aterrados, habían regalado todas las acciones a los redactores, para no pagar los platos rotos cuando los remataran. Lo que no tardaría, ya en las últimas semanas la situación era trágica: no había para sueldos, la gente se llevaba las máquinas, vendía los escritorios, se robaban todo lo que tenía algo de valor, adelantándose al colapso.

—Esto no dura un mes, mi amigo —repitió, resoplando con una especie de disgusto feliz—. Somos ya cadáveres, ¿no huele la putrefacción?

Le iba a decir que, efectivamente, la olía, cuando interrumpió la conversación una figurita esquelética que entró en el cuarto sin necesidad de apartar el biombo, por la angosta abertura. Tenía un corte de pelo alemán, algo ridículo, y vestía como un vagabundo, un overol azulino y una camisita con parches bajo un suéter grisáceo que le quedaba ajustadísimo. Lo más insólito era su calzado: unas rojizas zapatillas de básquet, tan viejas que una de ellas estaba sujeta por un cordón amarrado alrededor de la punta, como si la suela estuviera suelta o por soltarse. Apenas lo vio, el doctor Rebagliati comenzó a reñirlo:

—Si usted cree que va a seguir burlándose de mí, se equivoca —dijo, acercándose a él con aire tan amenazador que el esqueleto dio un brinquito—. ¿No tenía que traer anoche la llegada del Monstruo de Ayacucho?

—La traje, señor director. Estuve aquí, con todos los datos pertinentes, media hora después de que los patrulleros desembarcaron en la Prefectura al interfecto —declamó el hombrecillo.

La sorpresa fue tan grande que debí poner cara de alelado. La perfecta dicción, el timbre cálido, las palabrejas «pertinente» e «interfecto», sólo podían ser de él. ¿Pero, cómo identificar al escriba boliviano en el físico y

el atuendo de este espantapájaros al que el doctor Rebagliati se comía vivo?:

—No sea mentiroso, por lo menos tenga el coraje
de sus faltas. Usted no trajo el material y Melcochita no
pudo completar su crónica y la información va a salir
tuerta. ¡Y a mí no me gustan las crónicas tuertas porque
eso es mal periodismo!

—Lo traje, señor director —respondía, con educación y alarma, Pedro Camacho—. Encontré la revista
cerrada. Eran las once y quince en punto. Pregunté la
hora a un transeúnte, señor director. Y entonces, porque
sabía la importancia de esos datos, me dirigí a la casa de
Melcochita. Y lo estuve esperando en la vereda, hasta las
dos de la mañana, y no se apersonó a dormir. No es mi
culpa, señor director. Los patrulleros que traían al
Monstruo se encontraron un derrumbe y llegaron a las
once en vez de las nueve. No me acuse de incumpli-
miento. Para mí, la revista es lo primero, pasa antes que
la salud, señor director.

Poco a poco, no sin esfuerzo, fui relacionando,
acercando, lo que recordaba de Pedro Camacho con lo
que tenía presente. Los ojos saltones eran los mismos,
pero habían perdido su fanatismo, la vibración obsesi-
va. Ahora su luz era pobre, opaca, huidiza y atemorizada.
Y también los gestos y ademanes, la manera de accionar
cuando hablaba, ese movimiento antinatural del brazo
y la mano que parecía el de un pregonero de feria, eran
los de antes, igual que su incomparable, cadenciosa,
arrulladora voz.

—Lo que pasa es que usted, con la roñosería de no
tomar un ómnibus, un colectivo, llega tarde a todas partes,

ésa es la verdad de la milanesa —gruñía, histérico, el doctor Rebagliati—. No sea avaro, carajo, gástese los cuatro cobres que vale un ómnibus y llegue a los sitios a la hora debida.

Pero las diferencias eran mayores que las semejanzas. El cambio principal se debía al pelo; al cortarse la cabellera que le llegaba a los hombros y hacerse ese rapado, su cara se había vuelto más angulosa, más pequeña, había perdido carácter, solvencia. Y estaba, además, muchísimo más flaco, parecía un fakir, casi un espíritu. Pero lo que quizá me impidió reconocerlo en el primer momento fue su ropa. Antes, sólo lo había visto de negro, con el terno fúnebre y brilloso y la corbatita de lazo que eran inseparables de su persona. Ahora, con ese overol de cargador, esa camisa con remiendos, esas zapatillas atadas, parecía una caricatura de la caricatura que era doce años atrás.

—Le aseguro que no es como piensa, señor director —se defendía, con gran convicción—. Le he demostrado que a pie llego más rápido a cualquier parte que en esas pestilentes carcochas. No es por roñosería que yo camino, sino para cumplir mis deberes con más diligencia. Y muchas veces corro, señor director.

También en eso seguía siendo el de antes: en su carencia absoluta de humor. Hablaba sin la más ligera sombra de picardía, chispa, e, incluso, emoción, de manera automática, despersonalizada, aunque las cosas que ahora decía hubieran sido entonces impensables en su boca.

—Déjese de estupideces y de manías, estoy viejo para que me tomen el pelo —el doctor Rebagliati se volvió a nosotros, poniéndonos de testigos—. ¿Han oído una idiotez igual? ¿Que uno puede recorrer las comisarías de Lima más rápido a pie que en ómnibus? Y este señor quiere que yo me trague semejante caca —se volvió otra vez al escriba boliviano, quien no le había quitado la vista de encima, sin echarnos siquiera una mirada de soslayo—: No tengo que recordarle, porque me imagino que usted se acuerda de ello cada vez que se pone frente a un plato de comida, que aquí se le hace un gran favor dándole trabajo, cuando estamos en tan mala situación que deberíamos suprimir redactores, ya no digo dateros. Por lo menos, entonces, agradezca, y cumpla con sus obligaciones.

En eso entró Pascual, diciendo desde el biombo: «Todo listo, el número entró en prensa», y, disculpándose por habernos hecho esperar. Yo me acerqué a Pedro Camacho, cuando éste se disponía a salir:

—Cómo está, Pedro —le dije, estirándole la mano—. ¿No se acuerda de mí?

Me miró de arriba abajo, entrecerrando los ojos y adelantando la cara, sorprendido, como si me viera por primera vez en la vida. Por fin, me dio la mano, en un saludo seco y ceremonioso, a la vez que, haciendo su venia característica, decía:

—Tanto gusto. Pedro Camacho, un amigo.

—Pero, no puede ser —dije, sintiendo una gran confusión—. ¿Me he vuelto tan viejo?

—Déjate de jugar al amnésico —Pascual le dio una palmada que lo hizo trastabillear—. ¿No te acuerdas tampoco que te pasabas la vida gorreándole cafecitos en el Bransa?

—Más bien yerbaluisas con menta —bromeé, escrutando, en busca de un signo, la carita atenta y, al mismo tiempo, indiferente de Pedro Camacho. Asintió (vi su cráneo casi pelado), esbozando una brevísima sonrisa de circunstancias, que puso sus dientes al aire:

—Muy recomendable para el estómago, buen digestivo, y, además, quema la grasa —dijo. Y, rápidamente, como haciendo una concesión para librarse de nosotros—: Sí, es posible, no lo niego. Pudimos conocernos, seguramente —y repitió—: Tanto gusto.

El Gran Pablito también se había acercado y le pasó un brazo por el hombro, en un gesto paternal y burlón. Mientras lo remecía medio afectuosa medio despectivamente, se dirigió a mí:

—Es que aquí Pedrito no quiere acordarse de cuando era un personaje, ahora que es la última rueda del coche —Pascual se rió, el Gran Pablito se rió, yo simulé que reía y el propio Pedro Camacho hizo un conato de sonrisa—. Si hasta nos viene con el cuento de que no se acuerda ni de Pascual ni de mí —le pasó la mano por el poco pelo, como a un perrito—. Estamos yendo a almorzar, para recordar esos tiempos en que eras rey. Te armaste, Pedrito, hoy comerás caliente. ¡Estás invitado!

—Cuánto les agradezco, colegas —dijo él, al instante, haciendo su venia ritual—. Pero no me es posible acompañarlos. Me espera mi esposa. Se inquietaría si no llego a almorzar.

—Te tiene dominado, eres su esclavo, qué vergüenza —lo remeció el Gran Pablito.

—¿Se casó usted? —dije, pasmado, pues no concebía que Pedro Camacho tuviera un hogar, una esposa, hijos...—. Vaya, felicitaciones, yo lo creía un solterón empedernido.

—Hemos festejado nuestras bodas de plata —me repuso, con su tono preciso y aséptico—. Una gran esposa, señor. Abnegada y buena como nadie. Estuvimos separados, por circunstancias de la vida, pero, cuando necesité ayuda, ella volvió para darme su apoyo. Una gran esposa, como le digo. Es artista, una artista extranjera —vi que el Gran Pablito, Pascual y el doctor Rebagliati cambiaban una mirada burlona, pero Pedro Camacho no se dio por aludido. Luego de una pausa, añadió—: Bien, que se diviertan, colegas, estaré con ustedes en el pensamiento.

—Cuidadito con fallarme otra vez, porque sería la última —le advirtió el doctor Rebagliati, cuando el escriba desaparecía tras del biombo.

No se habían apagado las pisadas de Pedro Camacho —debía de estar llegando a la puerta de calle— y Pascual, el Gran Pablito y el doctor Rebagliati estallaron en carcajadas, a la vez que se guiñaban el ojo, ponían expresiones pícaras y señalaban el lugar por donde había partido.

—No es tan cojudo como parece, se hace el cojudo para disimular la cornamenta —dijo el doctor Rebagliati, ahora exultante—. Cada vez que habla de su mujer siento unas ganas terribles de decirle déjate de llamar artista a lo que en buen peruano se llama estriptisera de tres por medio.

—Nadie se imagina el monstruo que es —me dijo Pascual, poniendo una cara de niño que ve al cuco—. Una argentina viejísima, gordota, con los pelos oxigenados y pintarrajeada. Canta tangos medio calata, en el Mezzanine, esa boîte para mendigos.

—Cállense, no sean malagradecidos, que los dos se la han tirado —dijo el doctor Rebagliati—. Yo también, para el caso.

—Qué cantante ni cantante, es una puta —exclamó el Gran Pablito, con los ojos como brasas—. Me consta. Yo fui a verla al Mezzanine y, después del show, se me arrimó y vino con que me lo chupaba por veinte libras. No, pues, viejita, si tú ya no tienes dientes y a mí lo que me gusta es que me lo muerdan suavecito. Ni gratis, ni aunque me pagues. Porque le juro que no tiene dientes, don Mario.

—Ya habían estado casados —me dijo Pascual, mientras se desarremangaba la camisa y se ponía el saco y la corbata—. Allá, en Bolivia, antes de que Pedrito viniera a Lima. Parece que ella lo dejó, para irse a putear por ahí. Se juntaron de nuevo cuando lo del manicomio. Por eso se pasa la vida diciendo que es una señora tan abnegada. Porque se juntó otra vez con él cuando estaba loco.

—Le tiene ese agradecimiento de perro porque gracias a ella come —lo rectificó el doctor Rebagliati—. ¿O tú crees que pueden vivir con lo que gana Camacho trayendo datos policiales? Comen de la putona, si no él ya estaría tuberculoso.

—La verdad es que Pedrito no necesita mucho para comer —dijo Pascual. Y me explicó—: Viven en un callejón de Santo Cristo. Qué bajo ha caído ¿no? Aquí el doctorcito no quiere creerme que era un personaje cuando escribía radioteatros, que le pedían autógrafos.

Salimos de la habitación. En el garaje contiguo había desaparecido la chica de los recibos, los redactores y el muchachito de los paquetes. Habían apagado la luz y el amontonamiento y el desorden tenían ahora cierto aire espectral. En la calle, el doctor Rebagliati cerró la puerta y le echó llave. Empezamos a caminar hacia la avenida Arica en busca de un taxi, los cuatro en una fila. Por decir algo, pregunté por qué Pedro Camacho era sólo datero, por qué no redactor.

—Porque no sabe escribir —dijo, previsiblemente, el doctor Rebagliati—. Es un huachafo, usa palabras que nadie entiende, la negación del periodismo. Por eso lo tengo recorriendo comisarías. No lo necesito, pero me entretiene, es mi bufón, y, además, gana menos que un sirviente —se rió con obscenidad y preguntó—: Bueno, hablando claro, ¿estoy o no estoy invitado a ese almuerzo?

—Por supuesto que sí, no faltaba más —dijo el Gran Pablito—. Usted y don Mario son los invitados de honor.

—Es un tipo lleno de manías —dijo Pascual, ya en el taxi, rumbo al jirón Paruro, volviendo al tema—. Por ejemplo, no quiere tomar ómnibus. Todo lo hace a pie, dice que es más rápido. Me imagino lo que camina al día y me canso, sólo recorrer las comisarias del centro es una patada de kilómetros. ¿Han visto cómo andan sus zapatillas, no?

—Es un avaro de mierda —dijo el doctor Rebagliati, con disgusto.

—Yo no creo que sea tacaño —lo defendió el Gran Pablito—. Sólo un poco locumbeta, y, además, un tipo sin suerte.

El almuerzo fue muy la[...] criollos, multicolores y ardien[...] fría, y hubo en él un poco de tod[...] anécdotas del pasado, copiosos chism[...] pizca de política, y tuve que satisfac[...] abundantes curiosidades sobre las mujer[...]z más, Hasta hubo un amago de puñetazos cuand[...]uropa. Rebagliati, ya borracho, comenzó a propasars[...]ctor mujer del Gran Pablito, una morena cuarentona t[...] la buena moza. Pero yo me las ingenié para que, a lo lar[...] de la espesa tarde, ninguno de los tres dijera una palabra más sobre Pedro Camacho.

Cuando llegué a la casa de la tía Olga y el tío Lucho (que de mis cuñados habían pasado a ser mis suegros) me dolía la cabeza, me sentía deprimido y ya anochecía. La prima Patricia me recibió con cara de pocos amigos. Me dijo que era posible que con el cuento de documentarme para mis novelas, yo, a la tía Julia le hubiera metido el dedo a la boca y le hubiera hecho las de Barrabás, pues ella no se atrevía a decirme nada para que no pensaran que cometía un crimen de lesa cultura. Pero que a ella le importaba un pito cometer crímenes de lesa cultura, así que, la próxima vez que yo saliera a las ocho de la mañana con el cuento de ir a la Biblioteca Nacional a leerme los discursos del general Manuel Apolinario Odría y volviera a las ocho de la noche con los ojos colorados, apestando a cerveza, y, seguramente, con manchas de rouge en el pañuelo, ella me rasguñaría o me rompería un plato en la cabeza. La prima Patricia es una muchacha de mucho carácter, muy capaz de hacer lo que me prometía.

Índice

La ciudad y los perros
Mario Vargas Llosa

Pantaleón y las visitadoras
Mario Vargas Llosa

Conversación en La Catedral
Mario Vargas Llosa

La Fiesta del Chivo
Mario Vargas Llosa